Das Buch

»Die Leiche liegt in der Bibliothek«, sagte Colonel Osborne. »Hier entlang bitte.« Bei der Leiche handelt es sich um einen Kirchenmann, Father Tom, dem übel mitgespielt wurde. Glaubt man dem Colonel, war er in der Gegend sehr beliebt. Seine Tochter Lettie hingegen mochte ihn nicht besonders. Und da sind noch Sylvia Osborne, die zweite Frau des Colonels und 25 Jahre jünger als er, der gut aussehende Sohn Dominic und der leicht debile Stallbursche Fonsey. Ist der Mörder in diesem kleinen Kreis zu finden?

Während der Schnee immer weiter fällt, versucht Detective St John Strafford frierend, dem Mörder des Pfarrers auf die Spur zu kommen.

Der Autor

JB Lawless ist das Pseudonym eines bekannten Autors.

Die Übersetzerin

Elke Link hat in München und Canterbury Anglistik, Neuere Deutsche Literatur und Linguistik studiert. Seither hat sie zahlreiche Romane, Kurzgeschichten, Biografien und Essays aus dem Englischen übersetzt. Gemeinsam mit ihrer Kollegin Sabine Roth wurde sie für ihre Übersetzung des Romans »Silas Marner« von George Eliot mit dem Bayerischen Literaturförderpreis ausgezeichnet.

JB Lawless

TOD IN DER BIBLIOTHEK

Der erste Fall von Detective Strafford

Aus dem Englischen
von Elke Link

Kiepenheuer & Witsch

Verlag Kiepenheuer & Witsch, FSC® N001512

5. Auflage 2020

Titel der Originalausgabe: Snow
© 2017 by JB Lawless
All rights reserved
Aus dem Englischen von Elke Link
© 2019, Verlag Kiepenheuer & Witsch, Köln
Alle Rechte vorbehalten. Kein Teil des Werkes darf in irgendeiner
Form (durch Fotografie, Mikrofilm oder ein anderes Verfahren)
ohne schriftliche Genehmigung des Verlages reproduziert
oder unter Verwendung elektronischer Systeme verarbeitet,
vervielfältigt oder verbreitet werden.
Umschlaggestaltung: Rudolf Linn, Köln
Umschlagmotiv: © Jay Hunt / Alamy Stockfoto
Gesetzt aus der Bembo, Imperator, DapiferStencil
Satz: Buch-Werkstatt GmbH, Bad Aibling
Druck und Bindung: GGP Media GmbH, Pößneck
ISBN 978-3-462-05248-0

Winter 1957

Ich bin Priester, Herr im Himmel – wie kann mir so etwas passieren?

Ihm war aufgefallen, dass das Licht nicht funktionierte, aber er hatte sich nichts dabei gedacht. Doch als er den Korridor zur Hälfte durchquert hatte, packte ihn – genau an der Stelle, wo es am dunkelsten war – etwas an der linken Schulter, irgendein Tier oder ein großer, schwerer Vogel, und trieb ihm eine einzelne Kralle tief in den Hals, rechts, gleich über dem Rand seines Zelluloidkollars. Er spürte nur den blitzschnellen, kraftvollen Stich, dann wurde sein Arm taub bis in die Fingerspitzen.

Ächzend taumelte er weg von seinem Angreifer. Hinten in seinem Rachen entstand ein Geschmack, eine Mischung aus Galle und Whiskey, und da war noch etwas anderes, es schmeckte metallen, nach Kupfer, es war der Geschmack von Todesangst. Auf seiner rechten Seite breitete sich etwas Warmes, Klebriges aus, und er fragte sich kurz, ob sich das Geschöpf auf ihn übergeben hatte. Er torkelte weiter zum Treppenabsatz, wo eine einzelne Lampe brannte. Er strich sich über die Brust und hielt die Hände vor das Gesicht. Im Lichtschein wirkte das Blut daran beinahe schwarz.

Sein Arm war immer noch taub. Schwankend erreichte er die

oberste Stufe der Treppe. Ihm war schwindelig, und er fürchtete zu stürzen, aber er hielt sich mit der linken Hand am Geländer fest und schaffte es durch das gewundene Treppenhaus hinunter in die Eingangshalle. Dort blieb er stehen, schwankend und keuchend wie ein verletzter Stier. Es war ganz still jetzt, bis auf das dumpfe, langsame Pochen in seinen Schläfen.

Eine Tür. Er riss sie auf, in der verzweifelten Hoffnung auf eine Zuflucht. Mit der Schuhspitze blieb er an einer Teppichkante hängen, sodass er, schlaff und schwer, der Länge nach hinfiel und sich dabei die Stirn auf dem Parkettboden aufschlug.

Reglos lag er im Halbdunkel, das Holz, das nach Bohnerwachs und altem Staub roch, glatt und kühl an seiner Wange.

Der Lichtfächer auf dem Boden hinter seinen Füßen klappte abrupt zu, als jemand hereinkam und die Tür schloss. Ein Geschöpf, dasselbe oder ein anderes, beugte sich atmend über ihn. Fingernägel oder Klauen, er konnte es nicht sagen, machten sich an seinem Schoß zu schaffen. Auch da war es klebrig, aber nicht von Blut. Die Klinge blitzte auf, schnitt kalt und tief in sein Fleisch.

Er hätte geschrien, aber seine Lunge ließ ihn im Stich. Er hatte keine Kraft mehr. Mit ihm selbst schwand auch der Schmerz, bis da nur noch eine kriechende Kälte war. Confiteor Deo ... *Er kippte auf den Rücken und gab einen rasselnden Seufzer von sich. Eine Blutblase schwoll zwischen seinen leicht geöffneten Lippen an, schwoll und schwoll und platzte schließlich mit einem kleinen Plopp, ein lustiges Geräusch in der Stille, das er allerdings nicht mehr hören konnte.*

Das Letzte, was er sah oder zu sehen meinte, war ein schwaches Licht, das aufflackerte und die Dunkelheit kurz gelblich färbte.

1

D ie Leiche liegt in der Bibliothek«, sagte Colonel Osborne. »Hier lang bitte.«

Detective Inspector Strafford war kalte Häuser gewohnt. Er hatte seine frühe Kindheit in einem stattlichen, kargen Herrenhaus zugebracht, das diesem sehr ähnelte, und dann hatte man ihn zur Schule in eine Einrichtung geschickt, die noch größer und grauer und kälter gewesen war. Er wunderte sich oft über die drastischen Unbilden und Leiden, die Kinder ohne den leisesten Protest hinnehmen sollten. Als er Osborne jetzt durch den breiten Gang folgte – von der Zeit polierte Steinfliesen, ein Geweih an einer Holzplatte, düstere Porträts von Osborne-Vorfahren zu beiden Seiten an der Wand –, kam es ihm vor, als sei die Luft hier drinnen noch eisiger als draußen. In einem gähnenden Steinkamin glommen drei feuchte, in einem Dreifuß arrangierte Torfsoden mürrisch vor sich hin, ohne eine spürbare Wärme von sich zu geben.

Seit zwei Tagen schneite es ununterbrochen. An diesem Morgen schien der ungewohnte Anblick des ausgedehnten unberührten Weiß rundherum die Menschen in stilles Staunen zu versetzen. Sie behaupteten, so etwas sei noch nie da gewesen, sie hätten noch nie ein solches Wetter erlebt, es sei der schlimmste Winter seit Menschengedenken. Aber das sagten sie jedes Jahr, wenn es schneite, und auch in den Jahren, in denen es nicht schneite.

In der Bibliothek schien schon sehr lange niemand mehr gewesen zu sein. Heute wirkte sie, als hätte man Schindluder mit ihr getrieben, empört, weil ihre Einsamkeit so plötzlich und grob gestört worden war. Die verglasten Bücherschränke an den Wänden starrten kalt vor sich hin, und hinter den trüben Scheiben standen die Bücher in stummem Groll Schulter an Schulter. Die Koppelfenster saßen in tiefen Laibungen aus Granit, und das unwirklich harte weiße Licht des Schnees schien grell durch die vielen kleinen mit Blei eingefassten Scheiben. Strafford hatte die Architektur des Hauses schon skeptisch beäugt. Kunstgewerbliches Blendwerk, hatte er sofort gedacht und im Geiste die Nase gerümpft. Er war nicht gerade ein Snob, aber er mochte es, wenn man alles ließ, wie es war, und nicht ausstaffierte zu etwas, was es nie hoffen konnte zu sein.

Andererseits, wie stand es mit ihm selbst? War er denn völlig authentisch? Ihm war der überraschte Blick nicht entgangen, mit dem Colonel Osborne ihn von Kopf bis Fuß begutachtet hatte, nachdem er die Tür geöffnet hatte. Es war nur eine Frage der Zeit, bis Colonel Osborne oder sonst jemand im Haus ihm sagen würde, dass er nicht gerade wie ein Polizist aussah. Daran war er gewöhnt. Die meisten Menschen meinten es als Kompliment, und er bemühte sich, es auch so aufzufassen, auch wenn er sich immer vorkam wie ein Trickbetrüger, der gerade aufgeflogen war.

Genau genommen meinten die Leute, dass er nicht aussah wie ein *irischer* Polizist.

Detective Inspector Strafford, mit Vornamen St John – »Das wird so ähnlich wie ›sinjin‹ ausgesprochen«, wurde er nicht müde zu erklären –, war fünfunddreißig und sah zehn Jahre jünger aus. Er war groß und dünn – schlaksig wäre wohl das rechte Wort –, hatte ein schmales, kantiges Gesicht, Augen, die in bestimmtem Licht grün aussahen, Haare von keiner besonderen Farbe. Eine Strähne neigte dazu, ihm wie ein schlaffer, schimmernder Flügel über die Stirn zu fallen, und er schob sie immer mit einer charakteristischen schnellen und steifen Geste, die alle vier Finger seiner linken Hand beanspruchte, zurück. Er trug einen Dreiteiler, der wie seine gesamte Kleidung mindestens eine Nummer zu groß zu sein schien, eine fest geknotete Krawatte, eine Taschenuhr an einer Kette – sie hatte seinem Großvater gehört – sowie einen grauen Gabardine-Trenchcoat und einen grauen Wollschal. Den weichen schwarzen Filzhut hatte er abgenommen und hielt ihn an der Krempe in der Hand. Seine Schuhe waren durchweicht vom geschmolzenen Schnee – er schien die Pfützen nicht zu bemerken, die sich unter ihm auf dem Teppich bildeten –, und auch die Aufschläge seiner Hose waren dunkel vor Nässe.

Es war nicht so viel Blut zu sehen, wie man in Anbetracht der beigebrachten Verletzungen hätte erwarten müssen. Bei genauerer Betrachtung stellte er fest, dass jemand das meiste aufgewischt hatte. Auch am Körper des Priesters hatte man sich zu schaffen gemacht. Er lag auf dem Rücken, die Hände auf der Brust gefaltet, die Füße, in großen schwarzglänzenden Priesterschuhen, ordentlich nebeneinander. Es fehlte nur noch ein Rosenkranz um die Finger.

Erst mal still sein, sagte sich Strafford, später würde noch genug Zeit für die heiklen Fragen sein.

Auf dem Boden stand ein hoher Messingkerzenhalter, oberhalb des Kopfs des Priesters. Die Kerze war ganz heruntergebrannt, an allen Seiten war das Wachs heruntergelaufen. Groteskerweise sah es aus wie ein gefrorener Champagnerbrunnen.

»Verrückte Sache, nicht?« Der Colonel berührte den Ständer mit der Schuhspitze. »Mir ist es eiskalt über den Rücken gelaufen, das kann ich Ihnen sagen. Als hätte jemand eine schwarze Messe gefeiert oder so etwas.«

»Mhm.«

Strafford war noch nie etwas von einem Mord an einem Priester zu Ohren gekommen, nicht in diesem Land, zumindest nicht seit dem Bürgerkrieg, der geendet hatte, als er noch ein Kleinkind gewesen war. Es würde einen mächtigen Skandal geben, wenn die Einzelheiten bekannt wurden, falls sie überhaupt bekannt wurden; an so etwas wollte er gar nicht denken, noch nicht.

»Harkins hieß er, sagen Sie?«

Colonel Osborne, der den Toten stirnrunzelnd betrachtete, nickte. »Father Tom Harkins, ja – oder einfach nur Father Tom, so haben ihn alle genannt.« Er blickte zum Detective auf. »Sehr beliebt hier in der Gegend. Ein echtes Original.«

»Ein Freund der Familie also?«

»Ja, ein Freund des Hauses. Er kommt oft vorbei – *kam* oft vorbei, sollte ich wohl sagen – von Scallanstown aus, wo er gewohnt hat. Sein Pferd ist hier untergestellt – ich bin Master der Jagdhunde von Keelmore, und Father Tom hat sich nie einen Ausritt entgehen lassen. Eigentlich wollten wir gestern reiten gehen, aber dann hat es so geschneit. Er kam trotzdem vorbei und blieb zum Essen, und wir haben ihm angeboten, hier zu übernachten. Ich konnte ihn ja bei diesem Wetter nicht wieder vor die Tür schicken.« Sein Blick wanderte zurück zu der Leiche. »Aber wenn ich ihn mir jetzt so ansehe und was dem armen Kerl zugestoßen ist, da bereue ich doch bitter, dass ich ihn nicht heimgeschickt habe, Schnee hin oder her. Ich kann mir gar nicht vorstellen, wer ihm so etwas Schreckliches antun sollte.« Er hustete leicht und zeigte verschämt mit einem wackelnden Finger auf den Schritt des Toten. »Ich habe ihm, so gut es ging, die Hose zugemacht, um den Anstand zu wahren.« So viel also zur Unversehrtheit des Tatorts, dachte Strafford mit einem stillen Seufzen. »Da sehen Sie, dass sie − nun ja, sie haben den armen Kerl kastriert. Barbaren.«

»›Sie‹?«, fragte Strafford mit hochgezogenen Augenbrauen.

»Sie. Er. Ich weiß es nicht. So was haben wir früher oft zu sehen bekommen, als die für ihre sogenannte Freiheit gekämpft haben und es auf dem Land eine Menge Mordgesellen gab. Ein paar von denen sind wohl immer noch unterwegs.«

»Sie glauben also, der − oder die − Mörder kam von außen ins Haus?«

»Also, ich bitte Sie, Sie glauben ja wohl nicht, dass jemand hier aus dem Haus so etwas tun würde?«

»Dann ein Einbrecher? Irgendwelche Hinweise auf ein gewaltsames Eindringen − ein eingeschlagenes Fenster, ein kaputtes Türschloss?«

»Kann ich nicht sagen, das habe ich noch nicht überprüft.

Ist das nicht Ihre Aufgabe, nach Hinweisen zu suchen und so weiter?«

Colonel Osborne war dem äußeren Eindruck nach Anfang fünfzig, schlank und ledern, mit einem kurz geschnittenen Schnurrbart und stechenden eisblauen Augen. Er war mittelgroß und wäre noch größer gewesen, hätte er nicht solche O-Beine gehabt – wahrscheinlich, wie Strafford zynisch vermutete, von den ganzen Jagden zu Pferd. Außerdem hatte er einen merkwürdigen Gang, wankend, wie ein Orang-Utan, der etwas an den Knien hat. Er trug hochglanzpolierte braune Budapester, Hosen aus Cavalry-Twill mit scharfen Bügelfalten, ein Jagdsakko aus Tweed, ein kariertes Hemd und eine getupfte Fliege in einem gedeckten Blau. Er roch nach Seife und Tabakrauch und Pferden. Seine Haare waren schütter. Er hatte ein paar rotblonde Strähnen eingeölt und streng von den Schläfen aus nach hinten gekämmt, wo sie am Hinterkopf aufeinandertrafen und leicht abstanden, wie die Schwanzspitze eines exotischen Vogels.

Er hatte als Offizier der Inniskilling Dragoons gekämpft, in Dunkerque irgendetwas Beachtenswertes geleistet und einen Orden dafür bekommen.

Er entsprach ganz einem bestimmten Typ, dieser Colonel Osborne, einem Typ, mit dem Strafford durch und durch vertraut war.

Schon seltsam, dachte er bei sich, dass jemand sich die Zeit nahm, sich so korrekt anzukleiden und herzurichten, während die Leiche eines erstochenen und kastrierten Priesters in seiner Bibliothek lag. Aber die Form musste natürlich gewahrt werden, unter allen Umständen – während der Belagerung von Khartum war jeden Tag, häufig auch im Freien, der Nachmittagstee serviert worden –, das war der Kodex des Stands des Colonels, zu dem auch Strafford selbst gehörte.

»Wer hat ihn gefunden?«

»Meine Frau.«

»Aha. Hat sie gesagt, ob er so dagelegen hat, also mit gefalteten Händen?«

»Nein, das war ich, ich habe ihn ein bisschen hergerichtet.«

»Aha.«

Verdammt, dachte Strafford, verdammter Mist!

»Aber ich habe ihm die Hände nicht gefaltet – das muss Mrs Duffy gewesen sein.« Er zuckte mit den Achseln. »Sie wissen ja, wie die sind«, fügte er leise und mit vielsagendem Blick hinzu.

Mit »die« meinte er natürlich die Katholiken, das war Strafford klar.

Der Colonel zog ein silbernes, mit Monogramm versehenes Zigarettenetui aus der Brusttasche der Innenseite seines Jacketts, drückte mit dem Daumen auf den Verschluss, öffnete das Etui auf der flachen Hand und präsentierte zwei fein säuberlich geordnete vollständige Reihen Zigaretten, jede von einem Gummiband festgehalten. Es war die Marke Senior Service, wie Strafford automatisch registrierte. »Wollen Sie?«

»Nein, danke.« Strafford betrachtete immer noch die Leiche. Father Tom war ein kräftiger Mann gewesen, mit starken Schultern und einem breiten Brustkorb. In den Ohren hatte er wollene Haarbüschel – Priester, die ja keine Frau hatten, neigten dazu, solche Dinge zu vernachlässigen, dachte Strafford bei sich. Dabei fiel ihm ein: »Und wo ist sie jetzt, Ihre Frau?«

»Hm?« Osborne starrte ihn einen Augenblick an und blies zwei Stoßzähne aus Zigarettenrauch aus der Nase. »Ach ja. Sie ist oben und ruht sich aus. Ich habe ihr ein Glas Portwein mit Brandy verabreicht. Sie können sich gar nicht vorstellen, in was für einem Zustand sie ist.«

»Natürlich.«

Strafford klopfte mit dem Hut sanft gegen seinen linken Oberschenkel und sah sich zerstreut um. Alles war irgendwie unwirklich, der große, quadratische Raum, die hohen Bücherschränke, der feine, aber ausgeblichene anatolische Teppich, die sorgfältig arrangierten Möbel, und dann die Leiche, die so penibel hergerichtet worden war, mit offenen, glasigen Augen, den Blick vage nach oben gerichtet, als wäre derjenige, dem sie gehörten, gar nicht tot, sondern würde verwirrt über etwas grübeln.

Und außerdem war da der Mann, der auf der anderen Seite der Leiche stand, in seiner gebügelten Hose und dem karierten Baumwollhemd mit der gekonnt gebundenen Fliege, seinem militärischen Schnurrbart und den kalten Augen. Durch das Fenster hinter ihm traf ein funkelnder Lichtstrahl auf die Rundung seines glatten, gebräunten Schädels. Das wirkte alles viel zu theatralisch, besonders mit diesem unnatürlichen grellweißen Licht, das von außen ins Innere drang. Es sah zu sehr aus wie die letzte Szene eines Salonstücks, kurz bevor der Vorhang fiel und das Publikum sich zum Applaus bereit machte.

Was war hier letzte Nacht vorgegangen, dass dieser Mann nun tot und verstümmelt dalag?

»Sie sind aus Dublin hergekommen?«, fragte Colonel Osborne. »Tückisch, die Fahrt, vermute ich? Die Straßen sind spiegelglatt.« Er hob eine Augenbraue und senkte die andere. »Sie sind allein gefahren?«

»Man hat mich angerufen, da bin ich rübergefahren. Ich habe hier unten Verwandte besucht.«

»Verstehe«, brummte der Colonel und räusperte sich. »Wie war der Name noch mal? Stafford?«

»Strafford, mit *r*.«

»Verzeihung.«

»Keine Sorge, diesen Fehler machen alle.«

Colonel Osborne nickte, runzelte die Stirn, dachte nach. »Strafford«, murmelte er. »Strafford.« Er nahm einen langen Zug an seiner Zigarette und kniff wegen des Rauchs ein Auge zu. Er versuchte, den Namen irgendwo einzuordnen. Der Detective bot ihm keine Hilfe an.

»Es kommen bald noch mehr Leute«, sagte er. »Guards, in Uniform. Ein Team von Kriminaltechnikern. Und ein Fotograf.«

Colonel Osborne starrte ihn beunruhigt an. »Von den Zeitungen?«

»Der Fotograf? Nein – das ist einer von unseren Leuten. Um … um den Tatort fotografisch festzuhalten. Sie werden ihn kaum bemerken. Aber wahrscheinlich berichten trotzdem alle Blätter, und auch das Radio. Dagegen kann man nichts machen.«

»Wohl nicht«, sagte Colonel Osborne verdrießlich.

»Es liegt allerdings nicht in unserer Hand, wie die Meldung genau aussehen wird.«

»Wie das?«

Strafford zuckte mit den Schultern. »Sie wissen sicherlich so gut wie ich, dass in diesem Land nichts, was in den Zeitungen erscheint, vorher nicht – nun ja, gründlich geprüft wurde.«

»Geprüft? Von wem denn?«

»Von denen da oben.« Der Detective zeigte auf die Leiche zu ihren Füßen. »Immerhin wurde hier ein Priester ermordet.«

Colonel Osborne nickte und schob den Unterkiefer zur Seite, als würde er kauen. »Von mir aus können die prüfen, wie es ihnen beliebt. Je weniger davon herauskommt, umso lieber ist es mir.«

»Ja. Sie könnten Glück haben.«

»*Glück?*«

»Vielleicht kommt ja auch gar nichts heraus. Ich meine, vielleicht werden die Umstände – sagen wir mal schöngefärbt? Das wäre nichts Ungewöhnliches.«

Dem Colonel entging die Ironie der letzten Bemerkung; das Schönfärben von Skandalen war eher die Norm als etwas Ungewöhnliches. Er blickte wieder auf die Leiche hinunter. »Trotzdem, schreckliche Geschichten. Weiß Gott, was die Nachbarn sagen werden.«

Wieder beäugte er den Detective fragend von der Seite. »Strafford. Seltsam, ich dachte, ich kenne alle Familien hier in der Gegend.«

Damit meinte er natürlich alle *protestantischen* Familien, wie Strafford durchaus bewusst war. Protestanten machten etwa fünf Prozent der Bevölkerung der noch relativ jungen Republik aus, und davon gelang es nur einem Bruchteil – den »Pferdeprotestanten«, wie das katholische Irland sie höhnisch bezeichnete –, an ihren Anwesen festzuhalten und mehr oder weniger so zu leben, wie sie es in der Zeit vor der Unabhängigkeit getan hatten. Daher war es kaum überraschend, dass sie alle davon ausgingen, sich gegenseitig zu kennen oder zumindest voneinander zu wissen, über ein komplexes Netzwerk von Verwandten, Angeheirateten, Nachbarn und eine Kohorte uralter Feinde.

Doch in Straffords Fall war Colonel Osborne offensichtlich mit seiner Weisheit am Ende. Der Detective beschloss amüsiert, nachzugeben – was konnte es schon schaden?

»Roslea«, sagte er, als wäre das ein Codewort, was es, wenn er es sich recht überlegte, auch war. »Drüben bei Bunclody, an der Grenze des County.«

»Ach ja.« Der Colonel runzelte die Stirn. »Roslea House? Ich glaube, ich war einmal dort, es ist Jahre her, auf einer Hochzeit oder so. Ist das Ihr …?«

»Ja. Meine Familie lebt noch dort. Beziehungsweise mein Vater. Meine Mutter ist jung gestorben, und ich war ein Einzelkind.« *Ein Einzelkind*: Das hörte sich für seine Erwachsenenohren immer seltsam an.

»Ja, ja«, brummte Colonel Osborne nickend. Er hatte nur halb zugehört. »O ja.«

Strafford merkte dem Mann an, dass er nicht beeindruckt war – in der Nähe der Gemeinde von Roslea gab es überhaupt keine Osbornes, und wo es keine Osbornes gab, da konnte es für Colonel Osborne nichts anderes von Interesse geben. Strafford stellte sich vor, wie sein Vater in sich hineinlachte. Stillvergnügt betrachtete der die Überheblichkeit seiner Glaubensgenossen, die umständlichen Rituale des Standes und der Privilegien beziehungsweise der eingebildeten

Privilegien, mit denen sie in diesen angespannten Zeiten lebten oder versuchten zu leben.

Während er über diese Dinge nachdachte, staunte Strafford wieder über die Absurdität der Lage: Wie konnte es sein, dass ein katholischer Priester, »ein Freund des Hauses«, tot in einer Blutlache in Ballyglass House lag, dem Stammsitz der Osbornes, im alten Baronat von Scarawalsh im County Wexford? Also wirklich, was würden die Nachbarn dazu sagen?

Jemand klopfte vorne an der Haustür.

»Das wird Jenkins sein«, meinte Strafford. »Detective Sergeant Jenkins, mein Stellvertreter. Es hieß, er sei auf dem Weg.«

2

Jedermann fiel an Sergeant Jenkins zuerst auf, wie flach sein Kopf war. Die Oberseite schien glatt abgeschnitten worden zu sein, wie das stumpfe Ende eines gekochten Eis. Wie sollte auch nur das kleinste Gehirn in einer so flachen Höhlung Platz haben, fragten sich die Leute. Er versuchte, diesen Schönheitsfehler zu verbergen, indem er sich die Haare dick mit Pomade einrieb und sie oben aufbauschte, aber dadurch ließ sich niemand zum Narren halten. Angeblich hatte ihn die Hebamme bei der Geburt auf den Boden fallen lassen, aber diese Erklärung war nicht recht glaubhaft. Merkwürdigerweise trug er nie einen Hut, vielleicht weil er annahm, dass ein solcher seine sorgsam aufgeplusterten Haare platt drücken und die versuchte Tarnung zunichtemachen würde.

Er war jung, noch keine dreißig, ernsthaft und in seinem Beruf sehr engagiert. Außerdem war er intelligent, aber nicht ganz so intelligent, wie er glaubte, wie Strafford häufig und mit ein wenig Mitleid feststellen musste. Wenn etwas gesagt wurde, was er nicht verstand, wurde Jenkins still und wachsam, wie ein Fuchs, der die sich nähernde Jagdmeute wittert. Bei der Polizei war er nicht beliebt, Grund genug für

Strafford, ihn zu mögen. Beide waren sie Außenseiter, was Strafford nicht störte, zumindest nicht sehr, während Jenkins es hasste, ausgegrenzt zu werden.

Wenn die Leute ihm sagten – und daran hatten sie aus irgendeinem Grund ihre Freude –, er brauche eine Freundin, guckte er finster, und seine Stirn färbte sich rot. Es war auch nicht besonders hilfreich, dass er mit Vornamen Ambrose hieß. Das allein war schon schlimm genug, wurde aber noch durch die Tatsache verstärkt, dass ihn alle, außer ihm selbst, Ambie nannten: Strafford musste zugeben, dass es schwierig war, respektiert zu werden, wenn man einen Schädel hatte, der flach wie ein umgedrehter Teller war, und dazu noch Ambie Jenkins hieß.

Zufällig kam Jenkins gleichzeitig mit den Kriminaltechnikern an. Sie folgten ihm auf den Fersen die Stufen zum Eingang hinauf und zogen Atemwolken hinter sich her.

Das Team bestand aus Hendricks, dem Fotografen, ein stämmiger junger Mann mit Hornbrille, buschigen schwarzen Augenbrauen und scheußlichen Aknenarben, einem Überbleibsel aus seiner Jugend, Willoughby, dem Experten für Fingerabdrücke – zumindest nannte er sich Experte –, dessen grau-rosa Haut und zitternde Hände eindeutige Anzeichen dafür waren, dass er heimlich trank, und ihrem Chef, dem Kettenraucher Harry Hall – man rief ihn immer mit vollem Namen, sodass es klang wie ein Doppelname. Er erinnerte Strafford mit seinen herabhängenden Schultern, dem dicken Hals und den gelben, vorstehenden Eckzähnen immer an einen Seeelefanten.

Strafford hatte schon mit den dreien zusammengearbeitet; privat kannte er sie als Lew, Curly und Mo. Sie standen in dem steingefliesten Vorraum, stapften sich den Schnee von den Stiefeln und bliesen sich in die Fäuste. Harry Hall, dem ein Zigarettenstummel mit zwei Zentimeter gekrümmter Asche daran an der Unterlippe klebte, beäugte das Geweih und die nachgedunkelten Porträts an der Wand und lachte sein Raucherlachen.

»Seht euch bloß mal um hier«, röhrte er pfeifend. »Als Nächstes tritt gleich Poirot persönlich auf.« Er sprach es wie *Puorott* aus.

Zusätzlich waren zwei uniformierte Guards in einem Streifenwagen gekommen, der eine groß, der andere klein, zwei Hornochsen, die gerade ihre Polizeiausbildung in Templemore hinter sich gebracht hatten und versuchten, ihre Unerfahrenheit und Unbeholfenheit hinter trotzigen Blicken und einem vorgereckten Kinn zu verbergen. Eigentlich gab es gar nichts für sie zu tun, deshalb ließ Jenkins sie im Vorraum aufstellen, zu beiden Seiten der Eingangstür. Dort sollten sie dafür sorgen, dass niemand ohne entsprechende Autorisierung hinein- oder hinausging.

»Was ist denn eine entsprechende Autori…?«, begann der Große, doch Jenkins fixierte ihn mit einem leeren Blick, der ihn zum Schweigen brachte. Aber nachdem Strafford Jenkins und die Jungs von der Forensik in die Bibliothek geführt hatte, sah der große Polizist den kleineren an und flüsterte: »Entsprechende Autorisierung, was soll das bitte sein?« Darauf kicherten sie beide so zynisch, wie sie es von den alten Hasen in der Polizei zu lernen versuchten.

Colonel Osborne stand immer noch neben der Leiche, stocksteif und erwartungsvoll. Harry Hall blickte sich auch hier vergnügt staunend um, betrachtete die Bücherregale, den Marmorkamin, die pseudomittelalterlichen Möbel.

»Das ist eine Bibliothek«, flüsterte er Hendricks fassungslos zu. »Das ist eine Scheißbibliothek, zum Henker, und es liegt eine Leiche drin!«

Die Kriminaltechniker widmeten sich niemals als Erstes der Leiche, das war ein ungeschriebenes Gesetz ihres Berufs. Hendricks war allerdings schon bei der Arbeit, die Blitzbirnen seiner Graflex zischten und ploppten, sodass alle Anwesenden ein, zwei Sekunden lang blind waren, nachdem er sie gezündet hatte.

»Kommen Sie doch mit auf eine Tasse Tee«, sagte Colonel Osborne.

Die Einladung war ausdrücklich an Strafford allein gerichtet, aber das war Sergeant Jenkins entweder nicht aufgefallen oder es war ihm egal – Jenkins hatte manchmal etwas Dreistes. Jedenfalls folgte er den beiden Männern aus dem Zimmer. In der Küche blickte Osborne ihn durchdringend an, sagte aber nichts. Jenkins strich sich die Haare am Hinterkopf glatt; von einem Möchtegern-Engländer in Schnürschuhen und Fliege ließ er sich nicht ins Abseits drängen.

»Kommen die dort drinnen klar?«, fragte Colonel Osborne Strafford und nickte in Richtung der Bibliothek.

»Sie sind sehr vorsichtig«, antwortete Strafford trocken. »Normalerweise machen sie nichts kaputt.«

»Nein, ich wollte damit nicht sagen … ich habe mich nur gefragt …« Er runzelte die Stirn und ließ den Wasserkessel in der Spüle volllaufen. Draußen vor dem Fenster waren die schwarzen Äste der Bäume beladen mit Schneestreifen, die glänzten wie Kristallzucker. »Das kommt mir alles vor wie ein böser Traum.«

»Das geht den meisten Leuten so. Gewalt wirkt immer unangebracht, das ist ja auch kaum verwunderlich.«

»Haben Sie das schon oft gesehen? Mord und solche Sachen?«

Strafford lächelte milde. »*Solche* Sachen gibt es nicht – ein Mord ist immer einzigartig.«

»Ich verstehe, was Sie meinen«, sagte Osborne, obwohl er das offensichtlich nicht tat.

Er stellte den Wasserkessel auf den Herd, musste Streichhölzer suchen, fand sie schließlich. Er öffnete mehrere Schranktüren und blickte hilflos in die Fächer – er hatte im Lauf der Jahre wohl nicht allzu viel Zeit in der Küche verbracht. Osborne nahm drei große Tassen von einem Regal und stellte sie auf den Tisch; zwei davon hatten einen Sprung, der seitlich hinunterlief wie ein feines schwarzes Haar.

»Wann wurde der Tote gefunden …?«, begann Jenkins, unterbrach sich aber, als er merkte, dass die beiden Männer an ihm vorbeiblickten. Er wandte sich um.

Eine Frau war geräuschlos eingetreten.

Sie stand in einem niedrigen Eingang, der zu einem anderen Teil des Hauses führte, eine Hand verkrampft auf Höhe der Taille über die andere gelegt. Sie war groß – sie musste sich in der Türöffnung ein wenig bücken – und ausnehmend schlank. Ihr Teint war blassrosa, wie Magermilch, in die man einen einzigen Tropfen Blut gemischt hatte. Ihr schmales Gesicht glich dem einer Madonna von einem der unbedeutenderen alten Meister, mit dunklen Augen und einer langen spitzen Nase mit einem kleinen Höcker an der Spitze. Sie trug eine beigefarbene Strickjacke und einen wadenlangen Rock, der ihr ein wenig schief von der jungenhaft schmalen Hüfte hing.

Sie war nicht schön, dafür war irgendwie nicht genug von ihr vorhanden, dachte Strafford, aber dennoch rührte etwas an ihrem zerbrechlichen, melancholischen Äußeren eine Saite in ihm an, sodass ein lautloses, trauriges kleines *pling* erklang.

»Ah, da bist du ja, meine Liebe«, sagte Colonel Osborne. »Ich dachte, du schläfst.«

»Ich habe Stimmen gehört.« Die Frau blickte ausdruckslos zwischen Strafford und Jenkins hin und her.

»Das ist meine Frau«, sagte Osborne. »Sylvia, das sind Inspector Strafford, und …?«

»Jenkins«, sagte der Polizist mit Nachdruck und einer Spur Unmut. Er verstand einfach nicht, warum sich die Leute seinen Namen nicht merken konnten – immerhin hieß er nicht Jones oder Smith. »Detective Sergeant Jenkins.«

Sylvia Osborne bedachte die Männer nicht mit einem Gruß, sondern trat nur aus der Türöffnung heraus und rieb sich die Hände. Sie wirkte so verfroren, dass es schien, als wäre ihr in ihrem ganzen Leben noch nicht warm gewesen. Strafford runzelte die Stirn; er hatte zuerst angenommen, sie sei Osbornes Tochter oder vielleicht eine Nichte, aber gewiss nicht seine Frau – Strafford schätzte sie auf mindestens zwanzig, wenn nicht fünfundzwanzig Jahre jünger als ihren Mann. In dem Fall, so dachte er, musste sie seine zweite Frau sein, da es erwachsene Kinder gab. Was wohl aus der ersten Mrs Osborne geworden war?

Der Kessel auf dem Herd gab ein schrilles Pfeifen von sich.

»Auf der Treppe ist mir jemand begegnet«, sagte Mrs Osborne, »ein Mann. Wer ist das?«

»Wahrscheinlich einer von meinen«, antwortete Strafford.

Sie sah ihn verständnislos an, dann wandte sie sich wieder ihrem Mann zu. Er goss gerade kochendes Wasser in eine große Teekanne aus Porzellan.

»Wo ist Sadie?«, fragte sie.

»Ich habe sie zu ihrer Schwester geschickt«, sagte Osborne kurz angebunden. Er warf Strafford einen kurzen Blick zu. »Die Haushälterin. Mrs Duffy.«

»Warum hast du das gemacht?«, fragte seine Frau verwundert und legte ihre bleiche Stirn in Falten. Alle ihre Bewegungen waren langsam und angestrengt nachdrücklich, als befände sie sich unter Wasser.

»Du weißt doch, was für ein Waschweib sie ist.« Osborne wich ihrem Blick aus, dann murmelte er halblaut: »Nicht, dass ihre Schwester nicht auch eines wäre.«

Mrs Osborne sah vor sich hin und stützte den Kopf in die Hand.

»Ich verstehe das nicht«, sagte sie schwach. »Wie konnte er denn in die Bibliothek kommen, wenn er die Treppe hinuntergefallen ist?«

Wieder sah Osborne zu Strafford hin, mit einem beinahe unmerklichen schnellen kleinen Kopfschütteln.

»Das wird Inspector Straffords Mann wahrscheinlich herausfinden wollen«, sagte er etwas zu laut zu seiner Frau und sprach sanfter weiter. »Möchtest du eine Tasse Tee, Liebes?«

Sie schüttelte den Kopf, wandte sich immer noch apathisch wirkend um und ging durch die Tür hinaus, durch die sie gekommen war. Die Hände hatte sie noch vor dem Bauch verschränkt, die Ellbogen an den Körper gepresst, als drohe sie zusammenzubrechen und müsse sich mit Kraft aufrecht halten.

»Sie glaubt, es war ein Unfall«, sagte Osborne leise, als sie weg war. »Ich dachte mir, es hat keinen Sinn, sie aufzuklären – die Wahrheit erfährt sie sowieso früh genug.«

Er reichte die Teetassen herum und behielt die ohne Sprung für sich.

»Hat jemand in der Nacht etwas gehört?«, fragte Sergeant Jenkins.

Colonel Osborne sah ihn missmutig an, augenscheinlich überrascht, dass jemand, der eindeutig den unteren Rängen angehörte, sich für befugt hielt, das Wort zu ergreifen, ohne zuerst die Erlaubnis seines Vorgesetzten einzuholen.

»Ich selbst habe jedenfalls nichts gehört«, antwortete er schroff. »Dominic vielleicht. Also mein Sohn.«

»Und die anderen im Haus?«, insistierte Jenkins.

»Soweit ich weiß, hat niemand etwas gehört«, meinte der Colonel steif und starrte in seine Tasse.

»Und wo ist Ihr Sohn jetzt?«, fragte Strafford.

»Er führt den Hund aus«, sagte Osborne. Sein Gesichtsausdruck ließ vermuten, dass selbst ihm das gelinde gesagt unvereinbar vorkam: Hier ein Toter, da ein Hund, der ausgeführt werden musste.

»Wie viele Leute waren gestern Nacht im Haus?«, wollte Strafford wissen.

Osborne richtete den Blick zur Decke und bewegte die Lippen, während er leise zählte.

»Fünf«, sagte er, »Father Tom eingeschlossen. Und die Haushälterin war natürlich auch noch da. Sie«, er nickte zum Boden, »hat unten ein Zimmer.«

»Das wären also Sie, Ihre Frau, Ihr Sohn und Father Harkins.«

»Genau.«

»Ich zähle vier, Sie sagten aber, es wären fünf gewesen, ohne die Haushälterin?«

»Und meine Tochter, habe ich sie gar nicht erwähnt? Lettie.« Etwas huschte kurz über sein Gesicht, wie ein Wolkenschatten über einen Berghang an einem stürmischen Tag. »Ich bezweifle, dass sie irgendetwas gehört hat. Sie schläft immer sehr tief. Manchmal kommt es einem sogar so vor, als würde sie nichts anderes tun, als zu schlafen. Sie ist siebzehn«, fügte er hinzu, als würde das nicht nur die Schlafgewohnheiten des Mädchens erklären, sondern noch einiges darüber hinaus.

»Wo ist sie jetzt?«, fragte Strafford.

Colonel Osborne trank einen Schluck und verzog das Gesicht, ob des Geschmacks des Tees – er war ihm so stark geraten, dass er beinahe schwarz war – oder ob des Gedankens an seine Tochter, wusste Strafford nicht. Doch darüber würde er später nachdenken. Es gehörte zu seinen Faustregeln, in einem Mordfall nichts außer Acht zu lassen. Er legte beide Hände flach vor sich auf den Tisch und schob sich hoch.

»Ich würde gerne das Zimmer sehen, in dem Father Harkins gestern Nacht geschlafen hat.«

Auch Jenkins war aufgestanden. Colonel Osborne blieb sitzen und blickte zu den beiden auf. Seine bislang schroffe und misstrauische Art geriet einen Augenblick ins Wanken, und er wirkte zum ersten Mal unsicher, schwach und ängstlich.

»Es ist wie in einem bösen Traum«, wiederholte er. Fast flehentlich sah er die beiden Männer an, die über ihm standen. »Das wird wahrscheinlich vorübergehen. Wahrscheinlich wird alles bald allzu real.«

3

Colonel Osborne hatte die Polizisten aus der Küche in die Eingangshalle geführt, und sie standen am Fuß der Treppe. Strafford bewunderte im Stillen das elegant geschwungene Geländer, als Harry Hall aus der Bibliothek geschlurft kam und sich hinter vorgehaltener Hand eine Zigarette anzündete. »Haben Sie mal eine Minute?«, fragte er Strafford.

Der Detective betrachtete die ungeschlachte Gestalt vor sich und versuchte, seine Abneigung nicht zu zeigen. Nicht, dass dies irgendwelche Folgen gehabt hätte: Die beiden Männer hatten schon vor langer Zeit erkannt, dass sie einander nicht mochten. Aber sie waren zu der stillschweigenden und umsichtigen Übereinkunft gekommen, dass dies keinen schädlichen Einfluss auf ihre Arbeit nehmen sollte – sie waren einander nun wirklich nicht wichtig genug, um zu streiten.

Colonel Osborne und Sergeant Jenkins waren auf den unteren Treppenstufen stehen geblieben und warteten.

Die Spannung zwischen Strafford und dem Kriminaltechniker war spürbar. Colonel Osborne runzelte verwundert die Stirn und blickte fragend von Harry Hall zu Strafford und von Strafford zu Jenkins.

Schon seltsam, dachte Strafford, wie am Schauplatz eines Gewaltverbrechens alle möglichen nebensächlichen kleinen Streitereien in übertriebenem, verstärktem Maße ausbrachen, so wie bei einem Waldbrand kleine Feuer an Stellen rund um den Brandherd aufflammten, die noch gar nicht bedroht gewesen zu sein schienen.

»Na gut.« Strafford wandte sich zu den beiden Männern, die auf der Treppe auf ihn warteten. »Jenkins, gehen Sie doch schon mit Colonel Osborne hoch und sehen sich das Schlafzimmer an. Ich komme gleich nach.«

Sie gingen zurück in die Bibliothek, Harry Hall voran. Hendricks war damit beschäftigt, einen neuen Film in seine Kamera einzulegen, während Willoughby, ausgerüstet mit Gummihandschuhen, neben der Tür kniete und lustlos den Türgriff mit einem weichen Rotmarderpinsel einstaubte. Harry Hall zog nachdenklich an seiner Zigarette.

»Schon bizarr, der Fall hier«, sagte er halblaut.

»Finden Sie? Ich dachte mir auch schon so etwas«, antwortete Strafford. Harry Hall zuckte nur mit den Schultern. Es wunderte Strafford immer, dass seine Ironie anderen so häufig verborgen blieb.

»Er wurde oben niedergestochen und hat es irgendwie hier runter geschafft«, sagte Harry Hall. »Wahrscheinlich hat er versucht, vor seinem Angreifer zu fliehen. Ich vermute, er ist hier reingekommen und dann gestürzt – er hatte schon eine ganze Menge Blut verloren – und lag hier, als man ihm das Gemächt abgeschnitten hat, Eier, Schwanz, mit allem Drum und Dran. Das haben wir übrigens nicht gefunden.

Offenbar hat sich das jemand als Souvenir mitgenommen. Ein sauberer Schnitt, mit einer rasiermesserscharfen Klinge. Profiarbeit.«

Er widmete sich wieder seiner Zigarette – es zischte, als er daran zog – und betrachtete die Leiche auf dem Boden. Strafford fragte sich zerstreut, wie jemand eine ausreichende Anzahl von Kastrationen vorweisen konnte, um die Bezeichnung Profi verdient zu haben.

»Man sieht, dass ihn jemand sauber gemacht hat«, fuhr Harry Hall fort. »Das Blut am Boden wurde aufgewischt, aber erst, nachdem es schon getrocknet war. Was für eine Plackerei.«

»Und wann hat die Plackerei wohl stattgefunden?«

Der große Mann zuckte mit den Schultern. Er war gelangweilt, nicht von diesem Fall, sondern von seiner Arbeit im Allgemeinen. Bis zum Ruhestand hatte er noch sieben Jahre. »Wahrscheinlich gleich heute Morgen, nachdem das Blut getrocknet war. Der Teppichboden auf der Treppe wurde auch abgewaschen – die Flecken sind aber noch drin.«

Kurz standen sie schweigend da und starrten den Toten an. Hendricks saß auf der Armlehne eines Sessels, seine Kamera auf dem Schoß: Seine Arbeit hier unten war beendet, und er machte eine Pause, bevor er oben weiterfotografierte. Hendricks war derjenige der drei, der am beflissensten wirkte, dabei war er eigentlich der Faulste.

Willoughby kniete immer noch neben der Tür und trug Pulver auf. Wie die anderen beiden wusste auch er, dass der Tatort gründlich verunreinigt worden war und sich ihre Arbeit sehr wahrscheinlich als Zeitverschwendung erweisen würde. Nicht, dass es ihm wichtig gewesen wäre.

»Die Haushälterin«, sagte Strafford und schob sich dabei mit vier steifen Fingern den Haarflügel von den Augen, »sie wird es gewesen sein, die sauber gemacht oder sich zumindest nach Kräften bemüht hat.«

Harry Hall nickte. »Auf Anweisung von Colonel Bogey, nehme ich an?«

»Sie meinen Osborne?«, fragte Strafford mit der Andeutung eines Lächelns. »Wahrscheinlich. Alte Soldaten sehen nicht gerne Blut, heißt es: Das bringt zu viele Erinnerungen zurück oder so ähnlich.«

Wieder schwiegen sie. Harry Hall sagte noch leiser: »Hören Sie, Strafford, das da ist nicht gut. Ein toter Pfarrer in einem Haus voller Evangelen? Was werden die Zeitungen dazu sagen?«

»Wahrscheinlich dasselbe wie die Nachbarn«, antwortete Strafford geistesabwesend.

»Die Nachbarn?«

»Was? Ach so, der Colonel macht sich Sorgen, dass es einen Skandal geben könnte.«

Harry Hall schnaubte.

»Das liegt allerdings durchaus im Bereich des Möglichen«, sagte er.

»Da wäre ich mir nicht so sicher«, murmelte Strafford.

Sie standen da, Harry Hall bearbeitete den letzten Rest seiner Zigarette, und Strafford strich sich nachdenklich über seinen schmalen Kiefer. Dann ging er hinüber zu Willoughby. »Und?«

Willoughby erhob sich mühsam von den Knien und verzog das Gesicht. »Dieser Rücken«, keuchte er, »der bringt mich noch mal um.« Ihm standen Schweißperlen auf der

Stirn und auf der Oberlippe; es war fast Mittag, und er brauchte dringend etwas zu trinken. »Natürlich gibt es Fingerabdrücke«, sagte er, »vier, fünf unterschiedliche, einer davon blutig. Man kann wohl mit Sicherheit behaupten, dass er von Hochwürden stammt.« Er grinste und zog dabei den Mund auf einer Seite nach oben, sodass es eher wie Zähnefletschen aussah. »Muss ganz schön kräftig gewesen sein, der Kerl, dass er es vom Treppenabsatz bis hier runter geschafft hat.«

»Vielleicht hat ihn jemand getragen.«

Nun zuckte Willoughby mit den Schultern; er langweilte sich genauso wie die beiden anderen. Alle drei langweilten sie sich: Sie langweilten sich, froren und wollten nichts lieber als hinaus aus diesem großen, ausgekühlten, düsteren verdammten Haus und zurück in ihr behagliches Quartier in der Pearse Street. Sie waren Dubliner: Auf dem Land bekamen sie die Flatter, zumindest Harry Hall und Hendricks, denn Willoughby hatte sie ja schon.

»Was ist mit dem Kerzenständer?«, fragte Strafford.

»Was soll damit sein?«

»Sind Fingerabdrücke drauf?«

»Hab ich noch nicht überprüft. Ich hab ihn mir nur kurz angesehen – ist offenbar sauber abgewischt worden.«

Harry Hall trat zu ihnen und zündete sich noch eine Zigarette an. Er rauchte Woodbines, nicht weil sie billig, sondern weil sie stark waren – »der beste Schleimlöser«, sagte er immer und hustete rasselnd zum Beweis.

»Und wie gehen wir jetzt damit um?«, fragte er.

»Wie wir ›damit umgehen‹?«

»Sie wissen schon, was ich meine. Das gibt einen Haufen

Probleme. Da kann sich manch einer übel die Finger ver-
brennen.«

Strafford betrachtete die Nikotinflecken an den fleischigen Händen des dicken Mannes.

»Hat jemand den Krankenwagen gerufen?«, fragte er.

»Vom Wexford General aus ist einer unterwegs«, antwortete Harry Hall. »Aber keine Ahnung, wann die ankommen,
bei dem Wetter.«

»Das ist doch nur Schnee, Herrgott«, sagte Strafford etwas
gereizt. »Was haben nur alle ständig damit?«

Harry Hall und Willoughby tauschten Blicke; selbst der
mildeste Ausbruch wurde Strafford als weiterer Beweis für
seinen aristokratischen Dünkel und seine allgemeine Geringschätzung für die Menschen um ihn herum ausgelegt.
Ihm war bekannt, dass sein Spitzname Lord Snooty war,
nach einer Figur aus einem Schülercomic. Das wäre ihm
egal, allerdings trug sein Ruf als Schnösel zu den Schwierigkeiten in seinem Beruf bei.

»Wir sind jedenfalls fertig hier«, meinte Harry Hall.

»Gut«, antwortete Strafford. »Danke. Ich weiß, Sie konnten nicht viel tun, in Anbetracht der …«

»Wir haben getan, was wir konnten«, unterbrach ihn
Harry Hall schroff und kniff die Augen zusammen. »Das
schreiben Sie hoffentlich auch so in Ihren Bericht.«

Strafford seufzte. Er hatte diese drei Komiker satt und
wünschte ihren Aufbruch ebenso sehnlich herbei wie sie
selbst. Harry Hall entfernte sich von ihm und half den anderen beiden, ihre Ausrüstung zusammenzupacken, alle drei
mit Leidensmiene. Der Detective ging zur Tür und drehte
sich zu Harry Hall um.

»Ist Doctor Quirke informiert worden, dass eine Leiche zu ihm unterwegs ist?«

Doctor Quirke war vor Kurzem zum Staatlichen Pathologen ernannt worden.

Harry Hall warf Willoughby wieder einen Blick zu und grinste.

»Er ist verreist«, sagte Harry Hall.

»Ach ja? Und wohin?«

»Er ist in den Flitterwochen!«, sagte Hendricks. »Hossa!«

Und dann zündete er eine Blitzbirne, einfach so zum Spaß.

4

Statt nach oben zu gehen und sich anzusehen, wo man den Priester angegriffen hatte, spazierte Strafford ein wenig in den unteren Räumlichkeiten herum, um sich zu orientieren. Das war bei ihm immer so, wenn er ein Verbrechen untersuchte. Er musste die Geografie des Ortes im Kopf haben, wissen, wo die Tat begangen worden war. So bekam er ein Gefühl für den Schauplatz und konnte sich hineinversetzen, um eine andere Perspektive zu bekommen. Manchmal fügte er sich in solchen Situationen auch selbst in die Szene ein, wie eine ausgeschnittene Pappfigur im Modell eines Bühnenbildners, ohne sich zu bewegen; vielmehr wurde er bewegt. Diese Vorstellung gefiel ihm, er wusste auch nicht genau, warum. *Gott spielen*, hätte seine Freundin, seine *Ex*-Freundin, gesagt und dazu wie so häufig die Miene verzogen.

Es gab zwei Salons, einen rechts und einen links von der Eingangstür. Nur in dem auf der linken Seite waren Hinweise darauf zu finden, dass er bewohnt wurde. Im Kamin brannte ein Holzfeuer, Bücher und Zeitungen lagen verstreut, Tassen, Untertassen und Gläser standen auf einem niedrigen Tisch, und über der Lehne eines Sessels hing ein Tartanschal. Wie vertraut ihm das alles war, die schäbige Einrichtung, das leichte Durcheinander, der schwache Geruch von Moder und Feuchtigkeit, den alle alten Häuser verströmten. In solchen Räumen hatte er die Jahre seiner Kindheit verbracht; alte Eindrücke saßen immer tief.

Er stellte sich in den Erker eines der beiden großen Fenster, die auf kahle Bäume, den schneebedeckten Rasen und die gewundene zerfurchte Zufahrt hinunter zur Hauptstraße blickten. In der Ferne war ein Hügel, auf dessen Kuppe Schnee lag; es sah unwirklich adrett und pittoresk aus, wie eine Dekoration auf einer Weihnachtstorte. Das musste Mount Leinster sein, dachte er. Am Himmel dahinter hingen bleierne lila Wolken – es kam noch mehr Schnee.

Strafford klopfte sich mit den Nägeln zweier Finger gegen die Vorderzähne. Das tat er immer, wenn er zerstreut oder in Gedanken vertieft oder beides war.

Harry Hall hatte recht, der Fall war bizarr und hatte das Potenzial, ihm eine Menge Scherereien zu machen, wenn er nicht höllisch aufpasste und geschickt vorging.

Wie dieses geschickte Vorgehen aussah oder welche Scherereien ihm genau drohten, konnte er nicht sagen, noch nicht. Aber Priester wurden schlichtweg nicht ermordet, und ganz gewiss nicht an Orten wie Ballyglass House; die katholische Kirche – die *Mächtigen*, anders ausgedrückt – würde sich einmischen, und man würde die Sache zweifellos vertuschen und der Öffentlichkeit irgendeine plausible Lüge präsentieren. Die einzige Frage war, wie tief man die Fakten vergraben würde.

Ja, eine bizarre Sache. Er wusste sehr wohl, warum Hackett – Detective Chief Superintendent Hackett, sein Vorgesetzter in Dublin – ihm den Fall anvertraut hatte. »Sie wissen doch, wie dort der Hase läuft«, hatte Hackett an diesem Morgen am Telefon gesagt. »Die sprechen Ihre Sprache, mit Ihnen werden sie reden. Viel Glück.«

Aber in diesem Fall würde er mehr als nur Glück brauchen, woran er sowieso nicht glaubte. Jeder war seines Glückes Schmied, sonst schmiedeten es andere für einen, und das waren meistens Idioten.

Irgendetwas, ein uralter Instinkt, sagte ihm, dass er nicht allein war, dass er beobachtet wurde. Zaghaft wandte er den Kopf und sah sich im Zimmer um. Da entdeckte er sie; sie musste schon die ganze Zeit über da gewesen sein. In diesen alten Häusern musste man nur stillhalten und ruhig bleiben, um mit dem Hintergrund zu verschmelzen, wie eine Eidechse auf einer Steinmauer. Sie hatte es sich unter einer braunen Decke auf einem alten Sofa vor dem Kamin gemütlich gemacht, die Knie zur Brust gezogen, den Daumen im Mund. Ihre großen Augen wirkten riesig – warum hatte es so lange gedauert, bis er ihren durchdringenden Blick gespürt hatte, mitten zwischen seinen Schulterblättern?

»Hallo«, sagte er. »Es tut mir leid, ich habe Sie nicht gesehen.«

Sie nahm den Daumen aus dem Mund. »Ich weiß. Ich habe Sie beobachtet.«

Er sah nur Gesicht und Hände, der Rest von ihr war unter der Decke verborgen. Sie hatte eine breite Stirn, ein spitzes Kinn und Augen so groß wie bei einem Lemur. Ein Schopf ungebärdiger, drahtiger und, wie es aussah, nicht eben frisch gewaschener Locken umrahmte ihr Gesicht.

»Ist das nicht eklig«, sie betrachtete ihren Daumen, »wie die Haut ganz schrumpelig und weiß wird, wenn man daran lutscht? Schauen Sie mal«, sie hielt den Daumen hoch, damit er es sehen konnte, »der sieht aus, als hätte man ihn gerade aus dem Meer gezogen.«

»Sie sind sicherlich Lettie«, sagte er.

»Und Sie? Nein, lassen Sie mich raten. Sie sind der Kriminalpolizist.«

»Genau. Detective Inspector Strafford.«

»Sie sehen gar nicht aus wie ein …« Sie hielt inne, als sie seinen entnervten Gesichtsausdruck bemerkte. »Wahrscheinlich erzählen Ihnen die Leute die ganze Zeit, dass Sie nicht wie ein Polizist aussehen. Sie hören sich auch nicht an wie einer, mit diesem Akzent. Wie heißen Sie?«

»Strafford.«

»Mit Vornamen, meine ich.«

»Also, ich heiße St John.« Er konnte seinen Namen nie laut aussprechen, ohne verlegen zu werden.

Das Mädchen lachte.

»St John! Das ist ja fast so schlimm wie meiner. Sie nennen mich Lettie, aber eigentlich heiße ich Lettice, ob Sie es glauben oder nicht. Stellen Sie sich mal vor, einem Kind einen so altmodischen Namen wie Lettice zu geben. Nach meiner Großmutter, aber trotzdem.«

Mit verschmitzt zusammengekniffenen Augen musterte sie ihn genau, als würde sie damit rechnen, dass er jeden Moment ein Kunststück vollführte, zum Beispiel einen Kopfstand machte oder levitierte. Aus seiner eigenen Jugend wusste er noch, dass ein neues Gesicht im Haus immer Veränderung und Aufregung versprach – zumindest Veränderung, denn Aufregung war etwas so Seltenes in einem Haushalt wie dem ihren und früher auch dem seinen, dass sie nur die Ausgeburt einer überbordenden Fantasie sein konnte.

»Beobachten Sie gerne andere Leute?«, fragte er.

»Ja. Man glaubt gar nicht, was die alles anstellen, wenn sie glauben, dass niemand sie sieht. Die Dünnen bohren immer in der Nase.«

»Ich hoffentlich nicht.«

»Irgendwann hätten Sie wahrscheinlich damit angefangen.« Sie hielt inne. »Das ist doch echt spannend – eine Leiche in der Bibliothek! Haben Sie den Fall schon gelöst? Bestellen Sie uns alle vor dem Abendessen ein, um die Handlung zu erklären und den Namen des Mörders zu offenbaren? Ich setze auf die Weiße Maus.«

»Die …?«

»Meine Stiefmutter Sylvia, die Königin der Kopfjäger. Haben Sie sie schon gesehen? Vielleicht haben Sie es ja gar nicht gemerkt, denn sie ist quasi durchsichtig.«

Sie warf die Decke zurück, erhob sich vom Sofa, streckte sich und stöhnte. Sie war groß für ein Mädchen, dachte er, schlank, mit dunklem Teint und leichten O-Beinen: die Tochter ihres Vaters. Im geläufigen Sinne war sie überhaupt nicht hübsch, und das wusste sie, aber die Tatsache, dass sie es wusste, die sich in ihrer clownesken Trägheit offenbarte, verlieh ihr paradoxerweise einen gewissen schmollenden Charme. Sie trug Reithosen und eine schwarze Reitjacke aus Samt.

»Sie wollten gerade ausreiten?«, fragte Strafford.

Das Mädchen ließ die Arme sinken. »Was? Ach so, weil ich das anhabe. Nein, ich mache mir nichts aus Pferden –

übel riechende Viecher, sie brennen durch, beißen oder beides. Mir gefällt nur die Kluft; sie macht sehr schlank und ist außerdem bequem. Die hier war von meiner Mutter – also von meiner richtigen Mutter, die ja tot ist. Ich musste sie allerdings ein bisschen abnähen lassen. Sie war ziemlich groß.«

»Ihr Vater dachte, Sie schlafen noch.«

»Ach, der steht in aller Herrgottsfrühe auf und findet, jeder, der das nicht tut, ist«, und nun imitierte sie Colonel Osborne überraschend überzeugend, »*ein verfluchter Nichtstuer, verdammich*. Ehrlich, er ist ein alter Heuchler.«

Sie hob die Decke wieder auf, legte sie sich um die Schultern und trat zu ihm ans Fenster, um die verschneite Landschaft zu betrachten.

»Herrje«, meinte sie, »dieses vereiste Ödland. Sehen Sie, da wurden noch mehr Bäume im Wäldchen gefällt.« Sie wandte sich Strafford zu. »Sie wissen sicherlich, dass wir arm wie Kirchenmäuse sind? Das Brennholz ist zur Hälfte verbraucht, und das Dach kann jeden Tag einstürzen. Es ist das Haus Usher.« Nachdenklich stockte sie und rümpfte die Nase. »Warum hält man Kirchenmäuse eigentlich für arm? Und wie kann eine Maus überhaupt reich sein?« Sie fröstelte und zog die Decke fester um sich. »Mir ist sooo kalt!« Wieder sah sie ihn neckisch von der Seite an. »Aber Frauen haben natürlich immer kalte Hände und Füße. Dafür sind Männer ja da, um uns *aufzuwärmen*.«

Ein Schatten bewegte sich vor dem Fenster, und Strafford blickte gerade noch rechtzeitig hinaus, um draußen einen ungeschlachten Jungen in Gummistiefeln und Lederjacke mit einem schwerfälligen Stechschritt durch den Schnee vorbeilaufen zu sehen. Er hatte Sommersprossen und einen dichten, wirren Haarschopf, so dunkelrot, dass er beinahe bronzefarben wirkte. Die Ärmel seiner Jacke waren zu kurz, und seine frei liegenden Handgelenke schimmerten weißer als der weiße Schnee auf allen Seiten.

»Ist das Ihr Bruder?«, fragte Strafford.

Das Mädchen lachte kreischend.

»Hach, das ist ja köstlich«, rief sie und schüttelte den Kopf, sodass ihr Lachen sich in ein Gurgeln verwandelte. »Ich kann es gar nicht erwarten, Dominic zu erzählen, dass Sie ihn mit Fonsey verwechselt haben. Wahrscheinlich zimmert er Ihnen erst mal eine – er ist furchtbar jähzornig.«

Der Junge war mittlerweile außer Sicht.

»Wer ist Fonsey?«, fragte Strafford.

»Er hier«, sie zeigte in seine Richtung, »der Stalljunge, so würde man ihn wohl bezeichnen. Er kümmert sich um die Pferde, zumindest soll er das. Eigentlich ist er selbst halb ein Pferd. Wie heißen noch mal diese Wesen aus dem alten Griechenland?«

»Kentauren?«

»Genau. So einer ist Fonsey.« Sie gab wieder das kehlige Schluckauf-Lachen von sich. »Der Kentaur von Ballyglass House. Er hat ein bisschen was an der Birne«, sie legte sich einen Finger an die Schläfe und machte eine Schraubbewegung, »also passen Sie auf. Ich nenne ihn Caliban.«

Wieder betrachtete sie Strafford mit ihren riesigen grauen Augen und hielt sich die Decke am Hals zusammen, als wäre sie ein Umhang.

»St John«, sagte sie nachdenklich. »Ich habe noch nie einen St John kennengelernt.«

Strafford schlug sich wieder mit dem Filzhut ans Bein;

auch das war eine seiner Angewohnheiten, einer seiner zahlreichen Ticks, von denen er so viele hatte, dass seine Freundin immer behauptet hatte, sie trieben sie in den Wahnsinn. Er schickte sich an zu gehen.

»Sie müssen mich entschuldigen. Ich habe noch einiges zu tun.«

»Wahrscheinlich müssen Sie nach Hinweisen suchen? An Zigarettenstummeln riechen und Fingerabdrücke durch die Lupe betrachten?«

Er wollte sich gerade wegdrehen, da hielt er inne.

»Wie gut kannten Sie Father Harkins?«, fragte er.

Das Mädchen zuckte mit den Schultern. »Wie *gut* ich ihn kannte? Ich kannte ihn eigentlich überhaupt nicht. Er war ständig hier, wenn Sie das meinen. Alle hielten ihn für ein echtes Original. Ich habe ihn nie weiter wahrgenommen. Irgendwas war gruselig an ihm.«

»›Gruselig‹?«

»Na ja, Sie wissen schon. Alles andere als fromm oder salbadernd. Er hat sich gern mal einen genehmigt, stand ständig im Mittelpunkt und so weiter, aber gleichzeitig war er immer auf der Lauer, hat immer beobachtet …«

»So wie Sie?«

Sie kniff den Mund zu einer schmalen Linie zusammen. »Nein, nicht so wie ich. Wie ein Spanner eher – auf die Art gruselig.«

»Und was, glauben Sie, ist ihm zugestoßen?«

»›Ihm zugestoßen‹? Sie meinen, wer ihm ein Messer in den Hals gerammt und ihm die Eier abgeschnitten hat? Woher soll ich das wissen? Vielleicht war es ja gar nicht die Weiße Maus. Vielleicht haben sie und der Mann Gottes zusammen irgendeinen Unfug angestellt, und Daddy hat ihn rasend vor Eifersucht kaltgemacht.« Sie imitierte wieder die Stimme ihres Vaters und schob dabei die Unterlippe vor. »*So ein unverschämter Bursche aber auch, verdammich, spaziert hier rein und macht sich über meine Angetraute her!*«

Strafford konnte nicht umhin zu lächeln.

»Gehört haben Sie wahrscheinlich nichts in der Nacht?«, fragte er.

»Sie meinen, ob ich gehört habe, wie Hochwürden das Messer in den Hals bekommen hat? Leider nicht – ich schlafe wie ein Stein – das wird Ihnen jeder bestätigen. Das Einzige, was ich höre, ist das Gespenst von Ballyglass, wenn es mit den Ketten rasselt und stöhnt. Sie wissen, dass es hier spukt?«

Er lächelte wieder.

»Ich muss los«, sagte er. »Wir sehen uns sicherlich wieder, bevor ich fahre.«

»Ja, bestimmt im Esszimmer: Cocktails um acht, *Zehn kleine Negerlein* und so weiter – ich kann es kaum erwarten.« Er bewegte sich bereits von ihr weg und lachte in sich hinein. »Ich komme in Abendkleid und Federboa«, rief sie ihm nach. »Und ich stecke mir einen Dolch in den Strumpf!«

5

Das Team von der Spurensicherung war in seinem Transporter weggefahren und hatte in der Eingangshalle einen leichten Mief nach Abgasen hinterlassen. Strafford ging zum Fuß der Treppe und untersuchte den Teppich; ja, da waren blassrosa Flecken im Flor, bis ganz oben. Sie waren nur schwer zu erkennen; die Haushälterin hatte sich nach Kräften bemüht, aber, so sagte er sich, Blut ist dicker als Wasser und Seife. Er grinste: *dicker als Wasser und Seife.* Das gefiel ihm.

Er stieg die Treppe hinauf und machte dabei leise schmatzende Geräusche mit der Handfläche auf dem Geländer. Er versuchte sich vorzustellen, wie der Priester diese Treppe hinuntertorkelte, während ihm das Blut aus der durchtrennten Arterie im Hals schoss. Wenn er seinen Angreifer nicht gesehen oder zumindest sich nähern gehört hatte, musste er sich gefragt haben: Wer würde es wagen, einen Priester zu töten? Und doch war es so gekommen.

Nachdem er den Treppenabsatz überquert hatte, trat er in den kurzen fensterlosen Durchgang, der zum nächsten Korridor und den Schlafzimmern führte. Auch hier waren noch

Spuren eines Blutflecks auf dem Teppich zu sehen, dieser hier groß und rund. Das war also die Stelle, an der man auf ihn eingestochen hatte. Der Angriff war bestimmt von hinten ausgeführt worden, denn Father Tom war von kräftiger Statur und hätte sich gewehrt, wenn jemand mit einem Messer in der Hand von vorne auf ihn losgegangen wäre.

Bedeutete das, jemand hatte in einem Schlafzimmer gelauert, bis er vorbeikam? Oder gab es noch einen anderen Weg hier herauf, einen anderen Zugang von draußen? Diese alten Häuser waren immer sehr verwirrend, wegen der stückweisen Umbauten, die im Laufe der Zeit gemacht worden waren.

Er ging weiter, und wirklich, da war eine Fenstertür und davor eine uralte gewendelte Feuertreppe, an manchen Stellen so verrostet, dass sie filigran wie Spitze war. Er untersuchte den Türgriff. Die Tür war nicht aufgebrochen worden. So wie es aussah, war sie vielmehr seit Jahren nicht mehr geöffnet worden.

Aus einem Zimmer hinter ihm drangen Stimmen. Er ging hinein. Jenkins und Colonel Osborne standen vor einem zerwühlten Bett. Der Raum war klein, und die Matratze des großen Bettes hatte der Länge nach eine Mulde in der Mitte. Die Soutane des Priesters hing an der Türrückseite, wie der abgezogene schwarze Pelz eines großen, haarlosen Tiers.

»Irgendwas gefunden?«, fragte Strafford.

Jenkins schüttelte den Kopf. »Er ist irgendwann in der Nacht aufgestanden – Harry Hall sagt, der Todeszeitpunkt liegt zwischen drei und vier Uhr. Dann hat er sich angezogen und sogar sein Kollar angelegt, ist aus dem Zimmer gegangen und nicht mehr zurückgekommen.«

»Warum sollte er das Kollar anlegen, wenn er nur zur Toilette wollte?«

»Die Toilette ist in der anderen Richtung, am Ende des Korridors.« Colonel Osborne wies mit einem Daumen in die Richtung.

»Was, glauben Sie, hat er denn dann gemacht?«, fragte Strafford.

»Keine Ahnung«, antwortete Osborne. »Vielleicht wollte er runter, um sich noch einen Schluck Bushmills zu genehmigen. Ich hatte ihm schon einen Schlummertrunk mit nach oben gegeben, als er schlafen gegangen ist.«

Strafford sah sich um. »Wo ist das Glas?«

»Ich hab's nicht gesehen«, meinte Jenkins. »Wenn er sich noch einen holen wollte, hätte er es mitgenommen. Bei dem Überfall könnte es ihm runtergefallen sein.«

Strafford hatte seinen Trenchcoat immer noch nicht ausgezogen, und den Hut hielt er weiterhin in der linken Hand. Er blickte sich noch einmal in dem niedrigen, vollgestellten Zimmer um, dann ging er hinaus.

Auf dem Treppenabsatz drängte sich Colonel Osborne an seine Seite und sagte aus dem Mundwinkel heraus: »Wie wär's denn, wenn Sie zum Mittagessen bleiben?«, murmelte er. »Mrs Duffy ist auf dem Rückweg von ihrer Schwester, sie wird uns was zaubern.«

Strafford warf einen Blick über die Schulter zu Jenkins, der gerade aus dem Schlafzimmer hinter ihnen kam. »Gilt das auch für meinen Kollegen?«

Osborne wirkte peinlich berührt. »Na ja, ich dachte, Ihr Bursche kommt alleine klar. Das Sheaf ist nicht weit von hier. Soll ganz in Ordnung sein dort. Sandwiches und

Suppe, vielleicht bringen sie sogar einen Teller Stew auf den Tisch.«

»Meinen Sie das Sheaf of Barley? Dort übernachten wir heute.«

»Ach, aber ich hätte Ihnen doch hier ein Quartier anbieten können!«

Strafford lächelte ihn ausdruckslos an. »Zwei Quartiere, nehme ich an: eines für mich und eines für Sergeant Jenkins?«

Der ältere Mann seufzte gereizt. »Ganz wie Sie wollen«, sagte er barsch. »Sagen Sie Mr Reck – das ist der Wirt des Sheaf –, Sie kommen von hier. Dann kümmert er sich um Sie. Aber Sie essen doch den Lunch mit uns, ja? Sie – Sie beide.«

»Danke«, sagte Strafford. »Sehr freundlich.«

Sie befanden sich wieder in dem dunklen Durchgang zwischen zwei Korridoren, wo man auf den Priester eingestochen hatte. Strafford blieb stehen und sah sich in der Düsternis um. »Wir müssen dieses Whiskeyglas finden. Wenn er es fallen gelassen hat, muss es ja irgendwo hier sein.« Er wandte sich an Sergeant Jenkins. »Setzen Sie diese beiden Grützköpfe, die da vor der Tür stehen, darauf an, dann schlafen sie nicht ein. Wahrscheinlich ist das Glas irgendwo druntergerollt.«

»In Ordnung.«

Strafford blickte auf. »Ist hier normalerweise eine Glühbirne?« Er zeigte auf eine leere Fassung in einem Lampenschirm, der kaum größer war als eine Teetasse und aussah wie aus Menschenhaut gemacht, gespannt, getrocknet und durchscheinend.

Colonel Osborne begutachtete die Fassung. »Ja, klar, natürlich sollte da eine Glühbirne sein. Ist mir nicht aufgefallen, dass sie fehlt.«

»Dann hat sie also jemand entfernt?«, fragte Strafford.

»Muss wohl so sein, nachdem sie nicht da ist.«

Strafford wandte sich an Sergeant Jenkins. »Sagen Sie den beiden, Sie sollen eine Glühbirne und das Glas suchen.« Er sah wieder zu der leeren Fassung hoch. »Es war also geplant«, murmelte er.

»Wie meinen?«, fragte Osborne.

Strafford drehte sich zu ihm. »Der Mord, er war vorsätzlich. Das sollte alles etwas einfacher machen.«

»Ach ja?« Osborne wirkte verdutzt.

»Wenn jemand im Affekt handelt, kann er Glück haben. Er schlägt zu, ohne nachzudenken, und danach sieht alles ganz natürlich aus, weil es auch so ist. Aber ein Plan hat immer irgendeinen Fehler. Irgendwas stimmt immer nicht. Unsere Aufgabe ist es, diesen Fehler zu finden.«

Unten rührte sich etwas, man hörte Rufe, und ein Hund kläffte. Ein kalter Luftzug wehte die Treppe herauf, dann schlug die Haustür zu. »Halt ihn doch fest, Herrgott noch mal!«, schimpfte jemand ärgerlich. »Mrs Duffy kriegt einen Anfall, wenn er mit seinen schlammigen Pfoten über die Teppiche läuft.«

Strafford und die anderen beiden beugten sich über das Geländer und blickten in die Eingangshalle hinunter. Fonsey, der Stalljunge, war dort, mit seinem roten Haarschopf und seiner Lederjacke. Er bemühte sich, einen großen und sehr nassen Labrador zu bändigen, indem er immer wieder fest an der Leine zog. An der Tür stand ein junger Mann in einem karierten Mantel und einem Hut mit einer Feder im Band.

Er zog sich gerade seine ledernen Stulpenhandschuhe aus. Seine Gummistiefel waren schmutzig, ein paar tropfende Schneeklumpen hingen noch daran. Ein langer Hirtenstab lehnte an dem Tisch in der Eingangshalle. Er nahm den Hut ab und schüttelte ihn kräftig.

»Mein Sohn«, erklärte Colonel Osborne und rief dann: »Dominic, die Polizei ist da!«

Der junge Mann blickte nach oben.

»Ah, hallo«, rief er.

Beim Anblick des Colonels ließ Fonsey den Hund los, trampelte schwerfällig zur Haustür und war verschwunden. Der Hund, der plötzlich das Interesse daran verlor, sich aufzuregen, spreizte seine vier großen Pfoten, schüttelte sich gründlich durch und spritzte Schneewasser in alle Richtungen.

Colonel Osborne ging die Treppe hinunter voran. »Dominic«, sagte er, »das ist Detective Inspector Strafford und ... und sein Assistent.«

»Jenkins«, knurrte der Sergeant und machte zwischen den Silben eine Pause. »Detec-tive Ser-geant *Jen-kins*.«

»Stimmt, Verzeihung.« Colonel Osborne errötete leicht. »Jenkins.«

Dominic Osborne war auf klassische Weise gut aussehend, mit einem langen, geraden Kiefer, einem leicht grausamen Zug um den Mund und den steinharten blauen Augen seines Vaters. Als er zwischen den beiden Detectives hin und her blickte, zuckte ein Mundwinkel, als würde ihn der Anblick amüsieren.

»Der lange Arm des Gesetzes«, sagte er mit spitzbübischem Sarkasmus. »Wer hätte das gedacht, hier in Ballyglass House?«

Strafford musterte den jungen Mann interessiert; er war nicht so abgebrüht, wie er vorgab, und sein Sarkasmus wirkte erzwungen.

Der Hund schnüffelte an Straffords Schuhen.

»Kommen Sie«, sagte der Colonel händereibend zu den beiden Detectives. »Sehen wir mal, ob der Lunch schon fertig ist.«

Strafford beugte sich hinunter und kraulte den Hund hinter dem Ohr. Der wedelte mit dem Schwanz und ließ die Zunge freundlich grinsend heraushängen. Hunde hatte Strafford schon immer gemocht.

Von Anfang an hatte dieser Fall etwas Merkwürdiges an sich gehabt. Er hatte das noch nie so erlebt, und es hatte ihm die ganze Zeit zu schaffen gemacht. Jetzt wusste er plötzlich, was es war. Niemand weinte.

6

Der Krankenwagen war immer noch vom Wexford General Hospital aus unterwegs, als Strafford ans Telefon gerufen wurde. Sein Chef, Chief Superintendent Hackett, trug ihm auf, den Transport abzusagen.

»Wir schicken einen Wagen von hier«, sagte Hackett über das Knistern in der Leitung – er hätte auch aus dem Weltraum sprechen können, so schlecht war die Verbindung und so verzerrt klang seine Stimme. »Ich will, dass die Leiche nach Dublin gebracht wird.« Strafford gab keine Antwort darauf. Am Tonfall seines Chefs erkannte er, dass die Vertuschung bereits begonnen hatte und erste Maßnahmen getroffen wurden, wie Requisiten, die auf einer Bühne platziert werden. Strafford war nicht der Einzige, der sich in der Rolle eines Bühnenbildners sah; es gab andere, die entschlossener und weitaus geschickter als er darin waren, gefälschte Szenarien zu zeichnen und hinter den Kulissen zu warten. »Sind Sie noch da?«, bellte Hackett gereizt. »Haben Sie gehört, was ich gesagt habe?«

»Ja, ja.«

»Und?«

»Es ist zu spät, um den Krankenwagen abzusagen, er wird jede Minute hier sein.«

»Na, dann schicken Sie ihn eben zurück! Ich habe doch gesagt, die Leiche muss hierher.« Wieder entstand eine Pause. Strafford spürte, wie Hackett immer gereizter wurde. »Es hat überhaupt keinen Sinn, dazustehen und nichts zu sagen!«, knurrte der Chief Superintendent. »Ich höre ganz genau, wie Sie das machen. Und Sie wissen verdammt gut, dass wir diese Sache mit Glacéhandschuhen anpacken müssen.« Er seufzte. »Der Palast hat sich schon beim Commissioner gemeldet. Was uns betrifft, war der Tod des Priesters offiziell ein Unfall. Und mit *uns* meine ich *Sie*, Strafford.«

Strafford lächelte grimmig in den Hörer. Der Palast, das war die Residenz des Erzbischofs von Dublin, John Charles McQuaid, des mächtigsten Kirchenmanns im Lande; Garda Commissioner Jack Phelan war ein prominentes Mitglied der Knights of St Patrick, die Kirche hatte sich also bereits eingemischt. Wenn Seine Exzellenz Doctor McQuaid sagte, Father Harkins hätte sich versehentlich mit einem Messer in den Hals gestochen und sich danach selbst die Genitalien abgeschnitten, dann war das genau so passiert, soweit es die breite Öffentlichkeit wissen durfte.

»Wie lange?«, fragte Strafford.

»Wie lange was?«, blaffte Hackett zurück. Er war angespannt, und das war er nicht oft. Jack Phelan musste unerbittlich gewesen sein.

»Wie lange wird von uns erwartet, den Schein zu wahren und vorzugeben, der Priester wäre versehentlich erstochen worden? Es ist ganz schön viel verlangt, dass die Leute das glauben sollen.«

Hackett seufzte erneut. Wenn es eine solche Pause in der Leitung gab und man ganz genau hinhörte, dann konnte man unter dem elektronischen Knistern eine Art fernes Trillern hören. Diese unheimliche, kakofonische Musik faszinierte Strafford immer, und gleichzeitig schauderte ihn dabei auch, als würden ihm die Scharen der Toten aus dem Äther etwas vorsingen.

»Wir ›wahren den Schein‹«, es amüsierte Hackett, Straffords Akzent und seine gewählte Ausdrucksweise nachzumachen, »solange es verdammt noch mal sein muss.«

Strafford tippte sich mit zwei Fingernägeln gegen die Vorderzähne.

»Was war das?«, fragte Hackett misstrauisch.

»Was war was?«

»Das hat sich angehört, als würde jemand Kokosnussschalen gegeneinanderschlagen.«

Strafford lachte lautlos.

»Ich schicke Jenkins mit der Leiche zurück«, sagte er. »Er kann Ihnen einen vorläufigen Bericht erstatten.«

»Ach, wir gehen es allein an, ja? Gideon von Scotland Yard löst den Fall eigenhändig.«

Strafford wusste nicht, was ihm der Chief am meisten verübelte, die protestantische Abstammung seines Stellvertreters oder seine Vorliebe dafür, Dinge auf seine Art zu erledigen. Wahrscheinlich wusste Hackett es selbst nicht.

»Soll ich Ihnen jetzt schon einen Bericht schreiben«, fragte Strafford, »oder hören Sie sich Jenkins' Version an? Bisher gibt es nicht viel.«

Hackett gab keine Antwort, sondern stellte stattdessen eine Frage. »Strafford, sagen Sie mir, was Sie davon halten.«

Er klang besorgt, so besorgt, wie ihn nur ein Befehl aus dem Palast machen konnte, dachte Strafford bei sich.

»Ich weiß nicht, was ich davon halte«, meinte Strafford. »Wie gesagt, ich habe bisher so gut wie nichts.« Er fügte noch ein flüchtiges »Sir« hinzu.

Es war kalt hier in der Nische in der Eingangshalle, wo das Telefon dezent verborgen wurde, mit dem klammen Hörer in der Hand und einem kalten Luftzug um die Füße, der unter der Eingangstür hereinwehte.

»Sie müssen doch eine ungefähre Vorstellung davon haben, was passiert ist«, insistierte Hackett.

»Colonel Osborne meint, der Mörder sei ein Eindringling von außen – er besteht darauf, dass eingebrochen worden sein muss.«

»Und, ist das so?«

»Ich glaube nicht. Harry Hall hat sich gründlich umgesehen, bevor er wieder gefahren ist, und ich auch. Keiner von uns hat ein Anzeichen für ein gewaltsames Eindringen entdeckt.«

»Also war es jemand aus dem Haus?«

»Das muss wohl so sein. Von der Annahme gehe ich jedenfalls aus.«

»Wie viele Leute waren gestern Nacht da?«

»Fünf, sechs, der Tote mit eingerechnet, und die Haushälterin. Es gibt noch ein Küchenmädchen, aber sie wohnt nicht weit entfernt und ist bestimmt nach Hause gegangen. Es kann natürlich sein, dass jemand einen Hausschlüssel hatte – irgendwelche Fußspuren wären bis heute Morgen zugeschneit gewesen.«

»Herrgott im Himmel«, brummte Hackett und seufzte ärgerlich. »Das gibt ordentlich Stunk.«

»Es mieft schon jetzt ziemlich, meinen Sie nicht?«, sagte Strafford träge mit seiner Lord-Peter-Wimsey-Stimme; wenn es Hackett Spaß machte, ihn nachzuahmen, so bereitete es ihm wiederum Spaß, ihm reichlich Material zum Nachahmen zu liefern. Doch Hackett biss nicht an.

»Wie ist sie denn, die Familie?«, fragte er.

»Ich bin hier nicht ganz ungestört«, sagte Strafford leise. »Jenkins erzählt Ihnen alles.«

Hackett dachte wieder nach. Strafford konnte sich genau vorstellen, wie er sich in dem Drehstuhl in seinem winzigen, keilförmigen Büro zurücklehnte, die Füße auf dem Schreibtisch, die Schornsteinaufsätze der Pearse Street hinter ihm schwach durch das kleine Fenster dort sichtbar, das bis auf ein klares Oval in der Mitte jeder Scheibe sicherlich vereist war. Bestimmt trug er seinen altersglänzenden blauen Anzug und seine schmierige Krawatte, die er, davon war Strafford überzeugt, niemals aufknotete, sondern abends nur löste und sich über den Kopf zog. An der Wand hing derselbe jahrealte Kalender, und auch der dunkelbraune Fleck, wo jemand unzählige Sommer zuvor eine Schmeißfliege erschlagen hatte, war noch da.

»Das ist schon eine verdammt eigenartige Geschichte«, sagte der Chief jetzt nachdenklich.

»Eigenartig ist sie auf jeden Fall.«

»Halten Sie mich jedenfalls auf dem Laufenden. Und Strafford …«

»Ja, Sir?«

»Denken Sie daran, die Leute dort mögen vielleicht zum Landadel gehören, aber einer von ihnen hat diesen Priester erledigt.«

»Ich behalte das im Kopf, Sir.«

Hackett legte auf.

Erst als er in die Küche zurückkehrte, wurde Strafford bewusst, wie kalt es in der Eingangshalle gewesen war. Hier war der Ofen angezündet, die Luft brummte vor Hitze, und es roch nach gegartem Fleisch. Colonel Osborne saß am Tisch und trommelte mit den Fingern auf das Holz, während Sergeant Jenkins mit fest vor der Brust verschränkten Armen am Spülbecken lehnte; alle drei Knöpfe seines Jacketts waren zugeknöpft. Jenkins legte großen Wert auf gute Form, zumindest auf das, was er als solche betrachtete. Strafford hatte das Gefühl, die beiden Männer hatten kein Wort gewechselt, seit er ans Telefon gerufen worden war.

»Das war Hackett«, sagte er zu Jenkins. »Aus Dublin ist ein Krankenwagen unterwegs.«

»Aber was ist ...?«

»Wir sollen ihn zurückschicken.«

Die beiden Männer blickten sich einen Moment lang mit steinerner Miene an. Ihnen beiden war klar gewesen, dass dieser Fall kompliziert werden würde, aber sie hatten nicht damit gerechnet, dass die Maschinerie so schnell anspringen würde.

Draußen vor dem Fenster über dem Spülbecken landete ein Rotkehlchen auf dem Fensterbrett und betrachtete Strafford mit einem glänzenden schwarzen Knopfauge. Am Himmel hing ein einziger Haufen dicker violetter Wolken, so tief, dass sie auf dem Dach zu liegen schienen wie ein riesiges, schmutziges Kissen.

»Der Lunch kommt gleich«, sagte Colonel Osborne gedankenverloren, den Blick ins Leere gerichtet. Er trommelte wieder mit den Fingern. Strafford wünschte, er würde damit aufhören; das Geräusch zerrte an seinen Nerven.

Mrs Duffy war von ihrer Schwester zurückgekehrt und kam nun aus der Speisekammer hereingeeilt. Wie alle, denen Strafford bisher in Ballyglass House begegnet war, entsprach auch sie einem typischen Klischee und füllte ihre Rolle beinahe zu überzeugend aus. Sie war klein und untersetzt, mit blauen Augen, prallen rosa Wangen und stahlgrauen Haaren, die im Nacken zu einem tief sitzenden Knoten zusammengefasst waren. Gekleidet war sie in einen schwarzen Rock mit einer blitzsauberen Schürze und pelzgefütterte schwarze knöchelhohe Stiefel. Sie verteilte Teller und Messer und Gabeln auf dem Tisch. Osborne erhob sich und stellte sie Strafford und Sergeant Jenkins vor. Sie errötete, und einen Augenblick schien es, als würde sie gleich einen Knicks machen, aber sollte sie im Begriff gewesen sein, dies zu tun, so hielt sie doch noch inne, ging zum Ofen und rüttelte energisch an der Glutkiste.

»Setzen Sie sich doch, meine Herren«, sagte Osborne. »Wir legen hier keinen Wert auf Förmlichkeiten.«

Draußen klingelte es an der Tür.

»Das wird der Krankenwagen aus Wexford sein.« Strafford warf Jenkins einen kurzen Blick zu. »Wären Sie so gut? Sagen Sie, es tut uns leid, aber sie werden nicht gebraucht.«

Jenkins ging hinaus. Osborne blickte Strafford verschmitzt an.

»Was ist los?«, fragte er. »Warum wird ein zweiter Krankenwagen geschickt?«

»Das hat vermutlich ganz praktische Gründe«, meinte Strafford kühl. »Je früher die Obduktion durchgeführt wird, desto besser.«

Osborne nickte, jedoch mit skeptischer Miene.

»Ihr Vorgesetzter scheint beunruhigt zu sein.«

»Er ist sicherlich in Sorge.«

Strafford setzte sich an den Tisch. Mrs Duffy trug eine große, dampfende irdene Schüssel herein, die sie mithilfe eines Geschirrtuchs an den heißen Griffen hielt. Sie stellte die Schüssel zwischen die beiden Männer.

»Soll ich auftun, Colonel«, fragte sie, »oder wollen Sie sich selbst bedienen?« Sie wandte sich an Strafford. »Sie mögen Steak-and-Kidney-Pudding hoffentlich, Sir?«

»Ja, natürlich.« Strafford schluckte schwer.

»Genau das Richtige für einen kalten Tag wie heute.« Die Haushälterin strahlte den Detective an, die dicken roten Hände unter der Brust gefaltet.

»Ja, *danke schön*, Sadie«, sagte Colonel Osborne. Der Frau verging das Lächeln, sie wandte sich um und watschelte zurück in die Speisekammer. Der Colonel sah Strafford mit einem entschuldigenden Stirnrunzeln an. »Sie plappert einfach weiter, wenn man sie lässt.« Er hob den Deckel der Schüssel und häufte Essen auf Straffords Teller. »Noch mal warm gemacht von gestern, leider«, sagte er.

Strafford lächelte schwach. »Ach, ich finde, Steak-and-Kidney-Pudding ist am zweiten Tag noch besser.« Er kam sich tapfer und nobel vor; er würde nie verstehen, wie es zu der Annahme gekommen war, dass die Nieren einer Kuh sich zur menschlichen Nahrungsaufnahme eignen würden.

Sergeant Jenkins kehrte zurück und schloss die Tür hinter sich. Osborne runzelte die Stirn – es grämte ihn sichtlich, dass er ein Mitglied der »anderen Ränge« an seinem Tisch bewirten musste –, aber er brachte einen freundlichen Tonfall zustande. »Kommen Sie, Sergeant, setzen Sie sich und essen Sie etwas von dieser köstlichen Pastete. Die harten Eier sind klein, wie Sie sehen – das sind Junghenneneier. Sadies – Mrs Duffys – Mann züchtet sie. Meiner Meinung nach sind die Junghenneneier deutlich besser als die größeren.«

Junghenneneier und eine Leiche in der Bibliothek; das Leben ist schon merkwürdig, dachte Strafford, aber das Leben eines Polizisten ist noch merkwürdiger als die meisten anderen.

Jenkins hatte Hunger, das sah Strafford ihm an, trotzdem hielt er sich zurück, bis die beiden anderen Messer und Gabel zur Hand genommen hatten. Er hatte aber auch wirklich gute Manieren, dachte Strafford bei sich, seine Mutter hatte ihn gut erzogen.

»Der Fahrer war wahrscheinlich nicht gerade angetan, wieder weggeschickt zu werden«, meinte Strafford, »immerhin ist er die ganze Strecke durch Schnee und Eis hierhergefahren.«

Jenkins sah ihn überrascht an; er konnte sich nie mit Straffords Annahme anfreunden, es sei möglich, ihren Beruf freundlich und zuvorkommend auszuüben. Er hatte dem Fahrer des Krankenwagens und seinem Begleiter gesagt, ihre Dienste würden nicht benötigt, und sich ihre Klagen gar nicht erst angehört.

Die drei Männer aßen eine Weile schweigend, dann legte Strafford Messer und Gabel weg.

»Colonel Osborne«, er räusperte sich, »ich muss Sie bitten, mir ganz genau zu erzählen, was heute Morgen passiert ist, soweit es Ihnen möglich ist.«

Osborne kaute gerade auf einem knorpeligen Bissen Steak

herum und sah ihn stirnrunzelnd an. Er schluckte das Fleisch
mehr oder weniger ganz. »Müssen wir das wirklich bei Tisch
durchgehen?«, fragte er gereizt. Strafford gab keine Antwort,
sondern betrachtete ihn nur ausdruckslos. Der ältere Mann
atmete schwer durch die Nase aus und richtete den Blick auf
die abgenutzte, stark verkratzte hölzerne Tischplatte. »Meine
Frau hat geschrien, davon bin ich aufgewacht«, sagte er. »Ich
dachte, sie wäre gestürzt oder hätte sich irgendwo angesto-
ßen und sich verletzt.«

»Was wollte sie in der Bibliothek?«, fragte Strafford.

»Wie?«

»Was hat sie mitten in der Nacht in der Bibliothek gemacht?«

»Ach, sie wandert die ganze Zeit hier rum.« Osbornes
abschätzige Bemerkung galt dem unergründlichen Gebaren
von Frauen im Allgemeinen und seiner Frau im Besonderen.

»Leidet sie an Insomnie – hat sie Schlafstörungen?«

»Ich weiß, was Insomnie ist!«, schnauzte Osborne. »Und
die Antwort ist ja. Schon immer. Ich habe mittlerweile gelernt, damit zu leben.«

Aber hat *sie* das auch?, fragte sich Strafford. Diese Frage
stellte ihr Ehemann wahrscheinlich nicht oft, weder sich
selbst noch seiner Frau. Osbornes zweite Ehe schien durch
und durch schal geworden zu sein. Wie lange war der al-
ternde Soldat wohl schon mit seiner so viel jüngeren Frau
verheiratet, der Frau, der ihre Stieftochter den Spitznamen
Weiße Maus gegeben hatte?

»Und was haben Sie dann gemacht?«

Osborne zuckte mit den Schultern. »Ich habe mir einen Morgenmantel und Pantoffeln angezogen und sie un-

ten gesucht. Ich hatte tief und fest geschlafen, deshalb war ich wahrscheinlich ein bisschen durcheinander. Ich habe sie dann in der Eingangshalle gefunden, sie saß stöhnend auf dem Boden. Ich wurde nicht schlau aus ihr, sie hat nur ständig auf die Tür zur Bibliothek gezeigt. Ich bin rein – und habe ihn gefunden.«

»Brannte Licht?«, fragte Strafford. Osborne blickte ihn verständnislos an. »In der Bibliothek«, sagte Strafford, »brannte dort Licht?«

»Keine Ahnung. Wahrscheinlich – ich konnte alles deutlich sehen – und das war ein Schock, das kann ich Ihnen sagen. Aber vielleicht habe ich es auch selbst eingeschaltet, ich weiß es nicht. Warum fragen Sie?«

»Aus keinem besonderen Grund. Ich versuche nur, mir die Szene bildlich vorzustellen – das hilft.«

»Jedenfalls war natürlich alles voller Blut – eine riesige Lache unter ihm auf dem Boden.«

»Wie lag er da?«, fragte Sergeant Jenkins. »Ich meine, lag er auf dem Bauch?«

»Ja.«

»Und Sie haben ihn umgedreht?«

Osborne blickte ihn finster an, drehte sich um und richtete sich an Strafford. »Ja, ich musste mir doch ansehen, was mit ihm passiert war. Dann habe ich das Blut auf seiner Hose gesehen und die – die Wunde.« Er hielt inne, dann fuhr er fort: »Ich war im Krieg, Gewalt ist mir nicht fremd, aber ich muss sagen, mir wäre es bald hochgekommen bei dem Anblick.« Wieder machte er die zornige, seitwärts kauende Bewegung mit dem Unterkiefer. »Scheißkerle – Verzeihung.«

Strafford stocherte in dem unansehnlichen Gericht vor

ihm herum und tat so, als würde er essen, während er es eigentlich nur auf dem Teller verteilte. Das hatte er als Kind gelernt. Ausgerechnet dieses Gericht hatte er schon immer ganz besonders widerwärtig gefunden, aber irgendwie trugen die Junghenneneier, die kaum größer als Murmeln waren, noch zu dessen Scheußlichkeit bei.

»Haben Sie die Polizei gerufen?«, fragte er.

»Ja, ich habe bei der Wache in Ballyglass angerufen, auf der Suche nach Radford – Garda Sergeant Radford. Er hat ›Grippe‹.«

Strafford starrte ihn an. »›Grippe‹?«

»Ja. Seine Frau ging bei ihnen zu Hause ans Telefon. Sie meinte, er wäre sehr krank und sie hätte nicht die Absicht, ihn bei diesem Wetter aus dem Bett zu holen – ich muss sagen, ich fand ihren Ton geradezu unverschämt. Nun gut, sie haben vor nicht langer Zeit einen Sohn verloren; wenn das nicht gewesen wäre, hätte ich ihr gehörig den Marsch geblasen, das kann ich Ihnen sagen. Sie hat kurz mit Radford gesprochen, dann kam sie wieder ans Telefon. Er hatte ihr gesagt, ich solle die Garda-Wache in Wexford anrufen. Stattdessen habe ich den Notruf gewählt und wurde zu Ihren Leuten durchgestellt.«

»Zu meinen Leuten? In der Pearse Street?«

»Wahrscheinlich in der Pearse Street; zumindest irgendwo in Dublin.«

»Und mit wem haben Sie da gesprochen?«

»Mit irgend so einem Kameraden am Empfang.« Osborne war plötzlich gereizt und knallte sein Messer auf den Tisch, das laut scheppernd auf den Steinboden fiel. »Herrgott noch mal, was macht es denn aus, mit wem ich gesprochen habe?«

»Colonel Osborne, in Ihrem Haus hat ein Mord stattgefunden«, sagte Strafford ruhig und mit sanfter Stimme. »Es ist meine Aufgabe, das Verbrechen zu untersuchen und herauszufinden, wer es begangen hat. Das bedeutet, und das werden Sie verstehen, dass ich alles wissen muss, was über die Geschehnisse der gestrigen Nacht zu erfahren ist.« Er machte eine kurze Pause. »Können Sie sich an irgendetwas erinnern, was Ihre Frau in der Eingangshalle zu Ihnen gesagt hat, nachdem sie die Leiche von Father Harkins gefunden hatte?«

Die Haushälterin, die das Messer auf den Steinboden fallen gehört hatte, kam von der Anrichte mit einem Ersatz herbeigeeilt. Colonel Osborne riss es ihr gereizt aus der Hand, ohne sie auch nur eines Blickes zu würdigen.

»Ich habe das doch schon gesagt«, antwortete er auf Straffords Frage, »sie hat Unsinn geredet – sie war hysterisch. Das ist aber auch kein Wunder.«

»Ich werde natürlich mit ihr sprechen müssen«, sagte Strafford. »Ja, ich muss mit jedem sprechen, der gestern Abend im Haus war. Vielleicht sollte ich mit Mrs Osborne anfangen?« Der Colonel, dessen Stirn unter seiner ledrigen Sonnenbräune dunkelrot angelaufen war, rang um Selbstbeherrschung. Strafford sprach noch sanfter weiter als zuvor. »Colonel, als ehemaliger Offizier wissen Sie um die Wichtigkeit von Einzelheiten, von Gründlichkeit. Die Menschen sehen oder hören oft Dinge, deren Bedeutung ihnen nicht klar ist – und an der Stelle komme ich ins Spiel. Es war Teil meiner Ausbildung, auf die, sagen wir, auf die Nuancen zu achten.«

Er spürte, wie Jenkins ungläubig den Blick auf ihn richtete; er ließ sich zweifellos die Tatsache durch den Kopf gehen, dass die Ausbildung, die er selbst genossen hatte, eher grundlegender Art war und er sie von Menschen erhalten hatte, die wahrscheinlich die Bedeutung des Wortes Nuance gar nicht kannten.

Colonel Oxford nahm sein Essen wütend in Angriff und stach mit Messer und Gabel darauf ein, als wären es Waffen. Strafford sah ihm zu; er nahm an, es gab Dinge, die der Mann lieber nicht preisgeben wollte – aber gab es das nicht bei jedem? –, und dass es nicht leicht werden würde, sie aus ihm herauszubekommen.

Wieder klingelte es. Colonel Osborne reckte den Hals, um aus dem Fenster über der Spüle blicken zu können. »Der zweite Krankenwagen«, sagte er.

Jenkins sah auf seinen Teller und seufzte. Im Gegensatz zu seinem Chef war er Steak-and-Kidney-Pudding durchaus zugetan – seine Mutter hatte immer welchen für ihn zubereitet, als er klein war –, Junghenneneier hin oder her. Er legte das Besteck weg und erhob sich mühsam vom Tisch, sichtlich ein Mann, dem übel mitgespielt wurde.

Strafford legte ihm die Hand auf den Arm. »Sergeant, sagen Sie den beiden Frischlingen, sie können auch gehen, ja? Es hat keinen Sinn, sie noch länger hierzubehalten.«

Als Jenkins gegangen war, beugte sich Strafford vor und stützte die Ellbogen auf den Tisch.

»Und jetzt, Colonel«, sagte er, »jetzt gehen wir alles noch einmal durch, ja?«

7

S ie sind bestimmt der Schwager«, sagte der Mann. Er blieb in der Eingangshalle stehen und fügte munter hinzu: »Ich dachte, Sie dürfen nicht ins Haus.«

Er war ein kräftiger, rotgesichtiger Bursche in den Dreißigern, mit hellen, gewellten Haaren und verblüffend großen dunklen Augen. Sein dreiteiliger Anzug hatte die Farbe und die Textur von Porridge, dazu trug er braune Wildlederschuhe. In der Brusttasche prangte ein rotes Seidentaschentuch. Über dem Arm hatte er einen Kamelhaarmantel hängen, in der Hand hielt er einen braunen Filzhut. Er war von draußen gekommen, aber seine Schuhe waren trocken, er musste Galoschen getragen haben. Er roch nach Zigarettenrauch und teurem Haaröl. Strafford taxierte ihn und erkannte einen weiteren vertrauten Typus: der ländliche Akademiker – Anwalt? Arzt? Erfolgreicher Tierarzt? –, fröhlich, lässig, ein selbstbewusster Charmeur, stolz auf seinen Ruf als Lebemann, aber dahinter so wachsam wie ein Luchs. »Hafner mein Name, übrigens, Doctor Hafner. Auch der ›Kraut‹ genannt, falls Sie schon mit Lettie gesprochen haben.«

»Strafford. Die meisten sagen einfach nur Inspector.«

»Ach ja.« Sie hatten sich nicht die Hände geschüttelt. Hafner hob eine buschige Augenbraue. »Und was für eine Art von Inspector sind Sie, wenn man fragen darf?« Ihm war Straffords Akzent aufgefallen, daher die leicht affektierte Betonung, die er absichtlich auf den Nachsatz gelegt hatte.

»Ich bin Kriminalpolizist.«

»Aha. Was ist passiert? Hat jemand das Tafelsilber gestohlen?«

»Es … es gab einen Vorfall«, antwortete Strafford. Er betrachtete die schwarze Tasche zu Füßen des Doktors. »Machen Sie einen Hausbesuch oder kommen Sie nur so vorbei?«

»Ein bisschen von beidem. Was für einen Vorfall?«

»Einen tödlichen.«

»Jemand ist tot? Um Gottes willen – wer denn? Doch nicht der alte Bursche?«

»Colonel Osborne? Nein. Ein Priester mit Namen Harkins.«

Diesmal schossen beide Augenbrauen Hafners nach oben, sodass sie beinahe seinen Haaransatz berührten. »Father Tom? Nein!«

»Doch, leider.«

»Was ist passiert?«

»Vielleicht sollten Sie mit Colonel Osborne sprechen. Würden Sie mir folgen?«

»Jesus«, murmelte Hafner. »Dann haben sie ihn also doch noch erledigt!«

Sergeant Jenkins war mit dem Krankenwagen mitgefahren, er saß mit dem Fahrer und seinem Assistenten eingekeilt auf der durchgehenden Sitzbank vorne, nachdem er sich geweigert hatte, hinten mit der Leiche mitzufahren. Strafford hatte kurz mit ihm besprochen, was er Chief Superintendent Hackett in Dublin berichten sollte, und Order gegeben, morgen mit den Anweisungen des Chiefs wieder zurückzufahren.

Eigentlich hätte Hackett persönlich nach Ballyglass kommen sollen, aber er hatte sie wissen lassen, dass er keineswegs die Absicht habe, das zu tun, und benutzte das Wetter als Ausrede. Strafford wusste sehr wohl, dass der wahre Grund für das Fernbleiben seines Chefs der umsichtige Entschluss war, sich nicht am Schauplatz eines potenziell explosiven Falls blicken zu lassen. Strafford hatte nichts dagegen, auf eigene Faust fortzufahren – im Gegenteil, er war ganz froh, allein verantwortlich zu sein. Der Chief ließ seinen Untergebenen sonst nicht gern freie Hand, nicht einmal wenn er, so wie in diesem Fall, Gefahr lief, dass ihm die eigene Hand, hätte er sie gebraucht, am Ellbogen abgehackt wurde.

Strafford ging voran in die Küche, aber Colonel Osborne war nicht mehr dort – er war nach oben gegangen, um zu sehen, wie sich die »Dame des Hauses« fühlte, informierte ihn Mrs Duffy. Sie erledigte gerade den Abwasch.

»Guten Morgen, Sadie«, sagte Hafner auf seine muntere Art.

»Guten Morgen, Herr Doktor«, antwortete die Haushälterin knapp und wandte sich wieder dem Spülbecken zu. Es war deutlich zu spüren, dass sie Doctor Hafner nicht mochte.

»Kommen Sie«, sagte Strafford zu ihm, »irgendwo finden wir ein Plätzchen, wo wir reden können.« Er verließ die Küche und lief weiter zur Vorderseite des Hauses. »Kümmern

Sie sich um das Wohlergehen der gesamten Familie?«, fragte er über die Schulter.

»Ich denke ja«, sagte Hafner, »auch wenn ich es so noch nicht betrachtet habe.« Er warf Mantel und Hut auf den Tisch am Eingang, klopfte die Taschen ab und holte schließlich eine Schachtel Gold Flake und ein Zippo hervor. »Zigarette?«

»Danke, nein«, sagte Strafford. »Ich rauche nicht.«

»Wie weise.«

Strafford öffnete die Tür zum Salon und steckte den Kopf hinein.

»Gut, sie ist weg«, meinte er.

»Wer?«

»Lettice.«

»Lettice? Sie meinen Lettie. Sie heißt Lettice? Das wusste ich gar nicht.« Er lachte. »Wie kann man ein Kind nur Lettice nennen!«

»Das hat sie mir gesagt.«

Das Feuer war heruntergebrannt, und es war deutlich kühler im Raum als zuvor. Strafford bückte sich vor dem Kamin und schob mit dem Schürhaken die Glut zusammen. Dann legte er zwei Scheite darauf. Eine Rauchsäule schoss hoch und stieg ihm in die Nase, sodass er blinzeln und husten musste. Hafner, der mitten im Zimmer stehen geblieben war, hatte sich eine Zigarette angezündet und verstaute die Schachtel. »Was ist denn mit Tommyboy passiert?«, fragte er, »mit Father Harkins, meine ich – ich sollte wohl etwas Respekt zeigen.« Strafford antwortete nicht unmittelbar; er betrachtete die rauchenden Holzscheite. Seine Augen tränten immer noch. »Sie haben in der Eingangshalle etwas gesagt.«

»Was denn?«, fragte Hafner.

»Dann haben sie ihn also doch noch erledigt.‹ Was meinten Sie damit?«

»Nichts. Das war ein Witz – geschmacklos, zugegeben, unter diesen Umständen.«

»Sie müssen aber etwas damit gemeint haben. War Father Harkins denn hier im Haus nicht beliebt? Er war häufig zu Gast, das weiß ich. Sein Pferd war hier untergestellt, manchmal blieb er sogar über Nacht – gestern zum Beispiel, wegen des Schnees.«

Hafner trat zum Kamin und betrachtete ebenfalls die Holzscheite, die mittlerweile Flammen schlugen, widerwillig, wie es schien, denn sie strahlten noch keine wahrnehmbare Wärme aus.

»Doch, doch, hier war er immer willkommen. Sie wissen ja, die Evangelen halten sich immer gerne einen zahmen Priester zu Hause …« Er unterbrach sich und warf einen raschen Blick zu Strafford hinüber. »Ach je, Sie sind wahrscheinlich auch einer, oder?«

»Ja, ich bin Protestant, wenn Sie das meinen. Das heißt, ich wurde in der Church of Ireland getauft.«

»Dann bin ich ja wieder gleich mal ins Fettnäpfchen getreten. Hilft es, wenn ich mich entschuldige?«

Strafford lachte kurz. »Sie müssen sich gar nicht entschuldigen. Mir macht das nichts aus.« Mit der Schuhspitze versetzte er einem der Holzscheite einen kleinen Stoß. »Sie sagten, Sie wären ›quasi‹ der Arzt der ganzen Familie. Könnten Sie das näher ausführen?«

Hafner lachte kehlig auf. »Ich sehe schon, Sie legen jedes Wort auf die Goldwaage. Das bedeutet, dass ich mich hauptsächlich um Mrs O kümmere.«

71

»Warum? ... ist sie krank?«

Hafner zog lange an seiner Zigarette, ohne Strafford anzusehen. »Nein, nein. Sie ist nur sehr zart, Sie wissen schon – übernervös. Die Nerven ...« Er sprach den Satz nicht zu Ende.

»Sie ist ein ganzes Stück jünger als Colonel Osborne.«

»Ja, das stimmt.«

Sie schwiegen. Osbornes Ehe und die wahrscheinlich damit verbundenen Komplikationen hingen in der kühlen Luft zwischen ihnen, vorübergehend nicht für weitere Fragen offen.

»Erzählen Sie mir von Father Harkins«, sagte Strafford.

»Das tue ich, wenn Sie mir zuerst sagen, was ihm zugestoßen ist. Hat ihn sein verdammtes Pferd abgeworfen? Das ist ein irres Vieh.«

Eines der brennenden Holzscheite knisterte und schlug Funken.

»Ihre Patientin, Mrs Osborne, hat ihn heute Morgen in der Bibliothek gefunden.«

»Das Herz? Na, er hat ordentlich getrunken und«, er hielt seine Zigarette hoch, »geraucht.«

»Es – es war eher eine Blutung, könnte man sagen. Die Leiche ist nach Dublin gebracht worden, dort machen sie gleich morgen früh eine Obduktion.«

»Das musste früher oder später passieren«, sagte Hafner mit professionellem Elan. »Father Tom hat gern über die Stränge geschlagen, trotz seines Kollars. Er wurde immer wieder vor die Obrigkeit gezerrt, wo man ihm befohlen hat, seine Lebensweise zu ändern. Ich glaube, der Erzbischof persönlich musste mehr als einmal mit ihm sprechen – er hat nämlich ein Haus hier unten, drüben an der Küste.«

»Wer?«

»Der Erzbischof.«

»Doctor McQuaid, meinen Sie?«

Hafner lachte in sich hinein. »Es gibt nur einen Erzbischof – zumindest nur einen, der zählt. Machst du dir dein Lätzchen schmutzig, leuchtet er dir ordentlich heim, ob man nun Katholik, Protestant, Heide oder Jude ist. Führt ein strenges Regiment, Seine Exzellenz, ohne Rücksicht auf Glaube, Rasse oder Hautfarbe – völlig egal, wer man ist, man kriegt eins aufs Dach.«

»Das erzählt man sich.«

»Ihre Leute haben es leicht, glauben Sie mir. Bei den Evangelen passt er auf, aber wenn Sie Katholik sind und eine Position innehaben, die auch nur von der geringsten Bedeutung ist, muss der ehrwürdige Doctor nur den kleinen Finger heben, und Ihre Karriere geht in Rauch auf – oder in den Flammen des Höllenfeuers und danach in Rauch. Und das gilt nicht nur für Priester. Jeder kann Prügel mit dem Hirtenstab beziehen, und dann ist er erledigt, was das heilige Irland betrifft. Das kann Ihnen ja nicht neu sein, auch wenn Sie ein Swaddler sind.«

Es war lange her, ja, zuletzt in seiner Schulzeit, dass Strafford und seine Glaubensgenossen abschätzig als »Swaddler« bezeichnet worden waren; er hatte nie herausgefunden, wo dieser Ausdruck herkam.

»Das hört sich an, als sprächen Sie aus Erfahrung«, sagte er.

Hafner schüttelte den Kopf und lächelte dabei missmutig. »Ich habe immer darauf geachtet, einen guten Eindruck zu machen. Die Kirche hat den Ärztestand genau im Blick – die Mutter und ihr Kind und so, Sie wissen schon, die Basis der christlichen Familie, das muss geschützt werden.« Er grübelte einen Moment schweigend. »Ich habe McQuaid ein Mal getroffen.« Er wandte sich Strafford zu. »Eiskalter Bursche, das kann ich Ihnen sagen. Haben Sie ihn schon einmal in Fleisch und Blut gesehen? Sie haben nichts verpasst. Er sieht Stan Laurel überraschend ähnlich, nur ohne die Witze. Hat so ein langes Kinn, blutleer und weiß, als hätte er jahrelang im Dunkeln gelebt. Und die Augen! ›Ich höre, Sie sind regelmäßig in Ballyglass House zu Gast, Doctor‹, sagt er zu mir mit seiner schleppenden, weichen Stimme. ›Gibt es denn nicht genügend katholische Familien in der Gemeinde, um die Sie sich kümmern müssen?‹ Glauben Sie mir, ich habe mich sofort gefragt, ob ich nicht meine Arzttasche packen und mir eine Praxis drüben in England suchen soll. Nicht, dass ich irgendetwas getan hätte, um seinen Zorn zu verdienen, außer meine Arbeit.«

Strafford nickte. Für diesen Kerl mit seiner groben Fröhlichkeit und seinen weltmännischen Sprüchen hatte er nichts übrig; es gab überhaupt nur wenige Menschen, für die Strafford etwas übrighatte.

»Sie haben mich vorhin für den Schwager von jemandem gehalten«, murmelte er. »Wen meinten Sie?«

Hafner schürzte die Lippen und pfiff leise. »Sie vergessen ja wirklich gar nichts. Wie war Ihr Name noch?«

»Strafford.«

Der Arzt warf seinen Zigarettenstummel ins Feuer, das nun langsam ein wenig Wärme ausstrahlte.

»Ich dachte, Sie wären der berüchtigte Freddie Harbison, der Bruder ihrer Ladyschaft, dessen Name innerhalb dieser Mauern niemals erwähnt wird. Er ist ständig pleite und nimmt mit, was er kriegen kann. Er ist das schwarze Schaf der Harbisons von Harbison Hall – jede Familie hat eines.«

»Wahrscheinlich«, meinte Strafford geistesabwesend; er dachte unwillkürlich, wenn es stimmte, was Hafner sagte, dann wäre *er* das schwarze Schaf *seiner* Familie, denn da er der einzige Sohn seiner Eltern war, war er der Einzige, der dafür infrage kam. Dennoch zweifelte er daran, dass er genügend Tollkühnheit besaß, um als »schwarz« durchzugehen, selbst wenn er es wollen würde. »Was hat ihm denn so einen schlechten Ruf eingebracht?«

»Ach, da kursieren alle möglichen Geschichten um ihn. Zweifelhafte Geschäfte, ein paar kleine Diebstähle, das Töchterchen des einen oder anderen guten Hauses in andere Umstände gebracht – solche Dinge. Kann natürlich alles auch nur Klatsch und Tratsch sein. Es gehört zu den größten Freuden des Landlebens, seine Nachbarn zu verunglimpfen und gesellschaftlich Höherstehenden in den Rücken zu fallen.«

Strafford, der den Bericht über Mrs Osbornes Bruder lächelnd und nickend angehört hatte, nahm jetzt ein gerahmtes Foto vom Kaminsims. Es zeigte einen jüngeren und schlankeren Colonel Osborne, in Hemdsärmeln, ausgebeulter Leinenhose und einem Cricketpullover auf dem Rasen vor Ballyglass House, wie er mit etwas steifer elterlicher Zuneigung auf einen Jungen von etwa zwölf Jahren und ein jüngeres Mädchen, die zusammen spielen, herablächelt. Das Mädchen lag in einem Miniaturschubkarren, den der Junge über das Gras schob. Hinter ihnen, auf den Eingangsstufen zum Haus, war vage eine weibliche Gestalt zu erkennen. Sie trug ein helles, wadenlanges Sommerkleid. Die linke Hand hatte sie gehoben, doch nicht zum Gruß, sondern eher warnend, wie es schien. Auch wenn ihr Gesicht im Schatten einer Buche nicht deutlich zu sehen war, wirkte sie durch ihre Körperhaltung, leicht nach vorne gebeugt und mit der nach vorn gestreckten Hand, eher beunruhigt oder wütend oder beides. Eine seltsame Szene, wie Strafford fand; sie wirkte irgendwie gestellt, ein Tableau, dessen Aussagekraft und Bedeutung verblasst war, so wie das Foto selbst auch. Nur ein Fuß der Frau war sichtbar. Er steckte in einem altmodischen, schmalen und sehr spitzen Schuh, der so gefährlich auf der Stufe, auf der sie balancierte, ruhte, dass sie kurz davor zu sein schien, sich auf der Luft schwebend nach vorne zu stürzen, wie eine hauchzart gewandete, geflügelte Sagengestalt in einem präraffaelitischen Gemälde.

»Die erste Mrs Osborne?«, fragte Strafford und drehte das Bild so, dass Hafner es sehen konnte.

»Vermutlich.« Der Arzt betrachtete die weibliche Schattengestalt. »Das war ein bisschen vor meiner Zeit.«

»Sie ist gestorben, nehme ich an?«

»Ja. Sie ist da draußen die Treppe runtergestürzt und hat sich das Rückgrat gebrochen.« Er bemerkte Straffords überraschten Blick. »Wussten Sie das gar nicht? Tragische Geschichte. Ich glaube, sie hat noch ein paar Tage gelebt, dann war es vorbei mit ihr.« Er neigte den Kopf und sah sich das Bild mit gerunzelter Stirn genauer an. »So wie sie da steht, sieht sie ja wirklich sehr zerbrechlich aus.«

8

Nachdem Doctor Hafner noch eine Zigarette geraucht und ein bisschen allgemeinen Klatsch und Tratsch zum Besten gegeben hatte – Strafford wusste genau, der Mann war viel zu vorsichtig, um irgendwelche Familiengeheimnisse preiszugeben, sollte er in solche eingeweiht sein, was er als Arzt bestimmt war –, verabschiedete er sich, um im Haus nach seiner Patientin zu sehen.

Strafford blieb noch neben dem Kamin stehen. Die Arme hingen schlaff herunter, die Hände steckten in den Hosentaschen – ein Beobachter würde denken, diese Taschen müssten unglaublich tief sein, so weit nach unten reichten die Hände des Detectives. Er starrte vor sich hin und runzelte die Stirn. Wenn er versuchte, diverse miteinander verflochtene und verknotete Beweisstränge – oder das, was Beweise sein könnten – zu entwirren, hatte er die Angewohnheit, in eine Art Trance zu verfallen. Wenn er danach wieder zu sich gekommen war, konnte er sich kaum daran erinnern, in welche Richtung er gedacht hatte oder was dabei herausgekommen war; seine Gedanken hinterließen nur einen vagen, zischenden Schein, wie eine Glühbirne, die gleich durch-

brennt. Er musste davon ausgehen, wenn er sich auf diese
Art verlor, musste er irgendwo angelangt sein, irgendeine Art
von Fortschritt gemacht haben, selbst wenn er nicht wusste,
wo dieses Irgendwo lag oder woraus dieser Fortschritt überhaupt bestand. Es war so, als wäre er kurz eingeschlafen und
sofort mitten in einen ganz deutlichen und zutiefst erhel-
lenden Traum gefallen, dessen Einzelheiten beim Aufwachen
jedoch alle sofort gläsern wurden, auch wenn das Gefühl, das
Nachleuchten ihrer Bedeutung weiterhin vorhielt.

Er ging hinaus in die Halle und probierte ein paar von
den Gummistiefeln an, die dort unter der Garderobe standen, bis er welche fand, die ihm einigermaßen passten. Dann
zog er Mantel und Hut an, band sich den Schal um den Hals
und trat hinaus in den kalten grellweißen Winternachmittag.

Es hatte aufgehört zu schneien, aber dem dickbäuchigen
Himmel nach zu urteilen, würde es sicherlich noch weitergehen. Er lief seitlich um das Haus herum und blieb gelegentlich stehen, um sich zu orientieren. Das Haus war in
einem schlechten Allgemeinzustand, es musste dringend
repariert und renoviert werden. Die Rahmen der großen
Fenster waren verrottet, der Kitt bröselte ab, und über die
Mauern liefen Risse. Dort hatte sich Schmetterlingsflieder
festgesetzt, dessen Stiele jetzt blätterlos waren. Oben hingen
die Dachrinnen durch, und die vorstehenden Kanten der
Dachschindeln waren von zahllosen Winterstürmen abge-
splittert und hatten Zacken. Kurz überkam ihn eine warme
Welle der Nostalgie; wahrscheinlich konnte nur jemand, der
das Leben in so einem Haus gekannt hatte, die besondere
traurige Zuneigung kennen, die er bei dem Anblick von so
viel Verfall und Auflösung allenthalben empfand.

Er kam zu der Feuertreppe, die er zuvor durch die Fenstertür im ersten Stock gesehen hatte. Hier unten war der Rostschaden viel schlimmer als weiter oben. Es war ein Wunder, dass das Ding immer noch stand. Um den Fuß der Feuertreppe herum war der Schnee unberührt; in letzter Zeit war niemand diese Stufen hochgestiegen – schon lange, dachte er bei sich, war niemand mehr diese Stufen hochgestiegen. Der Himmel helfe jedem, der in den oberen Stockwerken von Flammen eingeschlossen wurde und dessen einziger Weg in die Sicherheit über diese löchrige und hoffnungslos wackelige Treppe führte.

Plötzlich hatte er das Gefühl, beobachtet zu werden, zum zweiten Mal an diesem Tag. Er wandte den Kopf nach links und nach rechts und kniff die Augen zusammen, so sehr blendete ihn die unberührte weiße Rasenfläche, die sich vor ihm bis zu einem Stacheldrahtzaun in der Ferne erstreckte, der den Rand eines dichten Waldes markierte. Er kannte sich hier noch nicht so gut aus und fragte sich, ob das wohl das Wäldchen sei, das ihm Lettie zuvor von dem Fenster im Salon aus gezeigt hatte, das Wäldchen, in dem Bäume gefällt worden waren. Aber nein, die Fläche war zu groß, um als Wäldchen bezeichnet zu werden. Die Bäume mit den schwarzen Ästen schienen mit verzweifeltem Eifer nach vorne zu drücken, als könnten sie jeden Moment durch den Zaun brechen und sich entschlossen einen Weg bahnen, indem sie mit hinterherschleifenden Wurzeln über die offene Fläche humpelten, um sich um das Haus herum zu versammeln und ihre Gliedmaßen wütend gegen die schutzlosen Mauern zu schlagen. Er hatte Respekt vor der Natur, aus der Ferne, aber er hatte sie nie lieben können, nicht einmal als Heranwachsender, als er Keats und Wordsworth gelesen hatte und zum Pantheisten geworden war. Heute erkannte er hinter dem Vogelgezwitscher und der Blütenpracht nur den endlosen und blutigen Kampf um Überlegenheit und Überleben.

Geblendet von dem Kontrast zwischen der grellweißen Wiese und den düsteren Bäumen dahinter, sah er zunächst niemanden. Dann bewegte sich etwas, wie sich kein Ast im Wind oder von einem Vogel gestörtes Gezweig bewegen würde. Er konzentrierte sich und kniff die Augen zu Schlitzen zusammen, und da machte er etwas aus, was ein Gesicht sein konnte – auch wenn es aus einer solchen Entfernung lediglich ein undeutlicher blasser Fleck vor dem dunkleren Hintergrund der Bäume war –, anscheinend umgeben von einem wirren rostroten Haarkranz. Kaum hatte er es entdeckt, was auch immer es war, ein echter Mensch oder eine optische Täuschung, schon war es verschwunden, hatte sich offenbar blitzschnell in die schlammbraunen Tiefen der Winterbäume zurückgezogen.

War das ein Mensch gewesen oder nur eine Einbildung?

Er marschierte los, quer über die Wiese. Der Schnee war tief, aber nicht so tief, dass er keine grünen Fußabdrücke hinterlassen hätte. Als er die Stelle erreichte, wo er seinen getarnten Beobachter gesehen hatte oder glaubte gesehen zu haben – er war sich immer noch nicht sicher –, war da kein Loch im Stacheldrahtzaun, und die Wand aus Bäumen dahinter schien so gut wie undurchdringlich zu sein, so dicht war das Geäst. Dann fand er eine Stelle, wo ein Büschel Farnkraut niedergetreten worden war. Er drückte den obersten Strang Stacheldraht nach unten, hob die Schöße seines Trenchcoats an und warf ein Bein über den Zaun, wobei er grimmig dachte, wie viel Schaden sich ein Mann bei so einem leichtsinnigen Manöver doch zufügen konnte.

Nachdem er den Stacheldraht hinter sich gelassen hatte, drang er weiter in den Wald vor. Hier war es geschützt, und auf dem Boden lag nur an wenigen Stellen etwas Schnee, zu wenig und zu vereinzelt, um Fußspuren von jemandem verfolgen zu können, der vielleicht vor ihm hier gelaufen sein könnte. Er machte auch keinen Pfad aus, dennoch leitete ihn ein primitiver Instinkt, Ewigkeiten alt, weiter, immer tiefer in den Wald hinein. Zweige peitschten ihn wie die Stränge einer neunschwänzigen Katze, und gewaltige Bogen von Brombeergestrüpp, unten so dick wie sein Daumen, streckten ihre dornigen Antennen aus und zerrten ihn am Mantel und an den Hosenbeinen. Er musste unwillkürlich denken, wie schnell doch die äußeren Insignien der menschlichen Kreatürlichkeit wegbrachen: Er war jetzt nichts als ein Jäger, der seine Beute verfolgte, mit angespannten Nerven, leerem Kopf, flachem Atem und kribbelnden Adern. Er hatte auch ein wenig Angst.

Auf einem Blatt erspähte er etwas dunkel Glänzendes. Er berührte es mit einer Fingerspitze: Es war Blut, und es war frisch.

Auf der Suche nach weiteren Blutstropfen kämpfte er sich durch die störrisch widerspenstigen Bäume voran, und er fand sie. Er fühlte sich wie der unerschrockene Held einer alten Saga, der beharrlich der Spur folgt, die eigens für ihn ausgelegt worden war und ihn schließlich zu der gefährlichen Kapelle, verborgen in dem kahlen vereisten Wald, führen würde.

Bald darauf blieb er stehen; ihm schien, als hätte er das Geräusch schon bemerkt, bevor er es gehört hatte. Vor ihm wurde irgendetwas gehackt, Holz war es nicht, aber etwas Ähnliches. Er stand da und lauschte, wobei er zerstreut die Gerüche um ihn herum in sich aufnahm, den scharfen grünen Duft von Nadelbäumen, das sanfte braune Aroma von Lehm. Er ging weiter, wachsamer jetzt, schob Äste weg, die ihm im Weg waren, duckte sich und wich den Dornensträuchern aus.

Dornenstrauch, Rosenbusch: *Rosa rubiginosa*. Ihm war gar nicht bewusst gewesen, dass er den lateinischen Namen kannte, bis er quasi aus dem Nichts aufgetaucht war. Es hatte ihn immer schon fasziniert, dass sein Gehirn Dinge wusste, ohne zu wissen, dass es sie wusste.

Er fror, und zwar sehr; sein Mantel und der Hut waren für diese Bedingungen absurd unangemessen, und er erschauerte immer wieder. Er musste die Zähne zusammenbeißen, damit sie nicht klapperten. Außerdem hatte einer der geborgten Gummistiefel, der linke, anscheinend einen Riss, denn seine Socke wurde an der Ferse eiskalt und nass.

Nun ging es bergab, und er musste vorsichtig gehen, um nicht auf dem halbgefrorenen Matsch aus durchnässtem Laub auszurutschen. Wieder machte er halt, um zu lauschen. Das Hacken weiter vorne hatte aufgehört. Er lief abwärts, immer weiter abwärts, tollpatschig schlitterte und schwankte er, kaum fähig, sich aufrecht zu halten, tief ins Herz des Waldes hinein, wo eine Art Zwielicht herrschte. Sein Herz schlug langsam in seinem Brustkorb. *Nicht denken, einfach nur sein, wie ein Tier.* In seiner gesamten Ausbildung als Polizist hatte er nicht gelernt, furchtlos zu sein, sondern zu ignorieren, dass er Angst hatte.

Die Düsternis lichtete sich, und fast gleichzeitig erreichte er den Rand einer Lichtung, eine Art Senke am tiefsten Punkt des Waldes. Das offene Gelände war mit Schnee bedeckt.

Mitten auf der Lichtung stand, oder eher suhlte sich, ein alter Wohnwagen, wie ihn Familien hinter einem Auto herziehen. Er hatte keine Räder mehr, die Farbe blätterte ab, die Fenster waren beschlagen. Strafford konnte sich nicht denken, wie er dorthin gekommen sein mochte. An einer Ecke des abgerundeten Daches stieß ein hoher metallener Kamin, der sich zu einer Seite neigte wie ein ramponierter Zylinder, träge Wolken dunkelgrauen Rauchs aus.

Ein abgesägtes Stück einer Eisenbahnschwelle vor der schmalen Tür diente als Eingangsstufe.

Auf dem Boden links von der Tür war ein runder, ausgefranster Blutfleck mit etwa einem Meter Durchmesser. Woran erinnerte ihn dieser krasse Kontrast zwischen dem Blut und dem Schnee nur? Da fiel es ihm ein: an den blutroten, weißfleischigen, unwiderstehlichen Apfel der bösen Königin. Doch in diesem ramponierten Wagen erwartete ihn keine schlafende Schönheit, dessen war er sich sicher.

Er trat aus den Bäumen heraus und überquerte die Lichtung. Die Sohlen seiner Gummistiefel quietschten im Schnee, ein Geräusch, das er schlichtweg nicht unterdrücken konnte. Falls sich jemand in dem Wohnwagen befand, würde er das ganz sicherlich hören und vorgewarnt sein, dass Strafford sich näherte.

An der Tür war statt eines Knaufs ein alter Griff von einer Autotür angebracht, narbig und verkratzt. Er hob die Hand, um anzuklopfen, hielt inne, und plötzlich, als hätte er es vorhergesehen, ja, als hätte er geradezu gespannt darauf gewartet, wurde die Tür aufgestoßen, und zwar mit einer solchen Wucht, dass er rasch nach hinten ausweichen musste, um nicht von ihr getroffen zu werden. Vor ihm ragte eine bärengleiche Gestalt auf, eine Gestalt, die er erkannte: kräftige Schultern, eine breite Stirn, rote Haare, die das Licht aus dem Inneren bronzen färbte.

Es war Fonsey, der wilde Junge, in Latzhosen, Arbeitsschuhen, einer schmutzigen Wollweste und seiner Lederjacke mit dem mottenzerfressenen Pelzkragen.

Der Detective setzte ein ungezwungenes Lächeln auf. »Strafford mein Name«, sagte er. »Und Sie sind Fonsey.« Er blickte auf den Blutfleck zu seiner Rechten. »Sie waren wohl jagen?«

»Ich habe eine Erlaubnis«, sagte Fonsey rasch. »Ich war nicht wildern.«

»Das habe ich auch nicht behauptet«, entgegnete der Detective. »Es war nur«, er warf wieder einen Blick auf den Fleck im Schnee, »das Blut.« Er setzte einen Fuß, den mit der nassen Ferse, auf die improvisierte Schwelle. »Darf ich denn einen Augenblick reinkommen? Es ist kalt draußen.«

Er sah Fonsey an, dass er überlegte, ob er den Mut hatte, Nein zu sagen, und sich dann dagegen entschied. Fonsey trat zur Seite. Er war jung, wahrscheinlich nicht älter als achtzehn oder neunzehn, wirkte schüchtern, misstrauisch und trotz seiner massigen Gestalt verletzlich. Ihm fehlte ein Vorderzahn. Die rechteckige Lücke war schroff und schwarz, wie die Öffnung einer tiefen Höhle, von der gegenüberliegenden Seite eines Tales aus betrachtet.

Im Inneren des Wohnwagens roch es nach Petroleum,

Kerzenwachs und Fleisch, nach Schweiß und Rauch und schmutzigen Socken. Unter dem Fenster, auf einem Tisch dort – es war kaum mehr als ein mit Resopal verkleidetes Regal, das mit Scharnieren an der Wand angebracht und auf zwei Vorderbeine gestützt war –, war ein gehäutetes und am Bauch aufgeschnittenes Kaninchen auf einem Stück blutverschmiertem Fleischpapier ausgelegt und wartete darauf, zubereitet zu werden.

»Ich störe bei den Essensvorbereitungen«, sagte Strafford.

»Ich hab den Ofen gerade eben erst angemacht«, sagte Fonsey; wegen des fehlenden Zahns sprach er mit einem ganz leichten, pfeifenden Lispeln. Er nickte in Richtung eines bauchigen Ofens, hinter dessen rußigem Fenster eine schwache Flamme züngelte. Ein paar Holzscheite lehnten rundum an den bauchigen Wänden. »Ich warte darauf, dass die Scheite trocknen.«

Er hatte die Tür des Wohnwagens zugemacht. In dem geschlossenen Raum nahm Strafford den Gestank umso mehr wahr, sodass er durch den Mund atmen musste.

Er nahm den Raum auf einen Blick in sich auf. Es gab zwei schmale Betten, gegenüber voneinander rechts und links dessen, was wohl das Rückfenster gewesen war, als der Wohnwagen noch straßentauglich war, ein hohes, nicht sehr tiefes Schränkchen aus glänzend furniertem Holz und zwei uralte Bugholzstühle. Am vorderen Ende des Raums befand sich eine Art enge, kleine Küche, mit einem Flaschengasherd, einer Spüle und einem Abtropfbrett, darüber Haken für Tassen und ein paar Kochutensilien.

Strafford spürte, wie der ungeschlachte Junge ihn beobachtete, und er hörte ihn atmen. Er wandte sich ihm zu und wurde gewahr, wie ausgeleiert seine Latzhosen waren und wie viele Flecken in den unterschiedlichsten Farbtönen er auf der Weste hatte, und da durchfuhr ihn ein plötzliches Mitleid wie ein kleiner, schneller elektrischer Schlag. Fonsey: Das musste von Alphonsus kommen. Er sah aus wie ein großes, ratloses Kind, verwahrlost und im Wald verirrt. Wie war er hier gelandet, alleine in diesem gottverlassenen Ort? Und die Eltern, die ihm diesen lächerlichen Namen aufgebürdet hatten – Alphonsus! –, was war aus ihnen geworden?

»Haben Sie gehört, was im Haus passiert ist?«, fragte Strafford. »Sie wissen, dass ein Priester umgebracht wurde?«

Fonsey nickte; seine Augen waren von einem schmutzigen Gelbgrün, mit ungleichmäßig langen, nach oben gebogenen Wimpern, wie bei einem Mädchen. Auf seiner breiten Stirn zeigte sich ein entzündeter, pickeliger Ausschlag; auf einer Seite der Unterlippe hatte er zudem eine offene Stelle, an der er ständig herumzupfte. Zu den anderen Gerüchen in diesem beengten Quartier kamen seine eigenen hinzu, eine Mischung aus Leder, Heu, Pferdestaub und Hormonen.

Seine Hände waren riesig und von der Kälte rot und rau – er war gerade hereingegangen, nachdem er das Kaninchen ausgenommen und zerlegt hatte. Wären sie fähig, diese Hände, einem Mann ein Messer in den Hals zu rammen und ihn zu verstümmeln, nachdem er zusammengebrochen war? Aber Hände sind nur Hände, dachte er; würde es Fonsey über sich bringen, einen Priester zu ermorden?

Von dem Tisch her, auf dem das Kaninchen ausgebreitet lag, roch es leicht nach Wild.

»Fonsey, sagen Sie, wo waren Sie gestern Nacht?« Wieder

blickte er sich zerstreut um. »Waren Sie hier? Haben Sie hier geschlafen?«

»Ich bin immer hier«, antwortete Fonsey schlicht. »Wo sollte ich denn sonst sein?«

»Das ist also Ihr Zuhause? Was ist mit Ihrer Familie, wo lebt sie?«

»Hab keine«, sagte der Junge ausdruckslos und bekundete die nackte, trostlose Tatsache nüchtern und sachlich.

Er hatte gelitten in seinem Leben, so viel stand fest. Strafford glaubte, die dumpfe, beständige Pein riechen zu können: Es war ein dicker, fleischwarmer Geruch.

»Sind Sie hier aus dem Ort? Wurden Sie in Ballyglass geboren?«

Der Junge hatte das Gesicht halb abgewandt und murmelte etwas in sich hinein.

»Wie war das?«, fragte Strafford freundlich.

»Ich hab gesagt, ich weiß nicht, wo ich her bin.«

Darauf fiel dem Detective nichts zu sagen ein. Er hatte zunächst den Verdacht gehabt, der Junge sei geistig etwas zurückgeblieben, aber trotz seines watschelnden Gangs und seiner ungeschlachten Figur – er hatte einen mächtigen Brustkorb, wie ein Büffel, und war so groß, dass er den Kopf einziehen musste, um unter die niedrige Decke des Wohnwagens zu passen – schien er wachsam, und er hatte etwas Listiges an sich.

Strafford ging zum Ofen und hielt die Hände davor, obwohl er nur ganz wenig Hitze ausstrahlte.

»Kannten Sie Father Harkins?«, fragte er. »Father Tom – kannten Sie ihn?«

Fonsey warf wieder einen raschen Blick zur Seite, als wolle

er einem Schlag ausweichen, und zuckte mit seinen gewaltigen, herabhängenden Schultern. »Ich hab ihn manchmal hier gesehen. Er hat ein Pferd hier. Mister Sugar. Ein Riesentier, siebzehn Hand hoch, mit einem irren Blick.«

»Haben Sie ihn versorgt? Mister Sugar?«

»Ich versorge sie alle. Das ist meine Arbeit.«

Strafford nickte. Der Junge wollte, dass er ging, das spürte er.

»Sie hatten also nicht viel mit dem Priester zu tun«, sagte er, »außer dass Sie sich um sein Pferd gekümmert haben. Hat er überhaupt mit Ihnen gesprochen?«

Fonsey runzelte die Stirn und kniff die Augen zusammen, als hielte er das für eine Fangfrage. Vorsichtig berührte er die offene Stelle an der Lippe. »Wie meinen Sie das, sprechen?«

»Na ja, hat er sich mit Ihnen unterhalten, haben Sie über Pferde gesprochen und so weiter?«

Der Junge schüttelte langsam seinen großen runden Kopf, mit der breiten Stirn und den zerzausten, verfilzten Locken; in dem düsteren Wohnwagen wirkten seine Haare dunkler und schimmerten wie angebranntes Karamell.

»Unterhalten?« Es klang, als wäre das ein neues Wort für ihn, ein neuer Begriff. »Nein, er hat sich nicht mit mir unterhalten.«

»Er hatte nämlich den Ruf, sehr – sehr, nun ja, sehr kontaktfreudig und freundlich zu sein.«

Es gab eine Pause, dann kicherte Fonsey leise, spitzte seine rosa glänzenden Lippen und berührte wieder die offene Stelle an seinem Mundwinkel.

»Ja, klar, das sind sie alle«, sagte er. »Die sind alle freundlich.«

9

Auf dieser Seite der Lichtung, gegenüber von dem Weg, den er heruntergekommen war, war es steiler. Fonsey hatte ihm erklärt, so würde er zur Straße gelangen, die zu Ballyglass House führte. Die Strecke war zwar länger, aber es wäre einfacher, als sich wieder durch den Wald zu kämpfen wie auf dem Hinweg.

Ungeschickt kletterte Strafford den Abhang hinauf, bohrte dabei die Absätze seiner Stiefel tief in das feuchte Laub, um Halt zu finden, und hangelte sich von einem Baumstamm zum nächsten, in der Hoffnung, nicht zu stürzen. Er stellte sich vor, wie er mit gebrochenem Knöchel mitten im Dornengestrüpp lag und Fonsey mit immer schwächer werdender Stimme um Hilfe rief, während die Winterdämmerung schwand, sich die Dunkelheit auf ihn herabsenkte und er erfror.

An der Straße musste er wieder einen Stacheldrahtzaun überwinden, und er war froh um seine langen dürren Beine und die zum Glück so biegsamen Gelenke. Ihm war bewusst, dass er körperlich eher mangelhaft ausgestattet war, aber manchmal hatte seine schlaksige Gestalt auch ihre Vorteile.

Er hatte gar keine Ahnung, in welcher Richtung Ballyglass House lag, und so blieb er einen Augenblick stehen und blickte unsicher hin und her, bis er eine Entscheidung traf und sich nach rechts wandte.

Unter seinen Stiefeln knisterte gefrorenes Gras. Eine Krähe hockte zusammengeduckt weit oben auf einem Ast. Sie beäugte ihn, während er vorbeiging, und krähte ihn an.

Die Straße war kaum befahren – die Reifenspuren im Schnee, ein paralleles Paar auf jeder Seite, waren nicht so tief, dass der Asphalt durchschien. Er war etwa eine Viertelmeile gelaufen, als ein Viehwagen klappernd hinter ihm hergefahren kam. Er blieb stehen und wich ein gutes Stück vom Straßenrand zurück, um ihn vorbeifahren zu lassen. Der rotgesichtige Fahrer, der hoch oben hinter der vollgespritzten Windschutzscheibe hockte, hupte ihn sichtlich amüsiert an. Wahrscheinlich sah er recht lächerlich aus, dachte Strafford, in seinen großen schwarzen Gummistiefeln und dem unangemessenen Trenchcoat; Lastwagenfahrer und selbst Krähen fühlten sich veranlasst, ihn zu verhöhnen.

Er lief weiter. Mittlerweile fror er sehr, er fror ernsthaft; seine Hände steckten zwar tief in den Manteltaschen, aber die Fingerspitzen waren taub. Er wollte etwas Warmes zu trinken und ein Feuer, um sich die Beine davor zu wärmen. Zorn überkam ihn, vermischt mit einer Spur Selbstmitleid. Er hätte auf seinen Vater hören und Jura studieren sollen. Mittlerweile wäre er ein erfolgreicher Anwalt, mit Perücke und Robe und einem gestärkten weißen Kragen, würde im Four Courts herumstolzieren, Schriftsätze besprechen, Klatsch und Tratsch über seine Mandanten austauschen und abends in einem warmen Dubliner Pub Port trinken, umgeben von Mahagoni, Messing und schwarz-weißen Kacheln. Ja, das war das Leben, das er verschmäht hatte. Stattdessen schleppte er sich nun mühsam durch den Schnee und die schneidende Luft eines Winterabends über eine ländliche Nebenstraße, mürrisch und allein, ohne rotgesichtige Kollegen, die mit ihren Humpen im Nebenraum des Doheny & Nesbit's anstießen und ihn erwarteten.

Manchmal kam es ihm regelrecht unwirklich vor, dass er ausgerechnet Detective geworden war, in einer großen Stadt lebte, ein Büro und einen Schreibtisch hatte und ein Telefon, das mit nervenzerreißender Beharrlichkeit schrillte – irgendwie immer genau dann, wenn er es am wenigsten erwartete – und aus dessen Hörer körperlose Stimmen mit ihm sprachen. Vielleicht war das alles ein Traum, und er war noch ein Junge im Bett in Roslea House, sein Vater jung, die Mutter noch am Leben, und all dies würde ihm noch bevorstehen, oder, besser, es würde sich mit dem Licht des Morgens einfach auflösen. Ja, häufig dachte er, er hätte sich selbst erfunden, sei seine eigene Fantasie.

Nun näherte sich von hinten ein zweites Fahrzeug, und er trat wieder zur Seite, um es vorbeifahren zu lassen. Es war ein alter, grauer zweitüriger Ford-Lieferwagen, hoch und gedrungen, der mit seinem kastigen Buckel, dem langen, bauchigen Kühlergrill und den glotzenden Frontscheinwerfern auf breiten grauen Kotflügeln verblüffende Ähnlichkeit mit einem Elch besaß. Mit Schablone waren auf der Seite des Wagens große schwarze Buchstaben gemalt:

JEREMIAH RECK
FAMILIENSCHLACHTBETRIEB
QUALITÄTSFLEISCH

Statt an ihm vorbeizufahren, hielt der Lieferwagen scheppernd an, und die Beifahrertür wurde von innen aufgedrückt. Am Steuer saß ein dicker, etwa sechzigjähriger Mann mit freundlichem Gesicht. Die eingeölten schwarzen Haare waren aus der hohen, glatten Stirn nach hinten gekämmt. Er hatte große, dunkle, glänzende Augen, deren Lider herunterhängend zuliefen – Augen wie Einstein, dachte Strafford, gleichzeitig traurig und fröhlich. Der Mann beugte sich über den Fahrersitz und musterte den Detective ein wenig erheitert, wie es schien, von oben bis unten.

»Nun steigen Sie schon ein, guter Mann«, sagte er mit überraschend hochherrschaftlichem Tonfall. »Was glauben Sie denn, wer Sie sind? Scott aus der Antarktis?«

Strafford tat, wie ihm geheißen, zog die Tür zu und bedeckte seine dürren, kalten Beine mit den Mantelschößen. Aus der Heizung an seinen Füßen drang heiße, trockene Luft, und er spürte sofort ein Stechen in den Nebenhöhlen.

Der Lieferwagen fuhr immer noch nicht los. Der Fahrer, der sich zur Seite gedreht hatte, um seinen Passagier besser sehen zu können, streckte ihm die Hand entgegen. »Ich bin Reck«, sagte er. »Und wer sind Sie, mein bleicher Freund, wenn ich fragen darf?«

»Mein Name ist Strafford.«

»Strafford mit *r*?«

»Genau.«

»Aha. Dann haben wir wohl das Vergnügen, nein, die Ehre, uns heute Nacht Ihrer Gesellschaft erfreuen zu dürfen.«

»Ach ja?« Strafford verstand nichts.

»Im Sheaf of Barley. *Der* Reck bin ich.«

»Aber auf Ihrem Wagen steht doch …«

»Ja, der Reck bin ich auch. Schlachter, Lebensmittelhändler, Gastwirt *und* Betreiber einer Pension. Ein Mann mit vielen Begabungen, könnten Sie sagen, und da hätten Sie recht.« Er rüttelte an der Gangschaltung und ließ die Kupplung los. Die Reifen drehten auf der vereisten Straße durch, bis sie griffen und der Wagen mit einem Ruck nach vorne schoss. »Sir, darf ich fragen, was Sie an einem Tag wie heute hier draußen in der Wildnis zu schaffen haben? Wo kamen Sie denn her?«

»Ich war im Wald.«

Reck nickte. Er hatte das sanfte Gebaren und den sanften Atem gewisser dicker, langsamer Männer, die in völliger Zufriedenheit mit sich und der Welt leben. Sein Körperumfang war so gewaltig, dass der Wulst seines unteren Bauchs unter dem Lenkrad verkeilt war. Strafford lehnte sich in dem quietschenden Ledersitz zurück; langsam wärmten sich seine Zehen in der Heizungsluft auf.

»Im Wald, ja?«, fragte Reck nachdenklich und summte ein Stück der Melodie von *The Teddy Bears' Picnic* – »dam-ti-dam-t'dittity-dam« – und gab dann einen Pfeifton von sich, indem er Luft durch die Vorderzähne einsog. »Wohl mit dem Schrecklichen Jungen gesprochen?«

»Dem …?«

»Mit Fonsey, dem Finsteren.«

»Ja, das stimmt tatsächlich. Ist er denn so finster?«

»Ich würde sagen, ja. Er ist unser Gargantua, oder war es

Pantagruel? Es ist schon viele Jahre her, seit ich das Buch gelesen habe. Ich kenne ihn als den Schrecklichen Jungen, das ist ein Kosename, müssen Sie wissen.«

»Wie heißt er denn mit Nachnamen? Hat er überhaupt einen?«

»O ja. Welch heißt er. Man spricht es aus wie *Walsh*, aber hier, im County der Ungehobelten, sagen wir Welch. Seine Mutter war eine gewisse Kitty Welch – oder Walsh, wenn Sie darauf bestehen.«

»Lebt sie noch hier in Ballyglass?«

»Nein. Sie ist irgendwo in England. In Manchester, glaube ich.«

»Und sein Vater?«

Reck gab ein dröhnendes, rumpelndes Glucksen von sich.

»Tja, unser Fonsey ist ein weiteres Beispiel für das seltene Phänomen der Unbefleckten Empfängnis. Selten, sage ich, aber der Stern von Bethlehem leuchtet doch ungewöhnlich oft über unserer fruchtbaren Insel, das wissen Sie sicherlich.«

Er hielt inne und machte wieder das saugende Geräusch mit den Zähnen; es war eine Art umgekehrtes Pfeifen.

»Kitty hat ihn vor ihrer Abreise in ein Waisenhaus gesteckt – dafür hat sie sich hier im Ort Kritik eingehandelt, aber was blieb ihr denn anderes übrig? Und als er alt genug war, seine Fäuste zu gebrauchen, wurde er aufsässig und in eine Besserungsanstalt im Westen gesteckt, nach Letterferry, allen jugendlichen Delinquenten bekannt und von ihnen gefürchtet – Sie haben sicher schon davon gehört? Als er Jahre später herauskam, haben Lady Reck und ich uns eine Weile um ihn gekümmert. Ich habe ihn als Lehrling in der Schlachterei angenommen, aber dazu hatte er nicht den Mumm. Es hat ihm nicht gefallen, mit der Schlachtaxt auf arme, stumme Wesen loszugehen, nicht mehr als mir, aber ich arbeite nach dem Grundsatz, wenn man sie essen will, muss man sie auch schlachten können. Jedenfalls, es kam der Tag, und unser Fonsey war aus dem Sheaf of Barley verschwunden. Dann hörten wir irgendwann, dass er in einem Wohnwagen mitten im Ballyglass Wood lebt und sich um die Pferde Seiner Gnaden droben in Ballyglass House kümmert. Gelegentlich fährt er noch etwas für mich aus.« Er hielt wieder inne und schüttelte seinen großen, glatten, kugelförmigen Kopf. »Armer Fonsey, er hat es nicht leicht im Leben und hätte Besseres verdient.«

»Warum ist er weggegangen?«, fragte Strafford.

»Von Mrs Reck und mir? Wer weiß? Die Wege der Wilden sind uns fremd, und Fonsey ist der Inbegriff der Wildheit. Allein der Herr weiß, was sie ihm in Letterferry angetan haben. Er wollte nie darüber sprechen, und ich habe aufgehört zu fragen. Aber an den Narben hat man es gesehen, physisch wie seelisch.«

Durch einen Riss in den Wolken erschien tief unten am westlichen Himmel kurz die untergehende Sonne, eine dunkelgolden glänzende, blendende Scheibe. Reck summte wieder leise vor sich hin, dann fragte er:

»Wäre es unverschämt, sich zu erkundigen, was Sie mit unserem Fonsey dort im Wald zu schaffen hatten?«

»Ich habe ihn kurz von Ballyglass House aus gesehen und mich dann entschlossen, mit ihm zu reden. Das ist alles.«

Der dicke Mann warf dem Detective einen kurzen Blick von der Seite aus zu. »Vielleicht wollten Sie ›einem bestimmten Verdacht nachgehen‹, wie es in den Zeitungen immer heißt?«

»Nein, ich bin einfach nur *ihm* nachgegangen.«

Nach einer Kurve fuhren sie beinahe in eine Schafherde hinein, die auf der Straße auf sie zukam, gehütet von einem Jungen in einem viel zu großen Mantel, der um den Bauch mit gelbem Zwirn zusammengebunden war. Reck hielt an, und die beiden Männer saßen inmitten eines wogenden Meeres aus schmutzig grauer Wolle fest. Strafford betrachtete die sich dahinwalzenden Tiere untätig, bewunderte ihre langen, aristokratischen Köpfe, die schmucken kleinen Hufe, wie geschnitzte Kohlebrocken, auf denen sie so anmutig dahintrotteten. Auch ihre vorstehenden und intelligent wirkenden glänzenden schwarzen Augen verblüfften ihn. Sie drückten stoische Resignation sowie eine Spur unvergänglicher Scham aus in Anbetracht ihrer misslichen Lage, Inkarnationen einer uralten Rasse, die zu ihrer Schande von einer Rotznase mit Stock über eine Landstraße getrieben wurden.

»Ein interessantes Tier, das Schaf«, bemerkte Jeremiah Reck. »›Ihr Ruf unverändert seit Arkadien‹ – ich glaube, das war es. Lesen Sie, Sir?«

»Wenn ich Zeit habe.«

»Ach, die Zeit sollten Sie sich nehmen. Das Buch gehört zu den größten Herrlichkeiten, die unsere Spezies hervorgebracht hat.« Die Schafe zogen weiter, und der Fleischer legte den Gang ein. »Sie selbst kommen nicht aus dieser Gegend«, sagte er. Es war keine Frage.

»Nein, aber nicht von weit her – ich bin in Roslea geboren.«

»Hinter New Ross? Na, dann sind sie ja wenigstens aus Wexford.«

Strafford lächelte in sich hinein, belustigt über das »wenigstens«.

Sie fuhren weiter. Er fand das Zischen der Autoreifen im Matsch beruhigend.

»Sie haben bestimmt vom Tod von Father Harkins gehört.« Er hielt den Blick weiter auf die Straße vor sich gerichtet.

»O ja, natürlich, ich wollte nur nicht neugierig wirken.« Er warf dem Detective einen verschmitzten Blick zu. »Nachrichten verbreiten sich hier in der Gegend schnell. Was ist dem armen Kerl denn zugestoßen?«

»Nun, er ist gestorben.«

»Das ist ja mal eine nicht sonderlich vielsagende Antwort«, sagte Reck, »wenn überhaupt.« Er pfiff eine Weile durch die Zähne. »Angeblich ist er mitten in der Nacht die Treppe hinuntergefallen, aber wenn man mich fragt, würde ich sagen, das war nicht alles.«

»Warum glauben Sie das?«

»Ach, aus unterschiedlichen Gründen. Zum einen hätten die Behörden droben in Dublin ja wohl kaum einen Detective Inspector geschickt, um in einem Unfall zu ermitteln. Das hätten sie dem örtlichen Polizisten überlassen.«

»Sergeant Radford?«

»Genau.« Reck kicherte. »Unser wagemutiger Dan Radford, Sheriff von Deadwood City.«

»Ich habe ihn noch nicht kennengelernt.« Strafford blickte auf die schneebedeckten Bäume, die vor dem Fenster vorbeizogen. »Es heißt, er ist unpässlich.«

»Unpässlich?«, murmelte Reck. »Ach ja? Hm.«

Strafford hatte bereits vermutet, dass Radford trank.

»Die Grippe, erzählt man.«

»Aha, die Grippe. Die geht gerade um – Mrs Reck hatte

sie auch, aber sie ist schon wieder gesund. Ich wurde bisher verschont.« Er hielt inne und pfiff. »Sie wissen, dass die Radfords einen Sohn verloren haben?«

»Was ist mit ihm passiert?«

»Er ist ertrunken. Sehr tragisch.«

Strafford wurde plötzlich bewusst, dass Recks Pfeifen genauso klang wie ein Wasserkessel, wenn das Wasser gleich kocht; der Vergleich gefiel ihm. Er dachte gerne über die heimliche Harmonie einfacher Dinge nach.

Kurz darauf sagte er: »Es weiß also niemand, wer Fonseys Vater ist, stimmt das?«

»Kitty Welch weiß es bestimmt, aber sie verrät es nicht. Ich für meinen Teil habe einen Verdacht, aber den behalte ich für mich.« Sie näherten sich einer weiteren tückischen Kurve, und er schaltete einen Gang herunter. »Die arme Kitty war kein schlechtes Mädchen, nur ein bisschen ausgelassen, wenn der Vollmond schien. Man musste ihr das einfach nachsehen – aber das haben nicht viele getan.« Er seufzte. »Die Leute können sehr hart sein, stelle ich immer wieder fest.«

Sie fuhren um die Kurve. Am Ende der gewundenen Zufahrt ragte Ballyglass House aus dem eisigen Nebel auf. Die Schornsteine rauchten wie eine Reihe Kanonen.

Reck hielt den Lieferwagen an. In den unteren Fenstern des Hauses brannte Licht, denn am westlichen Himmel, wo sich noch mehr Schneewolken ballten, schwand der Winternachmittag bereits.

»Würden Sie später mit uns zu Abend essen?«, fragte Reck mit seiner liebenswert melodischen Stimme.

»Das hoffe ich.«

»Ich werde der Ehrenwerten Lady Reck davon Mitteilung machen. Etwas Schlichtes, aber Nahrhaftes, ja? Und sagen Sie mir doch gleich, gibt es etwas, das Sie nicht mögen?«

»Ich glaube nicht.«

»Ich gestehe, ich selbst habe eine Aversion gegen Kohl, und ganz besonders«, er senkte die Stimme zu einem schaudernden Flüstern, »gegen Rosenkohl.«

»Ach, ich esse alles«, sagte Strafford.

»Im vernünftigen Rahmen?«

»Im vernünftigen Rahmen. Vielleicht kann ich Sie anrufen, um Ihnen zu sagen, wann ich bei Ihnen bin?«

Reck nickte geistesabwesend und blickte durch die Windschutzscheibe auf das Haus.

»Eine bemerkenswerte Familie, die Osbornes, bemerkenswert in vielerlei Hinsicht. Haben Sie die zweite Mrs Osborne schon kennengelernt?« Er schwieg, den Blick immer noch auf das Haus gerichtet, nickte langsam und pfiff. »Und Sie wissen, dass die erste unter ähnlichen Umständen wie Father Tom gestorben ist?« Er sah Strafford verschmitzt an. »Die Treppe ist womöglich verhext.«

»Danke fürs Mitnehmen.« Strafford öffnete die Beifahrertür. »Von hier aus laufe ich. Und wir sehen uns später. Wenn ich nicht rechtzeitig da sein kann, rufe ich an. Würden Sie mir in dem Fall draußen einen Schlüssel hinlegen?«

»Ach, keine Sorge, ich bin auf meinem Posten: Der wahre Gastwirt schläft nie.« Er sah Strafford zu, wie er auf das Gemisch von Schlamm und Schnee in der Zufahrt trat. »Wissen Sie, so furchterregend er auch sein mag, ich glaube nicht, dass der Schreckliche Junge es über sich bringen würde, einen Priester zu ermorden. Er konnte nicht mal einem Huhn den Kragen umdrehen, ohne Tränen zu vergießen.«

10

Das Haus stand auf einer Anhöhe, und während er über die Auffahrt darauf zuging, schien es sich vor ihm aufzutürmen und seine pseudopalladianischen Flügel zu öffnen, als wolle es ihn mit einer dunklen Umarmung empfangen. Er glaubte nicht daran, dass unbelebte Objekte andere Kräfte besaßen als diejenigen, mit denen die menschliche Vorstellungskraft sie aus kindlichen Ängsten und Fantasien heraus ausstattete. Dennoch war noch kein ganzer Tag vergangen, seit ein Mann, ein Priester, hier gestorben war. Jemand hatte ihm oben an der Treppe in der Dunkelheit ein Messer in den Hals gerammt, ihn abgeschlachtet, so wie Jeremiah Reck ein Tier schlachten würde. Dann war er verstümmelt worden, und man hatte ihn bis zu seinem letzten Atemzug in seinem eigenen Blut liegen gelassen. Hinterließ eine solche Tat keine Spuren, kein Echo, kein Beben in der Luft, so wie das weiter andauernde Summen nach einem Glockenschlag?

Er überlegte, wie das wohl sein mochte, so niedergestochen und aufgeschlitzt zu werden, zu stürzen, zu bluten, zu sterben. Als er jung und noch in Templemore bei der Ausbildung war, da hatte er sich vorgestellt, als Polizist Dinge zu lernen, die andere Menschen nie erfahren würden. Die höchste dieser Lektionen wäre die über das Sterben, durch Gewalt in erster Linie, aber auch darüber, wie sich der Tod in jeglicher Form anfühlen würde. Natürlich war das eine törichte Idee – der Tod war immerhin der Tod, eine Erfahrung, die für denjenigen, der sie machte, wahrscheinlich gar keine Erfahrung war – und dennoch hatte er daran festgehalten, und wenn er ehrlich war, tat er das immer noch, wenn auch nur noch ein ganz klein wenig.

Das war es, was ihn dazu gebracht hatte, Detective zu werden: die Überzeugung, dass er, wie früher ein Alchimist, in einen nicht zugänglichen, geheimen Wissensschatz eingeweiht werden würde. Er würde nicht sein wie andere, die sich halb blind durch die Welt tasteten, ohne etwas jenseits der einfachsten Gemütsbewegungen wahrzunehmen, der gewöhnlichen Triebe – Hunger, Angst, Begehren, Hoffnung, sogar Glück, oder den traurigen Traum davon. Nein, er würde unter den Auserwählten sein, die über der Welt und ihren trivialen Angelegenheiten standen. Es war, ja, es war ein törichtes Hirngespinst, und doch …

Er hatte niemanden: keine Frau, keine Kinder, keine Geliebte, keine Freunde. Er hatte nicht einmal eine nennenswerte Familie – ein paar Vettern, die er nie sah, und einen Onkel in Südafrika, der jedes Jahr zu Weihnachten eine Karte geschickt, dann aber aufgehört hatte; wahrscheinlich war er mittlerweile gestorben. Natürlich gab es noch seinen Vater, aber seinen Vater stellte er sich nicht als Person vor, nicht so richtig, sondern irgendwie als Teil von sich selbst, als den Baum, dessen Spross er war und den er bald überschatten und dem er mit der Zeit über den Kopf wachsen würde.

Doch nichts davon bereitete ihm Sorgen, zumindest war er sich dessen nicht bewusst. Er hatte nämlich starke Zweifel daran, wie tief oder wie umfassend ein Mensch sich selbst kennen konnte. Trotzdem betrachtete er seine Einsamkeit als Besonderheit. Er fand, sein Leben befände sich in einem Zustand der eigentümlichen Ruhe, des stillen Gleichgewichts, einem Zustand, von dem er vermutete, dass er einzigartig oder zumindest höchst ungewöhnlich war, denn andere Menschen schienen seines Wissens nach − das zugegebenermaßen nicht sehr groß war − in einem beständigen Fieber aus Unruhe, Ungeduld und frustrierten Wünschen zu existieren. Er konnte nicht auf diese Art leben, selbst wenn das mit sich brachte, dass er vieles von dem verpasste, was echte Erfahrung, menschliches Leben war, wie ihm jedermann versicherte.

Der stärkste Drang, dem er erlag, war die Neugierde, der schlichte Wunsch zu *wissen*, in etwas eingeweiht zu sein, was dem Großteil der restlichen Welt verborgen blieb. Für ihn stellte sich alles als Chiffre dar, als Rätsel, als Geheimnis, zu dessen Lösung überall Hinweise verstreut waren, willkürlich, verborgen oder, und das war weit faszinierender, deutlich sichtbar versteckt, sodass alle sie sehen konnten, doch nur er allein erkannte, worum es sich handelte.

Der langweiligste Gegenstand konnte sich für ihn mit Bedeutung aufladen, konnte in plötzlichem Bewusstsein seiner selbst pulsieren, ein Hinweis, ein gemeines, banales Phänomen, lag gänzlich zufrieden unbeachtet da, bis es, im Lichte des erbarmungslosen Blicks des Ermittlers, zutage trat, errötete und sich ungewollt verriet.

Seltsamerweise, oder zumindest kam es ihm seltsam vor,

erschien nun vor ihm das Bild von Geoffrey Osbornes bleicher, ausgezehrter Frau, deutlich auf die kalte blaue Abendluft projiziert, so, wie er sie das erste Mal gesehen hatte, eine schimmernde Erscheinung in der Küchentür, zitternd, als würde sich das Bild gleich in sie selbst verwandeln. Und als er nun weiterging und unbeholfen in den undichten Gummistiefeln eines anderen Mannes voranstolperte, da sagte er plötzlich laut ihren Namen, atmete ihn aus wie Schwaden von Ektoplasma – *Sylvia, Sylvia* –, bis sich der Name von der Frau, die er bezeichnen sollte, loslöste und stattdessen zu einer Beschwörung wurde, einer Invokation, einer Art Anrufung.

Er blieb stehen und stand auf den Fersen schaukelnd da wie eine Statue, gegen die ein Passant gestoßen war. Was war das für ein Gefühl, das ihn durchströmte, gänzlich neu und doch irgendwie vertraut? Er war doch sicherlich nicht dabei, sich zu verlieben – nein, ganz sicher nicht! Das wäre viel zu banal, jenseits des Absurden – der Inbegriff eines Allgemeinplatzes –, ein grotesker Streich, der ihm von inneren Sehnsüchten gespielt wurde, derer er sich nicht einmal bewusst gewesen war. *Liebe?* Liebe würde ihn direkt von seinem Sockel hauen.

Die echte Mrs Osborne hingegen, der er kurz darauf noch einmal begegnete, glich nicht im Mindesten der dämonischen Gestalt, die in seiner Vorstellung auferstanden war, als er keine fünf Minuten zuvor erschrocken in die Luft starrend auf der Zufahrt gestanden hatte; nein, sie war ein völlig anderer Mensch, so anders gar, dass er sich fragte, ob die Frau, die er an diesem Morgen gesehen hatte, womöglich eine eineiige Zwillingsschwester hatte, die nun vor ihm saß.

Nachdem er an der Haustür geklingelt hatte, hatte die Haushälterin Mrs Duffy geöffnet und ihm zu seinem Schrecken – er mochte keine Zufälle – mitgeteilt, dass Mrs Osborne nach ihm gefragt hatte. Während sie das sagte, warf sie ihm einen merkwürdigen Blick zu, gleichzeitig komplizenhaft und, so schien es ihm, eine Vorwarnung.

Er fand sie dann in einem kleinen Empfangszimmer vor – so würde man das wohl bezeichnen –, das von dem Salon abging, in dem er Lettie am Morgen begegnet war.

In diesem kleinen inneren Raum, offenbar Mrs Osbornes Privatbereich, herrschten Chintz und verblichene Seide vor, Kissen waren großzügig verteilt sowie diverse Messingtiegel und Kristallvasen, hässliche Porzellanfiguren, kostümiert mit Capes und Krinolinen, Kniebundhosen und Dreispitzen. Strafford erinnerte das alles sehr an eine Illustration auf dem Deckel einer Pralinenschachtel.

Mrs Osborne saß, oder eher posierte, auf einem mit gelbem Satin bezogenen Sofa. Ihr dunkelblaues Chiffonkleid hatte einen hohen Kragen, eine enge Taille und einen weiten Rock, der auf beiden Seiten von ihr symmetrisch ausgebreitet war, genau so arrangiert, dass die Plisseefalten an die Muschelschale erinnerten, auf der Botticellis Venus schwebt. Um den Hals trug sie eine Perlenkette, und vorne an ihrem Kleid war eine Smaragdbrosche in Form eines Skarabäus festgesteckt. Ein kleiner Tisch vor ihr war für den Nachmittagstee gedeckt: Kannen, silberne Menagen, Porzellantassen, kleine Messerchen, kleine Gäbelchen, kleine Löffelchen; auf zarten kleinen Tellerchen waren Kuchenstückchen arrangiert, säuberlich überlappend angeordnet.

Strafford nahm das alles mit einem raschen Blick in sich auf und war enttäuscht; ein auf dem Bauch der Teekanne reflektierter Lichtstern schien ihm mit boshafter Erheiterung zuzublinzeln.

»Da sind Sie ja!«, rief Mrs Osborne fröhlich. Beim Lächeln offenbarte sie zwei Reihen kleiner, feiner weißer Zähne, von denen die oberen beiden vorne leicht mit Lippenstift verschmiert waren. Sie war so gekünstelt und gerüscht wie die Nippesfiguren um sie herum. Ihre Augen funkelten, wenn auch nicht gesund, die Wangen waren gerötet. Strafford zwang sich, ihr Lächeln zu erwidern, und seine Entäuschung nahm dabei noch ein wenig zu.

Mrs Osborne klopfte neben sich auf das Sofa und forderte ihn auf, Platz zu nehmen, doch er tat so, als habe er die Einladung nicht bemerkt. Er holte sich stattdessen einen Stuhl, stellte ihn vor den kleinen Tisch und setzte sich steif darauf. Seine Gastgeberin blickte einen Moment lang finster drein, verärgert über diese Abfuhr, setzte dann aber gleich wieder ein strahlendes, wenn auch leicht schiefes Lächeln auf. »Ja, natürlich, das ist besser«, murmelte sie. »So können wir einander sehen, das ist *viel* angenehmer.«

In dem Moment kam sie ihm ziemlich wahnsinnig vor.

Ihre Haare, die am Morgen noch in schlaffen Strähnen herabgehangen hatten, waren jetzt kunstvoll hochgesteckt. Ein dicker Zopf lag wie ein Diadem über der Stirn, die Locken waren an den Seiten zusammengefasst und bedeckten die Ohren. Sie erinnerte Strafford an jemanden, aber er kam nicht darauf, an wen. Die Ferse seines Strumpfes im Schuh war immer noch nass, allerdings war es jetzt eine warme Nässe, was schlimmer war als die Kälte zuvor. Ja, ihm wäre es sogar lieber gewesen, wieder draußen zu sein und durch den Schnee zu stapfen, trotz der eisigen Luft und der zunehmenden Dunkelheit und des nassen Fußes, der ihm körperlich zu schaffen machte. Hier, in diesem Fantasiezimmer, inmitten von so viel Nippes und Tand, kam er sich vor wie das weiße Kaninchen − oder war es der Märzhase?

»Soll ich einschenken?«, fragte Mrs Osborne und machte sich daran, den Tee einzugießen, ohne eine Antwort abzuwarten. »Ein Stück Zucker oder zwei?«

»Kein Zucker, danke.«

»Milch?«

»Nein, danke.«

»Aha. Sie mögen ihn lieber schwarz. Gut, ich auch. Bitte schön.«

Als sie ihm den Tee reichte, klapperte die Tasse leicht auf der Untertasse. Er nahm sie ihr ab und balancierte sie auf dem Knie, ohne davon getrunken zu haben. »Mrs Osborne«, sagte er, »ich muss mit Ihnen über gestern Nacht reden.«

Sie hob eine nachgezogene Augenbraue. »Über gestern Nacht?«

»Ja. Beziehungsweise über heute Morgen − als Sie Father Harkins gefunden haben. Ihr Mann meinte, Sie konnten nicht schlafen, und ...«

»Ach«, rief sie, mit einem Hauch zerknirschter Fröhlichkeit, »ich schlafe nie!«

»Das tut mir leid zu hören.« Strafford hielt inne und leckte sich die Lippen, dann fuhr er fort. »Aber letzte Nacht, da sollen Sie besonders − besonders unruhig gewesen sein, und deshalb sind Sie nach unten gegangen. Würden Sie mir erzählen, was genau passiert ist?«

»Was passiert ist?« Sie blickte ihn scheinbar verblüfft an. »Wie meinen Sie das, was passiert ist?«

»Ich meine, als Sie Father Harkins gefunden haben«, sagte er geduldig. »Haben Sie zum Beispiel das Licht angemacht?«

»Das Licht?«

»Ja, das elektrische Licht.« Strafford zeigte mit dem Finger auf die Lampe über seinem Kopf; sie hatte einen Schirm aus rosa Taft. »Haben Sie es eingeschaltet, als Sie in die Bibliothek gegangen sind?«

»Warum fragen Sie?«

»Ich möchte nur wissen, wie genau Sie die Leiche gesehen haben – die Leiche von Father Harkins.«

»Ich verstehe nicht«, murmelte sie. Sie senkte den Blick und sah hin und her, als würde sie irgendwo in ihrer Nähe Erleuchtung finden.

Strafford seufzte. »Mrs Osborne, Sie sind irgendwann heute sehr früh am Morgen nach unten gekommen und haben Father Harkins in der Bibliothek gefunden. Stimmt das? Und er war tot. Erinnern Sie sich daran? Erinnern Sie sich daran, ihn gefunden zu haben? Hatten Sie das Licht eingeschaltet? Haben Sie gesehen, wie er gestorben ist? Haben Sie das Blut gesehen?«

Sie saß reglos da und suchte immer noch schweigend den Boden um ihre Füße herum ab. »Wahrscheinlich schon«, sagte sie mit schwacher, weit entfernter Stimme. »Wenn da Blut war, muss ich es doch gesehen haben«, sie blickte plötzlich auf und starrte ihn an, »oder nicht?«

»Genau das habe ich Sie gerade gefragt«, sagte er geduldig. Er hatte das Gefühl, als würde er etwas Wertvolles aus unglaublich vielen Schichten unerwartet widerspenstigen Papiers auspacken. »Können Sie sich denn erinnern?«

Langsam schüttelte sie den Kopf hin und her, wie ein verständnisloses Kind, und sah ihn dabei immer noch an; dann rührte sie sich, setzte sich aufrecht hin und blinzelte, als wäre sie gerade aus einer Trance aufgewacht. »Kann ich Ihnen ein Stück Kuchen anbieten?« Sie setzte ihr strahlendes Lächeln wieder auf, nicht ohne Anstrengung, wie Strafford bemerkte. »Mrs Duffy hat ihn eigens gebacken, ich habe sie darum gebeten.« Ihr Blick verfinsterte sich, und sie runzelte erneut die Stirn, wieder wie ein Kind, aber jetzt verärgert und gleichsam beleidigt. »Er ist bestimmt sehr gut«, sagte sie trotzig. »Mrs Duffys Kuchen sind immer sehr gut. Mrs Duffy ist berühmt für ihre guten Kuchen – alle sprechen davon –, das ganze Land spricht davon, von Mrs Duffys Kuchen!«

Dicke, schillernde Tränen stiegen ihr in die Augen und verharrten zitternd auf den Unterlidern, ohne zu fallen. Strafford hielt mit einer Hand Tasse und Untertasse fest, streckte die andere über den Tisch, und die Frau vor ihm hob ebenfalls die Hand, mit der ernsten Zögerlichkeit eines Kindes, und legte sie in die seine. Ihre Hand war kalt, und er spürte die zarten Knochen unter der Haut. Sie hatte blaue Knöchel. Keiner von ihnen sagte etwas, sie saßen sich einfach in ihrer gemeinsamen Verstörung und Hilflosigkeit gegenüber und starrten sich an.

Mit einem Schlag, wie es Strafford vorkam, ging die Tür auf, und Colonel Osborne kam hereingestürmt. »Ah, da bist du ja!« Er strahlte seine Frau an. »Ich habe dich überall gesucht.« Er hielt inne und starrte die beiden an, die ihn eben-

falls anstarrten, während sie einander die Hand hielten. »Ist ...
ist alles in Ordnung?«, fragte er, nun selbst verstört.

Strafford ließ Mrs Osbornes Hand los und stand auf. Er
wollte gerade etwas sagen, ohne zu wissen, was, aber sie unterbrach ihn. »Herrgott noch mal«, schimpfte sie mit einem
neuen, harten kleinen Stimmchen, »warum könnt ihr mich
nicht einfach alle in Ruhe lassen!« Dann sprang sie vom Sofa
auf, wischte sich mit dem Handrücken die unvergossenen
Tränen ab, drängte sich an ihrem Mann vorbei und war verschwunden.

»Es tut mir leid ...«, hob Strafford an, im selben Moment,
als Colonel Osborne stöhnte: »O Gott!«

11

Es war beißend kalt, aber das war ihr egal. Sie war gerade zwischen den Bäumen hindurch den Hügel hinuntergelaufen, als sie eben noch rechtzeitig Strafford erblickte, der aus dem Wohnwagen stieg und den Wald in ihre Richtung heraufkam. Es war merkwürdig, dachte sie, dass sie ihn in dem Moment, als sie ihn gesehen hatte, sofort wiedererkannt hatte, obwohl er Gummistiefel trug und sich den Hut fast bis über die Ohren gezogen hatte. Ihm war sicherlich ebenfalls kalt, schließlich war er nur mit dem dünnen Gabardinemantel und einem dürftigen Wollschal bekleidet. Er hatte nicht einmal Handschuhe.

Sie trat zur Seite, weg von dem Pfad – es war ihr Pfad, sie hatte ihn seit Monaten eingelaufen, niemand sonst benutzte ihn oder wusste auch nur von seiner Existenz –, und versteckte sich hinter ein paar Birken. Ihr Dufflecoat hatte mehr oder weniger die Farbe ihrer Umgebung, sie hoffte, er würde sie tarnen. Aber wenn er sie bereits entdeckt hatte? Wenn er eigens dafür ausgebildet war, Menschen zu suchen, die sich versteckten? Ihr kam er als Detective wie ein hoffnungsloser Fall vor, doch der Schein konnte trügen, das wusste sie sehr wohl.

Aber sollte er sie doch erblicken, wie sie hier zwischen den Bäumen kauerte, was würde sie dann sagen, welche Ausrede würde sie sich ausdenken, weshalb sie sich vor ihm versteckte? Sie könnte behaupten, ihr Vater hätte sie mit einer Nachricht zu Fonsey geschickt, irgendetwas wegen der Pferde, und sie hätte Angst bekommen, als sie eine Gestalt in schwarzen Stiefeln und mit heruntergezogenem Hut den Hang heraufkommen sah. Doch das würde er ihr nicht abnehmen, das wusste sie.

Aber warum versteckte sie sich überhaupt? Warum sollte sie denn nicht einfach draußen im Wald herumlaufen?

Sie hätte trotzdem kehrtgemacht und wäre den Hügel zur Straße hinaufgelaufen, nur war es jetzt zu spät, er hatte den Hang schon zur Hälfte zurückgelegt. Den Pfad, ihren Pfad, würde er nicht finden, doch sie sah jetzt schon, dass er sehr nahe an ihrem Versteck zwischen den hellen, schlanken Stämmen der Birken vorbeikommen würde, wo sie stand und kaum zu atmen wagte, während ihr das Herz längst in die Hose gerutscht war.

Lag es an der Angst oder war es die Aufregung, die ihr Herz so schnell schlagen ließ? Beides, nahm sie an. Denn sie war aufgeregt, sie war verängstigt, allerdings auf angenehme Art, wenn sie sich vorstellte, wie er sie womöglich entdecken könnte und zu ihr herkommen und … und was?

Vielleicht war es das: Vielleicht wollte sie ja erwischt werden, vielleicht sehnte sie sich danach, erwischt zu werden, nicht nur hier und jetzt auf diesem verschneiten Hügel, sondern immer und überall. Als sie klein war, durfte sie manchmal mit Dominic und seinen Freunden Verstecken spielen. Wenn das Spiel angefangen hatte und sie in einem Schrank versteckt war, hinter den Kleidern ihrer Mutter, die schal und nach Schweiß rochen, oder wenn sie, die Arme um die Knie geschlungen, unter dem Bett in dem großen hinteren Schlafzimmer lag, Staub einatmete und versuchte, nicht zu niesen, da stieg eine schwere, heiße Welle in ihr auf – ein bisschen wie der Würgereiz, bevor man sich übergeben musste, und sie wusste nicht, ob sie Angst davor hatte, in ihrem Versteck entdeckt zu werden, oder ob sie genau das hoffte.

Einmal hatte sich einer der größeren Jungs, Jimmy Waldron hieß er – sie sah ihn immer noch vor sich mit seinen vorstehenden Zähnen und den fettigen Haaren –, auf sie gestürzt, als sie sich hinter der geöffneten Tür der Toilette im Obergeschoss versteckt hatte. Aber statt den anderen zuzurufen, dass er sie gefunden hatte, hatte er sie in die Kabine zurückgedrückt, die Tür hinter sich abgesperrt, ihr die Hand unter das Kleid geschoben und versucht, sie zu küssen. Er ließ sie erst los, als sie ihn in die Lippe biss und es blutete.

Strafford war jetzt auf gleicher Höhe wie sie und so nah, nicht mehr als vier, fünf Meter entfernt, dass sie hören konnte, wie er beim Erklimmen des rutschigen, steilen Hangs vor Anstrengung keuchte. Was wäre, wenn sie ihn anspringen würde, wie ein Tier, mit Reißzähnen und Krallen? Das würde ihn aus der Fassung bringen, dann würde er sie wahrnehmen, o ja, allerdings. Aber sie rührte sich nicht, sondern hielt den Atem an und ließ ihn vorbeigehen.

Sie blieb stehen und sah ihm nach, bis er die Anhöhe erreicht hatte, auf die Straße trat und sie ihn nicht mehr sehen konnte. Sie hörte einen Lastwagen vorbeifahren, dort oben, es geschah ihm recht, wenn er umgefahren wurde.

Er war unglaublich hochnäsig, so schlimm wie die Schnösel aus den besseren Kreisen auf den Jagdbällen, die sie nie zum Tanzen aufforderten, weil sie Angst vor ihr hatten, oder die sogenannten Pferdefreunde ihres Vaters, die mit Sherrygläsern in der Hand herumstanden und sie mit glasigen Augen dümmlich anstarrten; die Hälfte von ihnen konnte sich nicht einmal an ihren Namen erinnern. Allerdings war er nicht so schlimm wie die Familie ihrer Stiefmutter, die sich für ein Gottesgeschenk für das County hielten und zugelassen hatten, dass ihre schrullige Tochter ihren armen Vater heiratete und ihm das Leben schwer machte.

Trotzdem, der Detective sah gut aus, dürr wie er war – wie konnte man nur so dünn sein? –, und er hatte hübsche Hände, sie waren ihr aufgefallen, mit sauberen und ordentlich geschnittenen Nägeln. Sie hatte eine Phobie, was Nägel anging, weil sie ständig wuchsen, so wie Haare, immer weiter und weiter, selbst wenn man schon tot war, das hatte ihr einmal jemand erzählt; stell dir vor, dachte sie, stell dir vor, du liegst zwei Meter unter der Erde, in der absoluten Dunkelheit, der Schädel umhüllt von stahlwolleartigen Haaren, und deine Skelettfinger liegen auf deiner Skelettbrust ineinander verschränkt, und aus den Spitzen ragt zentimeterlanges Zeug, brüchig und glänzend wie Perlmutt.

Die Kälte drang jetzt durch die Sohlen ihrer Reitstiefel. Sie trat aus ihrem Versteck und ging den Abhang hinab. Sie ließ sich Zeit und setzte ihre Füße vorsichtig auf; sie konnte es sich nicht leisten, auszurutschen und mit dem Po in dem halbgefrorenen Matsch zu landen, denn der Rock, den sie trug, gehörte ihr nicht. Als sie sicher war, dass Doctor Hafner – der »Kraut« – weg war, war sie in das Schlafzimmer gegangen, wo die Weiße Maus im Tiefschlaf auf dem Bett lag.

Sie hatte einen ihrer Tweedröcke und einen schweren Pullover aus dem Schrank geholt, die Sachen mit in ihr Zimmer genommen und angezogen.

Sie trug gerne die Sachen ihrer Stiefmutter. Warum, das wusste sie auch nicht, aber sie überkam dabei immer eine Art Frösteln, das sie auf dunkle Art genoss.

Jetzt machte sie zwischen den Bäumen am Rand der Lichtung halt und zog sich den Schlüpfer aus – wegen ihrer Reitstiefel war das gar nicht so leicht –, rollte ihn zusammen und steckte ihn in die Tasche des stiefmütterlichen Rocks. Die Luft, kühl wie Seide, kroch unter den Tweedrock und streichelte ihre Schenkel. Doch sie fror deswegen nicht, im Gegenteil.

Da war der Wohnwagen, mit Straffords Fußabdrücken, die davon wegführten, und dem großen runden Blutfleck in dem niedergetrampelten Schnee neben der Tür.

An der Tür zögerte sie. Selbst nach dieser ganzen Zeit wusste sie immer noch nicht, welche Umgangsformen sie für diese – diese was? – anwenden sollte. Sie hatte noch nicht einmal eine Ahnung, was für ein Wort sie dafür verwenden sollte, für das, was sie machte, wenn sie so in den Wald ging. »Besuch« klang lächerlich formell, und wenn sie das Wort laut aussprach, dann klang es genauso stranguliert – »Bsuuch« – wie es die Weiße Maus aussprechen würde, wenn sie ihre Queen-Lizzie-Nummer vorführte und das winzige, abgehackt sprechende Stimmchen aufsetzte, mit dem sie klang wie eine fiepsende Maus. Wie wäre es mit »Rendezvous«? Nein, das klang wie »Bsuuch«, nur noch blöder.

Aber es war doch auch egal. In ihrer Vorstellung war sie gar nicht wirklich da. Es war merkwürdig: Wie konnte sie an einem bestimmten Ort sein und gleichzeitig nicht? Sie lebte in ihrer eigenen Vorstellung, das stand fest. Einmal, an einem leuchtend grünen Sommermorgen, an dem der Tau funkelte – das hatte sie noch lebhaft in Erinnerung –, da hatte sie ein Spinnennetz gestört, das im Gemüsegarten zwischen zwei Kohlköpfen hing. Die ganzen kleinen Spinnen waren plötzlich an den Fäden entlang in sämtliche Richtungen hinausgelaufen, es mussten Hunderte gewesen sein, Tausende gar. So war das auch mit ihr, sie war die Spinne, die in der Mitte des Netzes saß, und die ganzen kleinen Dinger, die von ihr weghuschten, waren Versionen von ihr selbst, die sich in die Welt flüchteten.

Der Form halber klopfte sie an – er konnte dadrinnen ja alles Mögliche tun, der schmutzige Grobian –, drückte auf den Autotürgriff, stieg die Holzstufe hinauf und ging durch den schmalen Eingang hinein.

Als sie klein war und ihre Mutter ihr beim Schlafengehen *Der Wind in den Weiden* vorgelesen hatte, war sie immer auf der Seite der Marder und Wiesel gewesen.

Fonsey hockte vor dem Ofen und steckte abgeschnittene Äste hinein.

»Das Holz ist doch noch grün«, sagte Lettie. »Wie willst du das Ding denn mit grünem Holz ankriegen? Du bist so ein Idiot.« Er wandte nicht einmal den Kopf. Der Kragen seiner Lederjacke war hochgeschlagen, und er trug Turnschuhe ohne Schnürsenkel – die Stiefel, die er gerade ausgezogen hatte, standen neben dem Ofen, klaffend wie Münder, denen die Zunge heraushängt. Von da, wo sie stand, roch sie ihn schon. »Und du stinkst wie ein Iltis.« Er brummte etwas. »Was?«, sagte sie scharf. »Was hast du gesagt?«

»Ich habe gefragt, woher du wissen willst, wie ein Iltis riecht.«

»Na, wenigstens weiß ich, was ein Iltis ist«, das war eine Lüge, »im Gegensatz zu dir.«

Er stand auf. Es überraschte sie immer wieder, wie groß er war, und in dem engen Wohnwagen wirkte er sogar noch größer. Wie er auf seine schwerfällige Art aufstand und den gewaltigen Kopf auf dem kurzen, dicken Hals rollen ließ, er hätte ein riesiges, wildes Geschöpf sein können, das aus seinem Versteck in einem Loch im Boden auftaucht.

In Momenten wie diesem, wenn sie gerade hereingekommen war, da wusste sie, sie sollte Angst vor ihm haben, aber das hatte sie nicht. Vielmehr war er es, der Angst vor ihr hatte, dessen war sie sich bewusst, und das interessierte sie. Er war zwei oder drei Mal so stark wie sie und könnte ihr mit einer einzigen Drehung seiner Fleischerhände das Handgelenk oder gar den Hals brechen, doch sie war diejenige von ihnen beiden, die mehr Macht hatte. Wie ging das? Männer, alle Männer hatten nach ihrer bisherigen Erfahrung mit ihnen Angst vor Frauen, auch wenn man ihre Erfahrung auf diesem Gebiet, wie sogar sie selbst zugeben würde, nicht gerade als umfassend bezeichnen könnte.

In dem Moment erblickte sie das ausgenommene Kaninchen auf dem Tisch. »Was ist das denn Ekelhaftes?«

»Mein Abendessen.« Er nahm eine rußige Bratpfanne von dem Haken über der Spüle und stellte sie auf den Ofen. »Möchtest du was?«

»Das kriegst du nie heiß genug mit dem …«

»… grünen Holz. Ich weiß.«

»Was willst du dann machen, es roh essen? Das kann ich

mir bildlich vorstellen, wie du auf einem Stück davon rumkaust, während dir das Blut über das Kinn läuft. Du bist doch selbst ein halbes Tier.«

Er drehte sich zu ihr um. Sie erwiderte seinen Blick. Diese schrecklichen Pickel, sagte sie sich – wie konnte sie auch nur seinen Anblick ertragen, mit diesen Dingern auf der ganzen Stirn?

»Hast du Kippen dabei?«, fragte er.

Sie zog ein flaches silbernes Zigarettenetui aus der Tasche ihres Dufflecoats und ließ es aufschnappen. Das Etui hatte sie einmal von ihrer Stiefmutter »ausgeliehen« und es behalten; die Zigaretten darin waren Churchman's. Normalerweise brachte sie Senior Service mit, von denen sie sich immer eine Handvoll aus den Zweihunderterkisten schnappte, die ihr Vater alle vierzehn Tage bei Fox am College Green bestellte. »Das hier hab ich auch dabei.« Aus einer Innentasche brachte sie ein 200-ml-Fläschchen Gordon's Cork Dry Gin zum Vorschein und lachte. »Wir können eine Cocktailparty feiern.«

Er lächelte sein typisches krummes Lächeln und offenbarte die Lücke in seinen Vorderzähnen. »Ziehst du nun deinen Mantel aus?«, fragte er sanft. Wenn sie beide alleine waren, so wie jetzt, konnte er die simpelste Frage anzüglich klingen lassen.

»Weißt du eigentlich, wie kalt es hier drinnen ist?«, fragte sie entrüstet. »Warum ziehst nicht *du deine* Jacke aus oder wie auch immer das Ding sich nennt, das du da trägst?« Er hatte ihr erzählt, seine Jacke sei aus Pferdeleder und wäre im Krieg von einem Spitfire-Piloten getragen worden, der umgekommen war. Ganz egal, ob das mit dem Piloten stimmte, das mit dem Pferdeleder glaubte sie, denn das Ding stank immer noch nach der Abdeckerei.

Mit dem Fingernagel löste sie das Siegel von der Ginflasche ab. Er sah ihr zufrieden zu und zupfte geistesabwesend an der offenen Stelle an seinem Mund.

»Dieser Detective war hier«, sagte er. »Stafford oder wie er heißt.«

»Ich weiß. Ich habe ihn den Hügel hochgehen sehen. Dieses Kaninchen riecht übrigens widerlich.«

»Es riecht wie du«, sagte Fonsey mit einem durchtriebenen Grinsen und drückte die Zungenspitze durch die Lücke in seinen Vorderzähnen.

»*Du* bist widerlich.«

Sie setzten sich gegenüber voneinander, jeder auf ein Bett, und lehnten sich mit dem Rücken an die Wand des Wohnwagens. Sie hatten ihre Zigaretten angezündet, und Lettie drehte den Schraubverschluss der Ginflasche auf. Sie hielt das Fläschchen vor sich hoch und runzelte die Stirn. »Wie trinken wir das?«

»Wir machen halbe-halbe.«

»Du meinst, wir trinken beide aus derselben Flasche? Auf gar keinen Fall – und schon gar nicht mit der offenen Stelle an deinem Mund. Hol mir ein Glas.«

Er stemmte sich hoch, öffnete den hohen Holzschrank mit dem zersprungenen Furnier auf der Tür und kam mit einem schmutzigen Glas zurück, das er ihr reichte. »Das ist dreckig!«, rief sie. »Machst du eigentlich nie irgendwas sauber?«

Sie hob den Rocksaum an, drückte den Tweed zusammen und fuhr damit kräftig die Innenseite des Glases entlang.

Fonsey ließ sich wieder auf das Bett fallen und lehnte sich seitlich darauf, auf einen Ellbogen gestützt. Lettie hatte das rechte Bein aufgestellt, und er konnte bis zum oberen Rand ihres Strumpfes hinaufsehen, wo der Knopf des Strumpfhalters ihn straff zog.

»Du hast hübsche Beine«, sagte er.

»Ja, hübsche O-Beine, dank dem lieben Papa.«

»Mir gefallen sie.«

»Dir würde alles gefallen.«

Sie goss die Hälfte des Gins in das Glas und reichte ihm die Flasche mit der übrigen Hälfte. »Cin cin.« Sie trank einen Schluck und verzog das Gesicht. »Ich hasse den Geschmack von diesem Zeug, ich weiß auch nicht, wieso ich das trinke.«

»Weil du dich dann besser fühlst.«

»Du fühlst dich dann vielleicht besser, mir geht es dann schlechter.«

»Dann trink es nicht. Gib es mir.«

»Ach, sei doch still.« Sie fühlte sich plötzlich schlapp und wandte das Gesicht von ihm ab. Sie nahm noch einen Schluck und zog an ihrer Zigarette. Inhalieren konnte sie noch nicht; eine gute Zigarette sei bei ihr die reinste Verschwendung, sagte Fonsey immer. Sie betrachtete das späte Licht in dem schmutzigen Rückfenster. »Was hast du zu Sherlock Holmes gesagt?«, fragte sie.

»Zu wem?«

»Na dem Detective, weißt du nicht mehr? Der hier war? Oder ist das deinem mächtigen Hirn schon entfallen? Außerdem heißt er *Strafford*, nicht *Stafford*.«

»Hat er dich gesehen?«

»Natürlich nicht! Ich habe mich versteckt.« Sie überlegte. »Was hat er dich gefragt?«

»Nichts. Er wollte wissen, ob ich gestern Nacht hier war.«

»Und was hast du gesagt?« Sie betrachtete ihn über den Rand des Glases hinweg.

»Was glaubst du, was ich gesagt habe?«

Sie nickte nachdenklich. »Der ist nicht ganz so vertrottelt, wie er aussieht.«

»Woher weißt du das?«

»Ich weiß es einfach.« Sie hatte beide Knie hochgezogen, und Fonsey fixierte die bleiche Unterseite ihrer Beine, die sie jetzt wie unabsichtlich ein wenig spreizte. Er starrte hin und berührte wieder die offene Stelle an der Lippe. Sie lachte leise. »Schaust genau hin, wie?« Sie trank noch einmal, diesmal länger, aus dem schmutzigen Glas.

Er sah kurz zu ihrem Gesicht hoch, dann senkte er die Augen wieder und richtete den feuchten Blick auf das, was sie ihm offenbarte. Sie hielt ihm den Rest ihrer Zigarette hin. »Machst du die aus?«

Er nahm ihr den Stummel ab und drückte ihn auf einer Untertasse auf dem Abtropfbrett aus, neben den glimmenden Überresten seiner eigenen Zigarette.

»Die Pfanne verbrennt«, sagte sie. »Da steigt Rauch auf, sieh mal nach.«

Er stand auf, ging zum Ofen, nahm die Pfanne von der Platte und ließ sie scheppernd zu Boden fallen.

»Ich hab ihn jedenfalls angekriegt«, sagte er, »auch wenn das Holz noch grün war.«

»Oh, ja, du bist ein Genie.«

Er kam zurück und warf sich noch einmal auf das Bett.

Sie hatte die Beine jetzt völlig entspannt und ließ sie locker auseinanderfallen. Die Schöße ihres Dufflecoats waren zurückgeschoben, der Rock war zur Hüfte hochgerutscht. Fonseys Stirn war errötet, die Pickel darauf glühten regelrecht, und sie hörte ihn atmen, nicht schnell, sondern tief und langsam, wie ein leises Stöhnen; sie dachte daran, wie Strafford auf dem Hügel an ihr vorbeigegangen war, und an sein schnelles, heiseres Keuchen.

Fonsey wirkte jetzt angespannt, als wäre er verzweifelt oder hätte Schmerzen.

»Knie dich hin«, befahl sie ihm. »Komm schon, auf die Knie, du Tölpel.«

Tölpel: Auf dieses Wort war sie vor Kurzem gestoßen, in irgendeinem Buch. Sie hatte es natürlich schon gekannt, es war ein gebräuchliches Wort, aber irgendwie war es ihr aufgefallen, und sie hatte sich daran erinnert; es gefiel ihr. Tölpel.

Fonsey hievte sich von dem Bett herunter und sank vor ihr auf die Knie. Das war nicht einfach, der Platz reichte kaum aus für ihn, so eng war es zwischen den beiden Betten. Sie blickte amüsiert auf ihn hinab, während er sich abmühte. Sie legte ihm eine Hand auf den Kopf, tauchte drei Finger der anderen in ihr Glas und schmierte sich den Gin zwischen die Schenkel. Der Alkohol brannte, aber das war ihr egal. »Trink das«, befahl sie mit belegter Stimme. »Na los, leck – leck es auf.«

Er senkte den Kopf, schob ihn vorbei an ihren Knien, und vergrub ihn tief unten zwischen ihren Schenkeln, wie ein Terrier, dachte sie, der dem Fuchs in den Bau folgen will. Seine Haare waren heiß und kitzelten sie an der Haut. Es war, als würde sie von einem Tier geleckt. Träge blickte sie wieder zu dem Zwielicht im Fenster. *Tölpel*, dachte sie. *Leck mich*. Leck mich! Sie hätte ja gelacht, wenn sie nicht kurz davor gewesen wäre, zu kommen. Sternenlichter blitzen auf und verpufften vor ihren Augen, und sie dachte an diese Comicfiguren, Kater Tom, genau, und das Kaninchen, wie hieß es noch? Wenn die einen Schlag auf den Kopf bekamen, kreisten Sterne über ihnen, wie Feuerräder. Bugs Bunny, das war es! Sie roch das Kaninchen auf dem Tisch; er hatte gesagt, es rieche wie sie. Lecken, Tölpel, leck mich. Sterne. Er hatte eine raue Zunge, eine Katzenzunge. Kater Tom, Katze, Muschi. Blitzen, blitzen, blitz.

Fonsey zog den Kopf zwischen ihren Schenkeln hervor. Sie lehnte sich seufzend zurück und trank die letzten Tropfen Gin in ihrem Glas. Oft dachte sie, das sei das Beste an allem, diese wenigen trägen Augenblicke, nachdem es vorbei war, wenn ihr Kopf so schön benebelt war und sie an überhaupt nichts denken musste. Fonsey, ihr armer Tölpel, kniete da, die Schultern an ihre Knie gelehnt, sein großer zottiger Kopf auf ihrem Schenkel ruhend. Sie küssten sich nie, das ließ sie nicht zu, sie würde es nie zulassen, selbst wenn er nicht die kalte, offene Stelle am Mund und Pickel auf der Stirn und ihren Geschmack im Mund hätte; sie wollte ihn einfach nicht küssen, sie wollte niemanden küssen.

Sie schob ihn weg.

»Und jetzt du«, sagte sie.

Er machte sich vorne an seiner Latzhose zu schaffen, löste die Schließen und zog die Hose herunter. Sie schlang die Beine um seinen Hals und schlug die Knöchel dahinter übereinander. Sie sah ihm nicht zu, wie er gebeugt dastand, zitterte und ächzte; sie wollte nie zusehen, das war zu hässlich, dieses große, violette Ding, das nach oben ragte und dessen Spitze wie ein Helm aussah, und seine Faust, die auf diese schreckliche, krampfartige Weise pumpte – er könnte genauso gut eine Kuh melken. Am Ende gab er ein überraschend sanftes Wimmern von sich, wie ein Kind im Schlaf. Sie hatte die Beine immer noch um seinen Hals gelegt, und er ließ den Kopf zur Seite und nach vorne fallen und sein Mund saugte sich an der weichen, kühlen, perlgrauen Haut ihrer Kniebeuge fest. Es sah wirklich seltsam aus, dieser große Schädel mit dem fettigen roten Lockenschopf, der zwischen ihren Knien steckte, wie ein abgetrennter Kopf, der auf einem Tablett serviert wurde.

Er wollte etwas sagen, aber sie unterbrach ihn. »Nicht!«, flüsterte sie erbittert, packte ihn an einem Ohr und drehte es fest. »Fang nicht mit diesem Liebesquatsch an. Du liebst mich nicht, und ich liebe dich nicht. Niemand liebt irgendjemanden. Ja? Verstanden?« Er brummte etwas, versuchte zu nicken, und sie ließ sein Ohr los, das nun hellrot leuchtete.

Sie war sich nicht so sicher, wohin das Zeug, das er aus sich herausgepumpt hatte, verschwunden war – wahrscheinlich war es auf dem Boden gelandet, vermutete sie, oder es war seitlich ans Bett gespritzt. An einem ihrer gemeinsamen Nachmittage hatte sie den Finger in einen Tropfen getaucht und aus Neugier davon gekostet, nur ganz wenig, mit der Zungenspitze. Es schmeckte merkwürdig, wie Salz und Sägemehl, eingeweicht in Milch.

Sich vorzustellen, diese glibberige Masse in sich zu haben, klebrig und warm, und diese winzig kleinen Kaulquappen, die sich herauswanden und dann in den Eileitern ein Wettrennen lieferten.

Sie hatte das noch von niemandem mit sich machen lassen, auch wenn es schon einige versucht hatten, Jimmy Waldron zum Beispiel, letztes Weihnachten auf einer Feier bei den Athertons. Er studierte auf Lehramt oder so und spielte Rugby. Offenbar hatte er vergessen, dass er sie damals in der Toilette eingeschlossen hatte, vor langer Zeit, als sie noch Kinder waren. Aber sie hatte sich daran erinnert, o ja, das hatte sie noch genau gewusst. Er musste von den Athertons aus nach Hause gebracht werden, nachdem er sich im Wintergarten auf den Boden übergeben hatte, weil sie ihm mit aller Kraft das Knie in den Unterleib gerammt hatte. Vielleicht würde ihn das ja lehren, seine Hände bei sich zu behalten.

Fonsey hatte sich mittlerweile auf das andere Bett gewuchtet und seine Latzhose gerichtet. Er lehnte nun wieder auf den Ellbogen gestützt da und sah sie mit einem stupiden Grinsen an. Sie zog sich den Rock bis über die Knie herunter; zu schade, dass sie Minnie Maus nicht wissen lassen konnte, was ihre Stieftochter angestellt hatte, während sie den Rock an dem Nachmittag getragen hatte. Das nächste Mal würde sie dafür sorgen, dass Fonsey sein Zeug einfach vorne drauf spritzte, dann konnte sie den Rock wieder in den Schrank hängen, und die dumme Kuh hätte etwas zum Rätseln.

»Wann gehst du wieder in die Schule?«, fragte Fonsey und zündete sich noch eine Zigarette an.

»Gar nicht«, antwortete sie.

»Was? Wieso?«

»Mache ich halt nicht, das ist alles.«

»Dein Alter wird aber etwas dazu zu sagen haben.«

»Ja, mein ›Alter‹ kann sagen, was er will.«

Sie war vier Jahre auf ein Internat in Südwales gegangen,

ein scheußliches Loch außerhalb eines Ortes mit einem Namen, den sie nie richtig aussprechen konnte, weil er zwölf Konsonanten und fast keine Vokale hatte. Außer Dominic hatte sie niemandem erzählt, dass sie nach den Weihnachtsferien nicht zurückkehren würde, aber sie hatte auch ihm nicht erzählt, weshalb. Sie war nämlich der Schule verwiesen worden – die Hausmutter hatte sie eines Abends am Hintereingang mit einem Burschen aus der Stadt erwischt, sie die Zunge in seinem Hals, er die Hand in ihrem Höschen.

Sie hätte ungestraft davonkommen können, aber es war ein erneutes und dazu auch noch das schwerwiegendste Beispiel für ihre Verderbtheit, wie sie es nannten, und die Liste war lang. Das Gespräch mit Miss Twyford-Healy, der Schulleiterin, war kein Spaß gewesen, aber ein kleiner Preis für das Geschenk der Freiheit, das ihr so plötzlich gemacht worden war. *Tee-Hee*, wie alle Miss Twyford-Healy nannten, hatte ihrem Vater geschrieben, dass seine Tochter nach Weihnachten nicht zurückkehren dürfe. Es war ihr jedoch gelungen, den Brief abzufangen – oft hatte sie in aller Frühe, durchgefroren im Nachthemd, auf dem Treppenabsatz gekauert und durch die Balustrade geguckt, wann die Post kam – und nun lag sie jede Nacht stundenlang, wie es ihr vorkam, schlaflos im Bett und fragte sich, was genau sie ihrem Vater sagen sollte, wenn die Zeit kam, wieder zurückzukehren, und sie ihm gestehen musste, dass sie der Schule verwiesen worden war.

Komisch, obwohl sie so vieles beschäftigte, sollte ausgerechnet etwas so Triviales wie aus der Schule zu fliegen so schwer auf ihren Gedanken lasten. Sie verstand sich selbst nicht so recht, so viel stand fest.

12

Strafford, die Hände in den Hosentaschen, war einige Zeit im Haus herumgelaufen, um Dominic Osborne zu suchen. Natürlich fand er ihn schließlich im Salon. Ballyglass war nach großzügigen viktorianischen Maßstäben errichtet worden und musste einst fünfundzwanzig bis dreißig Zimmer gehabt haben. Im Lauf der Jahre hatte die Familie es aber auf ein kompaktes bürgerliches Wohnhaus reduziert – beziehungsweise es herausgeschält. Es bestand aus wenig mehr als der Küche, dem Esszimmer, einem genutzten Salon, drei Schlafzimmern oben, einem Badezimmer und einer separaten Toilette. Das restliche Gebäude verharrte in einer Art zeitloser Unveränderlichkeit, wie die nicht besuchten Räume eines Museums, wo Ausstellungsgegenstände, die aus der Mode gekommen waren und die niemand mehr sehen mochte, aufbewahrt wurden. Straffords Vater hatte Roslea House noch radikaler verkleinert. Heute verließ er kaum noch den Raum, der einst sein Arbeitszimmer gewesen war und den er nach und nach in eine Allzweckschlafstätte verwandelt hatte, bestückt mit einem Doppelbett – es war dasjenige, in dem er und seine

126

Frau während der Jahre ihrer kurzen Ehe geschlafen hatten –, einem Gasbrenner, einem Petroleumofen und einigen verzierten Nachttöpfen, Teil der Sammlung eines vergessenen Vorfahren.

Mittlerweile war es dunkel geworden. Im Salon hatte man die Vorhänge zugezogen und das Licht eingeschaltet. Dominic Osborne saß in einem tiefen Sessel vor dem Kamin, ein Tablett mit Teegeschirr auf einem kleinen Tisch neben sich und ein medizinisches Lehrbuch aufgeschlagen auf dem Schoß – er studierte im zweiten Jahr Medizin am Trinity College in Dublin. Der Labrador, der sich zuvor geschüttelt und die Eingangshalle mit Schneewasser bespritzt hatte, lag ausgestreckt zu Füßen des jungen Mannes, dick und glänzend wie ein Seehund. Das Feuer loderte emsig, und es roch schwer nach den brennenden Holzscheiten.

Der junge Mann blickte auf, als Strafford eintrat, und runzelte die Stirn. Auch der Hund hob seinen schweren Kopf, blickte den Detective verschlafen an und ließ den Kopf dann mit einem dumpfen Laut wieder auf den Holzboden fallen.

»Ah, ich habe Sie gesucht«, sagte Strafford. »Ich hoffe, ich störe nicht?«

Osborne schlug das Buch zu und legte es neben dem Sessel auf den Boden. »Sie stören nicht. Sie wollen mich wahrscheinlich – wie sagt man noch? –, Sie wollen mich wahrscheinlich wegen Father Tom in die Mangel nehmen?«

»In die Mangel nehmen sagt man eher nicht dazu.« Strafford lächelte milde. Er ging zum Kamin und hielt die Hand vor die Flammen. »Das gibt es nur im Kino.«

»Ich werde Ihnen nicht helfen können«, sagte Osborne

kühl. »Ich habe nichts gehört, ich habe nämlich einen tiefen Schlaf.«

»Ja, so wie anscheinend auch alle anderen im Haus, bis auf Ihre Mutter.« Der junge Mann starrte ihn an. »Verzeihung, Ihre Stiefmutter, meine ich.«

»Ja, sie schleicht nachts oft herum.«

»Ich schlafe selbst nicht besonders gut, ich fühle also mit ihr.«

»Das wird sie sicherlich freuen«, meinte Osborne betont sarkastisch.

Aus der Nähe sah er nicht ganz so umwerfend aus, wie es zunächst den Anschein gehabt hatte, als Strafford am Morgen vom Geländer der Hintertreppe, wie sie im Haus allgemein bezeichnet wurde, zu ihm hinuntergeblickt hatte. Er war sicherlich attraktiv, mit dem markanten Kiefer und den kalten blauen Augen seines Vaters, aber er strahlte eine gewisse Unsicherheit aus, etwas Unvollständiges, schwer zu Fassendes. Wie alt war er, zwanzig, einundzwanzig? Die Großtuerei, die er sich am Trinity College zugelegt hatte, war noch nicht ganz authentisch, und sie würde es wohl auch nie werden.

Er war gekleidet wie sein Vater, wirklich auffallend ähnlich, in Tweedsakko, Cordhose, kariertem Hemd und Fliege sowie Schnürschuhen, deren Kappen im Schein des Feuers glänzten wie frisch geschälte Kastanien. Wenn er nicht bereits damit angefangen hatte, würde er bald damit beginnen, Pfeife zu rauchen und sich mit den Freunden samstagabends zu betrinken, er würde einen Zweisitzer fahren und sich geringschätzig über Mädchen äußern; auch davon würde nichts gänzlich überzeugen. Bei Dominic Osbourne würde immer irgendetwas, ein wie auch immer gearteter Schliff, fehlen, irgendetwas wäre immer unstimmig.

Andererseits war er Medizinstudent, rief sich Strafford in Erinnerung; er würde sich zu helfen wissen.

»Darf ich mich setzen?«, fragte der Detective und nahm in einem Sessel gegenüber dem Kamin Platz, ohne eine Antwort abzuwarten. »Das wird wohl ein langer Tag.«

»Ja? Nicht für Father Tom.«

»Nein.« Ein Scheit im Kamin fiel nach unten und ließ Funken in die Höhe stieben. »Sie kannten ihn wahrscheinlich schon fast Ihr ganzes Leben?«

Der junge Mann zuckte mit den Schultern. »Ich weiß nicht, ob ich überhaupt sagen würde, dass ich ihn kannte. Er war natürlich viel vor Ort.«

»Vor Ort?'«

»Daddy – mein Vater – mochte ihn, oder mochte es, wenn er hier war. Wahrscheinlich hat er ihm Gesellschaft geleistet. Sie hatten gemeinsame Interessen – Jagen und Schießen und so.«

»Das ist wohl nicht so nach Ihrem Geschmack?«

»Und nach Ihrem?«

»Ich lebe jetzt in der Stadt. Da hat man nicht viel Gelegenheit dazu.«

»Zum Jagen vielleicht nicht, aber doch sicher zum Schießen? Immerhin sind Sie bei der Kriminalpolizei.«

»Unbewaffnet.«

»Hm.«

Das brennende Scheit im Kamin verrutschte wieder, sodass es erneut ein Miniaturfeuerwerk gab. Strafford dachte plötzlich an die frostige Welt hinter dem Haus, an die schneebedeckten Felder und die kahlen schwarzen Bäume, die alle in einer gewaltigen, eisigen Stille verharrten. Und dann dachte er natürlich an den Tod.

»Kannten Sie Ihre Mutter?«

»Was?« Dominic Osborne starrte ihn wieder an. »Ob ich sie *kannte*? Natürlich kannte ich sie.«

»Wie alt waren Sie, als ...«

»Ich war zwölf. Sie wissen, dass sie die Hintertreppe hinuntergestürzt ist, dieselbe, die ...«

»Ja ...« Beinahe hätte er eine Bemerkung über diesen Zufall gemacht, aber er hielt sich zurück. Das wäre etwas geschmacklos gewesen.

Der junge Mann wandte sich ab und blickte ins Feuer. Der Hund zu seinen Füßen zuckte und wimmerte im Schlaf. Strafford hatte es schon immer seltsam gefunden, dass Hunde träumten. Wie sollte das zugehen, wenn sie angeblich kein Gedächtnis hatten?

»Ich war derjenige, der sie gefunden hat.« Der junge Mann blickte immer noch ins Feuer. Die züngelnden Flamen spiegelten sich in seinen Augen. »Das war auch in der Nacht, und alle haben geschlafen.«

»Aber Sie haben gehört, wie sie gestürzt ist?«

»Ja.« Er drehte sich abrupt zur Seite und sah den Detective direkt an. »Fragen Sie mich jetzt, warum ich dann nicht gehört habe, wie Father Tom genau diese Treppe hinuntergestürzt ist, obwohl ich im selben Bett geschlafen habe wie damals in der Nacht?«

»Nein; ich glaube auch nicht, dass er gestürzt ist.«

»Wie?«

»Der Priester – er hat sich noch auf den Beinen gehalten, bis er in der Bibliothek war.«

»Also ein völlig anderes Geräusch«, sagte Dominic Osbourne. Er seufzte, als wäre er plötzlich müde, schloss die Augen und lehnte den Kopf an die Lehne des Sessels. Als er wieder sprach, klang seine Stimme seltsam nach, als käme sie aus einem tiefen, leeren Hallraum.

»Wir sind einmal mit dem Zug gefahren«, sagte er, »vor Jahren, in Frankreich. Wir waren zu viert, meine Eltern, meine Schwester und ich. Es war einer dieser neuen Dieselzüge, sehr schnell – ein Expresszug wahrscheinlich –, von Paris aus Richtung Süden. Wir näherten uns Lyon, ich glaube, es war Lyon, da rammten wir etwas auf den Schienen. Es war ein eigenartiges Geräusch, eine Art Klappern unter den Waggons. Ich dachte, wir wären in eine Bahnschranke gefahren und der Lärm käme von dem splitternden Holz und den Bruchstücken unter den Rädern. Der Fahrer muss den Fuß von der Bremse genommen haben – wie nennt man das? Totmannpedal? –, denn nach der Kollision rollten wir einfach im Leerlauf dahin. Es müssen ein, zwei Meilen gewesen sein. Wir wurden immer langsamer, bis wir schließlich stehen blieben. Ich werde nie die Stille damals vergessen, sie war fast so eigenartig wie das Geräusch dessen, was unter unseren Rädern zerdrückt wurde.«

Er stand auf, ging zum Kamin und legte noch ein Scheit ins Feuer. Dann blieb er dort stehen, die Hände in den Taschen seines Sakkos, und blickte in die Flammen, während er zurückdachte.

»Wir mussten stundenlang warten, bis ein anderer Zug kam, um uns abzuholen und nach Nizza zu bringen. Am nächsten Tag stand es in der Zeitung: Zwei Mädchen aus einer Stadt, durch die der Zug fuhr, hatten einen Selbstmordpakt geschlossen und waren vor den rasenden Zug getreten. Es waren ihre Knochen, die wir gehört hatten, sie waren zersplittert und über die Schienen geschleift worden, unter den Rädern.«

Er hielt inne, setzte sich wieder, lehnte den Kopf zurück und schloss die Augen. »Das werde ich nie vergessen. Ich höre es immer noch, das Geräusch, das diese Knochen machten, wie Tischkegel klapperten sie über die Schienen.«

Der träumende Hund gab kleine, hohe, bellende Laute von sich und bewegte die Lippen wie ein wieherndes Pferd.

»Das tut mir leid«, sagte Strafford.

Dominic Osborne öffnete die Augen und richtete sie seitlich auf ihn. »Was denn? Dass die beiden Mädchen sich umgebracht haben oder das mit meiner Mutter?« Er senkte einen Arm, um die schlanke Flanke des Hundes zu streicheln. Strafford sah ihm zu.

»Hatten Sie ein sehr enges Verhältnis, Sie und Ihre Mutter?«, fragte er.

Der junge Mann stieß so etwas wie ein Lachen aus. »Haben Sie Freud nicht gelesen? Haben nicht alle Söhne und Mütter ein enges Verhältnis?«

»Nein, nicht alle, nicht immer.«

»Wie ist es denn mit Ihnen? Haben Sie eine? Eine Mutter, meine ich.« Der junge Mann beugte sich vor, die Ellbogen auf die Armlehnen gestützt und die Finger vor sich verschränkt. Er musterte den Detective. »Ich vermute, Sie haben Ihre Mutter auch früh verloren, genau wie ich. Stimmt das?«

Strafford nickte. »Ja. Krebs. Ich war jünger als Sie – ich war neun.«

Sie schwiegen; jetzt blickten beide ins Feuer. Strafford

dachte an seine Mutter. Seltsamerweise dachte er nicht sehr oft an sie, sicherlich nicht so oft wie an seinen Vater. Andererseits war sein Vater ja noch am Leben. Seine Mutter war um diese Zeit des Jahres gestorben, in einem Zimmer im Erdgeschoss, diesem ganz ähnlich. Man hatte ein Sofa in ein improvisiertes Bett für sie verwandelt. Sie betrachtete stundenlang die Vögel draußen auf der Wiese, die Drosseln und Amseln und Rotkehlchen, die Elstern mit ihren seltsamen, klickenden Rufen. Sie lächelte dann und meinte, das seien alles verfressene Bettler, besonders die Rotkehlchen. »Stell dir vor, du wärst ein Wurm«, sagte sie mit ihrer näselnden Stimme – der Krebs fraß sich stetig durch ihre Speiseröhre – und schüttelte voller Mitleid für alle kriechenden Kreaturen den Kopf.

Strafford erinnerte sich an den Medizingeruch im Raum und an die erstickende Wärme. Alle Fenster waren geschlossen, und die Luft war dicht und satt wie nasse Watte. Er musste ihr immer die Brandykaraffe vom Sideboard im Esszimmer bringen, in Zeitungspapier gewickelt. In diesem Stadium durfte sie so viel Brandy trinken, wie sie wollte, aber sie tat gerne so, als wäre es ihr Geheimnis, ihres und seines.

Er setzte sich aufrecht hin und schob diese Erinnerungen weg.

»Erzählen Sie mir doch von gestern Nacht«, sagte er.

Dominic Osborne zuckte mit den Schultern. »Was sollte ich Ihnen da erzählen? Mittlerweile haben Sie sicherlich alles gehört, was es zu hören gibt.«

»Bestimmt nicht. So oder so, ich würde gerne Ihre Version kennen.«

Der junge Mann lehnte sich zurück und blickte hinauf in die Düsternis unter der Decke, wo das Licht der Lampe nicht hinkam.

»Ich bin aus Dublin gekommen«, sagte er, »mit dem Nachmittagszug. Matty hatte den Lieferwagen der Recks ausgeliehen, um mich vom Bahnhof abzuholen ...«

»Wer ist Matty?«

»Matty Moran. Er arbeitet im Sheaf of Barley, wenn man das so ausdrücken kann. Mein Vater leiht sich ihn ab und zu aus, um die Hecken zu schneiden oder wegen der Ratten: Gelegenheitsjobs. Wenn Sie im Sheaf übernachten, werden Sie ihm auf jeden Fall begegnen, er wohnt quasi in der Bar dort. Das wird Ihnen gefallen.« Er machte eine Grimasse wie ein trauriger Clown und zog die Mundwinkel theatralisch nach unten. »Matty ist ein echtes Ballyglass-Original, eines von vielen.«

»War Father Harkins bei Ihrer Ankunft hier?«

»Ja, ich glaube, er war zum Lunch gekommen und konnte dann nicht zurück. Das Wetter.«

»Hat er viel Zeit hier verbracht? Im Allgemeinen, meine ich?«

»Na ja, sein Pferd steht bei uns im Stall ...«

»Das weiß ich«, unterbrach ihn Strafford. Er wollte nicht ungeduldig klingen, aber er fand es immer sehr mühsam, Zeugen Informationen aus der Nase zu ziehen: Das war so anstrengend wie einen Fisch zu entgräten. »Er war also recht häufig hier, ja?«

»Ja, er gehörte quasi zum Inventar. Warum? Ist das wichtig?«

»Ich weiß es nicht.«

»Er war gerne hier. Wieso auch nicht? Freie Kost und Logis, zivilisierte Menschen, mit denen er sich unterhalten konnte, wenn man meine Schwester nicht dazuzählt. Ich glaube, er hätte nie Priester werden sollen.«

Strafford hörte eine gewisse Bitterkeit in der Stimme des jungen Mannes durch. Was hatte er von dem Priester gehalten, der kein Priester hätte werden sollen? So viele Fragen, so viele Unbekannte. Er war wirklich sehr müde.

»Ihr Beruf«, sagte Dominic Osborne, »ich stelle mir das vor wie ein Puzzle, man fügt einzelne Teile zusammen und sucht nach einem Muster. Ist das so?«

»In gewisser Weise schon. Das Problem ist, die Teile bleiben nicht liegen, sie bewegen sich, bilden eigene Muster oder auch nur vermeintliche Muster. Alles ist trügerisch. Man denkt, man hat das Maß aller Dinge gefunden, und dann verschiebt sich alles. Auch wenn es eigentlich eher wie ein Theaterstück ist, ein Stück, bei dem sich die Handlung ständig ändert ...«

Er hielt inne und tippte sich rasch mit zwei Fingernägeln gegen die Zähne. Aber natürlich!, dachte er. Das war es, was ihn den ganzen Tag gepiesackt hatte: Es war wirklich seltsam, aber hier schien jeder kostümiert, für eine bestimmte Rolle gekleidet zu sein, wie eine Schauspieltruppe, die zwischen den Kulissen umherlief und wartete, bis es weiterging. Da war Colonel Osborne – er musste eine Stunde lang vor dem Spiegel gestanden haben, um sich als das zurechtzumachen, was er war oder als was er erscheinen mochte: ein Gutsherr, der Held von Dunkirk, trotz seines Alters noch gut aussehend, eine ehrliche Haut, unverblümt, raubeinig und ungefährlich begriffsstutzig, und jetzt stand hier sein Sohn, der

135

sich ihm äußerlich anpasste, so gut es ging, in Tweed und Köper, braunen Schnürschuhen und kariertem Hemd, die Haare zurückgekämmt. Auch Lettie hatte Reithosen und eine Reitjacke getragen, als Strafford ihr zum ersten Mal begegnet war, obwohl sie nie auf einem Pferd saß. Und da war Mrs Osborne, die unterschiedliche Rollen gespielt hatte, zuerst die Verrückte auf dem Dachboden und dann, in dieser absurden Farce von einer Teegesellschaft, als kecke junge Angehörige der königlichen Familie, mit ihren Perlen und dem blauen Kleid und ihrer vornehmen Aussprache.

Und sogar die pausbäckige Mrs Duffy spielte die zugehörige langjährige Hausangestellte allzu glaubwürdig.

Aber für wen hatten sie sich alle so derartig überzeugend herausgeputzt, dass sie nicht ganz überzeugten? Es schien, als hätte man sie zusammengerufen und ihnen ihre Rollen zugeteilt, ihre Parts in diesem Schattentheater.

Oder bildete er sich das nur ein? Erfand er ein Szenario, dachte er sich einen Plot aus, wo es keinen gab? Das stellte immer eine Gefahr dar, Dinge zu sehen, die gar nicht da waren, Sinn in etwas zu entdecken, was keinen Sinn ergab. War sein Leben so eingeschränkt, dass er sich Sachen ausdenken musste, um es mit irgendetwas zu füllen, wie ein Kind, das mit imaginären Freunden spielt?

Dennoch war ein Mann ermordet worden, und jemand hatte ihn ermordet. Das war real, das war passiert. Und der Mensch, der diese Tat begangen hatte, versteckte sich irgendwo hier, vor Straffords Augen.

Dominic Osborne unterbrach ihn in seinen Gedanken. »Darf ich Sie etwas fragen?«

»Natürlich.«

»Warum haben Sie sich entschieden, zur Kriminalpolizei gehen?«

»Warum?« Strafford wandte den Blick ab, er war verlegen. Er mochte es nicht, wenn man ihm diese Frage stellte, was allzu oft vorkam. »Ich weiß es nicht mehr. Jedenfalls bin ich mir nicht sicher, dass es wirklich eine Entscheidung war – ich weiß nicht, ob überhaupt jemand irgendetwas entscheidet. Mir kommt es eher so vor, als würden wir dahintreiben, und alle unsere Entscheidungen würden im Nachhinein getroffen.« Er überlegte. »Warum haben Sie beschlossen, Medizin zu studieren?«

Nun war es an dem jungen Mann, den Blick abzuwenden. »Da geht es mir wie Ihnen, ich weiß es nicht. Wahrscheinlich werde ich nicht dabeibleiben. Ich sehe mich nicht im weißen Kittel Placebos verteilen und den Menschen in den Hintern gucken.«

»Was würden Sie denn lieber machen?«

»Ach, ich weiß nicht so recht. Strandräuber sein, irgendwo auf einer Insel, ganz egal, solange es nicht hier ist.« Er blickte sich in dem von den Lampen erleuchteten Raum um, mit den dunklen Ecken. »Hier im Haus spukt es, wussten Sie das?«

»Ja, Ihre Schwester hat mir das gesagt. Was sind das für Geister?«

»Ach, die üblichen«, sagte der junge Mann unbestimmt. »Das ist natürlich alles nur Unsinn. Die Toten kommen nicht zurück – wieso auch? Es ist doch sicher überall besser als hier.«

Er griff nach dem Buch auf dem Boden. Strafford verstand den Hinweis.

»Verzeihung«, er schickte sich an aufzustehen, »ich sollte Sie Ihren Studien überlassen.«

»Meinen Studien!« Der junge Mann lachte zynisch und ähnelte seiner Schwester einen Augenblick lang mehr, als ihm sicherlich lieb war.

Strafford hatte sich erhoben, stand aber noch mit den Händen in der Tasche da. Der Hund wurde kurz wach, hob den Kopf und sah ihn an, dann schlief er wieder ein.

»Eine letzte Frage noch, Dominic, wenn Sie nichts dagegen haben – darf ich?«

»Nur zu – fragen Sie mich, was Sie wollen.«

»Wer war hier, wer war im Haus in der Nacht, als Ihre Mutter starb? Erinnern Sie sich daran?«

Der junge Mann blickte verwundert zu ihm auf. »Warum wollen Sie das wissen? Das ist doch Jahre her.«

Strafford zuckte mit den Schultern und setzte sein entwaffnendstes Lächeln auf wie eine Maske. »Können Sie sich denn erinnern, wer im Haus war?«

»Niemand Besonderes. Daddy, meine Schwester – sie war erst, ich weiß nicht, sieben oder acht.«

»Mrs Duffy?«

»Ich denke schon. Und wir hatten damals zwei Hausmädchen, sie hatten Zimmer auf dem Dachboden. Ich weiß aber nicht mehr, wie sie hießen.«

»Und das war es? Sonst niemand?«

Es war still, und dann hörte man draußen aus der Dunkelheit ein leises Rutschen; Schnee, dachte Strafford, er rutscht das Dach hinunter. Taute es? Das konnte er sich kaum vorstellen.

»Ich glaube, *sie* war hier«, sagte Dominic Osborne, »›Miss Harbison‹, wie sie damals hieß.«

»Ihre Stiefmutter?« Strafford war es, als gerate wieder etwas ins Rutschen, aber diesmal nicht draußen. »Ihre Stiefmutter war hier, als Ihre Mutter …? Das verstehe ich nicht.«

Aus der Halle kam der gedämpfte, hallende Schlag eines Gongs. Dominic Osborne legte sein Buch auf die Armlehne des Sessels und stand auf. Der Hund wurde ruckartig wach und stand ebenfalls auf, seine Pfoten kratzten über die Bodendielen, als er sich bemühte, seine zu schweren Hinterbacken zu heben.

»Ja«, sagte Dominic Osborne. Es klang steif und distanziert. »Sie war eine Freundin meiner Eltern. Wussten Sie das nicht? Also zumindest eine Freundin meiner Mutter, angeblich.« Der Hund gähnte und schüttelte sich. »Das war übrigens der Gong zum Dinner«, fügte der junge Mann hinzu. »Bleiben Sie zum Essen bei uns? Ich würde Ihnen das ehrlich gesagt nicht empfehlen – haben Sie schon von Mrs Duffys Kochkünsten probiert?«

Strafford lächelte schwach und sagte nichts; er dachte an den Steak-and-Kidney-Pudding.

13

Nein, er blieb nicht. Colonel Osborne hatte ihn zwar eingeladen, aber er hatte sich entschuldigt und gesagt, er müsse ins Sheaf of Barley, denn es sei schon spät und die Straßenverhältnisse würden mit der Zeit immer tückischer.

Auf der Eingangstreppe blieb er stehen, um über die glitzernden Felder zu blicken. Der Himmel hatte aufgeklart, und in der abgrundtiefen, samtenen Dunkelheit funkelten Sterne. In der Ferne bellte ein Fuchs im Wald. Ihm stach das Gesicht von der eisigen Luft. Er war müde, furchtbar müde. Der Tag schien schon länger gedauert zu haben als normal, und er war noch nicht mit ihm fertig.

Sein Wagen, ein älterer Morris Minor, war von einer gleißenden Schicht Raureif ummantelt. Er kratzte die Windschutzscheibe frei, so gut es ging. Der Motor ließ sich mit dem Schlüssel nicht anlassen, er musste ihn mit der Kurbel starten. Ein halbes Dutzend Umdrehungen waren nötig, bis das Ding ansprang; er fürchtete immer, der Griff würde zurückschnellen und ihm das Handgelenk brechen.

Das Eis knisterte unter den Reifen, als er die Auffahrt entlangfuhr. Er bog links ab und lenkte den Wagen in die

zwei parallelen schwarzen Reifenspuren auf der Straße. Mit
Frost überzogene Bäume, geisterhaft weiß und kahl, ragten
vor ihm im Scheinwerferlicht auf, die Äste nach oben gerichtet, als hätten sie Angst.

Ein Puzzle, hatte Dominic Osborne gesagt, und er hatte
recht damit. Doch die Teile waren verstreut, und es gab kein
Bild auf dem Deckel der Schachtel als Anleitung, es gab
nicht einmal eine Schachtel.

Als er das Sheaf of Barley erreichte, taten ihm die Augen
weh, so anstrengend war es gewesen, sich auf die Straße zu
konzentrieren. Er war um eine ganz besonders scharfe, tückische Kurve gefahren, als im Licht der Frontscheinwerfer eine
weißgesichtige Gestalt mit ausgebreiteten Schwingen aus der
Dunkelheit auf ihn zusegelte. Es war eine Schleiereule. Er
war instinktiv vor diesem großen, wilden Geschöpf zurück-
geschreckt und hätte das Auto beinahe in den Graben gesetzt.

Das Sheaf of Barley war lediglich ein langes, niedriges, weiß
verputztes Häuschen mit Strohdach und winzigen Fenstern,
die alle hell erleuchtet waren. Er parkte das Auto ein gutes
Stück von der Straße weg und nahm seine Reisetasche vom
Rücksitz – er hatte nur eine Zahnbürste, einen Rasierer, einen Schlafanzug, ein paar Hemden und frische Unterwäsche
für einige Tage dabei – und ging mit schlimmsten Befürch-
tungen auf den Eingang zu. Er wollte bloß eine warme Mahl-
zeit und ein gemütliches Bett, aber er war sich alles andere als
sicher, ob ihm das Sheaf auch nur eines von beidem würde
bieten können. Er befürchtete Schlimmes.

Die Tür war eingeklinkt. Als er sie öffnete und eintrat,
schlug ihm der Mief von Porter und Torfrauch, der einem
Tränen in die Augen trieb, entgegen. Die Bar war klein, die

Decke niedrig. Vor dem hohen Tresen standen hölzerne Barhocker aufgereiht. An den Wänden klebten Zeitungsausschnitte, sie waren bereits vergilbt und rollten sich an den Ecken ein. Die Artikel behandelten hauptsächlich sportliche Erfolge – in einem der kleinen Fenster waren zwei Miniatur-Hurlingschläger auf einer furnierten Holztafel angebracht und stolz mit einer Schleife in den Landesfarben umwickelt. Die Bar war leer. In einer Ecke summte leise ein Torfofen vor sich hin.

Obwohl die Bar verlassen und die Atmosphäre so wenig ansprechend war, fasste er wieder Mut; wenigstens würde er es warm haben, und vielleicht wäre sein Bett weich. Womöglich gab es sogar etwas Anständiges zu essen.

Er nahm eine kleine Handglocke vom Tresen und läutete sie zaghaft. Sofort erschien eine Frau unter einem Holzbogen am Ende der Bar. Sie musste die Frau von Reck, dem belesenen Fleischer und gleichzeitig Barkeeper, sein, denn sie war eine weibliche Ausgabe von ihm, groß, dunkelhaarig, mit leiser Stimme und einem Lächeln auf den Lippen.

Er stellte sich vor, worauf sie sich die Hand an der Schürze abwischte und sie ihm über den Tresen hinweg entgegenstreckte.

»Da haben Sie es ja schlecht erwischt mit dem Wetter heute Abend«, sagte sie, »bei der Kälte kann man sich die Beine abfrieren. Ihr Essen ist gleich fertig«, fügte sie hinzu. »Was möchten Sie denn trinken?«

Diese Frage brachte Strafford immer in eine missliche Lage, denn es war ihm nie gelungen, Gefallen am Geschmack von fermentiertem Getreide oder von faulen Trauben zu finden. Diese Unzulänglichkeit, denn nichts Ge-

ringeres war es, trennte ihn von der Mehrheit seiner Lands-
leute, ja, es machte ihn geradezu verdächtig, wenn man ihm
nicht gleich offen misstraute. Was war das für ein Mann, der
nicht trank? Nach jahrelanger vorsichtiger Erprobung, aus-
nahmslos unangenehm und häufig mit Brechreiz verbun-
den, hatte er sich auf Whiskey mit Zitronenlimonade fest-
gelegt, eine Mischung, die er gerade noch ertragen konnte,
da sie ihn an die Erfrischungsgetränke seiner Kindheit erinnerte, trotz des bitteren Beigeschmacks, den zu ignorieren er
sich anerzogen hatte. Nachdem er nun sein Gesuch vorge-
tragen hatte − wobei er die Stimme bedeutungsschwer er-
heben und sich mannhaft räuspern musste −, machte er sich
auf den üblichen überraschten Blick und das leise veräcHt-
liche Glucksen gefasst. Doch Mrs Reck war von Natur aus
entgegenkommend; sie schenkte ihm sein Getränk ein und
stellte es ohne auch nur das geringste Anzeichen von Herab-
würdigung oder Geringschätzung vor ihn hin.

Er musste die Tür nicht richtig zugezogen haben, denn sie
wurde jetzt aufgeschoben, und ein dicker schwarzer Hund
kam herein, kurzbeinig und grau um die Schnauze. Er blickte
weder nach rechts noch nach links, sondern ging gemesse-
nen Schrittes auf die Rückseite der Bar zu. Mrs Reck stützte
sich auf den Tresen und sprach das Tier mit lauter Stimme
an. »Hey, du, hast du nichts zu deiner Verteidigung zu sagen,
Mr Barney?« Der Hund blieb kurz stehen, wandte den Kopf
und sah sie feindselig an − mit den grauen Barthaaren und
dem ernüchterten Blick hatte er eine erstaunliche Ähnlichkeit mit einem gedrungenen alten Mann −, dann trottete er
weiter und zeigte ihnen beiden sein dickes Hinterteil.

Mrs Reck warf Strafford einen Blick zu und schüttelte

den Kopf. »Der denkt, das hier ist sein Haus«, sagte sie. »Niemand hat ihm je gesagt, dass er ein Hund ist. Na ja, er ist sowieso stocktaub.«

Strafford setzte sich auf einen Barhocker, nahm sein Glas und trank. Ihm war warm, der Whiskey war erträglich, die Atmosphäre behaglich. Trotz seiner anfänglichen Bedenken war er nun vielleicht doch noch am richtigen Ort angelangt.

Mrs Reck wischte den Tresen vor seinem Platz mit einem nassen Lappen ab und hinterließ graue, feuchte Halbkreise auf dem Holz. Sie plapperte über alles Mögliche. Ja, das Sheaf war nicht nur ein Pub, sondern auch eine Fleischerei, ein Lebensmittelladen und ein Gasthaus von bescheidener Größe. »Früher haben wir auch Trauerfeiern ausgerichtet, aber Joe wurde zu alt dafür und hat es aufgegeben.«

Mrs Reck nannte ihren Mann wohl Joe, vermutete Strafford; das überraschte ihn nicht – Jeremiah ging einem nicht so leicht über die Lippen.

Er erzählte ihr von der Schleiereule, die ihm auf der Straße ins Scheinwerferlicht geflogen war, und wie er sich erschreckt hatte.

Sie meinte, das seien »wilde, grausame Wesen, diese Eulen«.

Sie wischte noch einmal mit dem Lappen über den Tresen.

»Scheußliche Geschichte, da oben im Haus«, bemerkte sie betont beiläufig.

»Das Haus«, wie Strafford feststellte, war die Bezeichnung der Ballyglazier – diesen Namen hatte er sich für alle Einwohner von Ballyglass ausgedacht – für das Wohnhaus der Osbournes, und der bestimmte Artikel unterschied es von allen anderen Häusern, mit denen es verwechselt werden konnte.

»Ja, scheußlich.« Er blickte in sein Glas.

»Der arme Father Tom – man erzählt sich, er ist die Treppe hinuntergefallen und hat sich das Genick gebrochen?«

Die Art, wie sie das sagte, stellte klar, dass sie nicht unbedingt glaubte, was man sich erzählte.

»Ja, das stimmt, er hatte Verletzungen am Hals.«

Sie löste den Blick vom Tresen und sah ihn mit gehobenen Augenbrauen an. »Heißt es.«

Und dann ließen sie die Angelegenheit auf sich beruhen; Wirte, das wusste Strafford, waren für ihre Diskretion bekannt.

Er aß an einem kleinen Tisch in der Ecke eines Raums, der von der Bar abging. Tagsüber diente er gleichzeitig als Lebensmittelgeschäft und als Fleischerei. Die Fleischtheke war taktvoll vor Blicken verborgen, unter einem grauen Tuch mit verräterischen rostroten Blutflecken darauf. Auf Regalen an der gegenüberliegenden Wand standen Gläser mit Süßigkeiten und Blechdosen mit Glasdeckel, die Plätzchen, Cracker und Früchtebrotbrocken enthielten.

Ein Mädchen mit roten Haaren und einem runden Gesicht voller Sommersprossen bediente ihn. Wenn sie lächelte, sah man, dass die Vorderzähne leicht übereinanderstanden, was Strafford veranlasste, sie seinerseits mit einem ganz besonders warmen Lächeln zu bedenken.

»Sind Sie der Detective?«, fragte sie mit bezaubernder Direktheit. Als er bejahte, stützte sie eine Hand in die Hüfte und musterte ihn zweifelnd. »Sie sehen gar nicht so aus.«

»Das höre ich oft.«

Sie stellte einen Teller mit aufgeschnittenem Corned Beef vor ihn hin. Er kostete eine Gabel davon und fand, es war saftig und zart, hatte aber noch erfreulich genug Biss. Dazu gab es vier große gekochte Kartoffeln, die aus der Schale platzten, und Kohl, der grün war und auch wirklich aussah wie Kohl, nicht wie der zerkochte graue Brei, den solche Lokale normalerweise servierten. Er griff zu Messer und Gabel und stellte fest, dass er doch hungriger war, als er gedacht hatte.

Mittlerweile waren Gäste in die Bar nebenan gekommen, er hörte Stimmen und das Kratzen der Hockerbeine über den gefliesten Boden. Auf dem Land waren die Öffnungszeiten flexibel, und am heutigen Tag war das nicht anders, trotz der Tatsache, dass ein Polizeibeamter im Lokal war, dachte er bei sich.

Mrs Reck, die hinaus an die Bar gegangen war, um die Neuankömmlinge zu bedienen, nachdem sie ihm seinen Tisch gezeigt hatte, duckte sich wieder durch den Holzbogen herein und fragte, ob er noch etwas trinken wolle. Er schüttelte den Kopf – er hatte vom ersten Glas nur ein paar Schluck getrunken – und bat stattdessen um ein Glas Wasser. Er kam sich vor wie ein Greenhorn in einem Western, der sich in die Bar schleicht und unter dem spöttischen Blick des schwarz gekleideten Revolverhelden Sarsaparilla-Limonade bestellt.

Zu seinem Leidwesen hatte er nichts zu lesen mitgenommen. Das Bild, das er abgab, gefiel ihm nicht, allein am Tisch, trist sein Essen kauend und leer vor sich hin starrend, wie es Leute tun mussten, wenn sie alleine aßen. Jetzt spürte er, dass er beobachtet wurde – zum dritten Mal an diesem Tag! –, und warf einen Blick über die Schulter. Ein älterer Mann in einem schmutzigen, abgetragenen Nadelstreifenanzug und kragenlosem Hemd, das früher einmal weiß gewesen war, hatte von der Bar aus den Kopf durch die Tür gesteckt. Er musterte ihn, zog sich allerdings sofort zurück, als Strafford sich umdrehte.

Das rothaarige Mädchen kam herein und bot ihm einen Nachschlag an. »Sie können alles haben, was Sie mögen«, sagte sie. Sie sah ihn unter ihrem Pony mit den rötlich-goldenen Locken vielsagend an und biss sich auf die Lippe.

Er dankte ihr und sagte, er könne unmöglich noch mehr essen, als er bereits verzehrt habe. Sie blieb noch vor ihm stehen und wiegte ganz leicht die Hüften.

»Achten Sie nicht auf Matty.« Sie nickte zur Tür. »Der ist so neugierig wie eine alte Frau.«

»Aha, das ist also Matty.«

»Und wie heißen Sie? Wenn ich fragen darf?«

»Aber sicher. Strafford – mit *r*.«

»Das ist aber nicht Ihr Vorname, oder?«

»Nein.« Er lächelte zu ihr auf.

»Ich bin Peggy.«

Er nickte; er hatte nicht die Absicht, ihr seinen Vornamen zu verraten, zumindest nicht heute Abend.

»Peggy«, sagte er, um sie abzulenken, »könnte ich vielleicht noch ein Glas Wasser haben?«

Sie nahm sein Glas, ging in die Bar, füllte es auf und brachte es wieder zum Tisch. »Bitte schön.« Sie sah ihn wieder kokett an.

Er aß auf. Es war spät, aber er war zu ruhelos, um schon hinauf in sein Zimmer zu gehen. Er kehrte in die Bar zurück.

Der alte Kerl, der ihn beobachtet hatte, saß auf einem Barhocker am Tresen. Er war lang und dürr, mit spitzen Ellbogen und knochigen Knien, und die untere Hälfte seines

Gesichts war um einen zahnlosen Mund herum eingefallen.
Er nickte Strafford zu, als habe er ihn noch nie gesehen. Er
trank eine Flasche Guinness Porter.

»Möchten Sie noch eines?«, fragte Strafford.

»Nein«, sagte Matty. »Aber ein halbes Glas Whiskey würde
ich nehmen.«

Strafford winkte Mrs Reck und bestellte. Sie goss ihm ein
und stellte das Glas auf die Bar. »Hier, Matty Moran. Hast du
aber ein Glück heute.« Sie wandte sich an Strafford. »Passen
Sie bloß auf bei dem Kerl. Der würde die Bar leer trinken,
wenn jemand anderes bezahlt.«

»*Sláinte*«, sagte Matty, hob sein Glas und neigte es leicht zu
Strafford hin. »Sie selbst trinken nichts?«

»Vielleicht nachher«, sagte Strafford.

An einem Tisch unter einem der beiden kleinen quadratischen Fenster saßen zwei weitere Gäste, dicke, rotgesichtige Männer mit farblosen Wimpern und fleischigen Händen. Auch sie nickten dem Neuling zurückhaltend zu und
widmeten sich wieder ihren Gläsern.

Jeremiah Reck kam herein und nahm den Platz seiner Frau
hinter dem Tresen ein. »Sie haben uns also gefunden«, sagte er
zu Strafford. »Kann ich Ihnen einen Willkommensschluck anbieten? Ich höre, Sie trinken Whiskey mit Limonade?«

»Nein, danke«, sagte Strafford. »Ich habe gerade gegess-
en.« Er sah sich um. »Hat jemand meine Tasche ins Zimmer
hochgebracht?«

»O ja. Sie haben sich das Zimmer hoffentlich angesehen?«

»Nein«, sagte Strafford. »Aber es ist bestimmt in Ordnung.« Wieder blickte er sich in der Bar um, etwas ratlos –
wie viel einfacher doch alles wäre, wenn er trinken würde!

Matty betrachtete ihn aus den Augenwinkeln heraus. Er nahm einen Schluck und kaute, sein zusammengefallener Mund arbeitete schlaff. Strafford musste an Colonel Osborne denken und an dessen Angewohnheit, den Unterkiefer ruckartig zur Seite zu ziehen, als kaute er eine zähe, gummiartige Masse.

Reck trocknete hinter der Bar ein Pintglas ab und pfiff leise durch die Zähne. Dann sprach er im Tonfall eines Psalmensängers seufzend vor sich hin: »*Du führest, Herr, die Sache meiner Seele und erlöstest mein Leben!*«

Matty hatte den Kopf gehoben und blickte starr vor sich, als würde er gleich einen Vortrag halten. »Es heißt, sie haben den armen Father Tom rauf nach Dublin gebracht«, sagte er, an niemanden im Besonderen gerichtet.

Reck warf Strafford einen kurzen Blick zu und blinzelte. »Es gibt nichts, was Matty nicht weiß. Stimmt's, Matty? Wir könnten dich glatt zum Stadtschreiber berufen.«

Matty ignorierte diesen Anwurf. »Ja«, sagte er, »sie haben ihn in einem Krankenwagen weggebracht.« Er schniefte. »Hier unten war es wohl nicht gut genug für ihn.«

Mrs Reck duckte sich wieder unter dem Bogen hindurch und wischte sich die Hände an der Schürze ab.

»Matty Moran«, sagte sie, »steck dir doch bitte um Himmels willen deine Zähne rein! Ich kann dich gar nicht ansehen. Weißt du, wie du ohne sie aussiehst? Wie ein Hühnerhintern.«

Strafford bestellte sich unwillkürlich noch einen Drink. Er würde das am nächsten Morgen bereuen, das wusste er, aber es war ihm egal.

Matty zog einen doppelten Satz Zahnprothesen in Rosa

und vergilbtem Elfenbein aus der ausgebeulten Tasche seines Nadelstreifenanzugs und steckte sie sich ächzend und grimassierend in den Mund. Sie veränderten sein Aussehen nicht sonderlich.

Jeremiah Reck schenkte Strafford gerade ein, als die Tür aufging und Schnee hereinwirbelte, gefolgt von einem kleinen, lebhaften und eleganten Mann in Lammfellmantel, glänzenden schwarzen Glacéhandschuhen und einem Filzhut, den er sich tief über ein Auge gezogen hatte. Alle wandten sich um und starrten ihn an, aber ihm schien das nicht aufzufallen. Er betrat forsch den Raum und zog sich die Handschuhe aus, jeden Finger einzeln nacheinander; dann nahm er den Hut ab und schüttelte die Schneeflocken von der Krempe.

»Was für eine Nacht!«, sagte er.

Am Tresen knöpfte er sich den Mantel auf. Darunter trug er einen dunkelbraunen Zweireiher, einen Hauch zu gut geschnitten, dachte Strafford, und eine Krawatte, womöglich eine Regimentskrawatte, die mit einer Krawattennadel mit Perle festgesteckt war. Seine geölten schwarzen Haare waren gekräuselt, er war sonnengebräunt und hatte sich einen ordentlichen, gut gepflegten Schnauzer stehen lassen, der an den Spitzen gewachst war.

Er war Anfang vierzig, glaubte aber eindeutig, jünger auszusehen. Vielleicht war er Soldat oder aus den Kolonien zurückgekehrt oder beides. Für Straffords erfahrenen und skeptischen Blick war er insgesamt zu herausgeputzt, um ganz zu überzeugen. Ein weiterer Schauspieler hatte die Bühne betreten.

»Vermaledeites Wetter!«, rief er grinsend, wobei er kleine weiße Zähne freilegte, die zu dem Gesamteindruck eines schelmischen Scharlatans beitrugen. »'n Abend, Reck.«

»Guten Abend, Mr Harbison. Was darf es sein?«

Recks Frau sah ihn schief an und verschwand unter dem Bogen.

»Ich glaube, ich nehme einen heißen Whiskey.« Harbison rieb sich energisch die Hände. »Bushmills, nur mit einem Spritzer Zitrone und ausreichend Nelken.« Jetzt bemerkte er Strafford, der am anderen Ende des Tresens sein Glas mit sprudelndem Whiskey in den Fingern hielt, und winkte ihm freundlich zu.

Das war sicherlich Mrs Osbornes Bruder, dachte Strafford, der Freddie Harbison, mit dem ihn Doctor Hafner am Vormittag verwechselt hatte – derselbe, der, wenn man dem Arzt Glauben schenken durfte, Ballyglass House nicht betreten durfte. Es stimmte, er sah ganz und gar nach einem schwarzen Schaf aus.

Nun beäugte er Strafford genauer. Er kniff ein Auge zu und registrierte schnell die vertrauten Erkennungszeichen des Stamms: der gute, aber abgetragene Anzug, die goldene Uhrenkette, die schmal gebundene Krawatte. Wie leicht man doch entlarvt wurde, dachte Strafford trübsinnig. Sosehr er sich hoffentlich von diesem aufgekratzten Lackaffen mit Glacéhandschuhen und dem gewachsten Schnurrbart unterschied, so wären doch die Unterschiede zwischen ihnen für alle anderen in der Bar nur eine Sache von ein paar unbedeutenden Kleinigkeiten; sie stammten beide aus einer anderen Schicht.

Reck stellte den Hot Toddy auf den Tresen. Harbison nahm das Glas und trank gut die Hälfte auf einen Schluck, schmatzte mit den Lippen und verzog genießerisch das Gesicht.

»Ah, das ist genau das Richtige.« Er schüttelte sich in seinem großen, fellgefütterten Mantel wie ein Hund.

Mit drei großen Schlucken trank er den Rest des Glases aus und knallte es wieder auf den Tresen. »Noch einen, Wirt!«, sagte er händereibend. »Heute Abend braucht man ein Frostschutzmittel.«

Er warf noch einmal einen kurzen Blick zu Strafford hinüber, wieder mit einer hochgezogenen Augenbraue, und bewegte sich am Tresen entlang, wobei er an Matty Moran vorbeiging, als wäre er gar nicht da.

»Darf ich mich zu Ihnen gesellen?«, fragte er Strafford. »Ich glaube, ich weiß, wer Sie sind.« Er zeigte auf Straffords Glas. »Kann ich Ihnen noch einen ausgeben?«

»Nein, danke.« Strafford rollte den Boden des leeren Glases auf der Theke im Kreis. »Ich hatte meinen Schlummertrunk schon.«

Die beiden Bauern drüben am Fenster unterhielten sich flüsternd und warfen Blicke in Harbisons Richtung. Einer der beiden kicherte. Harbison beachtete sie nicht mehr als Matty Moran vorhin.

Reck brachte ihm sein zweites Glas, und er stieß damit klirrend gegen den Rand von Straffords Glas.

»Sie sind doch sicherlich der Detective.« Er legte den Kopf zurück und musterte Strafford unverhohlen. »Ich habe vom Tod des Schwarzrocks gehört. Eine Riesenaufregung, im ganzen County spricht man kaum von etwas anderem.« Er trank einen Schluck. In der Bar wurden Blicke getauscht. »Er soll ermordet worden sein. Musste ja passieren, früher oder später. Der Kerl hat es nicht anders verdient. Haben Sie denn den Mörder schon?«

14

Strafford bereute es, nicht ins Bett gegangen zu sein, als er die Gelegenheit dazu hatte. Harbison bat Reck, den Nebenraum hinter der Bar zu öffnen, und lud den Detective ein mitzukommen. Der Nebenraum war ein winziges, in Braun gehaltenes Zimmer, eingerichtet mit zwei schäbigen Sesseln und einem kleinen niedrigen Tisch. An der Wand hingen gerahmte Drucke, die in Jägerrot gekleidete Reiter darstellten, die über Zäune sprangen und in vollem Tempo über einen stilisierten Grasteppich galoppierten. Die einzige Wärmequelle bestand aus einem Heizstrahler mit nur einer Röhre. Hier machte es sich Harbison mit seinem Grogglas gemütlich und freute sich schon auf eine abendliche Unterhaltung. Strafford fiel keine plausible Entschuldigung ein, um dem zu entkommen.

Zu solchen Gelegenheiten bedauerte er es am meisten, zur unbedingten Höflichkeit erzogen worden zu sein; jeder andere – zum Beispiel Sergeant Jenkins – hätte einfach Nein gesagt und wäre weggegangen, ohne einen weiteren Gedanken darauf zu verschwenden. Aber Strafford saß in der Falle, und ihm graute vor der nächsten halben Stunde, die er sich als erträgliche Grenze gesetzt hatte und die er unbedingt einhalten wollte.

Er kannte Harbisons Schlag gut, die gemeinen Schurken in übermäßig schicken, in London geschneiderten Anzügen. Sie sprachen mit dem geschliffenen Akzent ihrer Schicht und ihrer Erziehung, maskierten sich als Gentlemen, die mit allen Wassern gewaschen waren, Nachkommen der einen oder anderen der wenigen anständigen Familien, die nach der Unabhängigkeit noch in diesem umnachteten Land geblieben waren, gesellschaftsfähige Burschen, die einem einen Gefallen taten, wenn sie es konnten, und dann dafür sorgten, dass man den Rest seines Lebens dafür bezahlte. Sie waren Stammgäste auf der Rennbahn und bei der jährlich stattfindenden Royal Dublin Society Horse Show, festes Zierwerk der besseren Hotelbars der Stadt und von Jammet's Restaurant an der Nassau Street, diese fidelen Burschen, die Rechnungen beim Weinhändler Mitchells und beim Lebensmittelhändler Smiths on the Green auflaufen ließen, den Lieferanten des Landadels, jenes Landadels, als dessen letzte edle Blüten sie sich selbst betrachteten.

Diesen Schlag missbilligte und verabscheute Strafford durch und durch, und er distanzierte sich ausdrücklich davon, was auch immer die Recks und Matty Moran und die beiden dicken Bauern da am Fenster glauben mochten.

»Verzeihung, ich habe mich ja noch gar nicht vorgestellt«, sagte Harbison jetzt und nahm noch rasch einen Schluck; er schien immer gehetzt, als würde er damit rechnen, dass ihm jeden Augenblick jemand von hinten schwer die Hand auf die Schulter fallen ließ. »Freddie Harbison. Ich bin der

Bruder von Sylvia Osborne – Sie haben sie bestimmt schon kennengelernt. Ich wohne in Wicklow, droben in den Bergen: der Familiensitz, tatsächlich, haha. Fürchterlich dort, schlimmer als hier. Und Sie sind aus …? Aha, Roslea. Da war ich noch nie, glaube ich.«

»Wohl kaum«, sagte Strafford. »Dort wohnt nur noch mein Vater, und er ist nicht besonders gesellig. Das waren wir eigentlich nie, nicht einmal, als es noch mehr von uns gab.«

»Soso.« Harbison nickte und betastete seinen Schnurrbart; er hatte nicht zugehört. Er schob seinen Stuhl vor, zog die Hose hoch und wärmte sich die Beine an der dürftigen Wärme des Heizstrahlers. »Ich wollte das jetzt nicht vor den Bauerntölpeln dort draußen in der Bar besprechen, aber was zum Teufel ist denn in Ballyglass los? Oder Glassyball, wie ich gerne sage. Was ist mit dem Priester passiert? Angeblich ist er die Treppe hinuntergefallen – Sie wissen, dass sich die erste Mrs O. so den Hals gebrochen hat, vor Jahren? Fürchterliche Geschichte – und jetzt ist es wieder passiert! Jemand hat ihn gestoßen, oder? Sagen Sie nur nicht, dass es meine verrückte Schwester war.«

»Wie kommen Sie darauf?«, fragte Strafford ruhig. »Und woher wollen Sie wissen, dass es kein Unfall war?«

»Es war keiner, oder?«

»Morgen Vormittag wird eine Autopsie durchgeführt.«

Harbison lachte leise. »Ach, kommen Sie. Sie wären doch nicht hier, wenn es etwas anderes als ein Mord wäre. Jemand hat ihn geschubst, darauf wette ich.« In zufriedener Verwunderung schüttelte er den Kopf. »Der arme alte Geoffrey! Die Osbornes werden ihn diesmal endgültig verstoßen. Vielleicht war er derjenige, der den Pater gestoßen hat? Das wäre doch was – ich hatte schon immer den Verdacht, dass er auch die erste Frau auf dem Gewissen hat.«

Er nahm ein Zigarettenetui heraus und hielt es Strafford hin, der die Hand hob und den Kopf schüttelte. »Nein, danke.«

»Sie trinken nicht, Sie rauchen nicht? Ganz schön ungewöhnlich für einen Detective, oder habe ich die falschen Kriminalromane gelesen?«

Die elektrische Heizung trocknete die Luft aus, und Strafford brannten die Augen. Er kniff sie fest zu und massierte sich mit den Fingerspitzen die Lider. Ihm war ein wenig schwindelig, wegen des Whiskeys – natürlich hätte er den zweiten nicht mehr trinken sollen –, und er war so müde, dass er Kopfschmerzen hatte.

»Sehen Sie Ihre Schwester oft?«, fragte er.

»So gut wie nie«, antwortete Harbison ein wenig zu schnell. »Ich bin da draußen so eine Art *Persona non grata*, das haben Sie bestimmt schon gehört. Ich habe keine Ahnung, womit ich das Missfallen des Hausherrn auf mich gezogen habe, aber er hat mir schon mehrfach zu verstehen gegeben, dass ich unter seinem Dach nicht willkommen bin.« Er schwieg. »Sie wissen, dass Sylvia plemplem ist?«, fuhr er fort. »So richtig, meine ich. Manchmal ist sie davon überzeugt, dass sie jemand anders ist. Ich weiß nicht, was sich Geoffrey dabei gedacht hat, als er sie geheiratet hat. Sie war jung, na klar – Typen wie Geoffrey sind immer hinter dem jungen Gemüse her. Und sie war vor Ort und verfügbar, nachdem sie ja die beste Freundin der ersten Frau war oder zumindest so getan hat. Ich fand ja immer, die erste war ein bisschen«, er streckte die Hand flach vor sich aus und drehte sie hin und her, »Sie wissen schon. Von meiner Schwester sollte ich das wohl nicht behaupten, aber zwischen den beiden stimmte irgendwas nicht, zwischen unserer verrückten Sylvia und der ersten Mrs Geoffrey. Aber nun rede ich schon wieder zu viel.«

Er trank sein Glas aus, erhob sich und klopfte an die Klappe der kleinen eckigen Durchreiche neben dem leeren Kamin. Als die Luke aufging, schob er sein Glas durch und bestellte noch eines – »diesmal Whiskey pur, das waren genügend Nelken, ich hab einen Geschmack im Mund, als hätte ich eine ganze Tüte Gewürzbonbons gelutscht« –, setzte sich und streckte die Beine wieder vor der Heizung aus.

»Sagen Sie«, fragte Strafford, »sind Sie heute Abend die ganze Strecke von den Wexford Mountains hergefahren?«

»Gott, nein. Die Straßen dort oben sind nicht befahrbar. Ich war im Whites Hotel in Wexford, hatte mich mit einem Mann getroffen, um über ein Pferd zu sprechen.«

»Sie sind also von dort aus hergefahren?«

»Ich komme oft hier im Sheaf unter. Das Essen ist anständig, und Peggy, den Rotschopf, werden Sie schon gesehen haben, die ist wirklich eine Augenweide. Aber wo wir gerade von Pferden reden, hören Sie …«

Reck erschien in der Durchreiche, mit Harbisons Whiskey auf einem verbeulten Metalltablett.

»Schreiben Sie das an, Jeremiah, mein Freund, ja?«

Reck sagte nichts, aber als Strafford ihn ansah, verdrehte er die Augen und machte ein übertrieben leidendes Gesicht.

Harbison nahm einen Schluck. »Verflixt, das ist Jamesons's – er weiß ganz genau, dass ich immer Bushmills trinke. Will er mir damit irgendwas sagen?«

Bushmills war angeblich der Whiskey, den Protestanten bevorzugten, während Jameson's von Katholiken getrunken wurde. Strafford hielt das alles für Unsinn, nichts als eine der vielen kleinen Mären, die man sich im Land erzählte.

Harbison setzte das Glas ab und zündete sich noch eine Zigarette an. »Wo war ich gerade?«

»Sie sagten etwas von einem Mann und einem Pferd.«

»Ja, genau. Also, der Priester hatte eines, Mr Sugar, ein prachtvolles Tier. Der alte Osborne hat ihn in Ballyglass House untergestellt. Da gibt es einen jungen Burschen, der sich um die Ställe kümmert, Fonsey oder so, aber der weiß wirklich alles über Gäule!«

»Ich bin ihm schon begegnet.«

»Dann wissen Sie ja, wovon ich rede. Ich meine«, er tippte sich an die Stirn, »da oben ist es nicht weit her bei ihm.« Er nahm noch einen Schluck und verzog das Gesicht. »Jameson! Schmeckt wie Jungfernpisse.« Er strich sich den Schnurbart mit dem Zeigefinger rechts und links glatt. »Es geht jedenfalls um das Pferd.«

»Was ist damit?«

»Ich wollte ihm ein Angebot dafür machen – also wie heißt er noch? Den Priester meine ich.«

»Father Harkins.«

»Genau, Harkins. Aber das ist ja nun nicht mehr so einfach.«

»Weil er jetzt tot ist, meinen Sie?«

»Genau.«

Strafford hatte den Blick auf den orange glühenden Heizstab gerichtet. Hin und wieder gab es einen kleinen Funken, wahrscheinlich, vermutete er, weil ein unsichtbares Staubpartikel auf den Draht geschwebt war. Einer Mikrobe würde jedes winzige Aufflammen wie eine gewaltige Explosion vorkommen, wie ein Sturm auf der Oberfläche der Sonne. Er dachte an die schneebedeckten Felder draußen, glatt und funkelnd, darüber der Himmel mit den Sternen, die in der Kälte leuchteten. Andere Welten, unglaublich fern! Wie seltsam, hier zu sein, auf dieser Kugel aus Schlamm und Salzwasser zu leben, während sie durch die unermesslichen Tiefen des Raums wirbelte. Ein Schauder überkam ihn, als hätte ihn etwas Spitzes, Kaltes flüchtig berührt und sich dann wieder zurückgezogen.

Im Geiste sah er wieder den Priester tot in der Bibliothek auf dem Boden liegen, mit verschränkten Händen und offenen Augen verträumt und rätselnd nach oben starrend.

»Mr Harbison …«

»Sagen Sie Freddie.«

»Mr Harbison, im Haus Ihrer Schwester und deren Mannes ist jemand gestorben, unter fragwürdigen Umständen, um es milde auszudrücken. Finden Sie, das ist der richtige Zeitpunkt, um über ein Angebot für ein Pferd zu sprechen?«

Harbison lehnte sich zurück und sah ihn gekränkt an. Sein Schnurrbart zuckte. »Das Leben geht nun einmal weiter«, meinte er beleidigt. Sein Glas war schon wieder leer. Er stand auf, ging zur Durchreiche, klopfte, bestellte noch eines – »Aber diesmal Bushmills!« – und setzte sich.

»Dieses Pferd wäre an meinen Schwager völlig verschwendet«, sagte er mit einem leichten Beben in der Stimme. »Der kann vorne nicht von hinten unterscheiden, auch wenn er sich für einen geborenen Reiter hält. Jemand sollte ihm das

Tier abnehmen, und ich wüsste nicht, warum das nicht ich sein sollte. Die Frage ist nur: Wem gehört Mr Sugar jetzt?« Er rieb sich nachdenklich das Kinn. »Ob der Priester wohl ein Testament hinterlassen hat? Bis zur Testamentseröffnung könnte es ewig dauern, und in der Zwischenzeit verwandeln sich die Muskeln dieses prachtvollen Tiers in Wackelpudding, weil es nicht bewegt wird.« Er legte Strafford die Hand auf den Arm. »Das wäre doch schade.«

Die Luke ging auf, und eine Hand schob das Metalltablett mit dem Whiskey herein. Recks dickes Gesicht erschien in der Öffnung. »Wieder anschreiben, Mr Harbison?«

»Guter Mann.« Harbison nahm das Glas. »Sagen Sie, Reck: Haben Sie irgendwas vom Pferd des Priesters gehört? Sie wissen schon, der große Wallach, Mr Sugar?«

Reck beugte sich zur Luke hinunter, näher diesmal. Strafford und er warfen sich wieder einen Blick zu, dann widmete er sich Harbison. »Sie haben es wohl selbst auf ihn abgesehen?«

»Na ja, ich wäre durchaus interessiert, wenn er zum Verkauf stünde.«

»Father Tom hatte eine Schwester.« Reck wich wieder von der Durchreiche zurück. »Reden Sie doch mal mit ihr.«

Als die Luke geschlossen war, hörten sie Reck dahinter mit seiner Prophetenstimme intonieren: »*Sie weint des Nachts, dass ihr die Tränen über die Wangen laufen.*«

Harbison trug das Glas zum Tisch, er hielt es vorsichtig zwischen beiden Händen; sein Gang war nicht mehr so sicher wie zuvor.

Er setzte sich. Das war sein viertes oder fünftes Glas – Strafford hatte den Überblick verloren –, und sein Blick war glasig und erregt. Gedanklich war er immer noch bei Father Toms Pferd.

»Der Pater hat also eine Schwester«, sinnierte er. »Wie komme ich wohl am besten mit ihr in Kontakt?«

Er führte Selbstgespräche, verlor sich eifrig in Mutmaßungen und schien Strafford ganz vergessen zu haben, der sich jetzt aus dem Sessel hochstemmte. Die halbe Stunde, die er sich bewilligt hatte, war vorüber. Harbison sah ihn mit trüben Augen überrascht an. »Sie gehen aber doch jetzt nicht?«

»Doch. Ich bin müde. Ich verabschiede mich für heute.«
Er ging zur Tür.

»Wenn Sie was hören«, sagte Harbison hinter ihm, »wegen dem Pferd, dann könnten Sie …«

»Warum reden Sie nicht selbst mit Ihrer Schwester?«

»Mit Sylvia? Ich hab Ihnen doch schon gesagt, sie lebt im Wolkenkuckucksland.«

Strafford war stehen geblieben, die Hand auf dem Türknauf. »Sie kann Ihnen vielleicht trotzdem helfen.«

»Pah! Die hat doch nicht die geringste Ahnung von Pferden – und aus mir macht sie sich auch nichts.«

Strafford lächelte andeutungsweise und öffnete die Tür. »Gute Nacht jedenfalls.«

Die beiden rotgesichtigen Bauern waren gegangen, aber Matty Moran saß noch auf dem Barhocker am Tresen. Sein Gebiss hatte er wieder herausgenommen.

Mrs Reck kam gähnend durch den Bogen.

»Könnten Sie mir vielleicht zeigen, wo mein Zimmer ist?«, sagte Strafford.

»Aber sicher, aber sicher.« Sie wandte sich mit finsterem Blick dem Zahnlosen zu. »Und du gehst nach Hause, Matty Moran. Sonst schickt mir der Detective noch eine Vorladung, weil schon längst Sperrstunde ist.« Sie zwinkerte Strafford zu. »Gehen Sie in den Laden durch, dann bringe ich Sie hoch.«

Er ging in das nächste Zimmer, wo die Frau ihn erwartete. Sie öffnete eine Tür am Ende der Theke und stieg durch ein schmales, schlecht beleuchtetes Treppenhaus hinauf. Strafford fragte sich, wohin Peggy wohl verschwunden war; wahrscheinlich schlief sie schon. Er dachte an ihren schiefen Zahn und den Sommersprossensattel auf ihrem Nasenrücken; sie beide würden unter einem Dach schlafen, dachte er, und er fragte sich, ob – aber nein, nein.

»Übernachtet Mr Harbison heute auch hier?«, fragte er Mrs Recks breites Hinterteil, das vor ihm die Treppe hinaufwogte.

»Ja«, antwortete sie über die Schulter. »Bei dem Wetter würde ich nicht einmal ihn wieder wegschicken. Er kommt immer, wenn er seine Schwester besucht.«

»Er trifft Mrs Osborne also doch? Ich hatte den Eindruck ...«

Sie hatten den Treppenabsatz erreicht.

»Warten Sie einen Moment, ich muss verschnaufen.« Mrs Reck legte ihm eine Hand auf den Arm und drückte die andere mit gespreizten Fingern gegen ihr Schlüsselbein; sie keuchte. »Diese Treppe bringt mich noch mal um.« Sie ging weiter. Das Licht hier im Korridor war noch schwächer als das an der Treppe. »Der ist mit Vorsicht zu genießen, unser draufgängerischer Freddie. Passen Sie bloß auf – das ist ein furchtbarer Halunke.«

»Wie oft übernachtet er bei Ihnen?«

»Ach, gelegentlich. Es ist praktisch für ihn – und natürlich ist er hinter unserer Peggy her.«

»Ist sie Ihre Tochter?«

Sie starrte ihn an. »Gott, nein.« Sie lachte kopfschüttelnd. »Stellen Sie sich vor, Peggy Devine als Tochter zu haben!«

Auf beiden Seiten des Korridors lagen jeweils drei Zimmer. Sie blieb vor der mittleren Tür auf der rechten Seite stehen. Aus der Tasche ihrer Schürze nahm sie einen großen metallenen Schlüsselring und suchte brummelnd nach dem richtigen Schlüssel.

»Worüber hat er eigentlich mit Ihnen geredet?«, fragte sie abgelenkt.

»Mr Harbison? Ein Pferd. Mr Sugar. Es gehört – gehörte – Father Harkins.«

»Ach ja, der war ein großer Fan von Pferden und auch von der Jagd und so.« Sie hielt inne, richtete den Blick nach oben und seufzte. »Kaum zu glauben, dass er nicht mehr unter uns ist. Nicht, dass ich sonderlich angetan von ihm gewesen wäre, Gott bewahre.«

»Nein? Warum nicht?«

Sie bereute sichtlich, das gesagt zu haben. Jetzt gab sie keine Antwort, und sie sah ihn auch nicht an, sondern beschäftigte sich mit dem Schlüsselbund. Schließlich wählte sie einen aus und schob ihn in das Schloss.

»Bingo!« Sie drückte die Tür auf. »Hier ist Ihre Luxussuite«, sie kicherte sarkastisch, »sozusagen.«

Das Zimmer war klein, mit einem schmalen Holzbett, einem Stuhl und einer hohen Kommode, die für großzügigere Räumlichkeiten gedacht war. Ein Emaillekrug und eine Schüssel standen auf einem kleinen Kiefernholztischchen unter dem Fenster, vor dem die Vorhänge zugezogen waren. Auf dem Bett lag eine Zudecke aus rosa Satin, dick und glatt und glänzend wie eine glasierte Pastete. Jemand hatte Straffords Tasche neben dem Bett auf den Boden gestellt. Sie schien ihn selbstgefällig anzugrinsen, als würde sie sich selbst und nicht ihn als den rechtmäßigen Bewohner betrachten, schließlich war sie zuerst hier gewesen.

»Sehr schön« sagte er. »Vielen Dank – sehr schön.«

»Ich hoffe, Sie fühlen sich hier wohl. Im Bett ist eine Wärmflasche für Sie.« Sie wandte sich zum Gehen, dann hielt sie inne. »Mr Harbisons Zimmer liegt übrigens genau gegenüber. Gehen Sie ihm morgen früh lieber aus dem Weg, er wird sich benehmen wie ein Bär mit Kopfschmerzen, nach dem ganzen Whiskey. Zumindest heute Morgen war das so – er wollte nicht einmal das Ei essen, das ich extra für ihn gekocht habe.«

Strafford wandte sich zur Tür.

»Mr Harbison war gestern Nacht hier?«, fragte er so beiläufig wie möglich. »Ich dachte, er hätte gesagt, er hat im Whites Hotel in Wexford übernachtet.«

»Da war er auch, aber das war in der Nacht zuvor. Als er dort aufgebrochen ist, ist er in den Schnee geraten und hat hier halt gemacht.« Sie sah ihn zweifelnd an. »Warum fragen Sie?«

»Ach, nur so. Gute Nacht, Mrs Reck.«

Er öffnete seine Tasche und packte die wenigen Sachen aus. Als er sich umdrehte, stand die Frau immer noch in der Tür.

»Nun sagen Sie mir doch, Inspector Stafford ...«

»Strafford.« Wie immer lächelte er instinktiv, wenn er wieder einmal diese Korrektur anbringen musste.

»Entschuldigung. Aber eine Frage noch, Father Tom …«

»Ja?«

»Im Ort sagen sie …« Wieder sprach sie den Satz nicht zu Ende.

»Ja?«, drängte er sie wieder.

»Sie sagen, er ist in Ballyglass gar nicht die Treppe hinuntergefallen, oder wenn doch, dann ist er nicht an dem Sturz gestorben.«

Er sah sie ausdruckslos an. »Und was sagen sie noch im Ort?«

»Na ja, da gibt es alle möglichen Gerüchte – Sie wissen ja, wie das ist, wenn es in einem kleinen Städtchen große Neuigkeiten gibt.«

Er nickte. Wie ihr Mann war auch sie viel klüger, als sie vorgab, das sah er jetzt.

»Wir versuchen herauszufinden, was passiert ist«, sagte er. »Wir haben noch einen langen Weg vor uns, bevor wir etwas Sicheres sagen können.«

»Heute Abend kam ein bisschen im Radio.«

»Ach ja?«

»Ja, in den Zehn-Uhr-Nachrichten. Es hieß nur, dass ein Priester bei einem Unfall in Ballyglass ums Leben gekommen ist – sie haben nicht mal gesagt, dass es Ballyglass House war. Und seinen Namen haben sie auch nicht genannt.«

»Wahrscheinlich gab es eine Presseerklärung vom Palast des Erzbischofs. In Presseerklärungen wird nie viel verraten, besonders nicht von dieser Quelle.«

Sie nickte und spielte zerstreut mit dem Türknauf. »Seine

arme Schwester. Was macht sie denn jetzt bloß, wenn er tot ist?«

»Ja.« Beide schwiegen ernst für einen Augenblick. »Wo wohnt sie denn?«

»Im Pfarrhaus, drüben in Scallanstown. Vorher waren sie irgendwo anders. Ich glaube, sie führt ihm seit Jahren den Haushalt, quasi schon seit ihrer Jugend.«

»Ich fahre morgen zu ihr«, er warf einen Blick auf seine Taschenuhr, »beziehungsweise heute, sollte ich besser sagen.«

»Das wird nicht leicht werden.«

»Nein.« Er steckte die Uhr weg und sah stirnrunzelnd auf den Boden. »Bestimmt nicht. Gute Nacht, Mrs Reck.«

Er packte weiter seine Tasche aus und wandte ihr ostentativ den Rücken zu, dennoch blieb sie stehen. Er sah nicht zu ihr hin. Er war erschöpft, er wollte seine Ruhe, wollte ins Bett und schlafen und dachte an die Wärmflasche, die auf ihn wartete.

»Ja, gute Nacht«, murmelte die Frau abwesend und trat in den Korridor. Da blieb sie erneut stehen und drehte sich zu ihm um. »Wurde er umgebracht, Inspector?«, fragte sie. »Father Tom, wurde er … wurde er ermordet?«

Strafford seufzte. »Wie schon mehrfach gesagt«, er betonte jedes Wort einzeln – würde sie denn niemals gehen?, »wir haben eine lange Ermittlung vor uns, bevor wir etwas mit Sicherheit sagen können.«

Er legte seinen Schlafanzug auf das Bett.

»Dann gute Nacht.« Sie hatte vergessen, wie oft sie das schon gesagt hatte. »Die Toilette ist am Ende des Gangs.«

Als sie endlich die Tür hinter sich geschlossen hatte, setzte er sich auf die Bettkante, beugte sich hinüber zum Fenster und hob den Vorhang an; es war jedoch nichts zu sehen als die glänzend schwarzen Fensterscheiben.

Er stand wieder auf und schaltete das Licht aus. Jetzt zog er die Vorhänge ganz zurück, und nach und nach entstand die schimmernde Landschaft vor ihm. Welch eine Stille! Er hätte gut und gerne der letzte Mensch auf Erden sein können. Er zog sich rasch aus, denn im Zimmer war es bitterkalt. Dann kletterte er in das hohe, schmale Bett, legte sich hin und tastete nach der Wärmflasche. Er verdrängte den Gedanken daran, wie viele Handelsreisende sich im Lauf der Jahre bereits ihre durchgefrorenen, ungewaschenen Füße daran gewärmt hatten; manche Dinge durfte man einfach nicht an sich heranlassen.

Obwohl er müde war, schlief er lange nicht ein, sondern lag auf der Seite – auf der linken, eine Angewohnheit seit seiner Kindheit –, eine Hand unter die Wange gelegt, den Blick auf das Fenster und den Sternenhimmel gerichtet. Er dachte nach.

15

E r stand früh auf, noch vor der Morgendämmerung, nachdem Mrs Reck ihm geraten hatte, Harbison möglichst aus dem Weg zu gehen. Er nahm sein Frühstück an dem Ecktisch ein, wo er am Abend zuvor gegessen hatte. Der dicke, missmutige Hund lag vor dem Ofen, den Kopf auf den Pfoten, und verfolgte jede Bewegung von Strafford mit äußerster Skepsis. Strafford bot dem Tier ein Stück in Eigelb getunkte Brotrinde an, wurde aber mit einem starren abschätzigen Blick abgewiesen.

Er hatte gerade fertig gegessen, als Sergeant Jenkins ankam. Auch jetzt schimmerte das Morgenlicht nur ganz schwach im Fenster. Jenkins sah aus, als hätte man ihn in aller Herrgottsfrühe unter einen kalten Wasserhahn gehalten und geschrubbt, bis die Haut rot leuchtete. Sein pomadiges Haar lag schlaff auf seinem stets faszinierenden flachen Schädel.

»Um welche unchristliche Zeit sind Sie denn losgefahren?«, fragte Strafford. »Haben Sie überhaupt geschlafen? Wie sind die Straßen?«

»Fürchterlich. In jeder Kurve Glatteis.«

»Aber es schneit nicht?«

»Noch nicht. Nachts hat es geschneit, und sicher geht es bald wieder los.«

»Setzen Sie sich, setzen Sie sich. Trinken Sie eine Tasse Tee. Es ist noch Toast da, aber der ist mittlerweile kalt geworden. Was hat der Chief denn gesagt?«

Sergeant Jenkins blickte zweifelnd auf den Tisch, auf die Teekanne und den Toastständer und die Butter in der Butterdose. Es war offensichtlich, dass er Hunger hatte, aber Strafford merkte ihm an, dass er sich vor der Vertrautheit scheute, sollte er sich an diesen kleinen Tisch in diesem kleinen Raum mit der niedrigen Decke setzen, um mit seinem Vorgesetzten zu frühstücken. Doch schließlich siegte der Hunger über die Zweifel. Jenkins legte Mantel und Hut ab und hängte beides auf den Ständer neben der Tür, rieb sich die Hände und zog sich einen Stuhl heran.

Jeremiah Reck kam herein, in Filzpantoffeln – sie sahen aus wie zwei identische tote Katzen – und einem Pullover mit Mottenlöchern darin.

»Es gibt Eier mit Speck«, sagte er zu Jenkins, »oder Eier mit Speck und Würstchen oder Eier mit Speck und Würstchen und Blutwurst oder Grützwurst oder nur Eier.«

Jenkins blickte misstrauisch zu ihm auf, unsicher, ob er auf den Arm genommen wurde oder nicht. Der Sergeant hatte ein feines Gehör für auch nur das geringste Anzeichen von Spott. Er legte sich eine Hand auf die Haare und sagte, er hätte gerne nur ein Ei, weich gekocht.

»Sie sind eine große Enttäuschung für meine bessere Hälfte, Sie beide«, sagte Reck. »Sie steht da draußen in der Küche wie Ruth in fremdem Korn, den Speck in der einen Hand und die Würstchen in der anderen, und wartet nur auf ein Wort, um sie zu brutzeln. Nun gut: Ein Ei soll es sein. Wenigstens die Hühner wird es freuen.«

Vor sich hin brummend ging er in die Küche.

»Was für ein Witzbold, der Kerl«, sagte Jenkins sauertöpfisch.

Strafford sah ihn an, sagte aber nichts; er hatte sich schon vor langer Zeit angewöhnt, den Blick nicht höher als bis zu Jenkins' Haaransatz zu richten.

»Der Chief hat gesagt, Sie sollen weitermachen wie bisher«, sagte der Sergeant.

»Ach ja. Sehr hilfreich von ihm, wirklich sehr hilfreich. Besteht denn irgendwie die Möglichkeit, dass er selbst mal herkommt und sich die Sache ansieht? Es wäre ganz gut, einen zweiten Sündenbock zu haben, wenn die Zeitungen Wind von der Sache bekommen und fordern, dass wir den Mörder dingfest machen.«

Jenkins wollte sich nicht mit der Aufteilung der Schuldzuweisung beschäftigen – es könnte gut sein, dass er selbst etwas davon abbekam. Er neigte nur den Kopf zur Seite und zuckte sardonisch mit den Schultern. »Sie wissen, dass schon ein Artikel in der Zeitung erschienen ist?« Er stand auf und ging zu dem Ständer, wo er seinen Mantel aufgehängt hatte. Aus einer der Taschen zog er eine zusammengerollte Ausgabe der *Irish Press* und reichte sie über den Tisch. »Seite vier«, sagte er.

»Seite *vier*? Dann bringen sie es nicht als Aufmacher. Darüber sollten wir wohl froh sein.«

Strafford schlug die Zeitung auf, drehte sich seitwärts auf seinem Stuhl und zog die Doppelseite straff.

WEXFORD
PRIESTER STIRBT BEI UNGLÜCK
Von Peter McGonagle

Ein Priester aus Wexford, Father Thomas J. Harkins, starb gestern in den frühen Morgenstunden in dem Ort Ballyglass im County Wexford. Die Todesumstände sind noch ungeklärt, aber man geht davon aus, dass er sich bei einem Treppensturz tödliche Verletzungen zuzog.

Father Harkins, allen bekannt als »Father Tom«, war im ganzen County beliebt. Er war ein passionierter Reiter und regelmäßig bei der Keelmore Hunt dabei, deren Master Colonel Geoffrey Osborne, DSO, aus Ballyglass House, Ballyglass, ist.

Father Harkins engagierte sich auch bei vielen Jugendorganisationen, besonders bei den Pfadfindern, und er war ein großer Unterstützer des Wexford Junior Hurling Teams. Er war Kaplan des Legio-Mariae-Zweigs Ballyglass. Als Seminarist reiste er nach Rom, wo er die Ehre hatte, vom Heiligen Vater zu einer Audienz empfangen zu werden.

Ihre Ehrerbietung erwiesen dem verstorbenen Father Harkins der Hochwürdigste Herr Tony Battley, Bischof von Ferns, seine Glaubensbrüder in der Kirche, die Geschäftswelt, Sportorganisationen und Gemeindemitglieder.

Father Harkins hinterlässt seine Schwester Rosemary und zahlreiche Verwandte in Amerika, Kanada und Australien. Einzelheiten zur Beerdigung werden noch bekannt gegeben.

»Das ist gut«, sagte Strafford. »Entweder kennen sie die wahren Umstände nicht, oder sie haben Anweisung von oben bekommen, sich zurückzuhalten. So oder so, es bedeutet, dass sie uns eine Weile in Ruhe lassen. Angeblich kam gestern Abend auch etwas im Radio – wahrscheinlich aus derselben Presseerklärung.«

»Fahren Sie zu der Schwester?«, fragte Jenkins.

Strafford hatte sich Tee eingegossen, aber er war schon kalt geworden. Mr Reck kam mit dem weichen Ei für Jenkins und in eine karierte Serviette gewickelten Toastscheiben. Strafford bat ihn um eine frische Kanne Tee.

»Ach übrigens«, er blickte von der Zeitung auf, »wo ist Peggy heute Morgen?«

»Sie arbeitet nur abends.« Reck langte über den Tisch und nahm den Toastständer mit den drei verschrumpelten kalten Toastscheiben. »Tagsüber leitet sie die Filiale der Bank of Ireland in Ballyglass.« Jenkins starrte ihn an. »Das war ein Witz. Sie ist Zimmermädchen im Boolavogue Arms, unserer geschätzten Konkurrenz ein Stück weiter.«

Er ging und pfiff dabei durch die Zähne.

»Dieses Land hat mehr als seinen gerechten Anteil an Spaßvögeln«, brummte Jenkins finster.

Strafford lächelte nur; er hatte sich noch nicht an Recks Schrulligkeiten gewöhnt.

»Ja«, sagte er, »ich spreche mit der Schwester. Allerdings glaube ich nicht, dass sie eine große Hilfe sein wird.«

»Wie sind Sie gestern vorangekommen?«

»Ich bin gar nicht vorangekommen und habe nichts erreicht. Zumindest glaube ich das.« Er faltete die Zeitung wieder zusammen und legte sie neben seine Teetasse auf den Tisch. »So ist es in dieser Phase immer: Ich bin überzeugt, dass die Antwort auf der Hand liegt, sonnenklar, aber ich sehe sie nicht. Was glauben *Sie* denn?«

Jenkins betrachtete das Tischtuch und biss geistesabwesend in eine Scheibe Toast. Gleich darauf schüttelte er den Kopf. »Ich weiß nicht, was ich davon halten soll.«

Strafford nickte seufzend.

»Wer hätte dem Priester den Tod gewünscht?«, überlegte er. »Das ist die Frage. Er scheint in Ballyglass House aber recht beliebt gewesen zu sein, zumindest wurde er toleriert. Die Tochter hat ihn als ›gruselig‹ beschrieben − ist Ihnen das Wort in diesem Zusammenhang schon mal untergekommen?« Jenkins schüttelte den Kopf. »Na ja, das hat sie gesagt, nämlich dass er gruselig ist und dass er sich immer dort herumgedrückt hat. Dominic, der Sohn, hat dasselbe gesagt. Komisch. Wohl kaum ein Motiv für einen Mord, nicht? Sich herumdrücken und gruselig sein ist nun nicht gerade ein Kapitalverbrechen.«

Reck kam mit der Teekanne wieder und setzte sie mit zeremonieller Sorgfalt auf den Korkuntersetzer. »Ihr Füllhorn, meine Herren, direkt aus dem Goldenen Orient.«

Dann zog er wie vorhin pfeifend von dannen.

Strafford goss den Tee ein; der Duft an diesem Wintermorgen wie direkt aus seiner Kindheit.

Vielleicht war das der Grund, weshalb es ihm so schwerfiel, alles zu erfassen, vielleicht erinnerte ihn Ballyglass zu sehr an seine eigene Vergangenheit, die Vergangenheit, die er glaubte, hinter sich gelassen zu haben, die ihn hier aber ständig umgab: Schnee, kalte Häuser, der Duft von Tee zur Frühstückszeit. Wie klein die Welt doch ist, dachte er, wie eng und klein.

»Und jetzt?«, fragte Jenkins. »Was soll ich tun?« Er sah Strafford an, dass er nicht zuhörte. »Fahren Sie denn nun zu der Schwester?«

»Also, es ist schon seltsam«, sagte Strafford, »aber niemand in Ballyglass House hatte ein Motiv, ihn umzubringen, zumindest erkenne ich keines. Trotzdem muss es jemand getan haben.«

»Vielleicht war es doch jemand von außerhalb.« Jenkins löffelte nachdenklich Zucker in seinen Tee. »Vielleicht hatte jemand einen Hausschlüssel, oder man kommt noch irgendwie anders hinein. Diese alten Häuser haben doch alle möglichen Kohlenschächte und Falltüren und Gott weiß, was noch, das wächst zu, und die Leute vergessen es.«

Strafford, den Blick auf den Boden neben dem Tisch gerichtet, hing seinen Gedanken nach.

»Es hatte auch niemand ein Alibi«, sagte er. »Das ergibt keinen Sinn. Oder es ergibt zu viel Sinn – als wäre das alles arrangiert worden.«

Nein, ein Sinn war darin nicht zu erkennen. Er hatte das Gefühl, sich durch einen Schneesturm zu kämpfen oder es zumindest zu versuchen, im dichten, blendend weißen Schnee. Um ihn herum waren andere, die sich ebenfalls bewegten, wie die bronzenen Figuren in einem mittelalterlichen Glockenturm, aber es war zu düster, um sie zu erkennen, und wenn er die Hand ausstreckte, um sie zu berühren, griff er nur in eisige Leere.

Dennoch musste es einen Sinn geben, anders konnte es nicht sein – alles ist auf die eine oder andere Art geordnet –, aber er erkannte das Muster nicht. Wann würde es aufhören zu schneien? Wann würde die Luft klar werden, damit er sehen konnte, was es zu sehen gab?

Er stand auf. »Ja, ich fahre zu der Schwester und rede mit ihr. Sie wohnt in Scallanstown, im Pfarrhaus – haben Sie eine Ahnung, wo Scallanstown liegt?«

»Ungefähr zehn Meilen zuvor an der Straße – ich bin auf

dem Weg hierher durchgefahren. Sie müssen auch vorbeigekommen sein. Ist recht unspektakulär, aber die Kirche können Sie nicht verfehlen – ein scheußliches Ding von einer
Scheune.«

Strafford nickte und klopfte sich mit den Fingernägeln
gegen die Zähne. Er hörte immer noch nicht richtig zu.
Jenkins war an diese vorübergehende Unachtsamkeit seines
Chefs gewöhnt – »er träumt wieder«, hatte seine Großmutter
immer gesagt – und war ihm nicht böse deshalb. Und selbst
wenn, Strafford würde es wahrscheinlich nicht merken. Er
war nun einmal so, wie er war. Jenkins war Stoiker, nur nicht
in Bezug auf seine Kopfform.

»Ob ich sie wohl besser anrufe?«, murmelte Strafford.
»Wahrscheinlich sollte ich meinen Besuch ankündigen. Jemand hat mir ihren Namen gesagt – war es Rose?«

»Nein, Rosemary.« Jenkins nahm die Zeitung zur Hand.
»Da steht es, sehen Sie: ›Er hinterlässt seine Schwester Rosemary.‹«

»Ah. Rosemary.« Er seufzte. »O Gott.«

»Soll ich mitkommen?«

»Was? Nein, nein. Sie fahren zu Ballyglass House und sehen sich noch einmal um. Reden Sie mit allen, die dort sind.«

»Und worüber genau soll ich mit ihnen reden?«

»Ach, reden Sie einfach. Seien Sie freundlich, oder versuchen Sie es zumindest. Drängen Sie die Leute nicht, hören
Sie ihnen zu. Je mehr Sie sie reden lassen, umso wahrschein-
licher geben sie etwas preis. Sie können nicht alle unschuldig
sein.« Er wandte sich zum Gehen, dann kehrte er noch einmal um. »Wurde eigentlich das Whiskeyglas gefunden, das
der Priester in seinem Zimmer hatte?«

»Nein. Und die Glühbirne auch nicht. Aber irgendjemand weiß, wo beides ist.«

»Ja, und wird es wohl kaum verraten.«

Strafford setzte sich wieder, sichtlich in Gedanken. Er rollte ein Stückchen Brot zu einer Kugel. »Ich dachte, das würde ein leichter Fall werden.« Er saß noch ein wenig mit gerunzelter Stirn da und sinnierte, dann stand er auf und wollte ein zweites Mal zur Tür gehen, blieb aber auch ein zweites Mal stehen. »Ich wusste doch, da war noch etwas, was ich sagen wollte. Mrs Osbornes Bruder übernachtet hier. Harbison heißt er. Er war gestern Nacht hier, aber auch die Nacht davor, das hat er mir allerdings nicht erzählt. Vielleicht sprechen Sie mal mit ihm, bevor sie zu Ballyglass House fahren.«

»Kannte er Father Harkins?«

»Er kennt sein Pferd«, meinte Strafford.

Er ging in die Bar. Sie war leer, der Ofen kalt. Er zog sich Mantel, Hut und Schal an. Leider hatte er keinen richtig dicken Schal dabei und auch keinen schwereren Mantel; er war zerstreut gewesen – schließlich wurde nicht jeden Tag ein Priester ermordet, zumindest nicht in Irland.

Unter der Hutablage standen ein Paar Galoschen, wahrscheinlich von Harbison. Er überlegte kurz, ob er sie sich ausborgen sollte, entschied sich aber dagegen. Im grellen Licht des Schnees, das durch die niedrigen Fenster, die jeweils aus vier kleinen quadratischen Scheiben bestanden, hereinfiel, sah er sich um. Er hatte das Gefühl, etwas Wichtiges nicht erledigt zu haben, es fiel ihm aber nicht ein. Später kam ihm in den Sinn, dass dies eine böse Vorahnung gewesen sein musste; da wusste er dann schon, dass er Jenkins nach Scallanstown hätte mitnehmen sollen. Aber wozu waren Vorahnungen gut? Sie waren ungefähr so nützlich wie späte Einsichten.

Er trat hinaus in den kalten und verdrießlichen Morgen. Er dachte an das Weihnachtslied *Guter König Wenzeslaus*. Als er klein war, hatte er den Text immer falsch verstanden:

> *Guter König Wenzes, lass*
> *schauen Stephans Feste,*
> *Schnee lag tief und hart ums Haus,*
> *Weiß war'n Strauchens Gäste.*

Er hatte damals gar nicht gemerkt, dass das keinen Sinn ergab. Die meisten alten Lieder und Kirchenlieder ergaben sowieso keinen Sinn. Ja, sollte er später denken, ja, er hätte Jenkins bei sich behalten sollen. Er hätte ihn beschützen sollen.

> *Sire, die Nacht wird dunkler jetzt,*
> *und der Wind bläst strenger,*
> *spür mein Herze mehr und mehr,*
> *kann nicht gehen länger.*

16

Am klaren Himmel der letzten Nacht hing nun schwer eine Girlande aus grauvioletten Wolken, und die Luft hatte die Farbe von angelaufenem Zinn. Es schneite nicht, aber die Nacht über war noch einmal Schnee gefallen. Strafford hatte Flocken vor dem Fenster wirbeln gesehen, als er frühmorgens zur Toilette gegangen war, und die Landschaft war so perfekt arrangiert, dass es aussah, als wäre gleich morgens ein Team von Restauratoren ausgeschickt worden, um alles neu zu pudern, zu pinseln und zu glätten.

Auf der Windschutzscheibe seines Autos befand sich eine drei Millimeter dicke Schicht undurchsichtigen grauen Eises, wie immer mit geheimnisvollen runenartigen Kratzern und Kringeln. Er musste wieder ins Haus gehen, um von Mrs Reck einen Kessel mit warmem Wasser zu holen und das Eis zu schmelzen. Er brauchte sechs potenziell handgelenkgefährdende Drehungen mit der Kurbel, bis der Motor bebend ansprang und aus dem Heck eine zerrupfte schwarze Rauchfahne herausfurzte. Als er die Kupplung losließ, gerieten die Reifen ins Rutschen und verspritzten Schneematsch und gefrorenen Schlamm.

Er hatte schon eine gute Meile auf der Straße zurückgelegt, als ihm einfiel, dass er vergessen hatte, vorab in Scallanstown anzurufen, um der Schwester des Priesters seinen Besuch anzukündigen.

So kurz die Strecke auch war, er brauchte viel länger dafür, als er gedacht hatte, denn er musste meistens in einem niedrigen Gang fahren. Vor ihm hatten schon ein paar Autos doppelte Reifenspuren auf der Straße hinterlassen, die glänzten wie schwarzes Glas.

Scallanstown hockte in einer Senke zwischen zwei nicht sehr hohen Hügeln. Entlang der Hauptstraße zählte er fünf Pubs, drei Lebensmittelgeschäfte, zwei Eisenwarenhandlungen, und es gab auch eine Schweinemetzgerei – Hafner's! –, einen Barbier, eine Kombination aus Zeitungsladen und Postamt sowie Bernie's Beauty Parlour. Die Straßen waren verlassen, bis auf den Karren eines Milchmanns, wobei der Milchmann nirgendwo zu sehen war, und eine Promenadenmischung, die an einem schmutzigen Stück Pergamentpapier im Rinnstein vor Hafner's zerrte.

Die Kirche lag auf einer Anhöhe, von der man das andere Ende des Ortes sehen konnte, ein hässliches, stattliches Gebäude aus Granit in einem unangenehmen Rotbraun. Es hatte schwarze Zaungitter, einen breiten bogenförmigen Eingang und einen dünnen Kirchturm, der in einem absurden Missverhältnis zu dem massiven Bau stand, zu dem er gehörte. Auf der rechten Seite lag ein Friedhof, und jeder Grabstein trug eine adrette Haube aus Schnee, was ihn unpassenderweise an in Scheibchen geschnittenes Speiseeis erinnerte. Auf der anderen Seite stand, ein wenig abgesenkt, das Pfarrhaus, ein solides Gebäude mit mehreren Schornsteinen, erbaut aus dem gleichen blutergussfarbenen Stein wie die Kirche.

Ein Kranz aus schwarzem Trauerflor hing an der Haustür. Strafford suchte nach dem Klopfer und musste aufpassen, den Kranz dabei nicht zu lädieren.

Rosemary Harkins war eine große schlanke Frau, nicht hübsch, sondern eher attraktiv, auf leicht einschüchternde Art. Sie hatte einen dünnen bleichen Mund und vorstehende, matte graue Augen. Sie trug einen schwarzen Rock, einen schwarzen Pullover und eine schwarze Wolljacke. Er schätzte sie auf Anfang dreißig. Eigentlich war er davon ausgegangen, dass sie älter war, er wusste auch nicht, warum.

Sie sah irgendwie angespannt und ausgedörrt aus. Strafford kannte das von Menschen, die von der glühenden Hitze der Trauer angestrahlt wurden.

Er stellte sich vor. Sie reichten sich nicht die Hand.

»Es tut mir leid, sie in so einem Augenblick belästigen zu müssen.« Er fand es fürchterlich, wie förmlich sich das anhörte.

Sie trat von der Tür zurück und bedeutete ihm einzutreten. In der schwarz-weiß gefliesten Diele war es kalt. Das Haus dahinter lag still da. Auf einem Mooreichentisch, der glänzte wie behauene Kohle, stand eine Vase mit getrockneten Chrysanthemen, die einst purpurrot gewesen sein mussten, mittlerweile aber zu einem hellen Rosa verblasst waren.

»Ich war davon ausgegangen, dass Sergeant Radford kommen würde«, sagte Rosemary Harkins.

»Es geht ihm nicht gut. Offenbar hat er die Grippe.«

»Die Grippe! So nennen sie das jetzt also. Sie wissen, dass er trinkt?«

»Nein, das wusste ich nicht. Man hat mir gesagt, er hat einen Sohn verloren.«

Irgendetwas in ihrer Miene verschloss sich, wie eine Tür, die zugeht.

»Ich habe den Kamin im Wohnzimmer noch nicht angemacht, aber in der Küche brennt der Ofen.«

Sie ging durch die Diele voran, dann durch einen schmaleren Gang, wo Linoleum die Fliesen ersetzte. Vom Ofen her roch es stechend nach glühendem Koks.

In der Küche war die Luft so heiß, dass es Strafford in den ersten Momenten die Brust zuschnürte. Es gab eine Kommode mit Tassen und Tellern, einen Tisch aus gescheuertem Holz, vier Stühle mit steifen Lehnen und neben dem eisernen Ofen einen Stuhl, über dessen Rückenlehne eine Tartandecke hing.

Rosemary Harkins zog einen Küchenstuhl für Strafford und einen für sich heraus. Zuerst herrschte ein zögerliches, hilfloses Schweigen. Strafford fiel nichts zu sagen ein.

Der Schaukelstuhl gegenüber dem Ofen war eine dritte Präsenz im Raum.

Rosemary Harkins blickte Strafford erwartungsvoll an.

»Mein herzliches Beileid.« Er sträubte sich wieder innerlich angesichts der bleiernen Banalität dieser Worte; aber was konnte man in solchen Momenten anderes bieten als geheuchelten Ernst, falsches Mitleid, abgedroschene Phrasen?

»Danke.« Die Frau blickte auf ihre Hände, die sie schlaff vor sich auf dem Tisch gefaltet hatte. »Hoffentlich sind Sie gekommen, um mir die Wahrheit darüber zu erzählen, was mit meinem Bruder passiert ist.«

Auch Strafford senkte den Blick.

»Darf ich fragen, wie Sie von seinem Tod erfahren haben?«

»Da hat jemand angerufen, ich weiß nicht mehr, wer. Jemand von der Polizeiwache in der Stadt, glaube ich. Sergeant Radford war es nicht.«

»Wahrscheinlich der diensthabende Beamte. Was hat er gesagt?«

»Nur, dass es in Ballyglass einen Unfall gegeben hat und mein Bruder tot ist. Und heute Morgen stand ein Artikel in der Zeitung.« Sie legte sich eine Hand auf die Stirn und schloss die Augen, schlug sie aber gleich wieder auf. »Da stand, er wäre die Treppe hinuntergefallen und sei dabei umgekommen. Angeblich ist es in Ballyglass passiert, das heißt wohl, er war in Ballyglass House.«

»Ja. Er hat dort übernachtet.«

»Natürlich«, murmelte sie und warf den Kopf zurück. Dabei kniff sie ihre schmalen Lippen noch mehr zusammen und wurde noch bleicher. »Er konnte sich ja gar nicht mehr von ihnen fernhalten, von seinen vornehmen Freunden.«

»Er war also oft dort?«

»Zu oft, wenn Sie mich fragen.«

»Warum sagen Sie das? Missbilligen Sie die Osbornes?«

Sie zuckte wegwerfend mit den Schultern. »Es steht mir nicht an, sie zu missbilligen oder nicht. Die sind nicht unseresgleichen, und wir sind nicht ihresgleichen. Tom wollte nicht auf mich hören, bloß nicht. Er wollte sein wie sie, mit dem Reiten und der Fuchsjagd und dem ganzen Zeug.« Sie hielt inne und runzelte die Stirn. »Entschuldigung, ich hatte Ihnen Tee angeboten.«

»Keine Sorge, ich habe gerade erst gefrühstückt. Ich brauche nichts.«

»Ich bringe einfach nichts zustande. Mein Kopf dreht sich ständig im Kreis. Es wird nie mehr so sein, wie es war.«

Sie steckte einen losen Faden in den Ärmel ihrer Strickjacke. Sie war wie eine zarte Glasfigur, die jeden Moment unter ihrem eigenen inneren Druck zerbersten konnte.

»Ich kann einfach nicht glauben, dass er nicht mehr da ist.« Sie sah zu dem Schaukelstuhl hin. »Ich kann es nicht glauben.«

Strafford nickte. Er wusste nie, was er in diesen Situationen tun sollte. Der Kummer anderer Menschen machte ihn verlegen. Niemand, so dachte er bei sich, konnte am Schmerz eines anderen Menschen teilhaben, er konnte es jedenfalls nicht. Wie so oft wünschte er sich, Raucher zu sein, dann hätte er wenigstens etwas mit den Händen zu tun. Vielleicht sollte er sich eine Pfeife zulegen; er müsste sie ja nicht einmal anzünden, er könnte einfach mit ihr herumspielen, wie Pfeifenraucher es tun. Alles für eine Ablenkung, alles für eine Maske.

Warum musste immer alles so schwierig sein?

»Erzählen Sie mir von ihm, von Ihrem Bruder? Oder erzählen Sie mir wenigstens von Ihrer Familie – haben Sie noch mehr Geschwister?«

Sie schüttelte den Kopf. »Es gab nur uns beide. Thomas war der Ältere.«

»Haben Sie ihm schon immer den Haushalt geführt? Nachdem er Priester geworden ist, meine ich?«

»Ja. Außer zu der Zeit, als er ein paar Jahre drüben im Westen war, als Geistlicher in einer Schule dort, einer Besserungsanstalt in Letterferry.«

Letterferry. Er hatte von Letterferry gehört; die Leute

sprachen davon nur mit gesenkter Stimme. Jemand hatte es doch erst vor Kurzem erwähnt – aber wer?

»Was haben Sie damals gemacht, als er im Westen war?«

Sie sah ihn verblüfft an. »Was ich gemacht habe? Nichts. Ich habe meinen Vater versorgt. Er lag im Sterben.«

»Ihr Vater muss aber jung gewesen sein, als er starb?«

»Ja, er war in den Fünfzigern.«

Strafford nickte. Es war die alte Geschichte. In Irland wurde der Sohn in Ehren ins Priesteramt geschickt, während die Tochter zu Hause blieb, um sich um die Eltern zu kümmern, bis sie starben. Dann wurde sie allein zurückgelassen, noch jung, aber bereits alt, ohne irgendeine Ausbildung außer für die Ehelosigkeit.

Er dachte an seinen eigenen Vater. Was würde passieren, wenn er zu alt wurde, um sich selbst zu versorgen – wer würde sich dann um ihn kümmern?

»Ich wollte Lehrerin werden.« Rosemary Harkins schien seine Gedanken gelesen zu haben. »Aber in der Familie war so etwas noch nie da gewesen, eine Tochter, die an die Universität geht. Tom, unser Tommy, hat alles bekommen.« Es lag kein Groll in ihrer Stimme. Schließlich war das die natürliche Ordnung der Dinge: Der Sohn sollte bevorzugt werden. So war es nun einmal.

»Kennen Sie denn die Familie Osborne?«, fragte er.

Sie starrte ihn an. »Glauben Sie, die würden etwas mit *mir* zu tun haben wollen? Ich kann ja noch nicht einmal reiten.« Jetzt zog sie die Schultern zurück und sah sich beinahe verzweifelt im Raum um. »Ist das stickig hier drinnen. Wollen wir rausgehen? Normalerweise gehe ich um die Zeit spazieren. Ich weiß, das Wetter ist furchtbar.«

»Gern«, sagt er. »Es schneit ja jetzt nicht.«

Sie blickte auf seine Schuhe unter dem Tisch. »Möchten Sie Stiefel von ihm anziehen? Sie würden Ihnen wahrscheinlich passen.«

»Gern«, wiederholte er, zu hastig, zu sehr darauf bedacht, liebenswürdig zu sein. Er wollte sein Gewissen beruhigen, weil ihm ihre Pein nicht nahe genug ging. Aber warum sollte es ihm nahegehen, dass es ihm nicht nahe genug ging? Das war doch bei niemandem so, sobald man die tröstenden Worte und das freundliche Lächeln hinter sich gelassen hatte.

Er betrachtete die Frau, die mit gesenktem Blick vor ihm saß, die Hände auf dem Tisch gefaltet. Sie schien innerlich zu kochen. Was, wenn sie an einen Schlüssel zu Ballyglass House gelangt und gestern Nacht irgendwie dort aufgetaucht war – er hatte kein Anzeichen von einem Auto hier gesehen –, um dort die Haustür aufzusperren, nach oben zu gehen, die Glühbirne im Durchgang herauszudrehen und sich in der Dunkelheit zu verstecken, um dann die Gunst der Stunde zu nutzen?

Unser Tom hat alles bekommen.

Aber nein, sagte er sich, nein: Sie hatte ihren Bruder nicht getötet, das war unmöglich. Sicherlich, es gab keinen Menschen, der nicht fähig war, zu töten, unter den richtigen – den falschen – Umständen; aber was hätte Rosemary Harkins veranlassen sollen, ihrem Bruder ein Messer in den Hals zu rammen und ihn auf diese furchtbare Art und Weise zu verstümmeln? Selbst wenn sie auf ihn, den Privilegierten, eifersüchtig war, selbst wenn sie die tiefste Verbitterung gegen ihn hegte, dann war sie immer noch keine Mörderin, dessen war er sich sicher; zumindest soweit man sich etwas sicher sein konnte. Die Welt war voller Wunder und auch voller Schrecken.

Die Frau erhob sich vom Tisch.

»Und«, sagte sie, »sollen wir los?«

In der Diele präsentierte sie ihm Wanderstiefel mit hohem Schaft – »Tom hat sie von einem Urlaub in Italien mitgebracht« –, und er probierte sie an.

»Sind sie zu groß?«

»Da ist noch gut Platz, ja.«

Sie ging nach oben und suchte dort. Gleich darauf kam sie wieder zurück, mit zwei Paar Männersocken. Er zog beide an, und dabei kam ihm das Bild des Priesters in den Sinn, wie er in Ballyglass House auf dem Boden lag, die Hände auf der Brust verschränkt, die Augen offen – warum hatte Osborne sie eigentlich nicht geschlossen, wie er es in seiner Zeit als Offizier sicherlich bei vielen Toten gemacht hatte? Er verspürte einen leichten Abscheu in der Magengegend. Er würde nicht nur die Stiefel eines Toten tragen, sondern auch seine Socken.

Draußen vor der Tür wandten sie sich nach rechts und gingen gemeinsam einen langen Pfad entlang, der quer über den Hang führte. Sie bedauerte, dass es so neblig war – die Landschaft um sie herum sah aus wie eine verschmierte Bleistiftzeichnung: »Wenn es klar ist, kann man durch das Slaney Valley bis Enniscorthy sehen, das ist ein schöner Blick.«

Hier auf der windabgewandten Seite des Hügels lag nur stellenweise Schnee, und in dem kahlen Heidekraut hatten sich Büschel von Schafwolle verfangen.

Rosemary Harkins trug einen schweren schwarzen Mantel und eine Wollmütze mit Bommel. Strafford zog seinen dünnen Mantel fester um sich und knotete den Schal enger um den Hals. Sehnsüchtig dachte er an die Wärmflasche von gestern Nacht; er dachte auch an Peggy, die Kellnerin, an ihre roten Haare und ihre Sommersprossen und an ihre Augen, die grün waren wie die See, Augen, die einen Moment lang die Erinnerung an Sylvia Osbornes grauen, melancholischen Blick verdrängt hatten.

So was, sagte er sich, da träumst du von einer Kellnerin! Kam er nicht aus einer gestrengen und pflichtbewussten Familie? Was würden Straffords Vorfahren, die in Drogheda und Wexford für Cromwell gekämpft und gemetzelt hatten, von ihm denken, wenn er sich so nach Frauen verzehrte?

»Würden Sie mir von Ihrem Bruder erzählen?«, bat er noch einmal.

»Was denn?« Sie klang gereizt.

»Anscheinend war er sehr beliebt, nicht nur in der Pfarrgemeinde, sondern im ganzen County und darüber hinaus.«

Sie blickte in den Nebel.

»Er hätte nie Priester werden sollen.« Sie klang plötzlich hart und verbittert. »Das war reine Vergeudung. Er hätte alles werden, alles machen können.« Sie lachte säuerlich. »›Er ist dem Ruf Gottes gefolgt‹, sagen sie einem. Wenn das so ist, warum hat Gott dann nicht *mich* gerufen? Ich hätte Nonne werden können, das hätte gut zu mir gepasst, vielleicht besser als das Priesteramt zu Tom.« Sie waren zu einer mit Heidekraut bewachsenen Felskante gekommen und blieben dort stehen. »Sie wissen, wer wir sind?« Die Frau wandte sich zu ihm. »Die Familie Harkins? Mein Vater war John Joe Harkins – oder JJ, wie er von allen genannt wurde.«

»Ah. Nein, das wusste ich nicht.«

JJ Harkins war im Bürgerkrieg eine berühmte Figur gewesen, einer der standhaftesten Unterstützer des IRA-Führers Michael Collins und schonungsloser Befehlshaber seiner eigenen Todeskommandos. Er hatte eine maßgebliche Rolle im Unabhängigkeitskrieg gespielt und war von einem Militärgericht zum Tod durch den Strang verurteilt worden, wurde jedoch durch die direkte Intervention des britischen Premierministers Lloyd George begnadigt. Dieser hatte sein Potenzial als Collins-Loyalist und als Pragmatiker für die Vertragsverhandlungen, die bald stattfinden sollten, erkannt. Später, nach dem Ende des Bürgerkriegs, widmete sich JJ Harkins wieder seinem Jurastudium, wurde Anwalt und gründete seine eigene Kanzlei, die sich darauf spezialisierte, die nicht ausgesöhnten IRA-Männer zu verteidigen, die auf Anweisung der Regierung des Freistaats hingerichtet werden sollten. Als der Frieden kam beziehungsweise das, was als solcher bezeichnet wurde, war JJ Harkins & Son die führende Anwaltskanzlei in der Provinz Leinster, bis zu JJs vorzeitigem Tod vor zehn Jahren. *Diese* Familie Harkins also, dachte Strafford.

»Das muss ein gewichtiges Erbe gewesen sein, für einen Sohn«, sagte er.

»Deshalb hat sich Tom dafür entschieden, Priester zu werden, da bin ich mir ganz sicher. Es war sein einziger Ausweg. Mit Daddy konnte man nicht konkurrieren. Tom musste seinen eigenen Weg gehen und sich einen eigenen Namen machen. Daddy hat ihm nie verziehen, als er verkündet hat, dass er eine Berufung hat – und wie sie sich gestritten haben! –, aber Tom hat durchgehalten, und die Flucht ist ihm gelungen.«

»Und Sie sind mit ihm gegangen?«

»Das könnte man so sagen.«

»Ihr Vater hat nicht nachgegeben, was Ihren Bruder betraf?«

»Die beiden haben jahrelang nicht miteinander gesprochen. Jeder andere wäre stolz gewesen, einen Sohn zu haben, der sich für das Priesteramt entscheidet. Nicht Daddy. Ich glaube, nach den grausamen Kämpfen in den Kriegen ist ihm seine Religion abhandengekommen – er war beim Aufstand von 1916, im Unabhängigkeitskrieg und dann im Bürgerkrieg dabei. Er muss schreckliche Dinge mit angesehen haben. ›Ich bete, dass du Frieden findest‹, das waren Toms letzte Worte an ihn, bevor er ins Priesterseminar gegangen ist.«

Sie trat weg von Strafford, an den Rand der Felskante.

»Daddy hat lange gebraucht, um sich an die Tatsache zu gewöhnen, dass sich ihm jemand widersetzt hat. Nach Toms Weggang weigerte er sich, den Namen der Kanzlei zu ändern, er blieb, wie er war, Harkins & Son.« Sie kam wieder zurück. Ihre Nase war rot von der Kälte, und ihre Augen waren wässrig – vielleicht weinte sie auch, und die feuchten Spuren auf ihren Wangen waren Tränen. »Das ist Ihnen wahrscheinlich alles fremd – der Freiheitskampf und so? Ich nehme an, sie sind kein Katholik?«

Strafford runzelte die Stirn und wandte den Blick ab. »In allen diesen Kriegen haben auch Protestanten gekämpft«, murmelte er, »und nicht wenige von ihnen auf der Seite der Nationalisten.«

»Ja, Ihre Leute haben auch gelitten, und man hat ihnen nicht dafür gedankt. Das ist mir durchaus bewusst. Wir alle haben gelitten. Manchmal frage ich mich, ob es das wert war – ob die Unabhängigkeit, die sogenannte, überhaupt nur ein einziges Leben wert war.« Zu seiner Überraschung lächelte sie, zum ersten Mal seit seiner Ankunft. »Ich muss schon sagen, das war wirklich eine Überraschung, als Sie aus heiterem Himmel hier aufgetaucht sind. Darf ich Sie fragen, warum Sie Polizist geworden sind? Immerhin waren die meisten Männer, die rekrutiert wurden, als die Force gegründet wurde, ehemalige Schützen – die Menschen, die Ihre Leute getötet haben.«

In der Ferne teilten sich die Wolken für einen kurzen Augenblick, und ein Sonnenstrahl drang wie ein Suchscheinwerfer durch den Nebel, verschwand aber gleich wieder. Es war noch mehr Schnee unterwegs, das spürte er.

»Vielleicht hatte ich genau wie Ihr Bruder das Gefühl, ich müsse Stellung beziehen, mir die Freiheit nehmen.«

Noch während er das sagte, wurde ihm bewusst, dass das nicht stimmte. Aber warum war er »zu den Fahnen geeilt«? Er wusste es nicht; früher musste er es einmal gewusst haben, aber nun nicht mehr. Manchmal spielte er mit dem Gedanken, die Polizeiarbeit aufzugeben und es mit etwas anderem zu versuchen – aber womit? Er hatte nie irgendetwas Bestimmtes sein wollen, soweit er sich erinnerte. Das war der Fluch, der auf seinen Leuten lag, der Hang, sich treiben zu lassen. Man musste nur seinen Vater ansehen.

»Freiheit?«, sagte Rosemary Harkins, die dieses Wort jetzt aufnahm. »Tom war nicht frei. Schon, er hat damit gespielt, die neue Art von Priester zu sein, überall hinzufahren und Leute zu besuchen, bei ihnen zu übernachten – Ballyglass war ihm natürlich das Liebste –, bei Jagden mitzureiten, das alles. Aber das war er nicht. So wollte er nur von den Leuten wahrgenommen werden, während er die ganze Zeit über jemand anders war.«

»Ich verstehe.«

Wieder wurde sie aggressiv. »Ach ja?«, sagte sie ungewöhnlich heftig. »Tun Sie das?«

»Nein«, gab er ein wenig verlegen zu, »wahrscheinlich nicht. Allerdings verbergen wir doch alle unser wahres Ich, finden Sie nicht? Glauben *Sie* denn, *Sie* kannten den Menschen, der Ihr Bruder wirklich war?«

Sie waren umgekehrt und liefen nun auf dem Weg, den sie gekommen waren, wieder zurück. Der Pfad war stellenweise so schmal, dass sie hintereinander gehen mussten. Ein Viehlaster fuhr auf der Straße unter ihnen vorbei, Strafford glaubte, es war wohl derselbe wie der, der gestern hinter ihm herangefahren und spöttisch gehupt hatte.

»Er hatte Geheimnisse«, sagte Rosemary Harkins. »Das habe ich daran gesehen, wie sich sein Gesichtsausdruck manchmal verändert hat. Ich habe zwei Menschen gesehen, den Priester, den alle kannten, Father Tom, stets im Mittelpunkt, und den anderen, der sich dort drinnen versteckt hat, hinter den Augen.«

»Glauben Sie, er war unglücklich?«

»Ich glaube, er litt Qualen.« Er sah sie von der Seite an, aber sie zeigte sich ungerührt und hatte den matten grauen Blick direkt vor sich gerichtet. »Ich habe es ja schon gesagt«, fuhr sie fort, »er hätte sich nie für das Priesteramt entscheiden sollen. Aber sobald er das getan hatte, war die Sache erledigt. Ich glaube, davor war er sich nicht voll und ganz dessen bewusst, dass das für ihn eine lebenslange Freiheitsstrafe bedeutet. Er wollte einfach nur weg von Daddy.«

Sie stolperte über einen losen Stein, und er legte ihr die Hand unter den Ellbogen, um sie zu stützen. Sie richtete sich auf und zog sich sofort von seiner Berührung zurück.

»Haben Sie versucht, ihn davon zu überzeugen, nicht Priester zu werden?«

»Ich?«, spottete sie. »Wer hört denn auf mich? Ich war jung und hatte im Haus nichts zu sagen. Immer wenn ich mich irgendwie zu Wort gemeldet habe, zeigte sich bei Daddy so ein Lächeln, so ein Zucken am Mundwinkel, das war alles. Aber das hat sehr viel darüber ausgesagt, was er von mir hielt, bei Gott.«

Sie waren jetzt beinahe beim Haus und gingen den letzten Abhang hinunter. Der Boden unter ihren Füßen war eine tückische Mischung aus Schlamm und Eis und rutschigen Kieseln.

Strafford betrachtete die schwarze Gestalt, die vor ihm lief. Glaubte sie, ihr Leben verschwendet zu haben? Sie saß in der Falle, genau wie ihr Bruder, aber er hatte einen geräumigeren Käfig gehabt.

Sie suchte in den Taschen ihres übergroßen Mantels nach dem Schlüssel. »Der Mantel ist von Tom«, sagte sie, »sein Sonntagsstaat, da kann man ihn auch benutzen. Er riecht immer noch nach den Zigaretten, die er immer geraucht hat, Churchman's. Er hat immer gewitzelt, dass er sie vielleicht dazu bringen könnte, ihn für eine Werbung zu engagieren: ›Churchman's für den Kirchenmann‹.« Sie waren an der Haustür angelangt. Sie wandte sich zu ihm um, und plötzlich leuchteten ihre Augen. »Sagen Sie mir, was ihm zugestoßen ist? Erweisen Sie mir den Respekt?«

17

Das Schlimmste ersparte er ihr, mehr aus Feigheit denn aus Rücksichtnahme, zumindest vermutete er das. Er konnte sich einfach nicht überwinden, ihr zu erzählen, was man ihrem Bruder angetan hatte, nachdem man ihn erstochen hatte. Was hatte es für einen Sinn, wenn sie das im Detail wusste? Mit Glück würde sie das nie erfahren – keine Zeitung im Land würde es wagen, so schockierende Fakten abzudrucken.

Was er ihr erzählte, war schon schlimm genug. Während er sprach, stand er neben dem Koksofen in der Küche und klopfte den Hut gegen den Oberschenkel. Sie saß auf dem Stuhl, die Knöchel übereinandergeschlagen, die Hände verspannt auf den Knien. Sie weinte ohne Tränen, ab und an hoben sich die Schultern, und sie stieß ein hartes, trockenes Schluchzen aus.

»Aber wer sollte ihn so umbringen, ein Messer in ihn stoßen?«, klagte sie leise und blickte fragend und verzweifelt zu ihm auf. »Er hat doch nie jemandem etwas getan.« Sie schloss einen Moment lang die Augen. Er sah das filigrane Muster winziger blauer Adern in den gespannten, papierdünnen Lidern.

»Ich habe es ihm gesagt«, meinte sie bitter, »ich habe ihn davor gewarnt, in dieses Haus zu gehen, sich mit diesen Leuten einzulassen und so zu tun, als wäre er einer von ihnen. Sie haben ihn hinter seinem Rücken ausgelacht. Osborne hat immer allen erzählt, dass Tom sein Pferd in den Ställen dort unterbringen darf, was er aber verschwiegen hat, war, dass Tom ihm für dieses Privileg einen Wucherpreis bezahlt hat. Das können sie ganz wunderbar, die Protestanten, spielen die großen Herren über uns und tun so, als wäre alles, was sie für uns tun, ein Gefallen, und dann stecken sie unser Geld ein, ohne ein Wort der Anerkennung.« Sie hielt inne, und ihre Stirn nahm etwas Farbe an. »Es tut mir leid, aber so ist es.«

Er sagte nichts. Der uralte Groll gegen seinesgleichen und seine Schicht war immer noch da und würde es wahrscheinlich immer sein; er empfand im Gegenzug keinen Unmut. Beide Seiten hatten ihren Grund, verbittert zu sein.

Ein Rotkehlchen flog draußen auf das Fensterbrett und stand mit geneigtem Kopf da, als wolle es lauschen. Auch gestern hatte er irgendwo ein Rotkehlchen gesehen. Das war ihre Jahreszeit: Weihnachten, Weihnachtsscheite, Stechpalmenkränze, Einsamkeit.

Der Hahn ist tot, der Hahn ist tot.

»Sie hatten das Gefühl, Ihr Bruder hätte Geheimnisse gehabt«, sagte Strafford sanft und absichtlich beiläufig, denn Rosemary Harkins war genauso schreckhaft wie der Vogel draußen auf dem Fensterbrett. »Wissen Sie, was das gewesen sein könnte?«

Mit zusammengekniffenen Lippen schüttelte sie den Kopf und starrte vor sich hin.

»Er hat nicht mit mir geredet«, sagte sie. »früher schon,

als er jung war. Er hatte Angst vor Daddy – das hatten wir beide – und manchmal hat er darüber etwas gesagt.«

»Was denn? Worum ging es da?«

»Nur – na ja, dass er nicht schlafen konnte, weil er an ihn dachte.«

»Hat Ihr Vater ihn geschlagen?«

»Nein!«, rief sie und blickte rasch zu ihm hoch, mit einem erregten Strahlen in den Augen. »Er hat ihn nie angerührt. Mich auch nicht. Er war nie gewalttätig. Nur …«

Sie wandte den Blick ab und starrte wieder in die Finsternis der Vergangenheit.

»Nur?«, fragte er nach.

»Er musste uns nicht schlagen. Er musste uns nur ansehen, das hat ausgereicht.« Sie verlagerte das Gewicht, und als sie weitersprach, redete sie genauso zu sich selbst wie mit ihm. »Die beiden hatten ein sehr enges Verhältnis. Es war seltsam. Tommy hatte Angst vor Daddy, aber trotzdem – trotzdem hing er an ihm. Es existierte eine Bindung zwischen ihnen, die andere Menschen, insbesondere mich, ausschloss. Sie waren wie … ich weiß nicht, wie ein Zauberer und sein Lehrling.«

Wieder schwiegen sie beide. Das einzige Geräusch war das leise Klopfen von Straffords Hut gegen sein Bein.

Das Rotkehlchen flog davon. Einzelne Schneeflocken schaukelten am Fenster vorbei.

Schnee fällt einfach so, sinnierte Strafford einfach so.

»Meinten Sie das damit, als Sie sagten, er litte Qualen?«, fragte er.

Stirnrunzelnd blickte sie auf. »Wie? Was meinen Sie mit Qualen?«

»Sie sagten vorher, Ihr Bruder litt Qualen. Das Wort haben Sie benutzt.«

»Ja?« Sie sah auf ihre Hände, die sie auf die Knie gepresst hatte; die Knöchel waren weiß. »Leidet auf dieser Welt nicht so gut wie jeder Qualen? Auch mein Vater muss gelitten haben, sonst hätte er nicht …« Sie unterbrach sich und starrte immer noch auf ihre Hände.

Strafford wartete. Dann sagte er: »Sonst hätte er was nicht, Miss Harkins? Was hätte er sonst nicht getan?«

»Er hätte den armen Tom nachts schlafen lassen, statt ihm Angst zu machen.« Ihre Stimme klang weit weg und verträumt.

»Sie haben Ihre Mutter gar nicht erwähnt.«

»Nicht?« Nun wiegte sie sich auf dem Stuhl vor und zurück, eine ganz kleine, kaum wahrnehmbare Bewegung, vielleicht zum Takt ihres Herzens. »Mammy wusste von nichts, nicht, wenn es um Tom und meinen Vater ging. *Ich bin bloß ein Möbelstück*, hat sie einmal zu mir gesagt, das weiß ich noch. Sie stand da, genau so, wie Sie jetzt stehen, und hat aus dem Fenster gesehen. Es war anders als heute; es war Sommer, die Sonne schien. Ich saß am Tisch und machte Hausaufgaben. Geschichte: Ich war immer gut in Geschichte. Sie war so still, dass ich vergessen hatte, dass sie hinter mir stand. Und plötzlich sagte sie, so leidenschaftslos, als würde sie eine Bemerkung über das Wetter machen: *Ich bin bloß ein Möbelstück*.«

Strafford blickte zu ihr hinunter und hielt den Atem an. Er hatte das Gefühl, es hätte sich etwas ergeben, was ihm entgangen war. Es hatte mit Harkins und seinem Vater zu tun, etwas, das sie wusste, ohne zu wissen, dass sie es wusste, etwas, das sie unterdrückt hatte.

»Und sie lebt noch?«, fragte er. »Lebt Ihre Mutter noch?«

»Ja«, antwortete Rosemary Harkins matt.

Lange sagte sie nichts mehr, dann durchlief sie auf einmal ein Schauder, von den Schultern bis hinunter zu den übereinandergeschlagenen Knöcheln, und sie sah zu ihm auf. Ihre bereits hervorstehenden Augen schienen ihr fast aus dem Gesicht zu springen.

»Was soll ich denn jetzt machen?«, sagte sie mit plötzlicher Ungeduld, auch wenn ihre Stimme immer noch so leise und gespenstisch klang wie zuvor. »Was soll ich denn jetzt nur machen? Sie werden mich hier rausschmeißen – die Pfarrei wird einen neuen Priester bekommen, und ich muss das Haus räumen. Wir sind erst seit einem Jahr hier, noch nicht einmal sogar. Wo soll ich hin?«

»Vielleicht können Sie bei Ihrer Mutter einziehen?«, murmelte er.

Er spürte die ganze Wucht ihrer Hilflosigkeit. Er wollte nichts als weg von ihr, weg von diesem traurigen, geplagten, untröstlichen Geschöpf. *Ich kann dir nicht helfen!*, wollte er am liebsten schreien. *Ich kann niemandem helfen!*

»Sie wissen doch, was man über das Zuhause sagt«, meinte er. »Ganz egal, was passiert ist oder was man gemacht hat, man ist dort immer willkommen.«

Urplötzlich lachte die Frau schrill, blähte die Nasenflügel und zeigte die Zähne.

»O ja«, rief sie, »o ja, da wo Mammy ist, bin ich auf jeden Fall willkommen. Sie ist in der Irrenanstalt, droben in Enniscorthy. Dort sind alle willkommen.«

18

So schnell er es wagte, fuhr er durch den Ort und weiter auf die Straße nach Ballyglass. Sein Puls raste, und seine Hände auf dem Lenkrad waren feucht; er wusste, dass er davonlief. Er hatte einen scheußlich oft wiederkehrenden Albtraum: Er war im Dunkeln gefangen, in einer Art Aquarium, das nicht mit Wasser gefüllt war, sondern mit einer schweren, zähflüssigen Masse. Um daraus zu entkommen, musste er an der Seite hochklettern. Die Finger und Zehen quietschten auf dem Glas, und er musste sich über den Rand ziehen und sich über einen glatten, schleimigen Boden in der Dunkelheit herauswinden. In den letzten vierundzwanzig Stunden hatte er manchmal geglaubt, dieser Traum sei nun Wirklichkeit geworden und er würde nie mehr daraus erwachen.

Es schneite jetzt heftig, die schlaffen Schneeflocken waren so groß wie Hostien und setzten sich in gefrorenen Klumpen an den Rändern der Windschutzscheibe fest; die Scheibenwischer fuhren ächzend über das Glas. Der eisige Nebel war jetzt dichter, sodass Strafford das Gesicht ganz nah vor die Windschutzscheibe halten, die Augen zusammenkneifen und blinzeln musste, bis sein Kinn beinahe auf dem Lenkrad lag.

Er warf einen Blick auf die Uhr und stellte überrascht fest, dass es erst kurz nach elf war. Seit seiner Ankunft in Ballyglass am Tag zuvor war die Zeit ein anderes Medium geworden, sie floss nicht mehr nahtlos dahin, sondern verging ruckartig, mal schneller, mal verlangsamte sie sich, als wäre man unter Wasser. Er schien sich auf eine andere Ebene verirrt zu haben, auf einen anderen Planeten, wo die vertrauten erdgebundenen Regeln aufhoben worden waren.

Er spielte mit dem Gedanken, Hackett anzurufen und ihn zu bitten, ihn von dem Fall abzuziehen, diesem Fall, in dem er ins Trudeln geriet und in dessen Gallerte er fürchtete unterzugehen.

Der Tod des Priesters war ihm zunächst lediglich wie ein Verbrechen von vielen vorgekommen, nur brutaler als die meisten. Doch bald hatte er feststellen müssen, wie falsch dieser erste Eindruck gewesen war. Alles stand auf dem Kopf, alles schwankte und wankte. Er befand sich wieder in dem Aquarium, die Flüssigkeit stand ihm bis zum Hals, und jedes Mal, wenn es ihm gelang, herauszukommen und sich auf den Boden fallen zu lassen, wurde er von unsichtbaren Händen aufgenommen und wieder hineingeworfen.

Schließlich kam er beim Sheaf of Barley an, stellte den Morris ab und ging in die Bar. Der Raum war leer und machte den rätselhaft derangierten Eindruck, den Bars immer um diese Tageszeit machen, am Morgen nach der Nacht zuvor. Er sollte Hackett anrufen; Hackett würde ihn beraten, ihn zur Besinnung bringen, zu der Besinnung, die er fürchtete zu verlieren.

Die Begegnung mit Rosemary Harkins hatte ihn schwer mitgenommen und ihn auf eine Weise erschüttert, die er nicht verstand. In diesem kalten Steinhaus und draußen auf dem kalten Hügel war etwas für ihn Neues, etwas Ungreifbares deutlich spürbar gewesen, wie ein gefrierender Nebel. War es nun doch das Böse, dem er begegnet war? Er hatte nie an das Böse als eigene Macht geglaubt – er beharrte immer darauf, dass es das Böse nicht gab, es gab nur böse Taten. Irrte er sich?

Er ging hinauf in sein Zimmer, warf den Hut auf den Stuhl neben dem Fenster und streckte sich, noch im Mantel, auf dem ungemachten Bett aus. Als er an diesem Morgen zum Frühstück nach unten gegangen war, hatte er das Fenster einen Spalt offen gelassen, um zu lüften, und jetzt war es so kalt, dass er seinen Atem sehen konnte, der zügig nach oben stieg wie dünne Rauchschwaden.

Er war gerade in einen unruhigen Dämmerschlaf gefallen, als die Tür aufging. Er schoss hoch, als hätte man ihn an einer Schnur gezogen. Einen kurzen Moment lang wusste er nicht, wo er war – wo kam das ganze weiße Licht um ihn herum her? –, doch dann drehte er sich um und sah Peggy in der Tür stehen, die ihn überrascht und sichtlich amüsiert anblickte. Sie hatte einen Stapel zusammengelegte Bettwäsche über dem Arm und trug Eimer und Wischmopp mit sich.

»Ich bitte um Verzeihung«, sagte sie gespielt vorwurfsvoll, »ich dachte, Sie wären ausgegangen.«

Er fuhr sich grob mit der Hand über das Gesicht und zog eine Grimasse. Dann rollte er von der Matratze herunter – das Bett war ungewöhnlich hoch – und setzte die Füße unsicher auf den Boden. Er war sich selbst fremd; so stellte er es sich vor, betrunken zu sein.

»Tut mir leid«, sagte er undeutlich. »Ich war weg, aber jetzt bin ich wieder da.«

Peggy schnaubte. »Na, das sehe ich selbst.«

Sie ließ die Wäsche auf das Bett fallen und stellte Eimer und Mopp ab. In ihrer Anwesenheit kam er sich schüchtern und ein wenig lächerlich vor. Sie hatte so eine Art, das Kinn zurückzuziehen und ihn neckisch belustigt unter den Wimpern hervor anzusehen; er fragte sich, was an ihm sie wohl so amüsierte. Sie fand wahrscheinlich alle Männer mehr oder weniger lächerlich.

»Schlafen Sie hier?«, fragte er und fügte hastig hinzu: »Ich meine, haben Sie hier ein Zimmer?«

Sie zeigte zur Decke. »Da oben. Aber ich würde es kaum als Zimmer bezeichnen – mehr als Schrank mit einer Pritsche darin.« Sie kicherte kehlig. »Sie sollten mal hochkommen und es sich ansehen. Ich schlafe nur dort, wenn ich lange arbeiten muss. Sonst wohne ich drüben in Otterbridge, bei meinen Eltern.«

»Sie haben gestern Abend also hier geschlafen?«

»Ja.«

»Haben Sie zufällig gehört, wie jemand hinausgegangen ist, spät, also lange nach Mitternacht?«

Sie zuckte mit den Achseln. »Ich höre nie irgendwen oder irgendwas – ich schlafe wie ein Stein. Aber wer hätte überhaupt bei dem Wetter mitten in der Nacht aus dem Haus gehen sollen?«

»Vielleicht musste ja Mr Harbison irgendwohin.«

Peggy schnaubte wieder. »Der? Der hatte so viel intus, dass er kaum die Treppe hochgekommen ist. Von dem sehen wir heute wahrscheinlich nicht viel. Er ist ein ganz schöner Schluckspecht.« Sie setzte sich aufs Bett, die Hände auf den Knien. »Hatten Sie es letzte Nacht bequem?«

»Was?«

»Na, ist es hier in Ordnung für Sie? Ist das Bett gut? Es gibt noch zwei Zimmer, die leer stehen, wenn Sie sich die ansehen wollen.«

»Nein, nein, danke.« Er hatte sich zum Fenster zurückgezogen und betrachtete sie von dort aus dem Augenwinkel heraus. »Mrs Reck hat mir eine Wärmflasche ins Bett gelegt.«

»Nein – das war ich.«

»Ach, Sie waren das? Vielen Dank.«

»Keine Ursache.«

Strafford blickte aus dem Fenster. Es hatte wieder aufgehört zu schneien, und ein eisiger Dunst hing über den Feldern. Wind wehte nicht; es hatte schon seit Tagen keinen Wind mehr gegeben. Fast schien es, als wäre die Welt zum Stillstand gekommen.

»Ich würde gerne so reden können wie Sie«, sagte Peggy.

Er warf ihr einen Blick über die Schulter zu. »Wie meinen Sie das?«

»Ich wollte immer einen schönen Akzent haben, so wie Sie. Ich höre mich meistens an wie eine dumme Göre.«

»Nein, gar nicht«, protestierte er. »Überhaupt nicht.«

»Doch. Sie sind nur nett zu mir.«

»Nein, ich meine das ernst.«

»Unsinn! Sie sind ein Schwindler.«

Sie lächelte ihn an. Sie lehnte sich ein wenig zurück, auf die Handflächen gestützt und die Schultern gehoben. Dabei ließ sie einen Fuß baumeln. Er verschränkte die Arme und lehnte sich mit der Schulter an den Fensterrahmen.

»Was ist mit Mr Harbison?«, fragte er. »Gefällt Ihnen sein Akzent? Er spricht doch sicher ganz ähnlich wie ich?«

»Das weiß ich nicht«, sagte sie abschätzig. »Dem höre ich nie zu. Ich halt mich fern von dem. Der ist immer hinter mir her – hinter allem, was einen Rock trägt.« Sie hielt inne. »Was ist denn mit dem Priester passiert – ich meine, was ist *wirklich* mit ihm passiert?«

Er zog den Kopf zurück, verblüfft über ihre plötzliche, unaufgeregte Direktheit. »Wissen Sie das denn nicht?«, fragte er.

»In der Zeitung stand, er ist die Treppe runtergefallen. Stimmt das?«

»Ich bin mir nicht sicher, ob er gefallen ist.«

Sie bekam große Augen. »Hat ihn jemand gestoßen?«

»Wir versuchen herauszufinden, was genau passiert ist.«

Sie nickte und ließ den Fuß immer noch baumeln. »Sie verraten ja nicht gerade viel.«

Dazu lächelte er nur.

»Wie alt sind Sie, Peggy?«

»Einundzwanzig.«

»Sie haben sicher viele Freunde.«

Sie verzog das Gesicht. »Ja, klar! Sie stehen Schlange. In diesem hoffnungslosen Ort gibt es jedenfalls keine Jungs, die auch nur einen zweiten Blick wert sind. Wo wohnen Sie denn in Dublin?«

»Ich habe eine Wohnung.«

»Ja, aber wo?«

»In der Baggot Street. Sie liegt über einem Laden und ist sehr klein, nur Wohnzimmer, Schlafzimmer, Bad. Ich finde immer, sie ist ein bisschen wie eine Gefängniszelle.« Oder eher wie eine Mönchszelle, dachte er.

Sie warf den Kopf zurück und lachte. »Ha, das ist gut! Der Detective, der in einer Zelle wohnt!« Sie wurde wehmütig.

»Ach, ich hätte so gerne eine Wohnung in Dublin! Wahrscheinlich sind Sie ständig in Restaurants und Pubs und gehen zum Tanzen und in Konzerte und – ach, ich weiß nicht – zu allen möglichen Sachen!«

»Ich bin leider kein großer Tänzer, und was Musik anbelangt, dafür habe ich kein Ohr.«

»Aber Sie haben doch bestimmt eine Freundin.«

»Nein. Ich hatte eine, aber sie hat mit mir Schluss gemacht. Wir sehen uns noch.« Sie hieß Marguerite. Der Name hatte ihm nie gefallen, aber das hatte er Marguerite natürlich nie gesagt. Sie waren drei Jahre lang zusammen gewesen, hatten zwei Mal miteinander geschlafen, und dann war sie eines Abends unangekündigt zitternd und bleich in der Wohnung erschienen, um ihn vor ein Ultimatum zu stellen: Entweder heiratete er sie, oder es war aus. Später hatte sie ein Weinglas nach ihm geworfen und war hinausgestürmt. Es stimmte gar nicht, dass sie einander noch sahen, er hatte keine Ahnung, warum er das gesagt hatte. »Sie heißt Sylvia«, log er.

»Ach! Genauso wie Mrs Osborne.«

»Ja, ein Zufall. Das war mir gar nicht aufgefallen.«

Sie schwiegen, dann rief sie: »Also so was, da sitze ich hier auf einem Gästebett! Wenigstens ist es mitten am Tag. Wenn Mrs Reck mich sehen würde, müsste ich auf der Stelle meine Sachen packen und gehen.«

Dennoch machte sie keine Anstalten aufzustehen, sondern blieb sitzen und sah ihn an. Ihre Unterlippe glänzte.

»Sie haben noch eine andere Stelle hier im Ort, hat Mr Reck erzählt?«, fragte Strafford, nur um etwas zu sagen; Spannung lag in der Luft.

»Im Boolavogue Arms. Aber die gebe ich auf. Die Männer, die dort übernachten, hauptsächlich Handlungsreisende, sind schlimmer als die hier, ständig befummeln sie mich und machen schmutzige Bemerkungen.«

Sie war hübsch, dachte er, mit den rotgoldenen Locken und den Sommersprossen und dem großzügigen, vollen Mund. Wenn er jetzt zu ihr hinübergehen, ihr die Hände auf die Schultern legen und sie küssen würde, würde sie keinen Widerstand leisten, das wusste er. Er dachte an den Weinfleck an der Wand in seiner Wohnung, neben dem Kamin. Er hatte versucht, ihn abzuwaschen, aber er war hartnäckig, und eine Spur davon blieb deutlich sichtbar, wie die verblichene Karte eines verlorenen Kontinents.

»Ich lasse Sie mal weiterarbeiten.« Er räusperte sich und löste sich vom Fenster.

»Was haben Sie jetzt vor?«, fragte sie. »Sie sind doch gerade erst zurückgekommen – ich habe Ihre alte Blechkiste gehört.«

»Ich fahre zu Ballyglass House.«

»Verstehe«, sagte sie. »Zu Sylvia.«

Er wich ihrem Blick aus; er errötete, und sein Gesicht schien urplötzlich angeschwollen zu sein. Er hastete an ihr vorbei, murmelte irgendetwas, er wusste nicht was, und eilte aus dem Zimmer. Im Korridor blieb er einen Moment stehen. Durch die offene Tür hörte er das Mädchen seufzen, und kurz darauf ertönte ein übellaunisches Scheppern, als sie Eimer und Wischmopp wieder zur Hand nahm.

Er stürzte die Treppe hinunter, nahm zwei Stufen auf einmal. Genau, dachte er, lauf nur weg, mal wieder.

Draußen knotete er sich den Schal und knöpfte den Mantel zu, als Father Harkins' Auto gerade auf die Ladefläche eines Abschleppwagens gezogen wurde, auf dem vorne über der Windschutzscheibe »Talbot Garage, Wexford« geschrieben stand. Es war ein glänzender neuer Humber Snipe. Während er ihn bewunderte, dachte er nicht zum ersten Mal bei sich, dass der Klerus ganz gewiss nicht knauserte, wenn es um die statthaften Luxusgüter im Leben ging. *Churchman's für den Kirchenmann.*

Er öffnete die Tür seines weitaus bescheideneren Gefährts – seiner Blechkiste! –, als plötzlich Matty Moran neben ihm erschien.

»Fahren Sie rüber zum Haus?«, fragte er. Zumindest glaubte Strafford, dass er das gesagt hatte, denn Matty hatte sein Gebiss nicht eingesetzt, und wenn er sprach, machten seine Lippen ein Geräusch wie eine lose Zeltklappe, die in einem starken Wind schlägt. Jetzt sagte er noch etwas, von dem Strafford nur »mit« verstand.

»Sie wollen mit, oder?« Strafford seufzte. »Na gut, steigen Sie ein.«

Trotz des Wetters trug Matty keinen Mantel, sondern nur seinen fadenscheinigen Nadelstreifenanzug und sein kragenloses Hemd. Die Kälte schien ihm aber nichts auszumachen, obwohl seine Nase rötlich violett war und die Haut an seinem Handrücken blau glänzte.

Im Innenraum des Autos fand Strafford, dass er seltsamerweise wie das Innere eines rußverkrusteten Kamins roch.

Jetzt machte er eine Bemerkung über das Wetter. Diesmal war das einzige Wort, das Strafford erkennen konnte, »Schnee«.

»Matty«, sagte er, »könnten Sie bitte Ihre Zähne einsetzen?«

»Jo, jo«, nuschelte Matty und zog sein Gebiss aus der Tasche seiner Anzugjacke. Er zupfte ein paar Flusen ab, die daran klebten, und steckte es sich würgend und schlürfend in den Mund.

Schweigend fuhren sie ein, zwei Meilen. Matty war es nicht gewöhnt, in einem Auto zu fahren, so viel war klar. Er hielt den Rücken ganz gerade, mit den Händen umfasste er fest seine Knie und reckte den Hals nach vorne, während er ohne zu zwinkern die Straße vor ihnen fixierte. Er hatte die wachsame und skeptische Art eines Menschen, der davon überzeugt ist, dass hinter jede Kurve und jeder Senke eine mögliche Katastrophe lauert.

»Ich hab gesehen, wie Sie gestern Abend mit Harbison geredet haben«, sagte er plötzlich.

»Ja«, antwortete Strafford. »Er hat jemanden gesucht, mit dem er sich betrinken kann, aber da ist er an den Falschen geraten.«

»Wie das?«

»Ich trinke nicht.«

»Hämm.« Matty klackte dumpf mit seinem Gebiss. »Der hatte ja selbst einiges getankt. Der lutscht noch jedes Tischtuch aus, auf dem mal 'ne Whiskyflasche gestanden hat.«

»Haben Sie ihn mal in Ballyglass House gesehen?«

»Hoho, nein.« Die Vorstellung amüsierte Matty sehr. »Der Chef hat ihm schon vor Jahren Hausverbot gegeben.«

Sie legten eine weitere Meile zurück, und Matty hielt den Blick beharrlich auf die Straße gerichtet.

»Der Kerl ist auch ein rechter Hurenbock.«

»Colonel Osborne?«, fragte Strafford verblüfft.

»Nein!«, meinte Matty spöttisch, »Harbison. Gestern

Nacht war er wieder dabei – nein, das war die Nacht davor.«

Strafford hatte einen Moment lang deutlich Peggy vor Augen, die auf seinem Bett saß. Aber sie hatte behauptet, sie halte sich von Harbison möglichst fern. Glaubte er ihr?

»Die Straßen waren sicher in einem schlimmen Zustand, oder?«

»Ja«, sagte Matty, »aber als ich auf dem Heimweg war, hat mich Harbison an der Kreuzung überholt, ein Stück weiter bei Saggart. Er ist gefahren wie der Teufel mit seinem dicken Auto.«

»Verstehe«, sagte Strafford langsam. »Und um welche Zeit war das?«

»Keine Ahnung – ich habe keine Uhr, meine ist letztes Jahr kaputtgegangen. Ich war auf dem Fahrrad, da kommt er hinter mir angebraust, blendet auf und kommt im Schnee ins Schleudern. Geisteskrank, der Kerl, und voll wie eine Haubitze.«

Strafford blickte stirnrunzelnd die Windschutzscheibe an. »Wann war das denn ungefähr? Gegen zwei? Drei?«

»Ich schätze, es war so gegen drei. Es war furchtbar kalt, aber geschneit hat es nicht, und die Sterne waren zu sehen.«

»In welche Richtung ist er gefahren?«

»Richtung Stadt, so wie es aussah. Er hat da eine Damenbekanntschaft, zu der er immer fährt.«

»Ach ja?«

»Ja – Maisie Busher. Sie verkauft Eisenwaren bei Pierce. Den Schlüssel lässt sie immer an der Tür hängen, an einer Schnur im Briefkasten. Harbison ist nicht der Einzige, der Maisie nachts besucht.«

»Und Sie glauben, dahin war er unterwegs, als Sie ihn gesehen haben?«

»Normalerweise fährt er dahin, wenn er in der Nähe ist und schon ein paar intus hat.«

»Sie glauben aber nicht, er könnte zu Ballyglass House unterwegs gewesen sein?«

Matty wandte sich ihm zu; zum ersten Mal löste er den Blick von der Straße.

»Hab ich Ihnen nicht gesagt, dass er dort Hausverbot hat?«, sagte er empört ob dieser Begriffsstutzigkeit. Ganz offensichtlich glaubte er, es mit einem Idioten zu tun zu haben.

»Trotzdem …« Strafford sprach nicht zu Ende.

Sie näherten sich einer Kreuzung. »Hier ist es gut«, sagte Matty, »lassen Sie mich hier raus.«

Strafford brachte den Wagen an dem vereisten Straßenrand vorsichtig zum Stillstand und blickte zu dem verschneiten Straßenschild hoch. »Ist das die Stelle, an der er Sie überholt hat?«

»Genau. Das ist Ballysaggart.«

»Ist er links oder rechts abgebogen oder ist er geradeaus weitergefahren?«

Matty schraubte sich wie ein Faultier aus dem Sitz. »Geradeaus ist er, hat weder nach rechts noch nach links geschaut. Der wickelt sein Auto noch mal um einen Baum, irgendwann in der Nacht.«

Er schlug die Tür zu und war verschwunden. Strafford blieb eine Weile sitzen und dachte nach. Die Straße geradeaus führte nicht nur in die Stadt, sondern auch zu Ballyglass House, das dahinter lag.

Als Strafford dort ankam, öffnete ihm Mrs Duffy die

Haustür. Sie zeigte auf einen Zettel auf dem Tisch in der Eingangshalle, der für ihn bestimmt war. »Da war ein Anruf für Sie«, sagte sie. »Colonel Osborne hat den Namen aufgeschrieben.«

Er nahm den Zettel. *Ein Detective Chief Superintendent Haggard hat angerufen. Er bittet um Ihren Rückruf. Osborne.*

Das Telefon, mit einer Hörmuschel und einem Trichter, in den man hineinsprechen musste, hing in einer Nische, die von der Eingangshalle abging, an der Wand, hinter einem Vorhang aus mottenzerfressenem schwarzem Samt, als wäre das Gerät von fragwürdigem Geschmack und müsse diskret versteckt werden. Strafford nahm den Hut ab und hängte ihn auf den Ständer, dann drückte er sich in die Nische und hockte sich unbequem auf den dort bereitgestellten Barhocker. Er nahm den Hörer und drehte an der Metallkurbel, wodurch die Klingel in dem Gerät schwach zum Läuten gebracht wurde. Die Vermittlung meldete sich. Er zögerte, sagte, er habe sich leider vertan, und legte auf.

Im Moment hatte er noch keine Lust, sich mit Hackett zu befassen.

Stattdessen machte er sich auf die Suche nach Jenkins.

19

Doch Jenkins war nicht aufzufinden. Er hatte mit
Mr Duffy gesprochen, wie sie Strafford berichtete,
und sie darüber begefragt, wie sie das Blut in der Bibliothek und auf der Treppe weggewischt hatte. Dann war er
eine Zeit lang im Haus umhergestreift, hatte noch einmal
das Zimmer in Augenschein genommen, in dem Father Tom
geschlafen hatte, und die Stelle im Korridor, wo man ihn mit
dem Messer attackiert hatte. Die Haushälterin war ihm während seiner Untersuchungen auf den Fersen geblieben, um
ihn im Auge zu behalten. Strafford vermutete, sie hatte den
Verdacht, dass er ganz gerne einmal etwas mitgehen ließ, obwohl er Polizist war, vielleicht auch gerade deswegen. Danach hatte er Mantel und Hut angezogen und das Haus verlassen. Zu diesem Zeitpunkt hatte Mrs Duffy ihre Pflicht als
erfüllt betrachtet und war hinunter in ihr Zimmer im Keller gegangen, um ihr Nähkästchen zu holen und bei einem
Hemd von Colonel Osborne den Kragen umzudrehen.

Sie gestattete sich die Vermutung, dass Sergeant Jenkins
womöglich Sam ausführte. Sam war der schwarze Labrador,
er hatte den Sergeant angeblich ins Herz geschlossen. Straf-

ford versuchte sich vorzustellen, wie Jenkins und der Hund durch den Schnee stapften, der Hund auf der Fährte von Kaninchen, Jenkins, der den bisher ungekannten Naturfreund in sich entdeckte.

Strafford ging davon und lachte dabei in sich hinein.

Das Haus war verlassen. Dominic war auf eine nachmittägliche Weihnachtsfeier bei Freunden in New Ross gefahren, Mrs Osborne ruhte sich aus – Doctor Hafner hatte ihr einen Besuch abgestattet, während Strafford in Scallanstown war –, und Lettie war zu Sherwoods Apotheke in Enniscorthy geschickt worden, um für ihre Mutter ein neues Rezept einzulösen. Colonel Osborne war mit dem örtlichen Tierarzt im Stallgebäude. Strafford hatte zwar wegen der vagen Andeutungen des Colonels den Eindruck bekommen, dass es sich bei »den Pferden« um mindestens ein paar dutzend Vollblüter handeln müsse, aber es waren tatsächlich nur vier: zwei Stuten und ein schon etwas älterer Zuchthengst sowie der Wallach von Father Harkins.

Der kastrierte Hengst von Father Harkins, dachte Strafford und verzog schmerzvoll das Gesicht, als er sich an die blutige Vorderseite der Hose des Priesters erinnerte.

Nun ging auch er durch das Haus, ohne dass ihm jemand begegnete, nur die Geräusche des anbrechenden Tages waren zu hören: An Ofenrosten wurde gerüttelt, die Küchenmagd sang, die uralte Toilettenspülung ging, ein Bad wurde eingelassen. Es war ein ganz normaler Morgen in einem bescheidenen Landhaus im Südosten Irlands; mit diesem Leben und diesen Lebensumständen war Strafford durch und durch vertraut, dennoch fühlte er sich nicht zugehörig, weder hier noch sonst irgendwo.

Rosemary Harkins gegenüber hatte er angedeutet, dass er Polizist geworden war, um sich davon zu befreien, was seine Erziehung aus ihm gemacht hätte; doch er war zu einem Außenseiter geworden, einem Beobachter. War das Freiheit? Im Ballyglass House kam er sich vor wie der Geist dessen, was er hätte werden können. »Entwurzelt«, dieses Wort war ihm neulich untergekommen, und er hatte es sich gemerkt. Er fühlte sich wie das Musterbeispiel eines entwurzelten Menschen.

Seufzend verschwand er in der Nische hinter dem Vorhang, setzte sich auf den Hocker und drehte noch einmal die Kurbel des Telefons. Wieder meldete sich das Amt, eine müde klingende Frau, die stark erkältet war. Er gab ihr die Nummer der Garda-Dienststelle in der Pearse Street, und nach längerem Warten wurde er zu Detective Chief Superintendent Hackett durchgestellt. Der nicht die beste Laune hatte.

»Das wurde aber auch Zeit jetzt«, sagte er gereizt. »Ich habe vor zwei Stunden angerufen – wo waren Sie?«

»Ich habe die Schwester des Priesters besucht.«

»Und? Was hatte sie zu sagen?«

»Sehr wenig. Wussten Sie, dass ihr Vater JJ Harkins war?«

»Wollen Sie mir jetzt etwa sagen, *Sie* wussten das nicht?«

»Woher denn? Aus den Leuten hier Informationen herauszubekommen, das ist wie – ich weiß nicht, wie es ist, aber es ist auf jeden Fall sehr schwierig.«

»Ich dachte, Sie wissen, wie dort unten der Hase läuft«, brummte Hackett. »Deshalb habe ich Ihnen den Fall anvertraut.«

Strafford hielt es für das Beste, nicht darauf zu antworten.

Langsam lernte er, durch die Launen seines Chefs zu steuern wie durch hohe See. Hackett war ein anständiger Mensch, der eine schwierige Arbeit erledigte, und Strafford respektierte ihn, vielleicht mochte er ihn im Grunde sogar. Es war noch nicht lange her, seit Hackett zum Detective Chief Superintendent befördert worden war – der aufgeblasene Titel war ihm peinlich –, und das Letzte, was er zu Beginn seiner neuen Stellung brauchen konnte, war ein Mord, besonders nicht der Mord an einem Priester. Nun schwieg er wieder – Strafford hatte seinen Spaß dabei, sich vorzustellen, das elektronische Knistern in der Leitung sei das Geräusch, das das Gehirn des Chiefs beim angestrengten Arbeiten machte – und sagte dann: »Ist das alles, was die Schwester Ihnen zu sagen hatte? Dass JJ Harkins ihr Vater war?«

»Ja, sie war alles andere als mitteilsam«, meinte Strafford. »Aber aus dem, was sie gesagt hat, geht eindeutig hervor, dass Father Harkins und sein Vater, der IRA-Held, nicht gut miteinander auskamen.«

»Ach ja? Na, das ist keine große Überraschung. Wissen Sie überhaupt etwas über den kühnen JJ Harkins? Der Name passte zu ihm, auch wenn er ein Vermögen mit dem Gesetz verdient hat. Im Bürgerkrieg hat er den Leuten immer ins Gesicht geschossen, das war sein Markenzeichen.«

»Das wusste ich nicht.«

»Seine Frau hat er ins Irrenhaus getrieben.«

Strafford kratzte mit dem Daumennagel an einem Stückchen abgeblätterter Farbe an der Wand vor sich. »Sie hat gesagt, er hätte Qualen gelitten.«

»Wer, JJ oder der Priester?«

»Sie meinte ihren Bruder.«

»Na ja, das wäre ja auch ein komischer Priester, wenn er keine Qualen leiden würde. Die Geistlichen sind doch sowieso halb bekloppt – aber verraten Sie bloß nicht, dass ich das gesagt habe. Apropos, deshalb hatte ich Sie vorhin angerufen: Sie wurden zu einer Audienz bei Seiner Exzellenz, dem Erzbischof, einbestellt.«

»Beim Erzbischof?«

»Bei Doctor McQuaid persönlich – wem sonst? Er hat ein Haus hier unten, außerhalb von Gorey, an der Küste. Es ist sein Sommersitz, sagen sie; sein« – er kicherte – »sein Castel Gandolfo. Gott weiß, warum er jetzt dort ist, mitten im Winter. Vielleicht ist er in Klausur gegangen, um über seinen Seelenzustand nachzudenken. Sie müssen jedenfalls hinfahren.«

»Warum?«

»Woher soll ich das wissen?«

Strafford seufzte. Diese Entwicklung war beunruhigend, es war, als würde er zu einem Gespräch mit Robespierre gerufen werden.

»Ich habe den Artikel in der *Irish Press* gesehen.«

»Ich auch. Was ist damit?«

»Die Pressemitteilung kam wahrscheinlich aus dem Palast?«

»Wir haben auch eine rausgegeben, aber die wurde ignoriert. Kirchenangelegenheiten gehen uns nichts an.«

»Nicht einmal, wenn es um einen Mord geht?«

Hackett schwieg.

»Da stand, er ist die Treppe hinuntergefallen«, sagte Strafford.

»Und?«

»Und er ist überhaupt keine Treppe hinuntergefallen.«

»Das ist doch eine Formalität.«

»Nein, es ist die Wahrheit. Ich würde es als Fehlinformation bezeichnen, was in der Zeitung steht.«

»Reporter verstehen manchmal etwas falsch«, sagte Hackett genervt. »Es ist doch egal, wie er da runtergekommen ist. Sie hätten behaupten können, er wäre geflogen, das würde auch nichts ändern.«

»Auf dem Weg die Treppe hinunter ist Blut aus einer Schlagader gespritzt. Der Mann wurde ermordet.«

»Schreien Sie mich nicht an, Inspector!«

»Ich schreie nicht!«

Sie schwiegen wieder. Beide Männer wichen einen Schritt zurück, es hatte keinen Sinn, wenn sie sich zankten. Strafford trat in der engen Nische unbehaglich auf der Stelle. Der Hörer in seiner Hand war heiß und schien ihm ins Ohr zu atmen wie ein Mund. Telefone verunsicherten ihn, sie vermittelten eine schwüle Vertrautheit. Für ihn klang alles, was über ein Telefon gesagt wurde, wie eine heimliche Andeutung.

»Sind die Autopsieergebnisse schon da?«, fragte er.

»Es hat sich nichts ergeben, was wir nicht schon wussten«, antwortete Hackett. »Der Priester ist durch den Schock und den Blutverlust gestorben – so weit die Wissenschaft. Harry Hall und seine Handlanger haben sich diesmal übertroffen. Es war ›ein blutiger Angriff‹, wie die Schlagzeilenjäger schreiben würden.«

»Ja, wenn sie davon wüssten«, sagte Strafford. Hackett tat lieber so, als hätte er das nicht gehört.

»Ach übrigens«, der Chief räusperte sich, »außer dem Blut gab es noch einen weiteren Fleck auf der Hose des Priesters.«

»Ja? Und was war das?«

»Sperma.«

Strafford tippte sich mit den Fingernägeln an die Zähne.

»Nur Sperma?«, fragte er. »Sonst nichts? Keine Spuren von weiblichen Körperflüssigkeiten?«

»Nein. Ich schätze, sogar Priester legen gelegentlich einmal selbst Hand an.«

»Zweifellos.«

Sie schwiegen mindestens eine halbe Minute, dann ergriff Hackett wieder das Wort.

»Fahren Sie zu McQuaid«, sagte er. »Es wird das Übliche sein: Diskretion ist unbedingt notwendig – auf den guten Ruf der Kirche achten –, die Reputation des Sohnes eines der größte Helden von Mutter Irland bewahren. Erzählen Sie ihm, was er hören will. Aber passen Sie auf. Er ist aalglatt, und er ist nicht dumm – im Gegenteil. Ach ja, und ich würde ihm nichts von dem, Sie wissen schon, vom Handanlegen erzählen.«

Strafford hatte es mittlerweile geschafft, den Farbsplitter ganz von der Wand abzureißen. Es roch ganz leicht nach Schimmel.

»Chief«, sagte er, »ich muss Sie etwas fragen: Soll ich diesen Fall nun lösen oder nicht?«

»Was meinen Sie damit, sollen Sie den Fall lösen oder nicht?«, fragte Hackett. »Was glauben Sie denn, warum ich Sie dort hingeschickt habe?«

»Ich habe so das Gefühl, alle wären ganz zufrieden, wenn er ungelöst bliebe. Wird der Erzbischof mir das sagen, auf seine aalglatte, undumme Art?«

Wieder seufzte Hacket müde. »Fahren Sie einfach hin und

reden Sie mit ihm, ja? Würden Sie das tun? Ich wäre Ihnen wirklich dankbar.«

»Gut, Sir. Ich fahre zu ihm. Morgen sollte ich es schaffen.«

»Heute, Inspector, heute.«

»Heute. Ja. Gut. Ich fahre gleich los.«

Er legte auf. Sein Ohr pochte vom Druck des Hörers, und ihm brummte der Kopf von dem unablässigen Hintergrundlärm in der Leitung. Er schob den Vorhang zur Seite – der staubige Geruch war wieder so ein Echo aus seiner Kindheit – und trat in die Eingangshalle. Das Haus um ihn herum kam ihm plötzlich vor wie ein Labyrinth, aus dem er nicht so leicht herauskam, egal, in welche Richtung er ging. Oft fragte er sich, ob er seinen Lebensunterhalt nicht auch anders hätte verdienen können, aber dafür war es jetzt zu spät.

Die Straße nach Dublin war beinahe schneefrei, als er sie erreichte, und die Fahrt war weit weniger beschwerlich als auf den Nebenstraßen, über die er seit seiner Ankunft in Ballyglass ständig fuhr. Er drehte die Heizung voll auf. Als er versuchte, das Radio anzuschalten, kam nur Rauschen, schlimmer als die Geräusche am Telefon.

Überall war es dasselbe, nichts und niemand wollte so deutlich mit ihm sprechen, dass er verstanden hätte, was gesagt wurde.

Es herrschte wenig Verkehr. Einzelne kohlrabenschwarze Krähen flogen langsam über unberührte Schneefelder. Eine Herde gescheckter Kühe stand in einer matschigen Ecke unter dem dürftigen Schutz kahler Bäume.

In Enniscorthy war ein Auto auf der Brücke ins Schleudern geraten und stand nun quer auf beiden Fahrspuren. Hinter einer Reihe leerer Kohlenlaster, die von Rosslare Harbour zurückfuhren, musste er warten, während die Straße geräumt wurde. Er ließ den Motor laufen. Im Auspuff musste ein Riss sein, denn bald drangen Abgase ins Wageninnere, sodass er gezwungen war, den Motor auszuschalten. In der tickenden Stille betrachtete er den dunkelsilbernen Fluss, der schäumend unter den niedrigen Bogen der Brücke dahinfloss. Er versuchte, sich wiederholende Muster in dem fließenden Wasser zu entdecken, aber vergebens. An beiden Flussufern schien der Schnee am Rand wie eine dicke Wolldecke eingeschlagen.

Er dachte über die Frage nach, die er Hackett gestellt hatte, und je mehr er darüber nachdachte, umso dringender wurde sie. War er nach Ballyglass geschickt worden, um der Form halber den Mord an dem Priester zu untersuchen und dann nach ein paar ergebnislosen Tagen nach Dublin zurückzukehren, seinen Bericht zu schreiben und ihn irgendwo oben auf einem Regal zu verstauen, wo das Papier vergilbte und sich die Mappe an den Rändern aufrollte und er vollends in Vergessenheit geriet? Das Leben war nicht wie im Kino, sagte er sich – als wüsste er das nicht nur zu gut –, und die meisten Morde wurden nie gelöst. Warum sollte sich jener Fall so grundlegend von anderen unterscheiden?

Auf diese Frage konnte er eine einfache Antwort liefern: Der Fall unterschied sich von anderen, weil Strafford damit betraut worden war. Dem gelangweilten Harry Hall war es vielleicht egal, wer den Priester erstochen und seine Leiche verstümmelt hatte, und Hackett war vielleicht zu nervös, wenn er an die Konsequenzen der Ergreifung des Mörders dachte, aber er war nun einmal nicht Hackett, und er war auch ganz sicher nicht Harry Hall. Der Erzbischof würde erst einmal gebieterisch den Finger heben, bevor er ihn an die Lippen legte, um zu Verschwiegenheit zu raten, aber Strafford mochte nicht verschwiegen sein. Ein Mann war auf fürchterliche Weise ums Leben gekommen – nur in den vornehmeren Kriminalromanen landete die Leiche auf dem Boden der Bibliothek, ohne zuvor, und sei es auch nur kurz, unter Schmerzen und Qualen die Hölle auf Erden durchgemacht zu haben –, und sein Tod verdiente mehr als nur ein paar verlogene Absätze in einer Zeitung.

Der liegen gebliebene Wagen war endlich an den Straßenrand gezogen worden, und die Lastwagen vor ihm kamen langsam in Fahrt, trompeteten wie Elefanten und gaben schnaubend graublaue Abgaswolken von sich. Strafford ließ den Motor an und ruckelte mit der Gangschaltung, als würde er einen schlafenden Hund wach stupsen, kuppelte ein und fuhr weiter.

Er machte sich keine Illusionen über die Aufgabe, die vor ihm lag. Der Tod des Priesters bereitete allen Unannehmlichkeiten – den Osbornes, Hackett, zweifellos auch dem Erzbischof –, und jedem wäre es viel lieber, wenn die Sache einfach in Vergessenheit geraten würde. War er denn der Einzige, der das persönlich nahm? Er konnte nicht um den Mann, der zu Tode gekommen war, trauern, so wie Rosemary Harkins trauerte: Trauer war nicht das, was von ihm verlangt wurde. Er hatte schon längst den Glauben an die Möglichkeit von Gerechtigkeit verloren, aber könnte er nicht zumindest eine Art Abrechnung zustande bringen? Das war doch sicherlich nicht zu viel verlangt.

Eine Meile hinter Ballycanew geriet er auf Glatteis und merkte, wie die Reifen den Halt verloren. Für ein, zwei Sekunden schien das Auto vom Untergrund abzuheben und anmutig durch die Luft nach links auf den Grünstreifen abzutreiben, dann stotterte der Motor und starb ab. Strafford ließ die Hände vom Lenkrad fallen, seufzte und fluchte. Er würde aussteigen müssen, einem vorbeifahrenden Auto winken und in den Ort zurückfahren, den er gerade passiert hatte, um dann dort ein Telefon zu suchen und Hilfe zu holen. Er fluchte noch einmal, heftiger diesmal; er fluchte nicht oft, das war eine Frage der Erziehung. Sein Vater hatte niemals geflucht oder ein Schimpfwort gebraucht.

Zum Glück war das Auto ein robustes und listenreiches kleines Biest – sein Spitzname dafür lautete Warzenschwein. Er musste nur einmal auf den Anlasser drücken, und schon sprang der Motor zu seiner Erleichterung rumpelnd an. Er fuhr weiter.

Das Haus des Erzbischofs lag weitab von der Hauptstraße, am Ende eines Zickzacks von immer schmaler werdenden Fahrspuren, die schließlich zu einem matschigen Feldweg mit einem Grasstreifen in der Mitte wurden. Strafford verfuhr sich unterwegs und musste drei Mal anhalten, um nach dem richtigen Weg zu fragen, einmal in einem Pub und zweimal bei einem Bauernhof – es war beide Male derselbe, wie sich zur größten Erheiterung des Bauern und seiner Frau herausstellte. Schließlich fand er das Haus. Es stand auf einer einsamen Landzunge mit Blick auf das Meer und den leeren Horizont. Es war niedrig, mit Kieselrauputz und hatte leere Fenster und eine abweisend schmale Eingangstür. Strafford musste aus dem Auto aussteigen und ein schwarzes Eisentor öffnen, um auf eine kurze Kieszufahrt zu gelangen. Links auf einem verschneiten Hang stand verstreut eine

Schafherde, rechts führten grob behauene Steinstufen zu einem Strand, der bogenförmig nach Norden verlief und sich bald in einem gespenstischen Meeresdunst auflöste.

Neben dem Haus parkte ein mächtiger schwarzer Citroën in einem verzinkten Verschlag. Die Autofenster waren mit gefransten Stoffrollos versehen, die heruntergezogen werden konnten, um die erzbischöfliche Privatsphäre zu schützen. Das Glas der Windschutzscheibe war so dick, dass Strafford mutmaßte, ob es vielleicht sogar Panzerglas war. Der Gedanke war gar nicht so weit hergeholt, in Anbetracht dessen, was Father Tom Harkins seitens einer oder mehrerer Personen widerfahren war, die der Geistlichkeit nur wenig Respekt entgegenbrachten.

Ein kleiner älterer Mann mit wässrigen Augen und geplatzten Äderchen auf beiden Wangenknochen öffnete die Tür. Er hatte etwas Kirchliches an sich. Den Gürtel seiner langen schwarzen röhrenartigen Schürze hatte er zwei Mal um sich geschlungen und vorne fest zugeschnürt. Strafford nannte seinen Namen, worauf der Mann nickte, aber nichts sagte, sondern nur Straffords Mantel und Hut nahm und ihm bedeutete einzutreten. Er führte ihn durch einen düsteren Gang, an dessen Ende er eine weitere Tür zu einem unscheinbaren Raum öffnete, in dem ein Kohlenfeuer brannte. Zwei identische Ledersessel mit Knöpfen standen rechts und links vom Kamin, dazwischen stand ein kleiner quadratischer Tisch mit geschnitzten, verschnörkelten Beinen. Über dem Kaminsims hing die Reproduktion eines Gemäldes in fleischigen Rosa- und cremigen Weißtönen, das einen flaumbärtigen Jesus darstellte, der den Kopf träge auf eine Seite neigte und mit zwei steifen Fingern auf sein frei liegendes und sattsam blutendes, von Flammen umkränztes Herz zeigte. Sein Vater hatte diesem Druck, der im katholischen Irland weit verbreitet war, den Titel »Die bärtige Dame« gegeben.

»Seine Exzellenz ist gleich bei Ihnen«, sagte der kleine Mann leise und ging hinaus, wobei er lautlos die Tür hinter sich schloss.

Strafford stellte sich ans Fenster und blickte auf das zinnfarbene Meer hinaus und auf die schmutzigen Wolken am Himmel, wie zertretener Kreidestaub. Möwen zogen dort draußen ihre Kreise oder stießen herab, undeutliche winkelförmige Gestalten, wie Wolkenstücke, die sich gelöst hatten.

Hinter ihm ging die Tür auf, und der Erzbischof trat ein. Er rieb sich die Hände. Strafford fühlte sich einen Moment lang absurderweise daran erinnert, wie Sylvia Osborne bei ihrer ersten Begegnung die Küche in Ballyglass House betreten und dieselbe Bewegung mit den Händen gemacht hatte.

»Guten Tag, Inspector. Sehr freundlich von Ihnen, sich bei so widrigem Wetter hierherzubemühen.«

»Guten Tag, Exzellenz.«

Der Erzbischof war ein schlanker, schmaler Mann mit hohlen Wangen und abstehenden Ohren. Er hatte einen dünnen Mund und eine dicke, fleischige Nase, die zu groß für sein Gesicht war. Seine Augen waren klein und äußerst wachsam, die Lider ein wenig geschwollen. Er trug eine bodenlange Soutane mit einer breiten seidenen Schärpe um den Bauch, und oben auf seinem langen, schmalen Kopf saß ein seidenes purpurnes Käppchen. Noch ein Schauspieler, der für seine Rolle gekleidet war, dachte Strafford grimmig. Der Mann trat vor und hielt Strafford automatisch den

Bischofsring hin, um ihn zu küssen, als er aber merkte, dass Strafford nicht die mindeste Absicht hatte, selbiges zu tun, veränderte er kaum merklich die Handhaltung und zeigte stattdessen auf einen der Sessel, als habe er das von vornherein vorgehabt. *Aalglatt*, mit diesem Wort hatte Hackett ihn bezeichnet, ja, aalglatt und unheimlich dazu.

»Setzen Sie sich doch, Inspector, bitte. Darf ich Ihnen ein Glas Sherry anbieten?« Er berührte den elektrischen Klingelknopf, der sich in der Wand neben dem Kamin befand. »Ein scheußliches Wetter. Ich bin hergefahren, um mir eine kleine Pause zu gönnen, aber jetzt bereue ich es. Das ist ein Sommerhaus, man kann sich unmöglich vor dem Durchzug und den eisigen Stürmen vom Meer her schützen.« Sie setzten sich gegenüber voneinander hin. Strafford fielen die purpurfarbenen Samtpantoffeln des Erzbischofs auf, die unter dem Saum seiner Soutane hervorschauten.

»Ja«, sagte Strafford, »das Wetter ist wirklich garstig.«

Der Erzbischof betrachtete ihn mit einem frostigen Lächeln. »Nun, wir dürfen uns nicht beklagen. Das Wetter gehört zu den Prüfungen, die Gott uns gerne auferlegt, zum Wohle unserer Seelen.«

Strafford spürte, wie die scharfen kleinen Äuglein ihn begutachteten.

»Es tut mir leid, dass ich so lange hergebraucht habe. Auf der Brücke bei Enniscorthy war ein Auto stecken geblieben, und dann bin ich bei Ballycanew von der Straße gerutscht.«

»Meine Güte! Ist alles in Ordnung? Sie wurden hoffentlich nicht verletzt? Ist dem Auto etwas passiert?«

»Nein. Ich habe es recht schnell wieder zum Laufen gebracht.«

»Das freut mich zu hören.«

Es klopfte an der Tür, und der kleine Mann mit der Schürze erschien wieder. Der Erzbischof sprach ihn mit Luke an und bat ihn, den Sherry zu bringen. Der kleine Mann nickte und zog sich zurück. »Ich weiß nicht, was ich ohne den armen Luke anfangen würde«, sagte der Prälat. »Er hat im Krieg einiges durchgemacht – im Ersten Weltkrieg. Granatenschock. Er ist schon länger bei mir, als wir beide uns erinnern können.«

Sie schwiegen. Der Erzbischof wandte den Kopf zur Seite und blickte ins Feuer, wo eine brennende Kohle ein scharfes Pfeifen von sich gab. Von draußen war schwach das Gekreische der Möwen zu hören und noch schwächer das Plätschern und Krachen der Wellen am Ufer.

»Eine fürchterliche Sache, dort unten in Ballyglass«, sagte der Erzbischof, der weiter die Flammen fixierte. Er hatte die Ellbogen auf die Armlehnen gestützt und die Hände zusammengelegt. Sie waren so blutleer wie sein Gesicht.

»Ja, fürchterlich«, sagte Strafford.

Er atmete ganz tief durch, wie ein Ringkämpfer, der gerade den Ring betreten hat.

Luke, der Diener, kam mit einer Sherryflasche und zwei winzigen verzierten Gläsern auf einem kleinen runden Holztablett, auf dem ein Spitzendeckchen lag. Auch ein Teller mit Marietta-Keksen stand darauf. Luke stellte das Tablett auf den Tisch und goss sorgsam zwei Gläser des dunkelbraunen, klebrigen Weins ein. Seine Hand zitterte dabei.

»Wünschen Sie noch etwas anderes, Exzellenz?«

»Nein, im Moment nicht, Luke, danke.«

»Dann fahre ich nach Gorey, wir brauchen Eier.«

»Natürlich, Luke, natürlich«, wieder dieses kalte, trockene Lächeln, das Strafford galt, »die Eier dürfen auf keinen Fall ausgehen!«

Luke nickte und zog sich wieder zurück, und wieder schloss er die Tür vorsichtig und geräuschlos hinter sich. Es hätte die Tür einer Gruft sein können.

Der Erzbischof reichte Strafford ein Glas. Sie tranken. Der Sherry war süß wie Sirup.

»Diese kleinen Gläser«, der Prälat hielt seines auf Augenhöhe, »sie waren ein Geschenk von Kardinal Mindszenty, aus Budapest. Sie kamen im Diplomatengepäck – Sie wissen natürlich, dass der Kardinal in der amerikanischen Botschaft lebt, man hat ihm dort Asyl gewährt, nachdem die Sowjets den ungarischen Aufstand unterdrückt haben. Er wird wahrscheinlich einige Zeit dort bleiben, wenn man den Zeitungsberichten über den Stand der Dinge dort Glauben schenken kann, und ich fürchte, das ist so. Ein weiterer verfolgter Kämpfer der Kirche für den Frieden.«

Strafford wusste von Mindszenty und seinem Widerstand gegen den Kommunismus, von seiner Inhaftierung und Folter; er wusste auch von den Vorwürfen gegen ihn: Angeblich war er ein begeisterter Anhänger der Nazis und ein unbelehrbarer Antisemit. Strafford nahm an, die Erwähnung seines Namens sei eine Art Test, aber falls dem so war, wollte er sich ihm nicht unterziehen, und so schwieg er. Er trank noch einen Schluck Sherry.

Draußen sprang der Citroën röhrend an, wahrscheinlich Luke, der Eier kaufen ging.

»Exzellenz, darf ich fragen, warum Sie nach mir geschickt haben?«

»Ach, ich habe doch nicht ›nach Ihnen geschickt‹! Ich habe lediglich dem Garda Commissioner – Commissioner Phelan, kennen Sie ihn? Ein guter Mann, sehr vernünftig – ihm gegenüber habe ich erwähnt, dass es gut sein könnte, wenn wir beide uns einmal unterhielten.« Wieder richtete er den Blick auf das Feuer. »Der arme Father Harkins! Was für ein schändliches Verbrechen!«

»Sind Ihnen die genaueren Umstände seines Todes bekannt?«

»O ja. Commissioner Phelan hat mich heute angerufen, nachdem er die Autopsieergebnisse bekommen hatte. Eine grauenvolle Sünde ist begangen worden, wirklich grauenhaft. Father Harkins, Gott hab ihn selig, war einer der beliebtesten Priester in der Diözese – im ganzen County, ja, sogar in der gesamten Provinz Leinster. Sein Tod ist eine große Tragödie. Möchten Sie noch einen Tropfen Sherry? Das Feuer ist Ihnen nicht zu warm? Vielleicht schieben wir unsere Sessel ein Stück zurück. Die Kälte macht mir immer mehr zu schaffen.«

»Exzellenz, in der *Irish Press* ist heute ein Artikel erschienen …«

»Im *Independent* auch. Allerdings nicht in der *Irish Times*, wie mir auffiel«, er spitzte die Lippen. »Sie lesen wahrscheinlich die *Times*? Sie sind ja ein Angehöriger der von uns getrennten Brüder.«

»Meine Familie ist protestantisch, ja, wenn Sie das meinen«, sagte Strafford zurückhaltend. Er war fest entschlossen, sich nicht ablenken zu lassen. »Ich habe nur die *Irish Press* gesehen«, fügte er hinzu.

»Der Bericht im *Independent* war ganz ähnlich.«

»Er ist – gelinde gesagt unvollständig, dieser Artikel. Aber das werden Sie nach Ihrem Telefonat mit Commissioner Phelan ja wissen.«

Der Erzbischof stellte sein Glas auf das Tablett, nahm den Schürhaken und stocherte energisch in den weiß glühenden Kohlen herum.

»Das liegt wahrscheinlich daran, dass die Autopsieergebnisse erst heute Morgen herauskamen. Die Zeitungen sind ja schon gestern Nacht gedruckt worden.« Er lehnte sich zurück und legte die Fingerspitzen wieder aneinander. »Die Leute vergessen oft, dass es die Meldungen von gestern sind, die in den Zeitungen stehen«, sagte er. »Das Radio ist natürlich aktueller, aber mir fällt häufig auf, dass die Radionachrichten sich wenig von dem unterscheiden, was in den Zeitungen steht. Ich habe sogar den Verdacht, dass sich die Leute von Radio Éireann für ihre Meldungen öfter bei den Tageszeitungen bedienen, als sie zugeben würden. Oder sehe ich das zu schwarz?« Er spitzte wieder die Lippen, aber diesmal lächelte er beinahe schelmisch. »Was meinen Sie dazu?«

Auch Strafford setzte sein Glas ab, ohne die zweite Hälfte des untrinkbaren Sherrys getrunken zu haben.

»Doctor McQuaid«, sagte er, »ich werde in den nächsten Tagen meinen Bericht über den Tod von Father Harkins abgeben. Die ersten Beobachtungen habe ich über einen Kollegen schon meinem Vorgesetzten in Dublin überbringen lassen. Sie sagen, die Autopsieergebnisse kamen heute Morgen heraus – das stimmt nicht ganz: An die Öffentlichkeit wurde eine äußerst verkürzte Version herausgegeben. Father Harkins ist nicht durch einen Sturz gestorben; Sie wissen, wie er zu Tode gekommen ist, falls Commissioner Phelan Ihnen die

Ergebnisse aus der Rechtsmedizin in Gänze mitgeteilt hat. Sobald die Zeitungen die Wahrheit erfahren, dann ...«

»Sobald‹?«, murmelte der Erzbischof. Er starrte seine zusammengelegten Hände an, betont gedankenverloren. Strafford sagte zuerst nichts, dann verschränkte auch er die Finger und beugte sich in seinem Sessel nach vorn.

»Ich bilde mir ein, dass ich mit Journalisten nur eines gemeinsam habe«, sagte er, »und das ist die Neugier. Das hier ist eine ›Story‹, wie sie es bezeichnen würden, tragisch, aber auch spektakulär, und sie werden ihr nachgehen, da können Sie sicher sein.«

Der Erzbischof sah, ohne den Kopf zu bewegen, von seinen zusammengelegten Fingerspitzen zu dem Mann hin, der ihm gegenübersaß.

»Natürlich werden sie ihr nachgehen«, sagte er ruhig. »Sonst würden sie ja auch ihre Arbeit nicht machen. Aber werden sie ihre Sensationsgeschichte finden? Was meinen Sie?«

»Ich meine, dass einige Sachen zu groß sind, um vertuscht zu werden.«

Der Erzbischof setzte sich jetzt aufrechter hin und wandte den Kopf ein wenig zur Seite, um Strafford missbilligend anzusehen. »Das Wort ›vertuscht‹ bereitet mir Bauchschmerzen, muss ich sagen.«

»Darf ich dann fragen, welches Wort Sie verwenden würden, Exzellenz?«

»›Zurückgehalten‹, das wäre in diesem Kontext wohl zutreffender. Würden Sie mir da nicht zustimmen?«

Strafford wollte wieder etwas sagen, aber der Erzbischof hob lächelnd eine Hand, um ihn daran zu hindern. Immer noch lächelnd erhob er sich von seinem Sessel und stellte sich mit auf dem Rücken verschränkten Händen ans Fenster. Er betrachtete die düstere, kalte Aussicht auf das metallgraue Meer und den noch graueren Himmel.

»Unsere Nation ist jung, Inspector Stafford …«

»Strafford.«

»Verzeihen Sie: Strafford. Wir sind eine junge Nation, wie gesagt, und viel von unserer ursprünglichen Unschuld ist noch vorhanden. Wir wären vielleicht erwachsen und reif geworden, hätten man uns gelassen. Aber die jahrhundertelange Unterdrückung sorgte dafür, dass wir zurückblieben, dass wir unten blieben – dass wir, wie gesagt, unschuldig blieben.« Er wandte sich um und warf Strafford einen Blick über die Schulter zu. »Hoffentlich kränkt es Sie nicht, wenn ich über diese Dinge spreche? Ihre Leute …«

»›Meine‹ Leute? Bei allem Respekt, Exzellenz, ich bin keiner von den englischen Unterdrückern, von denen Sie sprechen. Ich bin genauso irisch wie Sie.«

»Aber sicher, aber sicher.« Der Erzbischof wandte sich vom Fenster weg und seinem Gast zu. »Doch ich erinnere mich daran, wie diese ausgezeichnete anglo-irische Schriftstellerin Elizabeth Bowen einmal zu mir gesagt hat – das war auf einem Empfang des britischen Botschafters, an einem Sommernachmittag im Garten hinter der Botschaft am Merrion Square –, ich weiß noch, wie sie zu mir gesagt hat, dass sie das Gefühl hat, eigentlich sei sie irgendwo mitten in der Irischen See zu Hause, auf halbem Weg zwischen England und Irland. Ich fand, das war ein sehr freimütiges und aufschlussreiches Eingeständnis. Es muss merkwürdig sein, so gestrandet zu sein. Auch wenn man natürlich«, er kicherte leicht, »streng genommen nicht mitten im Meer stranden kann.«

Langsam schritt er gesenkten Hauptes zum Kamin zurück. Er blickte auf seine Pantoffeln, die abwechselnd unter seiner Soutane hervorragten wie purpurfarbene Zungenspitzen. Vor dem Feuer blieb er stehen und streckte die Hände, die so bleich waren wie Tintenfischknochen, den tuschelnden Flammen entgegen.

»Miss Bowen ist natürlich Protestantin. Ich bringe Ihrer Kirche und Ihrem Glauben den größten Respekt entgegen, denn daraus gingen viele edle Geister hervor, edle Gefühle, wenn ich es so ausdrücken darf. Aber«, hier seufzte er leicht, »aber der Protestantismus ist weniger eine Religion als eine Reaktion gegen eine Religion, könnte man sagen.« Er lächelte über Straffords versteinerten Blick. »Noch einmal, seien Sie bitte nicht gekränkt. Ich stelle nur Tatsachen fest. Immerhin, was war die Reformation anderes als ein Protest gegen die Verfehlungen der römisch-katholischen Kirche? Ein Protest, der zur Zeit Luthers und seiner Anhänger durchaus gerechtfertigt war, muss ich zu meinem Bedauern sagen. Es kommt nicht von ungefähr, dass das Wort als solches, *Protest*, immer noch im Namen Ihres Glaubens verankert ist.«

»Ich wurde als Mitglied der Church of Ireland erzogen«, sagte Strafford.

»Ja, ja. Aber wie es der vielseitige Shakespeare ausdrückt: Was ist ein Name?«

Der Erzbischof stützte eine Hand auf den Kaminsims und beugte den Kopf zu den Flammen hinunter, die seinem dünnen, bleichen Gesicht eine schaurige Färbung verliehen.

Strafford sah demonstrativ auf die Uhr und schickte sich an aufzustehen. »Exzellenz, so anregend ich dieses Gespräch auch finde, ich kann es mir im Moment zeitlich wirklich nicht leisten, mich auf eine theologische Debatte einzulassen ...«

»Ja, ja, ja, verzeihen Sie! Mir ist klar, wie viel Sie zu tun haben müssen. Aber der Tod von Father Harkins ist ein großer Schock für uns alle, und es wird ein ganz besonders schwerer Schlag für seine Gemeindemitglieder sein und auch für Katholiken im Allgemeinen.«

»Für *Menschen* im Allgemeinen, ob katholisch oder protestantisch, meinen Sie nicht?«

»Ja, natürlich, das habe ich ja gesagt – für uns alle.«

Die beiden Männer hatten sich jetzt erhoben und standen einander gegenüber. Strafford spürte die Hitze des Feuers an den Hosenbeinen. Ein Blick zum Fenster zeigte ihm, dass es wieder halbherzig zu schneien angefangen hatte. Er dachte an die Straßen; er wollte nicht hier gefangen sein, in diesem kalten Haus, mit diesem kalten Mann. Wieder warf er demonstrativ einen Blick auf die Uhr.

»Ja, Sie müssen aufbrechen, ich verstehe.« Der Erzbischof hob beschwichtigend die Hände. »Aber bevor Sie gehen, ein paar wenige Worte zum Schluss, solange ich noch die Gelegenheit habe.« Er senkte den Blick. »Wie gesagt, als Nation besitzen wir noch einen bemerkenswerten – manche würden sagen, einen *beklagenswerten* – Grad an Unschuld. In vielerlei Hinsicht sind wir wie Kinder, wir besitzen ihre Naivität und ihren Liebreiz, aber ich muss gestehen, auch ihre Fähigkeit zur Niedertracht. Wir werden lange brauchen, um zur vollen Reife zu gelangen – das Erwachsenwerden ist schließlich ein langsamer und häufig schmerzhafter Prozess, der nicht beschleunigt werden sollte. Einige von uns haben die Pflicht, zu bestimmen, was das Beste für die Gemeinde – Verzeihung, für die ganze *Bevölkerung* ist. Wie Mr Eliot sagt – Sie sind sicherlich mit seinem Werk vertraut? –, ›die Menschheit kann nicht sehr viel Wirklichkeit vertragen‹. Der Gesellschaftsvertrag ist ein sensibles Dokument. Können Sie mir folgen?«

Strafford zuckte mit den Schultern. »Ich denke schon. Aber trotzdem, die Wahrheit …«

»Ach, die Wahrheit«, der Erzbischof hob wieder beide Hände vor sich, »so ein schwieriger Begriff. Man kann nicht viel zugunsten von Pontius Pilates sagen, dennoch empfindet man einen Hauch von Mitleid mit ihm, wenn er in seiner Hilflosigkeit fragt: *Was ist Wahrheit?*«

»In diesem Fall, Doctor McQuaid«, sagte Strafford gewichtig, »lässt sich die Frage leicht beantworten. Father Harkins ist nicht die Treppe hinuntergefallen und hat sich den Hals gebrochen. Man hat ihm ein Messer in den Hals gerammt, und danach …«

Der Erzbischof hob die Hände ein drittes Mal, schloss die Augen und schüttelte den Kopf. »Genug, genug«, hauchte er. »Von Commissioner Phelan weiß ich, was als Nächstes kam.« Er hielt einen Augenblick inne, dann trat er einen Schritt näher zu Strafford und sprach weiter. »Inspector, glauben Sie wirklich, dass es positive Auswirkungen, irgendwelche positiven Auswirkungen hätte, wenn man so fürchterliche Dinge wie das hier öffentlich macht?«

»Wie ein Mord, Exzellenz, muss die Wahrheit zuletzt heraus, so schrecklich sie auch sein mag.«

Der Erzbischof lächelte. »*Der Kaufmann von Venedig*, ja. Sie sind aber belesen« – für einen Kriminalpolizisten, hörte Strafford ihn nicht hinzufügen –, »aber das Leben ist echt und kein Theaterstück, und einige Aspekte der Wirklichkeit sollte man besser – wie habe ich es vorhin ausgedrückt? – besser zurückhalten. Ich sehe schon, Sie sind anderer Meinung. Nun gut, tun Sie, was Sie für das Beste halten. Sie haben Ihre Pflichten«, an dieser Stelle funkelten seine Augen hart, »so wie ich die meinen.«

Strafford machte sich für die Abfahrt bereit. Luke war von seiner Einkaufsfahrt noch nicht zurückgekehrt, und Strafford fragte sich, wo sein Mantel und sein Hut wohl sein könnten. Der Erzbischof legte ihm die Hand auf die Schulter, und sie gingen gemeinsam Richtung Tür.

»Vielen Dank, Inspector, dass Sie bei diesen widrigen Bedingungen die weite Fahrt auf sich genommen haben. Ich wollte Sie gerne persönlich treffen. Ihr Commissioner spricht in den höchsten Tönen von Ihnen. Er glaubt, Sie haben eine vielversprechende Zukunft vor sich, in Ihrer Arbeit bei der Kriminalpolizei.«

»Das freut mich zu hören«, sagte Strafford trocken. »Normalerweise geht er mit Lob eher sparsam um.«

»Ja«, sagte der Erzbischof zerstreut, »o ja. Ich denke mir oft, wie schwer es für einen jungen Mann sein muss, in der heutigen Welt seinen Weg zu gehen. In unserer Zeit passieren so viele schreckliche Dinge, Kriege und Revolutionen, Tod und Zerstörung.« Sie traten in die Diele. »Noch einmal, vielen Dank, dass Sie gekommen sind.« An der Haustür lächelte er dünn und bleich, und seine kleinen dunklen Äuglein funkelten. »Seien Sie versichert, Inspector«, sagte er leise, mit einem knappen, kalten Lächeln, »ich werde Ihren Fortschritt mit lebhaftem Interesse mitverfolgen.« Straffords Mantel und Hut hingen am Haken neben der Haustür. »Und hier sind Ihre Sachen. So ein dünner Mantel, an so einem kalten Tag!«

Als er die Tür öffnete, blies ein eisiger Windstoß Schneeflocken ins Haus. Eine davon landete auf Straffords Stirn, als wolle sie ihm einen frostigen Segen erteilen.

Er eilte durch den Schnee zum Auto und klappte den Mantelkragen hoch. Beim Losfahren warf er einen kurzen Blick zurück. Der Erzbischof stand noch in der Tür, eine Hand zum Abschied gehoben. Vorne auf seiner Soutane war Schnee. Er schien es nicht zu bemerken. Ein kalter Mann in einer kalten Welt.

20

Die Rückfahrt nach Ballyglass war nicht ganz so haarsträubend, wie er befürchtet hatte. Nachdem er ein, zwei Meilen gefahren war, hörte es plötzlich auf zu schneien, und er konnte die Scheibenwischer abstellen. Sie waren normalerweise schon lästig, wenn sie monoton hin und her schlugen, aber bei diesem Wetter quietschten sie rhythmisch über das Glas, und das hörte sich an, als würde jemand mit den Fingernägeln über eine Tafel kratzen.

An der Stelle vor Ballycanew, wo das Auto zuvor ins Rutschen gekommen war, fuhr er im Schritttempo, aber es passierte nichts.

Bei Ballyglass House angekommen, musste er ganze fünf Minuten vor dem Eingang warten. Er betätigte den Türklopfer mehrfach und war bis auf die Knochen durchgefroren, als Mrs Duffy endlich aufmachte. Sie entschuldigte sich, nicht früher gekommen zu sein, aber sie sei unten gewesen und habe nach dem Mittagessen den Abwasch gemacht. Als sie den Lunch erwähnte, fiel ihm ein, dass er seit der Frühstückszeit nichts mehr gegessen hatte. Mrs Duffy meinte, sie könne ihm ein Omelett »in die Pfanne hauen«.

Die Frage, ob Jenkins zurückgekehrt sei, verneinte sie. Er tippte sich mit den Nägeln an die Zähne. Dann setzte er sich in die Nische hinter dem Samtvorhang, die Ellbogen gegen die Rippen gepresst, rief in der Pearse Street an und ließ sich noch einmal zu Chief Superintendent Hackett durchstellen.

»Na, wie sind Sie denn zurechtgekommen, Sie und Seine Eminenz?«, fragte Hackett und lachte in sich hinein.

Strafford hörte durch die Leitung, wie er sich eine Zigarette anzündete. Beim Telefonieren machte er das immer so: Er legte die Streichholzschachtel auf den Schreibtisch, hielt sie mit dem Ellbogen fest, holte irgendwie ein Streichholz heraus und strich es langsam und sorgfältig über den Streifen Sandpapier.

»Er hat mir einen Vortrag über Religion gehalten und zum Abschied eine Warnung mit auf den Weg gegeben.«

»Ach ja? Was denn für eine Warnung?«

»Er hat gesagt, er würde mich im Blick behalten. Das hat er ganz besonders betont.«

»Doctor McQuaid ist ein verhärmter Mensch. In ihm steckt keine Liebe.«

»Er will natürlich, dass alles vertuscht wird.«

»Und was haben Sie gesagt?«

»So wenig wie möglich.«

Nach einer kurzen Pause meinte Hackett: »Der Mann ist gefährlich, Strafford, und man darf ihn nicht verärgern. Das muss ich Ihnen aber nicht sagen.«

»Glauben Sie, er kann auf etwas so Großem den Deckel halten?«

»Es wäre nicht das erste Mal.«

»Ach ja? Möchten Sie mir mehr darüber sagen?«

»Nein. Aber ich sage Ihnen, passen Sie auf. Genosse Stalins rechte Hand, Mr Beria, wird nie tot sein, solange Seine Exzellenz am Leben ist.«

Strafford blickte finster; er wollte wissen, wann und wie McQuaid »das erste Mal« organisiert hatte, in einem anderen Fall – oder waren es sogar mehrere gewesen? –, ebenso gewichtig und schaurig wie dieser hier. Er würde Quirke danach fragen müssen, wenn er von seiner Hochzeitsreise zurückkam. Quirke wusste, wo viele Leichen begraben waren; immerhin war er Pathologe.

»Jenkins ist verschwunden«, sagte er. »Hat er sich bei Ihnen gemeldet?«

»Was soll das heißen, verschwunden?«

»Ich habe ihn rüberschickt nach Ballyglass House, um die Familie noch einmal zu befragen. Er ist dort angekommen, hat mit der Haushälterin gesprochen, ist dann laut ihrer Aussage nach draußen gegangen und wurde seither nicht mehr gesehen.«

»Wo könnte er denn hingegangen sein? Schneit es dort unten nicht so wie hier?«

»Doch, Chief, es schneit die meiste Zeit.«

»Langsam glaube ich, es hört nie mehr auf. Und wie lange ist er schon weg?«

»So drei oder vier Stunden.«

»Herrgott, Strafford! Wahrscheinlich trinkt er irgendwo in aller Ruhe ein Bierchen und isst ein Schinkensandwich dazu. Drei oder vier Stunden!«

»Das sieht ihm gar nicht ähnlich, Chief, einfach davonzumarschieren, ohne mir eine Nachricht zu hinterlassen.«

Hackett regte sich wieder auf; in letzter Zeit regte er

sich ziemlich oft auf. Es war klar, dass ihm die Beförderung nicht ganz behagte. Er hatte gerne als Detective gearbeitet, aber jetzt verbrachte er die meiste Zeit am Schreibtisch und musste sich um Papierkram kümmern. Er war nicht glücklich.

»Ich warte noch ein bisschen«, fuhr Strafford fort, »dann schaue ich bei Radford, dem Ortspolizisten, vorbei. Vielleicht kann er helfen.«

»Radford? Wer ist das?«

»Sergeant Radford. Hier in der Stadt gibt es eine Garda-Wache. Ich habe ihn noch nicht gesehen. Angeblich hat er Grippe. Ich glaube, er trinkt.«

»Na, ist das nicht großartig?«, sagte Hackett. »*Ihr* Mann ist verschwunden, und der lokale Bobby sieht weiße Mäuse. Viel Glück.« Er legte auf.

Mrs Duffy hatte ihm Bescheid geben wollen, wenn sein Omelett fertig war. Während er wartete, spazierte er in den Salon, stellte sich ans Fenster, wo er gestern mit Lettie gestanden hatte, und sah zu, wie der Schnee auf die Wiese und die Felder dahinter fiel. Der Hügel in der Ferne war heute kaum sichtbar, ein geisterhafter, schwebender Umriss, wie der Fuji im Hintergrund eines japanischen Drucks.

Draußen vor dem Fenster landete ein Rotkehlchen auf einem Zweig, blieb dort sitzen und plusterte die Federn. Strafford war überzeugt, es war dasselbe, das er schon gesehen hatte – wann? Wann hatte er es schon gesehen? Gestern? Heute? Die Zeit spielte ihm schon wieder einen Streich. Konnte es derselbe Vogel sein, der ihn verfolgte? Er musste wieder an seine Mutter denken, seine Mutter auf ihrem behelfsmäßigen Totenbett, wie sie die Vögel auf der Wiese beobachtete, während das Licht schwächer wurde, das Licht des Tages und auch ihres. Warum kam sie ihm so oft in den Sinn? In den letzten Jahren hatte er kaum einmal an sie gedacht, aber jetzt erschien ihr Geist, sobald er einen Vogel im Schnee sah. Wer hatte noch gesagt, es spuke in dem Haus? Er für seinen Teil begann langsam daran zu glauben.

Er ging sein Gespräch mit dem Erzbischof noch einmal durch. McQuaid hatte Strafford gewarnt, daran bestand kein Zweifel – der drohende Unterton in der kalkulierten Höflichkeit des Prälaten, die subtilen Anspielungen waren unverkennbar. Sie zeigten gerne ihre Macht, diese salbungsvollen Kirchenmänner. Er dachte an den Reverend Moffatt, der zu Straffords Kindheit in Roslea Vikar gewesen war. Der arme Moffatt, mit seinen silbergrauen Haaren und der rosa Kopfhaut, seinen bleichen, unfähigen Händen, seiner übersprudelnd entschuldigenden Art. John Charles McQuaid verspeiste Leute wie den Reverend Moffatt als kleinen Imbiss vor dem Frühstück.

Strafford hatte Commissioner Jack Phelan noch nie kennengelernt. Hatte er wirklich in hohen Tönen von ihm gesprochen, wie der Erzbischof behauptet hatte? Der Detective hatte den Verdacht, dass Phelan seinen Namen zuvor noch nie gehört hatte. Egal, was Phelan von ihm dachte, es wäre nur ein leises Wort von Seiner Exzellenz John Charles nötig, um ihn in irgendeinen Ort in dem stürmischen Westen von Irland zu verbannen, wo er seine Tage damit zubrächte, Hühnerdiebe zu fangen, und seine Nächte damit, Schuljungen anzuhalten, die ohne Licht Fahrrad fuhren.

Er hatte das Geräusch schon gehört, als er den Raum betreten hatte, aber er beachtete es erst jetzt, und erst jetzt wurde ihm klar, was das war. Jemand, wohl eine Frau, außerhalb des Zimmers, aber in der Nähe, weinte leise und unaufhörlich. Er löste sich vom Fenster, blieb stehen und lauschte noch einmal. Dann ging er zu einer Tür in einer Ecke des Zimmers rechts vom Kamin.

Als er klopfte, hörte das Weinen abrupt auf. Nichts war mehr zu hören. Er klopfte wieder an die Tür, aber immer noch reagierte niemand. Er drehte den Türknauf.

Sylvia Osborne saß, oder eher lag, auf dem gelben Sofa in ihrem Pralinenschachtelzimmer. Sie hatte die Beine hochgezogen und zugedeckt. An ihrer Haltung, auf einen Ellbogen gestützt und eine Schulter hochgezogen, erkannte er, dass sie sich hingelegt hatte und hochgeschreckt war, als er angeklopft hatte. Durch ihre rosa geränderten Augen wirkte ihr restliches Gesicht noch bleicher, als es wirklich war. Ihre Wangen waren tränenverschmiert, ihr Mund war geschwollen, und sie umklammerte ein durchgeweichtes Taschentuch, das sie nun rasch hinter dem Rücken versteckte. Sie trug eine weiße Bluse und eine hellblaue Strickjacke.

»Sie sind das«, sagte sie. »Ich dachte, es wäre Geoffrey.«

Strafford betrat den kleinen Raum. Heute wirkte er weniger grell als gestern, vielleicht wegen des verweinten Gesichts und der leidvollen Miene der Frau, wodurch eine ernste Atmosphäre entstand. Ein trockener gräulicher Fleck lief über eine Seite ihres Kinns, ein wenig Spucke war ihr aus dem Mundwinkel gelaufen, als sie sich hingelegt hatte.

»Mrs Osborne«, Strafford ging auf sie zu, »was ist los? Was ist passiert?«

Zuerst sagte sie nichts, doch dann verzog sie das Gesicht und fing wieder an zu weinen. »Es ist alles meine Schuld!«, heulte sie mit erstickter Stimme. »Alles, alles ist meine Schuld!«

Er setzte sich ans andere Ende des Sofas. Abrupt zog sie die Beine unter der Decke weg, als fürchtete sie, er könne sie berühren.

»Ich verstehe nicht«, sagte er. »Was soll das heißen, alles sei Ihre Schuld? Meinen Sie den Tod von Father Harkins?«

Sie hob einen Arm und vergrub das Gesicht in der Armbeuge, wo der Ärmel ihrer Strickjacke ihr Schluchzen dämpfte. Sie sagte etwas, das er nicht verstand. Er nahm sie ganz behutsam am Ellbogen und versuchte, sie dazu zu bringen, den Arm zu senken, aber sie entwand sich seinem Griff.

»Sagen Sie mir doch, was los ist«, sagte er sanft, wie zu einem Kind – und sie roch auch wirklich heiß und milchig wie ein verzweifeltes Kind. Er stellte sich vor, wie er sie in die Arme nahm und ihr Gesicht mit den Fingerspitzen berührte, und wie sie den Kopf seufzend auf seine Schulter legte, ihr Atem warm an seinem Hals.

Sie wandte den Blick ab und biss sich auf den Daumen. Wenigstens lutschte sie nicht daran, so wie Lettie, als er sie gestern in einer ähnlichen Stellung mit einer Decke über den Beinen entdeckt hatte.

»Es tut mir leid«, sagte die Frau. Sie hatte aufgehört zu weinen.

Aus dem Flur kam Mrs Duffys Stimme. Sie rief Strafford, sein Omelett war fertig.

»Er ist wegen mir hergekommen«, sagte Sylvia Osborne. Sie hatte einen leichten Schluckauf. »Wegen mir ist er immer wieder gekommen. Ich hätte das beenden sollen, ich hätte ihm sagen sollen, er soll wegbleiben.«

Er versuchte, seine Überraschung nicht zu zeigen. Hatten sie eine Affäre gehabt, sie und der Priester? An diese Möglichkeit hatte er gar nicht gedacht, hätte es aber tun sollen. Das würde vieles erklären.

»Sie meinen, er empfand etwas für Sie? Sie und er waren ...«

Sie schüttelte rasch den Kopf und runzelte die Stirn, als wäre das völlig absurd. Doch was konnte sie sonst gemeint haben?

»Hat er irgendetwas zu Ihnen gesagt? Hat er den Eindruck erweckt, er wäre ...?«

»Er hat einmal mit mir geredet.« Mit zusammengekniffenen Augen starrte sie vor sich. »Ich glaube, er hatte schon getrunken, und ich habe ihm Sherry vorgesetzt. Das hätte ich nicht tun sollen. Den hat er dann getrunken, ein Glas nach dem anderen. Er hat hier gesessen, genau da, wo Sie jetzt sitzen. Seine Augen waren ganz komisch, als würde er etwas sehen ... ich weiß nicht, irgendetwas Schreckliches.«

»Und was hat er gesagt?«

Sie biss sich wieder auf den Daumen.

»Er hat davon gesprochen, wie schwer es ist, Priester zu sein. Er meinte, ich könnte das natürlich nicht verstehen, aber Priester hätten Gefühle wie alle anderen Menschen auch. Er hat gesagt, er wisse nicht, was er tun soll. Er sah ... er sah so merkwürdig aus, so aufgewühlt. Er hat mir Angst gemacht. Ich wusste nicht, was ich darauf sagen sollte.«

Sie schnäuzte sich in das zusammengeknüllte Taschentuch.

»Hat er zuvor schon einmal so mit Ihnen geredet?«

»Nein, nie.«

»Und hatten Sie eine Ahnung davon, wie er für Sie empfand? Ich meine, haben Sie das vor diesem Tag gewusst?«

»Natürlich nicht«, meinte sie mit matter Entrüstung. »Das
war eine völlige Überraschung für mich – und ein Schock.
Ich dachte, Priester sollten – na ja, Zölibat und so. Ich hatte
Angst, Geoffrey würde hereinplatzen, wie er es manchmal
tut, was hätte ich dann sagen sollen?«

Sie schwiegen kurz, beide in Gedanken. Strafford hatte
das Gefühl, ein Netz wäre über ihn geworfen worden, so fein,
dass es beinahe unsichtbar war.

»Wann war das?«

»Ich weiß nicht – es ist nicht lange her, vor ein paar Wochen. Er hat den Sherry leer gemacht – er hat fast eine
ganze Flasche getrunken – und ist los. Er ist zurück nach
Scallanstown gefahren. Ich war überrascht, dass er keinen
Unfall gebaut hat. Ich dachte – ich dachte, er bringt sich
vielleicht um, fährt gegen einen Baum oder so etwas, er
wirkte so verzweifelt. Als er dann das nächste Mal herkam,
war es, als wäre nichts gewesen, er war einfach wie immer,
machte seine Späße mit Mrs Duffy – ach ja, hat sie Sie nicht
gerade gerufen? –, er hat mit Geoffrey über Pferde gesprochen, das war das Einzige, worüber sie sich unterhalten haben, Pferde und Jagen und diese verdammten, *verdammten*
Hunde. Ich wusste nicht, was ich davon halten sollte. Ich
hätte etwas sagen sollen; ich hätte ihn zur Seite nehmen
und ihm sagen sollen, nicht wieder ins Haus zu kommen,
so wie er sich benommen hatte, mich zuschwätzen und den
ganzen Sherry dabei trinken. Aber ich habe nichts gesagt.
Und jetzt ist er tot.«

Wieder fing sie an zu weinen, ganz leise diesmal, beinahe

geistesabwesend, dann hörte sie wieder auf, tupfte sich die Nase mit dem Taschentuch ab und schniefte leise. Ihre Nasenflügel waren am Rand wund und entzündet.

Strafford wurde bewusst, dass er immer noch seinen Mantel anhatte. Er stand auf und zog ihn aus. Im Kamin hatte ein Feuer gebrannt, aber Mrs Osborne hatte nicht darauf geachtet, und nun war da nur noch ein glühender grauer Aschehaufen.

»Sie glauben also, es hat etwas mit seinem Tod zu tun, dass er an dem Tag damals zu Ihnen kam und so mit Ihnen geredet hat?«

Sie starrte ihn an. »Was meinen Sie?«

»Sie sagten, es sei alles Ihre Schuld.«

»Habe ich das?«

»Ja, gerade eben, als ich hereingekommen bin.«

»Wirklich? Es tut mir leid, ich habe zur Zeit ein furchtbares Gedächtnis, ich kann mich an gar nichts mehr erinnern …« Sie unterbrach sich plötzlich und sah ihn wieder an. »Sie denken doch nicht, ich will andeuten, mein *Mann* hätte ihn umgebracht?« Sie lachte kurz kreischend auf und drückte sich das zerknüllte Taschentuch an den Mund. »Sie Armer – was müssen Sie nur von uns allen denken! Wir sind wie die Figuren in einem dieser Romane über Verrückte in Landhäusern.« Sie lachte wieder, diesmal weniger schrill. »Lettie behauptet, ich bin wirklich verrückt. Hat sie Ihnen das gesagt?«

»Nein, natürlich nicht.«

»O doch – das sehe ich Ihnen an. Es ist mir egal. Sie hasst mich natürlich. Sie ist der Meinung, ich bin die böse Stiefmutter. Ach, haben Sie zufällig eine Zigarette?«

»Nein, tut mir leid. Ich rauche nicht.«

»Das macht nichts.« Sie sah sich verdrießlich um. »Nie ist etwas da, wenn man es braucht.«

Wieder rief Mrs Duffy Strafford, zunehmend unwirsch. Er dachte an das Omelett, er hatte wirklich ziemlichen Hunger. Eine Haarsträhne war ihm über die Stirn gefallen, und er schob sie mit vier abgespreizten Fingern weg. Diese Geste wirkte immer leicht verzweifelt.

»Sie waren mit Colonel Osbornes Frau befreundet, nicht wahr? Mit der ersten Mrs Osborne?«

Die Frau schien mittlerweile ihre Tränen vergessen zu haben. Sie holte eine Handtasche hervor, die seitlich am Sofapolster eingeklemmt war, nahm eine Puderdose heraus und blickte in den kleinen Spiegel im Deckel. »O Gott«, sagte sie, »wie sehe ich denn aus!« Sie tupfte sich Puder rund um die Augen und auf die Nasenflügel. »Die erste Mrs Osborne! Das klingt wie ein Roman von einer der Brontë-Schwestern! Meine Mutter war es, die mit ihr befreundet war. Sie hat mich als Kind immer zu Besuchen hierher mitgenommen. Dann ist sie gestorben – meine Mutter, meine ich – und danach bin ich alleine hergekommen, und Millicent hat mich quasi adoptiert.«

»Millicent? Das war Mrs Osborne?«

»Ja. Mrs Osborne – schon seltsam, sie jetzt so zu nennen, denn ich bin ja jetzt Mrs Osborne, die zweite.«

»Sie waren in der Nacht, in der sie starb, hier, nicht wahr?«

»Ja natürlich!«, schnauzte sie. »Ich war immer hier.« Sie puderte sich mit der Quaste den Hals, dann klappte sie die Dose zu und steckte sie wieder in ihre Handtasche. »Ach, ich hätte so gerne eine Zigarette!«

»Soll ich zusehen, ob ich eine für Sie finde?«, fragte Strafford. Er stand noch beim Kamin.

»Nein, bitte, machen Sie sich keine Umstände.« Sie runzelte die Stirn. »Mrs Duffy hat sie noch mal gerufen, nicht? Was will sie denn von Ihnen?«

»Sie hat mir etwas zu essen gemacht. Ein Omelett.«

»Aber warum sind Sie denn nicht zu ihr gegangen?« Eine leichte Erregung war in ihrer Stimme durchzuhören. »Sie hätten es essen sollen. Jetzt wird sie mir böse sein, weil ich Sie aufgehalten habe. Essen Sie es doch jetzt! Bestimmt ist es mittlerweile kalt, aber Omelett schmeckt kalt eigentlich ganz gut.« Sie blickte sich flüchtig um. »Doctor Hafner war hier«, sagte sie. »Wahrscheinlich ist er jetzt schon weg. Er hat Lettie losgeschickt, um mein Rezept einzulösen. Sie ist offenbar in der Stadt geblieben, mit ihren schrecklichen Freunden. Sie treibt sich mit allen möglichen Typen herum. Je früher sie wieder in der Schule ist, desto besser.« Sie blinzelte. »Ich habe solche Kopfschmerzen. Sie haben wirklich keine Zigaretten? Ach, Sie rauchen ja gar nicht, das habe ich ganz vergessen. Schade.«

Er ging zu ihr und setzte sich wieder neben sie. Diesmal wich sie nicht vor ihm zurück.

»Können Sie mir etwas über die Nacht damals erzählen, die Nacht, in der Mrs Osborne starb?«

Sie sah ihn kurz kühl an, als hätte sie vergessen, wer er war. Ihr Kopf kippelte ein bisschen dabei, als drohe er, gleich von ihrem langen, bleichen Hals zu fallen. Die Haut zwischen ihren Augenbrauen war vor lauter Konzentration in Falten gelegt.

»Sie haben gestritten, wie immer«, sagte sie, »und sie war wie immer betrunken.«

»Aha. Sie war also Alkoholikerin?«

»Da kenne ich mich nicht aus, aber sie war praktisch jeden Abend betrunken. Ist das so, wenn man Alkoholiker ist?«

»Und mit wem hat sie gestritten?«

»Mit Geoffrey natürlich. Sie hatten sich ständig in den Haaren, dass die Fetzen flogen. Zumindest *sie* war streitsüchtig. Er saß einfach da, sah elend aus und hat seinen Teller angestarrt. Er hatte ein bisschen Angst vor ihr, na ja, mehr als nur ein bisschen – alle hatten Angst. Sie war eine mächtige Frau, mit breiten Schultern und einem gewaltigen, kantigen Unterkiefer, wie ein Mann. Aber sie hat immer völlig lächerliche, mädchenhafte Sachen angehabt, im Stil der Zwanzigerjahre. Ihre Familie war sehr vornehm, zumindest haben sie sich dafür gehalten – die Ashworths von Ashworth Castle, das liegt im Westen am Lough Corrib. Ich war einmal dort, ein scheußliches, riesiges Haus, Pseudo-Tudor, mit Mauerzinnen und Rundtürmen und so. Und erst das Essen! Ich habe mich gewundert, dass es überhaupt jemand gegessen hat. Ich jedenfalls nicht. Als ich dort war, habe ich mich ausschließlich von Schokoriegeln und Keksen ernährt, die ich in dem Laden in der örtlichen Post gekauft habe. Danach war ich ganz furchtbar krank.«

Strafford nickte. Er wusste, wer die Ashworths waren – er hatte selbst einmal in der Burg am See übernachtet. Sein Vater bezeichnete solche Leute, auf seine typisch ironische Art, ohne eine Miene zu verziehen – was viele begriffsstutzige Menschen für Blasiertheit hielten –, als »bemerkenswerte Familie«.

»Ihr Tod muss Sie sehr mitgenommen haben.«

Wieder sah sie ihn mit diesem seltsamen kippeligen

Blick an. Wenn sie ihren ohnehin langen Hals streckte und das Kinn hob, sah sie aus wie ein hochmütiger, launischer Schwan. Sie war das Musterbeispiel der gertenschlanken jungen Frauen mit durchscheinendem Teint und undurchdringlichem Blick, der Töchter aus den typischen Familien des County, die es ihm so angetan hatten, als er jung war, die er sich aber nicht einmal anzusprechen getraut hatte.

»Ich würde nicht gerade sagen, dass es mich *mitgenommen* hat«, sagte sie nachdenklich. »Ich war natürlich schockiert. Selbst wenn sie betrunken war, muss es schrecklich gewesen sein, die Treppe kopfüber hinunterzufallen. Aber früher oder später musste das ja passieren, oder irgendetwas in der Art.«

Sie griff nach unten, zog die Decke zurück und kratzte sich am Knöchel. Sie trug weder Schuhe noch Strümpfe. Auf ihrem kleinen Zeh saß eine zartrosa glänzende Frostbeule.

»Zu dem Zeitpunkt habe ich sie natürlich schon gehasst«, sagte sie. »Sie hat mich als eine Art unbezahlte Gesellschafterin gehalten, ich musste ihr die Badewanne einlassen und Besorgungen für sie erledigen. Jeden Samstag musste ich mit dem Bus zu Walker's in Wexford fahren, um ihre Wochenration Gin zu holen. Ich musste auch hinter ihr herräumen, ständig hat sie ihre Sachen irgendwo hingeworfen. Sie war ein schreckliches Weib. Einmal bin ich morgens in ihr Zimmer, um sie zu wecken, und sie«, sie zog eine Grimasse, »sie hatte sich schmutzig gemacht, nachts, im Bett, weil sie so betrunken war.«

Sie schauderte, sagte, ihr sei kalt, steckte die Hände in die Taschen ihrer Strickjacke und zog sie eng um sich. Plötzlich hellte sich ihre Miene auf. »Schauen Sie!« Sie nahm die

Hand aus der Tasche und brachte triumphierend eine zerdrückte Zigarette zum Vorschein. »Ich habe eine gefunden! Seien Sie so lieb und holen mir ein Streichholz, ja? Auf dem Kaminsims müssten welche sein.«

Er stand auf, fand die Schachtel Swan Vestas und kehrte zum Sofa zurück.

»Mist«, sie zeigte ihm die Zigarette, »sie ist in der Mitte zerbrochen. Warum müssen Kippen leicht kaputtgehen? Ich muss sie auf zwei Mal rauchen.« Sie zog die beiden Hälften vorsichtig auseinander und steckte sich eine zwischen die Lippen. Er riss ein Streichholz an. Sie beugte sich zur Flamme herunter, blickte dabei aber zu ihm hoch.

Er warf das verbrannte Streichholz in die Kaminglut, brachte ihr einen Kristallaschenbecher und setzte sich wieder ans andere Ende des Sofas, so weit weg von ihr wie möglich. Seine Hände waren nicht ganz ruhig, wie er feststellte.

Jenkins! Er hatte Jenkins ganz vergessen. Ob er wohl schon zurückgekommen war, von wo auch immer? Vielleicht hatte Hackett ja recht, und er hatte sich in irgendein Pub geflüchtet – womöglich sogar ins Sheaf of Barley. Aber eigentlich glaubte er das nicht; nein, das glaubte er überhaupt nicht.

»Es ist schon komisch, dass sie so gestorben ist«, sagte Sylvia Osborne nachdenklich. »Ich habe fantasiert, dass ich sie die Treppe hinunterstoße – wirklich. Ich hatte genau vor Augen, wie ich mich ihr von hinten nähere, auf Zehenspitzen, lautlos, ihr die Hand auf die Schulterblätter lege und einfach *schiebe*, so, nicht kräftig, aber fest.« Sie machte es ihm vor, wobei etwas Asche vorne auf ihre Strickjacke fiel. »Ich habe mir vorgestellt, wie es sich anfühlen würde, ihr beim

Fallen zuzusehen. Wobei ich es mir gar nicht als Sturz vorgestellt habe, eher als Sprung, langsam und anmutig, wie ein
Turmspringer, mit dem Kopf voran, die Hände vorne zu-
sammengeführt, in einem Bogen nach unten, bis sie dann
auf den Fliesen in der Halle unten aufschlägt.« Sie sah ihn
blinzelnd an und reckte den Hals. »Ist das nicht fürchterlich?«

Er wusste nicht, was er sagen sollte. Machte sie sich über
ihn lustig? Aber sie war zu sehr mit sich selbst beschäftigt,
um sich über ihn lustig zu machen.

»Sie muss sehr unglücklich gewesen sein«, sagte er.

Sie blickte ihn immer noch an, und ihr Kopf zitterte auf
dem schlanken Stängel von Hals.

»Ich weiß nicht. Ich habe nie darüber nachgedacht. Wahrscheinlich. Manche Menschen machen sich das Unglück-
lichsein zur Lebensaufgabe. Und machen dann natürlich alle
um sie herum auch unglücklich. Wahrscheinlich fängt das als
eine Art Zeitvertreib an, damit einem nicht langweilig wird,
und dann verhärtet es sich und wird zu einer Lebensweise,
ohne dass es einem auffällt.« Sie starrte vor sich hin. »Es gibt
ja nicht viel zu tun, wenn man auf dem Land lebt.«

»Ja«, sagte er. »Ich weiß. Ich erinnere mich.«

Sie zündete sich die zweite Hälfte der Zigarette an der
Glut der ersten an, die sie dann im Aschenbecher ausdrückte.
Dann steckte sie die Hände wieder in die Taschen ihrer
Strickjacke und lächelte ihn schief an. Ihr linkes Auge lag ein
klein wenig tiefer als das rechte, daher wirkte sie ein wenig
asymmetrisch. Ihm fiel aus unerfindlichem Grund gerade
jetzt ein, dass die Griechen Symmetrie missbilligten und nur
das Ungleichmäßige als schön ansahen. Sylvia Osborne war
nicht schön, und doch …

»Ich glaube, Sie wollen mich küssen«, unterbrach sie seine Gedanken. »Ja?«

»Mrs Osborne, ich …«

Sie nahm die Zigarette aus dem Mund, erhob sich, beugte sich auf Händen und Knien nach vorne und legte den Mund auf seinen. Ihre Lippen waren kalt. Er spürte die kurze Berührung ihrer kleinen Zungenspitze. Dann zog sie sich von ihm zurück, verharrte aber einen Augenblick auf allen vieren und musterte ihn mit gerunzelter Stirn ganz aufmerksam, wie ein Anästhesist, der darauf wartet, dass das Betäubungsmittel wirkt, dachte er. Dann legte sie sich hin und zog sich die Decke wieder über die Knie.

»Versuchen Sie doch bitte, das Feuer wieder zum Brennen zu bekommen. Ich bin völlig kaputt.«

Er kniete sich vor den Kamin und stocherte in den glühenden Kohlen herum. Sie waren außen grau und staubig, aber innen glühten sie rot. Er suchte sich ein paar Kienspäne und steckte sie tief in die rote Asche hinein.

»Jetzt sollte es gehen«, sagte er.

Er hätte sie in die Arme nehmen und richtig küssen sollen – es war offensichtlich, dass sie das von ihm wollte. Er fühlte sich schwerfällig, tollpatschig, nutzlos.

Sylvia Osborne hielt den Stummel der halben Zigarette zwischen Daumen und der Spitze eines Fingers und saugte den letzten Rest Rauch heraus. »Ich glaube, Sie und ich, wir sind uns ziemlich ähnlich. Wir haben beide keine Ahnung, wer wir sind. Finden Sie nicht? Ich probiere Versionen von mir selbst an, so wie ich Kleider in einem Laden anprobiere.«

»Das ist mir aufgefallen.«

»Ach ja? Autsch!« Sie hatte sich an der Zigarette verbrannt

und ließ nun den letzten Rest in den Aschenbecher fallen. Eine graublaue Rauchfahne stieg gerade nach oben. »Und Sie?«, fragte sie.

»Ich? Ach, ich glaube, ich bin bei der Version von mir angelangt, die mir am liebsten ist oder die mir zumindest genügt.«

»Sie Glücklicher.« Sie hob den linken Arm und betrachtete die kleine silberne Uhr an ihrem Handgelenk eingehend – war sie kurzsichtig? »Wo bleibt denn nur diese verfluchte Lettie mit meinem Rezept?« Sie blickte Strafford an, der immer noch vor dem Kamin hockte; die Kienspäne hatten plötzlich Feuer gefangen. »Kommen Sie her und küssen mich noch einmal, ja?«, sagte sie. »Der Erste war kaum zu spüren.«

Erst danach fielen ihm die Fragen ein, die er ihr hatte stellen wollen, über ihren Bruder, das schwarze Schaf. Kam er heimlich ins Haus, um sie zu besuchen? Ließ sie ihn ein, und wenn ja, wie? Eigentlich hätte er noch einmal zu ihr zurückgehen und sie fragen sollen, aber er tat es nicht.

21

Sein Omelett aß er kalt. Mrs Duffy war beleidigt, weil er auf ihren Ruf nicht reagiert hatte. Sie spülte laut klappernd das Kochgeschirr ab, dann fing sie an, mit einem Strohbesen den Boden zu fegen, während er noch aß, wirbelte Staub auf und ließ ihn die Füße heben, damit sie mit dem Besen darunter kam. Kathleen, das Dienstmädchen, steckte den Kopf aus der Spülküche, um einen Blick auf ihn zu werfen – sie hatte ihn noch nie gesehen –, und zog sich rasch wieder zurück, als die Haushälterin sich umwandte und sie böse anfunkelte.

Jenkins war immer noch nicht zurück. Strafford war noch nicht ernsthaft besorgt, nicht ernsthaft – Jenkins war zäher, als er aussah, und er konnte gut auf sich selbst aufpassen –, trotzdem war es ungewöhnlich für ihn, so lange wegzubleiben, ohne Bescheid zu sagen.

Colonel Osborne kam von den Stallungen herein, setzte sich Strafford gegenüber an den Tisch und trank eine Tasse Tee. Er roch nach Heu und Pferdemist. Der Detective errötete; er dachte daran, wie Sylvia Osbornes Lippen die seinen berührt hatten, dachte an die zarte Blässe ihrer Haut, wie unter Wasser, an den Geschmack ihres rauchigen Atems, den Duft ihres aufregend süßlichen, moschusartigen Parfums, das ihn umhüllt und schwindelig gemacht hatte, als sie sich ein zweites Mal geküsst hatten.

»Ihr Mann ist noch nicht wieder aufgetaucht?«, erkundigte sich der Colonel. »Hoffentlich hat er Stiefel und einen warmen Mantel – es soll noch mehr Schnee kommen, heißt es im Radio. Ich frage mich langsam, ob das jemals wieder aufhört.« Er hielt inne. »Wie gefällt es Ihnen denn im Sheaf of Barley? Reck ist doch ein echtes Unikum. Man trifft nicht oft auf einen Schlachter, der Shakespeare gelesen hat und alles Mögliche aus der Bibel zitieren kann.«

Strafford erzählte ihm von seinem Treffen mit Rosemary Harkins.

»Ach ja.« Osborne runzelte die Stirn. »Das war sicher nicht leicht für Sie.«

»Sie hat mir von ihrem Vater erzählt. Wussten Sie, wer das war? Hat Father Harkins jemals von ihm gesprochen?«

Osborne blickte noch finsterer.

»Nein, er hat ihn nie erwähnt«, sagte er, »und ich habe es für das Beste gehalten, es genauso zu machen. Natürlich wusste ich von ihm. JJ Harkins war ein Mörder, nicht mehr und nicht weniger, trotz seiner Versuche, sich nach den ganzen Kämpfen wieder einen anständigen Ruf zu verschaffen. Wissen Sie, dass er einen Mann erschossen hat, um sein Haus zu bekommen? Er hat ihn einfach beschuldigt, ein Verräter zu sein. Ein übler Schurke, der Bursche. Hier gilt er natürlich als Held, man darf kein Wort gegen ihn sagen. Ich hatte großen Respekt vor Father Tom, weil er ihm so die Stirn geboten hat. Aber um ehrlich zu sein, ich glaube, im Priesteramt war der Mann vergeudet.«

»Genau das hat seine Schwester auch gesagt.«

»Ja? Nun, da hatte sie recht. Trotzdem bin ich mir sicher, dass er seine Sache ordentlich gemacht hat. Alle redeten gut von ihm – er war eng mit dem Vikar von St Mary's befreundet.« Nachdenklich betrachtete er die Tasse in seiner Hand und schüttelte den Kopf. »Ich kann immer noch nicht glauben, dass er tot ist.« Er blickte auf. »Sind Sie denn schon weitergekommen bei der Jagd auf den Täter? Angeblich kampiert eine Bande von Tinkern drüben bei Murrintown – vielleicht sollten Sie mal ein paar von denen herbeischaffen und sie verhören.«

Strafford sagte nichts. Er bewunderte Osbornes Ausdauer beinahe, mit der er darauf beharrte, dass ein Eindringling den Priester ermordet hatte, obwohl alle Hinweise auf das Gegenteil schließen ließen.

»Das wäre Zeitverschwendung, fürchte ich«, sagte Strafford. »Das waren keine Tinker, die ihn umgebracht haben.«

»Aber irgendjemand muss es doch gewesen sein!«

Strafford hatte das Omelett aufgegessen – es hatte eine Fettschicht an seinem Gaumen hinterlassen –, und nun wischte er sich die Finger an einer Serviette ab und stand auf. Er dankte Mrs Duffy, die so tat, als würde sie ihn nicht hören; sie war immer noch böse auf ihn, weil er ihrer Aufforderung nicht gefolgt war – oder hatte sie geahnt, wo er gewesen war, als sie ihn gerufen hatte, und was er gemacht hatte? Das Personal wusste immer alles, was in einem Haus vorging, oben und unten, das war ihm sehr wohl bewusst. Und Mrs Duffy lauschte zweifellos an Schlüssellöchern.

»Sie brechen auf?«, fragte der Colonel.

»Ja, ich fahre nach Ballyglass zur Garda-Wache, um zu fragen, ob sie irgendetwas von Sergeant Jenkins gehört haben. Irgendwo muss er ja sein.«

»Wenn er zurückkommt, solange Sie noch weg sind, sage ich ihm, er soll auf der Wache anrufen – dort werden Sie dann ja wohl sein?« Er begleitete ihn zur Haustür, wo er ihn drängte, sich einen Mantel auszuborgen – »Das Ding, das Sie da anhaben, taugt nicht für dieses Wetter« – sowie Handschuhe und eine Mütze mit Ohrenklappen. Er legte ihm eine Hand auf die Schulter, genau wie Erzbischof McQuaid es gemacht hatte. »Keine Sorge«, sagte er fröhlich, »Ihr Mann wird schon wieder auftauchen.«

Strafford lächelte gequält, sagte aber nichts. Er war sich nicht sicher, was er schlimmer fand, Osborne, den Offizier und dekorierten Dunkirk-Veteranen, der keinen Spaß verstand, oder diese andere Version, die er spielte, raubeinig, onkelhaft, ein anständiger Kerl mit strahlend weißer Weste.

Den Mantel und die Handschuhe nahm er an, nicht aber die Mütze mit den Ohrenklappen.

Es schneite nicht, doch das würde sich bald ändern. Strafford fuhr an Enniscorthy vorbei und kam bei Camolin auf die Straße nach Wexford. Gleich hinter dem Dorf war ein Tanklastwagen ins Schleudern geraten und in den Graben gekippt. Er hielt an, um nach dem Rechten zu sehen. Der Fahrer war nicht mehr da, der Motor war kalt. Strafford ging davon aus, dass jemand den Unfall gemeldet hatte, und fuhr weiter. Er hatte schon genug, womit er sich herumschlagen musste.

Die Garda-Wache in Ballyglass war früher ein Stadthaus

gewesen. Das Gebäude bestand aus Granit, war quadratisch und sah auf strenge Weise schmuck aus. Hier hatte wahrscheinlich einmal ein Kaufmann gewohnt oder ein erfolgreicher Anwalt, vielleicht auch ein Makler. Strafford sah ihn vor sich, ein dicker Mann in Gamaschen, Gehrock und mit einem Stock, seine Frau eine aufgekratzte Schabracke, der Sohn ein Wüstling, und die Töchter, die unter der Enge des Lebens in der Kleinstadt litten, aber dennoch Angst vor der weiten Welt hatten. Weg war sie, diese Welt, ganz weg, so flüchtig wie die Vögel, die seine Mutter stundenlang auf der Wiese in Roslea beobachtet hatte.

Er parkte auf dem Hof neben der Wache, ging zurück zur Vorderseite, stieg die Stufen hinauf und trat durch die offene Eingangstür. Es roch vertraut und dennoch geheimnisvoll nach Hausstaub und Bleistiftspänen und versengtem Papier. So roch wohl jede Polizeiwache im Land, vielleicht sogar auf der ganzen Welt.

Der diensthabende Polizist am Empfang war ein großer, dürrer Holzkopf mit vorstehenden Fischaugen und ohne Kinn. Er sah aus wie achtzehn, musste aber älter sein. Er blickte Strafford argwöhnisch an, erkannte seine Autorität. Strafford hatte seine Ankunft nicht angekündigt. Jetzt wies er sich aus, indem er seine Marke zeigte.

»Ist Sergeant Radford da?«, fragte er.

»Er ist zu Hause, hat Grippe«, antwortete der Polizist knapp. Er würde vor irgend so einem hohen Tier aus Dublin mit seinem Kamelhaarmantel – der in Wirklichkeit Colonel Osborne gehörte – und seinem vornehmen Akzent nicht katzbuckeln.

Strafford sah ihn kurz schweigend an.

»Sie verwenden hier unten keine Titel?«

»Er hat die Grippe, *Detective Inspector*.«

»Das habe ich gehört. Schlimm? Bettlägerig, samt Wärmflasche und heißer Zitrone, die Frau am Bett, die ihm die glühende Stirn abtupft?«

»Ich weiß nur, dass er krank ist. Seine Frau hat morgens immer angerufen und gesagt, dass er nicht kommt.«

»Wie lange ist er schon krank?«

Der Polizist zuckte die Achseln. »Eine Woche. Zehn Tage.«

»Was denn jetzt, Guard, zehn Tage oder eine Woche?«

»Zum letzten Mal war er Freitag vor einer Woche hier.«

»Hat er an dem Tag gearbeitet oder ist er nur zufällig vorbeigekommen, um Hallo zu sagen und seinen Lohn abzuholen?«

»Er hat gearbeitet.«

»Gut. Und Sie sind …?«

»Stenson.«

»Haben Sie irgendetwas von meinem Kollegen Sergeant Jenkins gehört?«

»Von wem?«

»Jenkins, Sergeant Jenkins. Wir sind draußen in Ballyglass. Dort wurde ein Mord begangen, das wissen Sie ja vielleicht.«

»Wieso sollte ausgerechnet ich von ihm hören?«

»Er ist seit heute Vormittag nicht mehr gesehen worden. Ich dachte, er wäre vielleicht hier vorbeigegangen.«

Aber wie hätte er herkommen sollen?, fragte sich Strafford. Vielleicht hatte jemand Jenkins im Auto mitgenommen; immerhin hatte Reck gestern auch an der Straße oberhalb von Ballyglass Wood angehalten und ihn mitfahren lassen.

Demonstrativ gleichgültig schlug der Polizist irgendein

Geschäftsbuch auf dem Tisch vor sich auf und fuhr mit einem Bleistift die Liste von Namen herunter.

Strafford seufzte und sah sich um. An einem grünen Filzbrett waren Zettel mit Reißnägeln befestigt. Ein mit Schablone koloriertes Plakat warb für eine Weihnachtslotterie – TOLLE PREISE! KAUFEN SIE JETZT LOSE! –, es gab Warnungen vor Riesenbärenklau und irgendetwas mit Tollwut. Immer die gleichen Zettel, immer das gleiche grüne Filzbrett.

Neben dem Empfangstisch war eine Theke mit einer Holzklappe, dahinter eine Tür mit Milchglasscheibe. Links davon führte eine nackte Holztreppe zu einem Treppenabsatz, auf den man von einem verstaubten Innenfenster aus blicken konnte. Strafford war niedergeschlagen. Sein Vater hatte gewollt, dass er Anwalt wurde, und seine Enttäuschung nie überwunden, nachdem Strafford beschlossen hatte, stattdessen zur Polizei zu gehen. Ob wohl alle Söhne ihren Vätern trotzten? Er dachte an den Priester und an JJ Harkins, den Mann, der Menschen ins Gesicht schoss.

»Holen Sie mir Sergeant Radford ans Telefon.«

»Warum?«

»Wie würde Ihnen eine Versetzung gefallen, Garda Stenson?«, fragte er freundlich. »Nach Ballydehob zum Beispiel, oder auf die Beara-Halbinsel. Das ließe sich einrichten, ich müsste den Commissioner nur kurz anrufen und ihm sagen, wie kooperativ Sie alle hier unten waren.«

Der Guard kniff einen Mundwinkel zusammen, nahm den Hörer zur Hand und drückte auf einen grün leuchtenden Knopf seitlich am Telefon. Am anderen Ende der Leitung klickte es, dann hörte man eine Frauenstimme.

Der Guard sagte: »Hallo, Mrs Radford. Könnten Sie dem Chef ausrichten, dass hier ein Detective aus Dublin ist, der mit ihm reden will.« Wieder sagte die Frau etwas, und der Guard legte die Hand über den Hörer. »Ich soll Ihnen mitteilen, dass er mit Grippe im Bett liegt.« Er grinste säuerlich.

»Ich fahre gleich bei ihm vorbei.«

»Er sagt, ich soll sagen, dass er gleich vorbeikommt.«

Eine Pause folgte, dann war eine heisere, raue Männerstimme zu hören. Garda Stenson lauschte einen Augenblick. »Gut, Chief.« Er hängte ein. »Sie sollen warten.«

Strafford wartete. Er setzte sich auf eine Holzbank unter dem Anschlagbrett, die Hände locker auf dem Schoß. Der Guard widmete sich wieder seinem Buch und warf ihm gelegentlich einen kurzen Blick aus den Augenwinkeln zu. Die Zeit verstrich. Eine ältere Frau mit Kopftuch kam, um sich zu beschweren, dass der Windhund ihrer Nachbarin wieder ihren Hühnern nachstellte. Garda Stenson schlug ein anderes Buch auf und schrieb etwas hinein. Die Frau blickte Strafford an und lächelte scheu.

»In Ordnung«, sagte der Guard, »ich habe das aufgenommen.« Die Frau ging. »Das ist das dritte Mal in diesem Monat«, kicherte Stenson. »Es gibt gar keinen Windhund.«

»Ist sie verwitwet?«, fragte Strafford.

Stenson beäugte ihn misstrauisch. »Woher wussten Sie das?«

»Sie sind einsam.«

Noch mehr Zeit verstrich. In der Ferne ging eine Fabriksirene, ein langer Heulton, der immer lauter wurde, dann anhielt und schließlich wieder aufhörte. Es roch nach Schweinen, die irgendwo in der Nähe sein mussten. Nach zehn

Minuten hielt draußen auf dem Hof ein Auto. Eine Tür wurde geöffnet und zugeschlagen, schwere Schritte näherten sich.

Sergeant Radford war ein mächtiger Mann mit Hängebacken, etwa Mitte vierzig. Er hatte sich seit einigen Tagen nicht rasiert, die Stoppeln auf Kinn und Wangen waren rostrot und glänzten an den Spitzen. Er nahm seine Gardakappe ab und fuhr sich mehrmals grob über die kurz geschorenen angegrauten Haare. Die Jacke seiner Uniform war ihm zu klein, sie wölbte sich an den Knöpfen, sodass man darunter einen blau-weiß gestreiften Schlafanzug sah. Er wirkte angestrengt, seine Stirn war gerötet, die Wangen eingefallen, unter den Augen hatte er bläuliche Tränensäcke. Vielleicht hatte er wirklich die Grippe, dachte Strafford, immerhin werden auch Trinker manchmal krank. Sein Atem roch nach Pfefferminzbonbons und auch ganz leicht nach Whiskey.

»Wie war Ihr Name noch?« Er hustete heftig. Sein Blick huschte hin und her, ohne etwas genauer anzusehen. Den Guard am Empfang ignorierte er.

»Strafford. Detective Inspector.«

»Hat man Ihnen nicht gesagt, dass ich krank bin?«

Strafford klopfte sich mit dem Hut an den Schenkel.

»Ein Mann von mir wird vermisst – mein Stellvertreter.«

»Wie meinen Sie das, vermisst?«, fragte Radford und kniff die Augen zusammen, um sich besser zu konzentrieren.

»Ich habe ihn heute Morgen gebeten, zu Ballyglass House zu fahren und die Familie Osborne noch einmal zu befragen. Er ist dort angekommen, hat mit der Köchin gesprochen und dann irgendwann das Haus verlassen. Seither haben wir nichts mehr von ihm gehört.«

»Wie heißt er?«

»Jenkins. Detective Sergeant Jenkins.«

Radford befeuchtete sich die Lippen.

»Und was soll ich deswegen unternehmen?«

»Strengen Sie eine Suche an.«

»Eine Suche?« Radford starrte ihn an. »Bei dem Wetter?«

Strafford hielt seinem Blick stur stand.

»Ich habe Ihnen doch gerade gesagt, ein Mann wird vermisst. Er ist gestern aus Dublin gekommen – wir arbeiten beide auf dem Revier in der Pearse Street. Ich mache mir Sorgen. Er ist nicht der Typ, der einfach losmarschiert, ohne mir Bescheid zu geben. Ich will, dass er gefunden wird. Wie viele Leute haben Sie hier?«

Radford sah Garda Stenson an. »Fünf, ich eingeschlossen.«

»Das ist nicht viel.« Strafford seufzte. »Was ist mit der Feuerwehr? Das St John Ambulance Corps – können Sie da jemanden herbekommen? Rufen Sie Freiwillige zusammen.«

»Glauben Sie, er ist irgendwo im Freien, bei dem Wetter?«

»Er war zu Fuß unterwegs. Vielleicht hat er sich verirrt.«

Radford blickte zu den Fenstern und dem bleiernen Himmel hoch. »Er hätte doch sicher irgendwo Schutz gesucht.«

»Ich mache mir Sorgen, dass er verletzt ist. Er hätte mittlerweile längst angerufen, um mir zu sagen, wo er ist.«

»Kommen Sie mit hoch ins Büro.« Radford drängte sich an ihm vorbei, öffnete die Klappe in der Theke und stieg müden Schrittes die schmale Holztreppe hinauf.

Strafford wandte sich an Stenson.

»Holen Sie die Männer her, und zwar so viele wie möglich. Sagen Sie ihnen, es geht ins Freie, sie sollen entsprechende Kleidung mitbringen.«

»Bekomme ich jetzt meine Anweisungen von Ihnen?«

»Ja. Ich sehe keinen ranghöheren Vorgesetzten hier, Sie?«

Radford war oben an der Treppe stehen geblieben, um diesem Wortwechsel beizuwohnen. Jetzt stapfte er ohne ein Wort weiter. Der Polizist am Empfang hatte vor lauter Groll ein rotes Gesicht bekommen.

»Und geben Sie auch der Feuerwehr und den Leuten von der John's Ambulance Bescheid«, sagte Strafford, »und allen anderen, die Ihnen einfallen.«

Er folgte Radford die Treppe hinauf.

»Und warum nicht noch den Pfadfinderinnen?«, brummte Garda Stenson vor sich hin.

In Radfords Büro war es so kalt, dass die Fenster auf der Innenseite von einem Eisfilm überzogen waren. »Die verdammte Heizung ist schon wieder kaputt.«

Das Büro war genauso chaotisch, wie Strafford es erwartet hatte. Ein gedrungener eiserner Heizkörper war unter dem Fenster an die Wand geschraubt. Strafford hatte solche Heizungen aus seiner Schulzeit in Erinnerung, als die ganze Klasse sich an den Wintermorgen darum stritt, sich daran wärmen zu können, bevor der Lehrer hereinkam. Radford drehte an dem Regler, trat einen Schritt zurück und verpasste der Heizung einen Tritt. Erst passierte nichts, dann erwachte der Heizkörper glucksend und gurgelnd zum Leben, gefolgt von einem gleichmäßigen, verstohlenen Tröpfeln.

Radford ging hinter seinen Schreibtisch und setzte sich. Er blickte Strafford triefäugig an.

»Alles geht zum Teufel«, sagte er. »Erst lässt sich der Priester umbringen, und jetzt haben Sie auch noch diesen Stafford verloren.«

»Jenkins«, sagte Strafford, »Detective Sergeant Jenkins, das ist derjenige, den wir suchen. Ich bin Strafford – Strafford mit r, übrigens. Kennen Sie meinen Chef, Chief Superintendent Hackett?«

»In der Pearse Street? Ich habe von ihm gehört. Was war das noch für ein Mordfall, den er nicht gelöst hat? Ein gewisser Costigan, den man mit gebrochenem Genick im Phoenix Park gefunden hat?«

»Vor meiner Zeit«, sagte Strafford. Er zog einen Stuhl heran und setzte sich ihm gegenüber. »Da gibt es etwas an dieser ganzen Sache, was ich nicht verstehe – vielleicht können Sie mich aufklären.«

»Und das wäre?«

»Einem Gemeindepfarrer wird ein Messer in den Hals gerammt, und er wird säuberlich kastriert, aber das scheint niemanden sonderlich zu beschäftigen. So viele Morde kann es doch hier nicht geben, dass Sie sich so daran gewöhnt hätten.«

Radford war abgelenkt. Er nahm eine Packung Player's aus der Brusttasche seiner Uniformjacke und zündete sich eine an. Beim ersten Lungenzug wurde er von einem heftigen Hustenkrampf geschüttelt, sodass er sich krümmte und sich mit einer Hand am Tisch festhielt. »Herrgott«, keuchte er und schüttelte sich. »Die Dinger sind noch mal mein Tod.« Er holte Luft und schüttelte sich wieder. »Was haben Sie mich gerade gefragt?«

»Egal. Es heißt, Ihr Father Harkins war sehr beliebt.«

Radford zog noch einmal an seiner Zigarette und wappnete sich gegen einen weiteren Anfall, aber diesmal musste er nicht husten.

»Ja, in bestimmten Kreisen war er durchaus beliebt.«

»Aber in anderen nicht?«

Radford beäugte das Kuddelmuddel von Papieren auf seinem Schreibtisch.

»Lassen Sie es mich so ausdrücken. Es war klar, dass der Kerl nicht unter seinesgleichen stirbt.«

»Was soll das heißen?«

»Na, was ich gesagt habe. Er war zu vernarrt in seine vornehmen Freunde.« Er winkte ab und wollte nicht weiter über Father Harkins' Beliebtheit sprechen. »Geben Sie mir eine Beschreibung von Ihrem Mann – wie hieß er noch?«

»Jenkins«, sagte Strafford überdeutlich und hielt seinen Ärger im Zaum. »Detective Sergeant Ambrose Jenkins.«

»Ambrose?«

»Genannt Ambie. Fünfundzwanzig, sechsundzwanzig, durchschnittlich groß, braune Haare, blaue Augen, vielleicht auch grau, da bin ich mir nicht sicher.« Er überlegte, ob er Jenkins' markante Kopfform erwähnen sollte, entschied sich aber dagegen. »Er hatte einen braunen Mantel an, einen grauen Hut ...«

Er hielt inne. Er hatte keine Ahnung, wie es kam oder woher, aber mit dem Gewicht einer unumstößlichen Überzeugung war ihm urplötzlich klar, dass Ambie Jenkins tot war.

22

Der Suchtrupp versammelte sich auf dem Rasen vor Ballyglass House. Strafford stellte mit einem zunehmend mulmigen Gefühl fest, dass die Mannschaft nicht gut zusammenpasste. Die Polizei hatte nur drei Guards in Capes und mit Sturmhauben unter den Schirmmützen aufbringen können. Dazu kamen ein halbes Dutzend Feuerwehrleute in Ölzeug und mit Helm, drei, vier picklige Jugendliche aus dem St John's Ambulance Corps, ein Pfadfinderführer aus Wexford mit dem unglücklichen Namen Higginbottom, und ein einzelner Pfadfinder, ein ungeschlachter Junge mit Bronchitis, der nach Hause geschickt wurde, damit er sich nicht auch noch eine Lungenentzündung holte. Außerdem hatte sich etwa ein Dutzend zivile Helfer aus dem Ort und der Umgegend eingefunden, gut gelaunte Männer, darunter Farmer und Stallburschen, ein pensionierter Busfahrer, ein Gehilfe eines Lebensmittelhändlers und ein Mitarbeiter der Ortsgemeinde.

Die Versammlung hatte etwas Ausgelassenes. Die Männer standen in Gruppen zusammen, rauchten Zigaretten und rissen Witze. Colonel Osborne hatte drei Flaschen algerischen Weins spendiert, aus denen Mrs Duffy einen Punsch gekocht hatte, mit Nelken und Orangenschalen und Apfelstückchen. Sie trug ihn in einem metallenen Teebereiter nach draußen, den sie auf eine umgedrehte Holzkiste am Fuß der Eingangstreppe stellte. Kathleen, die Küchenmagd, verteilte diverse Gläser, Henkelbecher, Teetassen und sogar ein paar Marmeladengläser. Colonel Osborne, in Armeemantel und Ledergamaschen, stellte sich zu Strafford auf die oberste Stufe vor der Haustür und betrachtete die Szene mit einigem Amüsement.

»Wie am Morgen einer Jagd«, sagte Osborne. »Sie könnten genauso gut Stirrup Cups trinken.«

Der Himmel war bewölkt, aber die Luft war klar, auch wenn hin und wieder eine einzelne Schneeflocke unsicher herabtrudelte wie ein sterbender Schmetterling. Auf der Zufahrt parkten zwei Wagen der Garda, ein Krankenwagen, ein Traktor, ein Bagger und ein Jeep.

Lettie kam mit der verschriebenen Medizin für ihre Stiefmutter aus Wexford. Sie schickte sich an, bei der Suche mitzuhelfen, aber ihr Vater verbot es ihr – »Gott bewahre, du holst dir noch den Tod!« –, und so stapfte sie verhalten fluchend ins Haus. Ihr Bruder Dominic hatte sich davongemacht, während sich die Suchmannschaft versammelte. Er war im Land Rover des Colonels weggefahren, ohne zu sagen, was er vorhatte.

Der Punsch war ausgetrunken, und die Suche sollte gerade beginnen, als Sergeant Radford in seinem eigenen Wagen ankam, einem klapprigen alten Wolseley, dem eine Stoßstange fehlte. Er trug einen Lammfellmantel und hatte sich eine Wollmütze bis über die Ohren gezogen. Wangen und

Nase waren fleckig und von leuchtenden Äderchen durchzogen, seine Augen lagen wässrig inmitten von Fältchen. Er war ein kranker Mann, verloren in seiner Trauer.

»Meinen Sie wirklich, es ist das Richtige für Sie, jetzt rauszugehen?«, fragte Strafford. »Sie sehen nicht gut aus.«

Radford zuckte mit den Achseln. »Was gab's hier zu trinken?«, fragte er mürrisch. »Punsch? Und wahrscheinlich ist schon alles weg.«

Er übernahm sofort das Kommando, teilte den Suchtrupp paarweise auf und wies ihnen Richtungen zu. Der Colonel ging zu den Stallungen, er sagte, er müsse sich um die Pferde kümmern und würde sich dem Suchtrupp danach anschließen.

Doctor Hafner kam an, als die Gruppe gerade losmarschierte. Er kurbelte sein Autofenster herunter und rief Strafford, weil er wissen wollte, was los war. Strafford erzählte es ihm.

»Merkwürdig«, sagte Hafner »einen Mann zu verlieren. Soll ich mir Stiefel ausleihen und mitkommen? Im Gelände bin ich allerdings nicht gut zu gebrauchen. Ich bin sowieso hier, um nach ihrer Ladyschaft zu sehen.«

Strafford fragte sich, ob er wohl jeden Tag kam. Eine so gewissenhafte Betreuung ging sicherlich über das übliche Maß an Pflichterfüllung hinaus. Er betrachtete die buschigen Augenbrauen des Mannes, seine scharfen, wissenden Augen, seine kräftigen Hände auf dem Lenkrad – ob Sylvia ihn wohl auch in ihrem Zimmer empfing, wo sie auf dem gelben Sofa ruhte, eine Decke über den nackten Knien?

Er und Sergeant Radford machten sich gemeinsam auf und liefen die Zufahrt entlang. Radford rauchte eine Zigarette und hustete.

»Ich mag das nicht«, keuchte er, als der Hustenanfall vorüber war. Er wischte sich den Mund mit der Rückseite seines Handschuhs ab.

»Sie mögen was nicht?«

»So eine Suche.«

»Sie hätten nicht kommen müssen.«

Radford sah sich mit finsterem Gesichtsausdruck um. »Ich habe vor ein paar Monaten meinen Sohn verloren.« Er hustete wieder und warf seine halb gerauchte Zigarette ärgerlich weg.

»Was ist denn mit Ihrem Sohn passiert?«

»Er ist eines Abends mit dem Fahrrad rüber nach Currachloe gefahren und ins Meer gegangen. Wir haben die ganze Nacht nach ihm gesucht.«

»Wie alt?«

»Neunzehn. Er sollte Ingenieur werden, hatte ein Stipendium für die Universität.«

Sie gingen an den parkenden Wagen vorüber. Das Feuerwehrauto roch nach Öl und abkühlendem Metall.

»Warum hat er es getan?«, fragte Strafford. »Wissen Sie das?«

Statt zu antworten, schüttelte Radford nur den Kopf.

Sie kamen zu dem Tor am Ende der Auffahrt. Strafford blickte nach rechts und nach links. Es schneite jetzt stärker, die Schneeflocken wehten kreuz und quer durch die bläuliche Luft.

»Welche Richtung?«, fragte Radford.

»Ich weiß nicht. Was meinen Sie?«

»Das ist ziemlich egal. Wir werden ihn nicht finden, das wissen Sie so gut wie ich.

»Ihren Sohn haben Sie auch gefunden.«

Radford schüttelte wieder den Kopf. Er blickte zum Mount Leinster hin, einem weißen Kegel am Horizont. Jetzt wandte er sich nach links, und Strafford machte es genauso.

»Eigentlich haben wir ihn nicht gefunden«, sagte er. »Jemand hat gemeldet, ihn früher am Abend in Currachloe gesehen zu haben, deshalb haben wir das Ufer, die Dünen, die Straße zum Dorf hinauf abgesucht. Drei Tage lang. Ich wusste, es gab keine Hoffnung. Eine Woche später wurde er draußen beim Raven Point angespült. Ich musste ihn identifizieren.« Er sah Strafford von der Seite an. »Haben Sie schon mal eine Leiche gesehen, die so lange im Wasser lag? Nein? Sie können sich glücklich schätzen.«

Recks Lieferwagen näherte sich ihnen von hinten mit großem Tempo, die Federn und Kotflügel klapperten. Durch das beschlagene Seitenfenster erhaschte Strafford einen Blick auf ein großes, bleiches Gesicht und einen roten Haarschopf. Es war Fonsey. Er hielt den Blick auf die Straße gerichtet, während er vorbeifuhr, und bremste nicht ab.

Radford stapfte weiter, mit gebeugten Schultern. Sein Mantel war so unförmig, dass er die Arme ein wenig vom Körper weghalten musste. Er sah aus wie ein pensionierter Boxer, benommen und erschöpft.

»Er hieß Laurence«, sagte er.

»Ihr Sohn?«

»Wir durften ihn nicht Larry nennen. Seine Mutter hat ihn immer aufgezogen und ihn Gentleman Jim genannt. Sie hat gesagt, er hält sich wohl für was Besseres. Die beiden hatten eine sehr enge Beziehung, der Junge und seine Mutter.« Er zeigte mit dem Daumen über die Schulter nach hinten.

»Er war oft dort oben, in Ballyglass House. Im Sommer hat er da Tennis gespielt – hintenraus ist ein Court –, und an Weihnachten war er zu Feiern dort. Die kleine Osborne hat ihn immer eingeladen. Sie war in ihn vernarrt – wie heißt sie noch?«

»Lettie?«

»Ich wusste nicht, was er da will. Der Sohn eines Sergeants bei der Garda und die Tochter von Seiner Lordschaft Durchlaucht Osborne? Ach, nein.«

»Konnte das vielleicht der Grund gewesen sein, warum er ...?« Strafford geriet ins Stocken.

»Warum er sich umgebracht hat? Nein. *Sie* war vernarrt in *ihn*, aber ich glaube nicht«, er zögerte eine Sekunde, »ich glaube nicht, dass es andersherum auch so war.«

Sie kamen zu der Kurve, wo die Schleiereule Strafford ins Scheinwerferlicht geflogen war. Radford blieb stehen, um sich noch eine Zigarette anzuzünden, und schützte das Streichholz unter dem aufgeschlagenen Mantel. Es schneite jetzt gleichmäßig. Gemeinsam stellten sie sich unter einen Weißdorn. Mount Leinster war in dem Weiß, das sich herabsenkte, verschwunden.

»Das ist Zeitverschwendung«, sagte Radford.

»Ja, ich weiß. Die anderen haben mittlerweile wahrscheinlich auch aufgegeben.«

Sie drehten um und gingen den Weg wieder zurück, den sie gekommen waren.

»Das mit Ihrem Sohn tut mir leid«, sagte Strafford.

»Ja. Er war ein guter Junge. Seine Mutter wird wohl nie darüber hinwegkommen.«

Beide sagten nichts mehr, bis sie beim Tor waren und die

Auffahrt hinaufgingen. Die Feuerwehrleute waren zurück-gekommen und standen um das Feuerwehrauto herum, wo sie sich aus ihrem Ölzeug schälten und den Schnee verfluch-ten. Sie machten sich bereit zum Aufbruch.

Strafford blieb stehen und sprach mit dem Fahrer. Sie hätten Ballyglass Wood durchkämmt, sagte der Mann, aber nichts gefunden. Sie wollten morgen noch einmal kom-men, wenn es nicht mehr schneite. Strafford dankte ihm und den anderen Männern, aber der Traktor, der in der Nähe angelassen wurde, übertönte ihn. Am Steuer saß einer der beiden rotgesichtigen Bauern, die am Abend zuvor in der Bar des Sheaf gewesen waren. Er hatte Schnee in den Augenbrauen. Als er an Strafford vorbeifuhr, berührte er den Schirm seiner Kappe mit einem Finger. Auf der gan-zen Zufahrt sprangen jetzt Motoren an. Higginbottom, der Pfadfinderführer, ging an der Reihe von Fahrzeugen ent-lang und fragte, ob ihn jemand nach Wexford mitnehmen könne. Es hatte alles etwas Endgültiges, wie am Ende einer Beerdigung.

Radford hatte sich hinter das Steuer seines uralten Ford gesetzt. Er beugte sich heraus und blickte zu Strafford hoch, der die Schultern hochgezogen hatte, um sich vor dem Schnee zu schützen. »Es tut mir leid mit Ihrem Mann«, sagte er. »Bei dem Wetter hätten wir ihn nie gefunden, und bald ist das Tageslicht auch weg. Vielleicht hat er in einer Scheune Schutz gesucht.«

Strafford schüttelte den Kopf.

»Das glaube ich nicht.«

»Glauben Sie, er ist tot?«

»Ja. Ich hätte die ganzen Männer nicht umsonst rufen

lassen sollen.« Schnee drang unter seinen Mantelkragen.
»Danke.«

Radford machte immer noch keine Anstalten, die Autotür zu schließen. Er hatte den Wagen angelassen und drückte immer wieder leicht auf das Gaspedal, sodass der Motor aufheulte.

»Was machen Sie jetzt?«, fragte er.

Strafford wandte finster den Blick ab. »Ich weiß nicht.«

»Versuchen wir es morgen noch einmal?«

»Ich bezweifle, dass es den Aufwand wert ist.«

Radford nickte, den Blick auf die Windschutzscheibe gerichtet. Er dachte an etwas anderes.

»Sie haben doch gesagt, der Priester war beliebt …«

»Ja?«

»Das war er – und er selbst hatte auch für viele Leute etwas übrig.« Er jagte den Motor wieder hoch, der protestierend aufheulte. Ein Muskel in seinem Kiefer zuckte. Er nahm den Fuß vom Pedal. Die Scheibenwischer hatten mit dem Schnee auf der Windschutzscheibe eine Menge Arbeit. Er schaltete sie aus, und Strafford machte mit dem Handschuh eine Stelle in der Scheibe frei, sodass er hindurchsehen konnte. »Für meinen Sohn, meinen Jungen, für *ihn* hatte er viel übrig.« Er blickte immer noch geradeaus. »Sehr viel hatte der hochwürdige Vater für ihn übrig. Das weiß ich ganz sicher.«

Dann legte er den Gang ein, schlug die Tür zu und fuhr über die Auffahrt davon.

23

Strafford traf in der Eingangshalle auf Doctor Hafner, genau an derselben Stelle wie am Tag zuvor. Allerdings kam Strafford diesmal herein, während sich der Arzt zum Aufbruch bereit machte. Seine schwarze Tasche stand zu seinen Füßen, und er knotete sich gerade einen Tartanschal um den Hals fest.

»Wie ist es denn da draußen?«, fragte er. »So schlimm wie es aussieht?« Strafford nickte. Der Doctor beäugte den großen schwarzen Mantel, den er trug. »Als Sie reinkamen, dachte ich, Sie wären der Colonel.«

»Ach ja, der Mantel. Er hat ihn mir geliehen.«

Hafner strich die Krempe seines Huts glatt. Die Gamaschen hatte er bereits angezogen. »Kein Glück gehabt mit der Suche, sehe ich das richtig?«

»Genau.«

»Das tut mir leid.« Hafner ging Richtung Tür, dann blieb er stehen und drehte sich noch einmal um. »Warum haben Sie mir übrigens gestern nicht erzählt, was mit Father Tom passiert ist?«

»Was meinen Sie?«

»Warum haben Sie mir nicht erzählt, dass er mit dem Messer angegriffen und dann die Treppe hinuntergestoßen wurde?«

»Dem war nicht so.«

»Was?«

»Er wurde nicht die Treppe hinuntergestoßen.«

Strafford hängte den schweren schwarzen Mantel auf, der jetzt durch den geschmolzenen Schnee noch schwerer geworden war.

»Ich meinte, dass Sie nicht erzählt haben, dass er ermordet wurde«, sagte Hafner kalt. Er trat näher und senkte die Stimme. »Ist es wirklich wahr, dass sie ihm die Eier abgeschnitten haben?«

»Sie?«

»Ich gehe davon aus, dass es Einbrecher waren. Zumindest behauptet das der Colonel. Täuscht er sich da?«

»Ja. Es waren keine Einbrecher«, sagte Strafford. Die Haarsträhne war ihm wieder in die Stirn gefallen, und er strich sie zurück. »Wie geht es Mrs Osborne?«

»Die Geschichte hat ihren Nerven nicht gutgetan.«

»Wenn Sie ›ihren Nerven‹ sagen, was genau meinen Sie damit?«

Hafner kicherte. »Erwarten Sie jetzt von mir, dass ich *Ihnen* Informationen gebe? Abgesehen von der Tatsache, dass Sie das nichts angeht, gibt es auch noch so etwas wie den hippokratischen Eid.«

Strafford nickte und blickte zu Boden. »Ich habe mich nur gefragt, wie Sie sie behandeln.« Er sah wieder nach oben. »Mit welchen Medikamenten, zum Beispiel.«

Hafners schon gerötete Stirn leuchtete jetzt. »Mir gefällt

Ihr Tonfall nicht, Inspector.« Er zwickte die bereits zusammengekniffenen Augen noch mehr zusammen. »Was geht es Sie denn an, was ich verschreibe?«

»Mir sind nur Mrs Osbornes Pupillen aufgefallen.«

»Ach ja? Sind Sie ihr so nahe gekommen, dass Sie das so genau sehen konnten?«

Irgendwo im Haus spielte Musik auf einem Grammofon.

Strafford stellte sich Hafner als Student vor, wie er mit gerötetem Gesicht in überfüllten Bars schwitzte, immer ein anderes Mädchen im Arm, samstagnachmittags bei Rugbyspielen herumbrüllte und bei den Prüfungen betrog.

»Hören Sie, Inspector – wie war noch Ihr Name?«

»Strafford.«

»Strafford, genau – beim nächsten Mal weiß ich ihn. Lassen Sie mich Ihnen einen guten Rat geben: Beschränken Sie sich darauf, den Mörder des Priesters zu finden, und halten Sie sich aus anderer Leute Angelegenheiten heraus.«

Er setzte den Hut auf und ging zur Tür. Er wandte sich um, eine Hand auf dem Türknauf, sah Strafford noch ein letztes Mal herausfordernd an und trat hinaus.

Im Haus war es still. Aus der Küche war leise zu hören, wie sich Mrs Duffy und Kathleen, das Hausmädchen, unterhielten. Auch das Grammofon lief noch. Strafford stand reglos da und lauschte. Die Musik kam von oben. Er ging in den Salon. Er war leer, der Kamin war aus. Schnee wehte gegen die hohen Fenster, es herrschte mittlerweile fast schon ein Schneesturm. Er dachte an Jenkins, ohne etwas zu empfinden. Sie hatten einander nicht nahegestanden, Jenkins und er.

Ambrose Jenkins. Er sah den Namen vor seinem geistigen Auge, die Lettern wie eine Inschrift auf einem Grabstein.

Er klopfte an die Tür von Sylvia Osbornes kleinem Empfangszimmer, doch keine Reaktion. Er steckte den Kopf hinein. Die einzige Spur von ihr war die Decke, die nicht zusammengelegt auf dem Sofa lag. Da Hafner hier gewesen war, war er davon ausgegangen, dass sie oben sein und in ihrem Zimmer dösen würde. Was Hafner ihr wohl verabreichte? Was auch immer es war, alle drückten ein Auge zu, die Familie, das Personal hier im Haus, der Apotheker, Sergeant Radford. Es gab nichts, was so diskret und verschwiegen war wie eine kleine Stadt.

Er sollte Hackett anrufen und ihm berichten, dass Jenkins nicht wieder aufgetaucht, dass er tot war. Denn er war tot, dessen war sich Strafford jetzt sicher. Vor den Fenstern schwand das Licht rasch; bald würde es dunkel sein.

Die Musik hatte aufgehört.

Er ging über die Hintertreppe hinauf, lief ans Ende des Korridors zu der Fenstertür, drehte sich um und blieb eine Minute dort stehen, um sich den Weg anzusehen, den er gekommen war. Mittlerweile wusste er, wie die Schlafzimmer zuzuordnen waren. Dominics Zimmer befand sich neben der Fenstertür, das von Lettie war auf der anderen Seite, zwei Türen weiter. Das kleine Zimmer, in dem der Priester geschlafen hatte, lag ebenfalls auf dieser Seite, kurz vor dem Durchgang, wo er überfallen worden war.

Es blieben also drei leere Schlafzimmer. Er versuchte, die Türen zu öffnen. Zwei davon waren geschlossen, die dritte, gegenüber von Letties Zimmer, war offen. Er trat ein.

Die Fensterläden waren zu. Im Halbdunkel machte er den Umriss eines Bettes aus, einen Schrank, eine Kommode, einen Stuhl. Es war klamm und stickig. In einer Tasche entdeckte er die Schachtel Swan Vestas aus dem Empfangszimmer. Er hatte vergessen, sie auf das Kaminsims zurückzulegen, nachdem er Sylvia Osborne Feuer gegeben hatte. Er riss ein Streichholz an, bückte sich und nahm die Türschwelle in Augenschein, über die er vorsichtig einen Schritt gemacht hatte. Die Staubschicht auf der Innenseite war glatt und unberührt. Diesen Raum hatte schon lange niemand mehr betreten.

Durch den Korridor lief er zurück. Im Durchgang war die fehlende Glühbirne noch nicht ersetzt worden. Wieder blieb er stehen, drehte sich um, lehnte sich mit verschränkten Armen an das Geländer und blickte zurück in den Durchgang und den Korridor entlang. Er versuchte sich vorzustellen, wie der Priester aus seinem Zimmer gekommen war und sein Kollar hinten zugeknöpft hatte. Warum hatte er es angelegt? In drei Schritten war er von der Tür aus beim Durchgang. Im Korridor brannte Licht, nicht aber im Durchgang – hatte er bemerkt, dass die Birne fehlte?

Vielleicht war er gar nicht aus diesem Zimmer gekommen, sondern von woanders dorthin zurückgekehrt. Er könnte unten gewesen sein. Er könnte sich dort mit jemandem getroffen haben. Sylvia Osborne war wach gewesen und durch das Haus gelaufen, halb unter Drogen, aber schlaflos. Er dachte an den Spermafleck, der auf der Hose des Priesters gefunden worden war. Wer konnte schon ahnen, was in einem alten Haus spätnachts alles vor sich ging?

In der Nähe fing das Grammofon wieder an zu spielen. Es kam aus Letties Zimmer. Er klopfte an.

Lettie trug einen Kimono in Rosa und Blau. Sie öffnete die Tür weit und trat einen Schritt zurück, die Hand auf die

Hüfte gestemmt. Eine Strähne war ihr über ein Auge gefallen. Sie musterte Strafford von oben bis unten. »Das ist mein Dietrich-Look.« Sie verstellte die Stimme, sodass sie sinnlich klang. »Wie gefällt er Ihnen?«

Er versuchte, an ihr vorbei in das Zimmer zu blicken. Da waren ein schmales Holzbett mit purpurroter Zudecke, ein Schreibtisch an der einen Wand, ein Tisch an der anderen, mit einem billigen Grammofon darauf, dessen Plattenteller sich drehte. Es lief *Falling in Love Again.*

»Verzeihung, ich wollte Sie nicht stören«, sagte er.

»Doch, das wollten Sie sehr wohl.« Sie lächelte und zog dabei eine Augenbraue hoch. Ihr Atem roch nach Zigarettenrauch. »Aber Sie stören mich nicht.« Sie steckte den Kopf heraus und blickte in beide Richtungen des Korridors. »Was machen Sie denn? Ich habe gehört, wie Sie hier herumstöbern, ich dachte schon, es wäre das Gespenst von Ballyglass.«

Love's always been my game,
Play it how I may,
I was made that way,
I can't help it.

»Ich wollte nur noch einmal nachfragen, ob Sie gestern Früh wirklich nichts gehört haben«, sagte Strafford. »Es muss doch ein Gerangel gegeben haben, einen Schrei – irgendetwas?«

Sie stöhnte und setzte einen extrem gelangweilten Blick auf. Sie ließ die Schultern hängen, die Arme schlaff vor sich.

»Ich habe Ihnen doch schon gesagt, ich habe *geschlafen.* Jemand hätte neben mir einen Schuss abfeuern können, und ich wäre nicht aufgewacht. Glauben Sie mir nicht?«

»Doch. Aber oft hört man etwas, ohne sich dessen bewusst zu sein. Würden Sie sich noch einmal konzentriert zurückerinnern?«

»Wie soll ich mich denn konzentrieren, worauf? *Ich – habe – geschlafen.*«

Er nickte. Sie hatte die Hand auf die Türkante gelegt und ließ sie ein bisschen in der Angel vor und zurück schwingen. »Wenn Sie schon weiter da rumstehen wollen, kommen Sie doch gleich rein. Was ist, wenn Ma Duffy sieht, wie Sie sich vor dem Schlafzimmer der Tochter des Hauses herumdrücken? Als Mädchen muss man schließlich auf seinen Ruf achten.«

Fallin in love again,
Never wanted to,
What am I to do?
Can't help it.

Der Song war zu Ende, die Nadel klickte immer wieder in der Rille.

»Verzeihung«, wiederholte Strafford.

Sie trat hinaus in den Korridor und blickte ihm nach. Da er ihr den Rücken zugewandt hatte, sah er nicht, wie sie ihm die Zunge herausstreckte und den Kimono öffnete. Darunter war sie nackt.

Er ging wieder nach unten in die Eingangshalle, wo er auf Colonel Osborne traf.

»Und, waren Sie erfolgreich mit Ihrem Kollegen?« Colonel Osborne trug seine Schießjacke und immer noch die Ledergamaschen.

»Nein. Wir haben die Suche aufgegeben – es hat zu sehr geschneit.«

»Ja, gerade kommt wirklich eine Menge runter. Wenn es so weiterschneit, liegt morgen früh bald ein halber Meter.«

Strafford hatte den Eindruck, nicht nur in der Welt sei seit Wochen Schnee gefallen, sondern auch in seinem Kopf. Es konnte für immer so weitergehen, kontinuierlich, leise und mörderisch. Er schloss die Augen und drückte Daumen und zwei Finger an die Nasenwurzel.

»Wissen Sie was«, der Colonel spielte wieder den raubeinigen Onkel, »bleiben Sie doch zum Abendessen. Wir essen früh, die Kinder wollten noch zu irgendeiner Party – allerdings weiß ich nicht, wie sie dahin kommen wollen, bei dem Zustand, in dem die Straßen jetzt sind.«

»Danke«, sagte Strafford, der darauf nicht vorbereitet gewesen war und nicht wusste, wie er das abwenden sollte. Er fand oft, dass es nur von Nachteil war, gut erzogen worden zu sein.

Es gab Kanincheneintopf. Er dachte an die Kaninchenpest. In dem Esszimmer mit seinen bescheidenen Ausmaßen hing ein überdimensionierter und mittlerweile elektrisch betriebener Kronleuchter erdrückend über einem Mahagonitisch, der so gewaltig war, dass Mrs Duffy es gerade so schaffte, sich mit Topf und Schöpfkelle hinter den Rückenlehnen der Stühle durchzuquetschen. Der algerische Wein hatte den zweiten Auftritt des Tages, in zwei Kristalldekantern, in denen er in einem unheilvollen Rubinrot funkelte. Alles auf dem Tisch war alt, die Teller, das knubbelige Silberbesteck, die gefransten Leinenservietten, das eingedellte Salzfässchen.

Der Colonel hatte den Vorsitz am Kopf des Tisches. Er hatte einen Smoking angezogen, mit diversen militärischen Auszeichnungen am Revers. Dazu trug er eine abnehmbare Hemdbrust aus Zelluloid, einen gestärkten weißen Kragen und eine schwarze Fliege. Sylvia Osborne saß matt am anderen Ende des langen Tischs, gegenüber von ihrem Mann. Sie trug ein Abendkleid aus dunkelgrüner Seide, das ihr ein schimmerndes, graziles Aussehen verlieh beziehungsweise verliehen hätte, hinge ihr nicht das Jagdsakko des Colonels über den Schultern. Sie zog den Tweed eng um sich, um sich zu wärmen. Dominic, in schwarzem Jackett und weißem Hemd mit offenem Kragen, sah gut aus. Lettie trug noch den Kimono, unter einem schweren schwarzen Mantel, der am Hals zugeknöpft war. Außerdem hatte sie fingerlose Strickhandschuhe an, aus Wolle in Purpur- und Orangetönen. Es war sehr kalt in dem Raum.

Sie unterhielten sich halbherzig. Mrs Osborne stocherte geistesabwesend in ihrem Essen herum, als würde sie darin etwas suchen, das sie verloren hatte.

Der Colonel wandte sich an Strafford. »Erzählen Sie uns doch etwas von sich, Inspector.« Verzweifelt grinsend zeigte er seinen Zahnersatz. »Verheiratet? Kinder?«

»Nein«, antwortete Strafford. »Ich bin alleinstehend.«

Er zuckte zusammen. Er hatte auf eine Schrotkugel gebissen, die in dem Kaninchenfleisch gesteckt hatte, und fürchtete, er hätte sich einen Backenzahn gespalten.

Lettie lächelte ihn strahlend an. »Heißt das, Sie sind schwul?«

»Lettie!«, rief ihr Vater. »Entschuldige dich sofort bei Inspector Strafford!«

Das Mädchen legte sich einen Finger auf die Unterlippe und grinste albern. »Ach, dapf pfut mir ja pfoo leid, Impfpektor Schprafford.«

Sylvia Osborne hob den Kopf und sah sich unsicher um, als hätte jemand ihren Namen gerufen.

Lettie zwinkerte Strafford zu.

Auf seiner Seite des Tischs saß auch Dominic Osborne. Er hatte beim Essen das Gesicht über den Teller gebeugt. Lettie warf ein Stück Brot nach ihm.

»Erzähl du uns doch was von dir, Dom-Dom«, sagte sie. »Hast du Heiratspläne? Eine nette kleine Frau und ein paar Kinderchen wären doch genau das Richtige für dich. Na, mein liebes Brüderchen?«

»Sei doch still«, sagte Dominic. Er wandte sich an seinen Vater. »Hat sie schon wieder getrunken?«

Der Colonel riss die Augenbrauen hoch. »Sie trinkt doch wohl nicht?« Er sah seine Tochter an. »Oder?«

»Natüürlich nicht, Daddy«, lispelte sie und klimperte mit den Wimpern. Dann sprach sie normal weiter. »Außer man zählt den gelegentlichen Gin Tonic vor dem Mittagessen, einen Schluck Schampus am Nachmittag und ein paar Brandys vor dem Schlafengehen. Aber sonst kein Tropfen Alkohol.«

Osborne wandte sich flehentlich an seinen Sohn. »Sie macht doch hoffentlich nur Spaß?«

Dominic konzentrierte sich wieder auf sein Essen und sagte nichts.

Mrs Duffy kam herein, um die Teller abzuräumen. Sie kündigte Tapioka zum Nachtisch an.

»Ich gehe hoch und ziehe mich um.« Lettie warf die Serviette hin, schob ihren Stuhl zurück und stand auf. Den schwarzen Mantel hüllte sie eng um sich wie einen Umhang. Sie zwinkerte Strafford noch einmal zu. Ihr Vater wollte etwas zu ihr sagen, aber sie ignorierte ihn und stolzierte singend davon.

Fallin in love again,
Never wanted to …

Sylvia Osborne blickte wieder auf. »Was?«, murmelte sie stirnrunzelnd.

Auch der Colonel warf seine Serviette auf den Tisch.

»Sie müssen meiner Tochter ihre Unhöflichkeit verzeihen«, sagte er zu Strafford.

»Schon gut«, murmelte Strafford reserviert.

Dominic Osborne blickte plötzlich auf und fixierte ihn gehässig.

»Sie sind für einen Spaß zu haben, nicht wahr?«, sagte er mit beißendem Sarkasmus. »Was haben Sie überhaupt hier verloren? Sie sollten doch eigentlich Jagd auf den Mörder machen? Und was ist mit diesem anderen Polizisten, wie heißt er noch, der ist ja angeblich verschwunden – warum sind Sie nicht draußen und suchen *ihn*?«

»Dominic, Dominic«, sagte sein Vater. »Der Inspector ist unser *Gast*.«

Der junge Mann sprang auf, wobei er beinahe seinen Stuhl umwarf, und marschierte türknallend aus dem Zimmer. Strafford glaubte, Tränen in den Augen des jungen Mannes gesehen zu haben.

Als er weg war, saß Colonel Osborne schweigend da und

starrte auf den Tisch. Seine Fliege saß schief. »Ich verstehe die Jugend nicht«, sagte er. Er blickte zu Strafford auf. »Sie etwa? Sie sind natürlich selbst nicht alt.«

Jetzt erhob sich auch Strafford. »Ich muss zurück in die Stadt, solange die Straßen noch befahrbar sind.«

»Ach, Moment! Die Kinder fahren bald los, auf ihre Feier, sie können Sie doch mitnehmen. Ich habe ihnen gesagt, sie sollen den Land Rover nehmen. Diese Bestie von einem Motor bewältigt alles. Sollte er auch – er hat mich nämlich genug gekostet.«

»Ich möchte sie nicht aufhalten ...«

»Unsinn! Sie setzen Sie gerne am Sheaf of Barley ab.« Er stand auf. »Ich sage ihnen, dass sie warten sollen.«

Er stand auf, ging mit großen Schritten hinaus und rief seinen Sohn und seine Tochter. Strafford stand unbehaglich da, eine Hand auf der Stuhllehne. Sylvia Osborne saß in sich zusammengekauert am Ende des Tischs und starrte auf den Boden. Sie tat ihm ganz plötzlich sehr leid; sie wirkte so klein und zerbrechlich unter dem großen Kronleuchter, der über ihr wie ein erstarrter Regen von Eiszapfen hing.

Mrs Duffy kam mit fünf weißen Schüsseln auf einem Holztablett herein. Verblüfft sah sie sich um, sichtlich beleidigt. »Wo sind denn alle hin?« Sie blickte Strafford vorwurfsvoll an. Dann setzte sie das Tablett mit einem solchen Knall in der Mitte des Tischs ab, dass die Schüsseln klirrten. Wieder warf sie Strafford einen finsteren Blick zu. »Und Sie wollen sicherlich auch nichts? Na ja, wenigstens ist es nicht meine Schuld, wenn es kalt wird. Tapioka, tss!«, machte sie, als wolle sie die schmähliche Verschwendung eines kostbaren Luxusguts beklagen, und watschelte brummend davon. Sie hatte nicht einmal einen kurzen Blick in Sylvia Osbornes Richtung geworfen.

Strafford ging die Längsseite des Tischs entlang und blieb vor der zusammengekauerten, stillen Frau stehen. »Ist alles in Ordnung?« Er wagte es nicht, sie zu berühren. »Sie scheinen ...«

»Ich habe ihn gesehen.« Sie sah plötzlich zu ihm auf. Ihre Pupillen waren zwei dunkle Punkte.

»Wen haben Sie gesehen?«

Sie wandte den Blick ab, während sie sich erinnerte.

»Ich habe jemanden aus der Bibliothek kommen sehen ...«

»Ja?« Er holte tief Luft. »Wer war es?«

»Ich weiß es nicht. Es war dunkel in der Eingangshalle, ich habe nur einen Schatten gesehen. Ich dachte, es wäre vielleicht ...«

Ihre Stimme erstarb. Strafford roch sie, gleichzeitig säuerlich und süß. Sie zog das Tweedsakko enger um sich, die Arme vor der Brust gekreuzt. Die Haut in ihrer Armbeuge war silbergrau, wie eine polierte Messerklinge. Er stellte sich vor, wie er sich hinunterbeugte und den Mund auf diese Falte legte.

»Dachten Sie, es wäre Ihr Bruder gewesen?«, fragte er ruhig. »Glaubten Sie, es war Freddie?«

Sie sah wieder zu ihm hoch und runzelte apathisch die Stirn. Wie schmal und bleich doch ihre Lippen waren.

»Freddie?«, sagte sie. »Nein, natürlich nicht. Er kommt nie hierher – Geoffrey lässt ihn nicht.«

»Wo treffen Sie ihn dann?«

»Wen?«

»Ihren Bruder.«

»Ah.« Sie zuckte mit den Achseln. »Er kommt zum Tor am Ende der Long Meadow, oder ich treffe ihn in der Stadt, wenn das Wetter schlecht ist, in Grogan's Teestube.«

»Geben Sie ihm Geld?«

Sie biss sich auf die Unterlippe. »Manchmal. Er ist immer pleite. Es ist wirklich schlimm mit ihm.« Sie lächelte ein wenig. »Armer Freddie.«

Strafford zog einen Stuhl heran, stellte ihn vor sie hin und setzte sich, die Hände auf den Knien.

»Sie wissen also nicht, wen Sie aus der Bibliothek haben kommen sehen?«

»Nein. Ich habe es Ihnen doch gesagt. Es war dunkel. Da war nur die Glühbirne auf dem Treppenabsatz.« Sie runzelte wieder die Stirn und versuchte, sich zu konzentrieren. Morphium, dachte er, es musste Morphium sein oder ein Barbiturat. Über Drogen wusste er nicht viel, aber er erkannte ihre Wirkung.

»Und dann sind Sie in die Bibliothek?«

»Ja, ich bin hineingegangen. Ich habe das Licht nicht angemacht. Oder doch?« Sie hob die Hand an die Stirn. »Ich habe gesehen, was sie ihm angetan hatten. Ich habe das Blut gesehen …«

»Und dann? Was haben Sie dann gemacht?«

»Ich glaube, ich habe geschrien und bin in die Halle hinausgelaufen. Geoffrey ist heruntergekommen. Er sah so albern aus in seinem Nachthemd – er trägt immer ein Nachthemd, nie einen Pyjama.« Kichernd hielt sie die Hand vor den Mund. »Es hat nur noch eine Nachtmütze und ein Kerzenhalter gefehlt.«

»Sie haben erkannt, wer das in der Bibliothek war – Sie wussten, dass es Father Harkins war?«

»Ich denke schon. Er lag mit dem Gesicht nach unten. Da war so viel Blut! Ich hatte noch nie so viel Blut gesehen. Ich wusste, dass er es war, natürlich – der schwarze Anzug, das Kollar ...« Sie seufzte und setzte sich ein wenig aufrechter. Dann sprach sie plötzlich ganz sachlich, beinahe zügig weiter. »Ich hatte nie viel für ihn übrig. Und ich wollte ihn nicht im Haus haben. Aber Geoffrey ...« Sie unterbrach sich und lachte schaudernd auf. »Der arme Geoffrey, er hält sich für etwas so viel Besseres als Freddie, aber eigentlich sind sie genau gleich, außer dass Geoffrey nicht spielt und nicht ständig sein ganzes Geld verliert, so wie Freddie.« Sie hielt wieder inne. »Jedenfalls ist der Priester jetzt tot, und ich kann nicht behaupten, dass mir das sonderlich leidtut. Ist das schlimm? Wahrscheinlich schon.« Sie beugte sich vor und starrte ihn an. Er hatte den Eindruck, sie hatte gar nicht gewusst, wer er war, aber nun erkannte sie ihn langsam. »Sie sind nicht zu streng mit ihnen, ja?«, sagte sie.

»Wen meinen Sie? Wer sind ›sie‹?«

Sie winkte schlaff mit der Hand, als wolle sie etwas verscheuchen. »Na, sie alle. Dominic. Die arme Lettie. Und der andere. Sie sind doch nur Kinder.«

»Der andere?«, fragte er sofort. »Wer ist der andere?«

»Was?« Sie sah ihn müde an und blinzelte wie eine Schildkröte.

Er neigte sich vor, bis sich ihre Knie beinahe berührten. »Dominic, Lettie und wer noch?«, drängte er. »*Wer*, Mrs Osborne?«

»Was?« Sie blickte ihn immer noch an und blinzelte langsam. »Ich weiß nicht, was Sie meinen. Ich verstehe nicht.«

Colonel Osborne stand plötzlich in der Tür.

»Nun aber hurtig!«, sagte er zu Strafford. »Die beiden warten auf Sie. Es hat aufgehört zu schneien, aber es sieht so aus, als würde es gefrieren.« Er sah seine Frau an. »Geht es dir gut, meine Liebe? Es ist wohl Zeit, ins Bett zu gehen.« Er rieb sich die Hände. »Heiligabend!«, sagte er und fügte spitzbübisch hinzu: »Was uns der Weihnachtsmann wohl bringt?«

Heiligabend! So war es, und Strafford hatte es ganz vergessen.

Sommer 1947

24

Ich war ihr Hirte, und sie waren meine Herde. So betrachtete ich das, und ich glaube, sie empfanden das auf ihre Art genauso. Ich erfüllte ihnen gegenüber meine Pflicht, und mehr noch. Ich bin auch nur ein Mensch, mit Fehlern, wie sie alle Menschen haben, dennoch glaube ich, mein Bestes gegeben zu haben, was auch immer gegen mich vorgebracht werden mag.

Sie waren ein wilder Haufen, aber hinter den schlauen Sprüchen und dem harten Gehabe steckten einfach nur Jungen, die meisten von ihnen Kinder. Natürlich gab es auch echte Rüpel unter ihnen, unverbesserliche Grobiane, und man konnte nur warten, bis die Zeit gekommen war und sie in die Welt hinauszogen – und gnade Gott der Welt, sage ich da nur.

Es waren ungefähr dreißig bei uns, manchmal mehr, manchmal weniger. Die Jüngsten waren etwa sieben Jahre, die Ältesten siebzehn, vielleicht achtzehn. Die Älteren waren natürlich am schwersten zu bändigen. Sie waren so abgebrüht, dass eine Tracht Prügel bei ihnen nichts mehr half, es sei denn, man schickte sie zu Brother Harkins. Das tat ich aber nur im Notfall. Harkins war ein harter Hund, das

muss ich leider sagen. Er war selbst in einem Waisenhaus auf-
gewachsen, man könnte also meinen, er hätte ein bisschen
Mitgefühl aufbringen können. Aber in ihm saß nur Groll,
und den ließ er an den Jungen aus – einmal hat er Connors,
den Tinker, mit einem Hurlingschläger bearbeitet. Connors
war bestimmt nicht älter als neun oder zehn.

Die Tinker waren am härtesten im Nehmen, sie überleb-
ten alles, aber der kleine Connors wäre fast gestorben, als sie
Harkins auf ihn losließen. Connors' Vater und zwei seiner
Onkel kamen danach in die Schule, aber Brother Muldoon,
der Leiter, schickte sie fort. Muldoon ließ sich von niemandem etwas erzählen, nicht von Eltern oder Verwandten oder
von sonst irgendjemandem. Dort drüben schrieben wir unsere eigenen Gesetze.

Wenn Connors gestorben wäre, so wäre er nicht der Erste
gewesen. Wir hatten schon zwei oder drei »verloren« – so
lautete die gängige Umschreibung. Die verlorenen Jungen der Letterferry Reformatory and Industrial School. Ich
fragte nicht nach den Einzelheiten, über so etwas wurde
nicht gesprochen.

Das Gebäude war zuvor eine Militärkaserne, und so sah
es auch aus: ein großer, karger Granitblock auf einem Fel-
sen über dem Meer. Keine Ahnung, warum sie dort draußen
mitten im Nirgendwo eine Kaserne brauchten – eigentlich
war es gar nicht mitten im Nirgendwo, sondern am Ende der
Welt, mit der Bucht auf der einen Seite und einem Moor auf
der anderen, das sich bis zum Nephin erstreckte, dem zweit-
höchsten Berg von Connemara. Die Jungs tauften den Berg
um in »die Äffin«, sie hatten für alles einen Spitznamen. Ich
hieß Tom-tit.

Manchmal fehlt mir dieser Ort, ob Sie es glauben oder nicht. An manchen Abenden, besonders im Sommer, da war es dort so schön, dass ich einen Kloß im Hals hatte, wenn ich mich bloß umsah. Das Meer, wie ein Spiegel aus geschliffenem Gold, der rauchblaue Berg, der sich in der Ferne erhob, die ganze Landschaft flach und ruhig, wie der Hintergrund in einem Theaterstück. Aber ich würde nicht dorthin zurückkehren wollen, o nein. Ich sagte es den Jungen zwar nie, aber mein Name dafür lautete Sibirien. Die Jungen, die Brüder und ich, wir alle waren Insassen des Gefängnisses von Letterferry.

Man hatte uns davor gewarnt, Lieblinge unter den Jungen zu haben. Ein Redemptoristenpfarrer, er hieß Brady, ich habe ihn noch gut in Erinnerung, kam zwei Mal im Jahr vorbei, um uns etwas aufzumöbeln – die Brüder und mich, wohlgemerkt, nicht die Jungs –, und dieses Thema brannte ihm besonders auf der Seele. *Wer sich einen Liebling auserkiest, liebe Brüder in Christus, schafft Gelegenheit zur Sünde*, rief er immer, beugte sich über den Rand der Kanzel in der kleinen Kellerkapelle und starrte mit funkelnder Hornbrille zornig zu uns herunter. Wenn er richtig loslegte, über fleischliche Sünden und Höllenfeuer und so weiter, sammelten sich kleine Schaumkleckse an seinen Mundwinkeln, wie Kuckucksspeichel. Ich mochte ihn nie, mit seinem unheimlichen Lächeln, und er mochte mich auch nicht, das war offensichtlich. Ich würde sagen, der Kerl kannte sich ganz gut aus mit den fleischlichen Sünden.

Aber ich hätte auf ihn hören sollen, das weiß ich. Ich war der Hausgeistliche, der einzige Priester vor Ort – die Brüder verübelten mir das –, daher hatte ich die besondere Verpflichtung, mit gutem Beispiel voranzugehen. Und ich habe es versucht, wirklich. Ich bin kein Theologe, weit gefehlt, aber ich habe nie verstanden, wie Gott, der uns erschaffen hat, von uns erwarten konnte, uns anders zu verhalten, als er uns gemacht hatte. Zugegeben, das ist keines der großen und schwierigen Themen wie der freie Wille oder die Transsubstantiation, trotzdem habe ich mich mein ganzes Priesterleben lang mit diesem Problem herumgeschlagen.

Sein Spitzname war Ginger, nicht sehr originell in Anbetracht seines rostroten Haarschopfes, den niemand bändigen konnte. Er war neun, als er nach Letterferry kam. Zuvor war er in Wexford gewesen, ich glaube, in einem Waisenhaus. Angeblich wurden sie nicht mit ihm fertig, und so schickten sie ihn zu uns. Er war keineswegs der Schlimmste. Sicherlich, er war ein halber Wilder, wie sie alle, konnte nicht lesen und schreiben und wusste nicht einmal, wie man sich wäscht. Ich hatte ihn zu meinem besonderen Projekt gemacht, mit dem Ziel, ihn zu zivilisieren − ich hatte ihm das Lesen beigebracht, darauf war ich stolz −, aber es kam mir nie in den Sinn, dass Brady, der Redemptorist, genau das meinte, wenn er davon sprach, »sich Lieblinge zu erkiesen«. Ich glaube immer noch nicht, dass ich ihm geschadet habe. Gut, manches, was ich getan habe, war sündhaft, das leugne ich gar nicht, aber wie mir ein alter Priester vor Jahren im Priesterseminar gesagt hat: Gott ist doch dazu da, um uns unsere Sünden zu vergeben. Und überhaupt, wo Liebe ist, da kann doch keine Sünde sein? Hat Jesus uns nicht selbst befohlen, einander zu lieben?

Ginger war ein feiner Kerl, das habe ich gesehen, nachdem wir es geschafft hatten, den Schmutz von ihm abzuschrubben und ihm die Haare zu schneiden. Schon damals war er groß und kräftig und nicht gerade anmutig, aber er muss etwas an sich gehabt haben, das mich dazu brachte, ihm besondere Aufmerksamkeit zu schenken. Vielleicht lag es daran, dass er ein Einzelgänger war, so wie ich. Ich glaube, er mochte Pferde lieber als Menschen. Er ritt immer ohne Sattel auf einem Connemara-Pony herum. Das Pony war klein und hatte auch noch einen durchhängenden Rücken, sodass Ginger die Füße hochhalten musste, damit sie nicht auf dem Boden schleiften. Aber er liebte das Tier heiß und innig, und das beruhte auf Gegenseitigkeit. Es war eine Freude, den beiden zuzusehen, wie sie über die Wege im Moor ritten, der große rothaarige Junge und das kleine Pony mit der blonden Mähne, die im Wind wehte.

Ich muss zugeben, Ginger hatte auch eine brutale Seite, die er aber vor mir zu verbergen suchte. Mit ihm war es, als befände man sich mit einem ruhiggestellten wilden Tier in einem Käfig und die Wirkung des Betäubungsmittels ließe gerade nach. Also denken Sie bei allem, was nun folgt, daran, dass ich immer ein ganz klein wenig Angst vor ihm hatte. Aber die Angst ist manchmal ein delikates Gewürz, nicht wahr? Einige von Ihnen werden wissen, was ich meine.

Ich habe Erkundigungen über ihn eingezogen. Es war nie leicht, etwas über den Hintergrund der armen Kinder herauszufinden, die in Letterferry landeten. Angeblich war seine Mutter ein achtbares Mädchen, zumindest hatte sie einen achtbaren Beruf, sie arbeitete in einer Eisenwarenhandlung in ihrem Wohnort im County Wexford. Wie gewöhnlich verriet niemand, wer der Vater war; ich erfuhr nur, dass er wohlhabend und auch recht bekannt im Ort war. Angeblich hatte er ihr Geld gegeben, damit sie nach England fuhr und auch dort blieb. Es war die alte Geschichte, ein anständiges Arbeitermädchen, das von einem reichen Verführer ausgenützt wird und schließlich alleine in einer rußigen Stadt in den Midlands – dem Ödland! – von England landet. Und sie wagten es, *mich* als Sünder zu bezeichnen!

Wie es kam, dass ich nach Sibirien verbannt wurde? Es begann eigentlich alles mit einer Art Jux. Als junger Seminarist bekam ich eines Sommers die Gelegenheit, mit drei, vier weiteren nach Rom zu reisen. Wir waren zusammen mit etwa einem Dutzend Gruppen aus diversen Priesterseminaren im ganzen Land auserwählt worden, die Ehre zu haben, von Papst Pius persönlich zu einer Audienz empfangen zu werden. Ich mochte Rom – nein, bei Gott, ich liebte es! Ich war noch nie zuvor im Ausland gewesen. Die Sonne, das Essen, der Wein, die frischen Morgen auf dem Pincio oder die sanften Nächte im Schatten des Kolosseums: Ich war nicht im Mindesten auf das sogenannte *dolce far niente* in Italien gefasst, auch wenn der Krieg noch nicht lange vorüber und die Stadt ein Trümmerhaufen war und nur von verkrüppelten Soldaten, Prostituierten und Schwarzmarkthändlern bewohnt zu sein schien. Burschen wie ich, »die Jungs in Schwarz«, wie wir uns nannten, wir waren Unschuldige in einem fremden Land, in einer schlechten Welt.

Ich traf mich mit einem jungen Mann namens Domenico – welcher Name wäre besser für einen angehenden Priester geeignet? –, der einen Narren an mir gefressen hatte und mir die Stadt zeigte. Er nannte mich *bello ragazzo* und zog mich auf, weil ich kein Wort Italienisch sprach; sein Englisch war allerdings nicht ganz so fließend, wie er meinte.

Er war nicht groß, mit dunkler, glatter Haut, durchdringenden schwarzen Augen – bevor ich Domenico kennenlernte, dachte ich immer, der Begriff »lachende Augen« sei nur eine Redewendung – und eingeölten schwarzen Locken über der Stirn. Jahre später sah ich ein Gemälde abgedruckt, ich glaube, es war von Caravaggio, mit einer Figur im Hintergrund, die meinem römischen Freund wie aus dem Gesicht geschnitten war.

Wir liefen zusammen durch die ganze Stadt, zum Vatikan natürlich, zum Pantheon, zum Forum und zur Villa Medici – ach, überallhin, was sich zu besichtigen lohnte. Domenico hätte ein professioneller Führer sein können, so gut kannte er sich aus und so begierig war er darauf, mir alles zu zeigen. Wir besuchten aber nicht nur Sehenswürdigkeiten. Er nahm mich auch in Cafés und Restaurants abseits des Touristenpfads mit, wo wir richtiges italienisches Essen aßen, nicht diese »schlächten, schläääächten« Pastagerichte, wie Domenico immer sagte, die sie den Leuten in Lokalen rund um die Spanische Treppe und an der Via Veneto völlig überteuert vorsetzten.

Ich erinnere mich deutlich an eine kleine Bar, in die wir eines Nachmittags gingen. Domenico sagte, sie sei über hundertfünfzig Jahre alt, mit angeschlagenen Spiegeln und einem schwarz-weiß gefliesten Boden und hohen, runden Stehtischchen aus grünem Marmor. Wir tranken jeder ein Glas Frascati, frisch und beinahe farblos, und teilten uns einen Teller Parmesan dazu. Das war alles, aber es war einer der schönsten Momente in meinem Leben, davor und danach. Ist das nicht seltsam? Nur ein Glas Wein und etwas Käse, und ich war im Himmel.

Dann beging ich einen Fehler. Eines Abends zogen Domenico und ich uns Zivilkleidung an, und er nahm mich mit in eine Kaschemme in Trastevere, auf der anderen Seite des Flusses. Es war voll dort und völlig verraucht – die Italiener rauchten damals nur amerikanische Zigaretten, Camel und Lucky Strike, sie waren der letzte Schrei – und es roch nach Abwasser, Schweiß und Knoblauch. Ich trank zu viel Chianti und landete schließlich irgendwo in einem Hinterzimmer mit einer besudelten Matratze auf dem Boden sowie einem Jungen, der nicht älter als elf oder zwölf gewesen sein konnte, unschuldig war er aber sicherlich nicht, so jung er auch war. Jedenfalls gab es eine Polizeirazzia – sie suchten einen Ausländer, der ein Mädchen umgebracht hatte –, und schon fand ich mich auf einer Polizeiwache wieder. Domenico war nirgendwo zu sehen, und ich versuchte zu erklären, dass ich ein Priesterseminarist aus Irland war und kein Mädchen ermordet hatte. Sie wollten mir nicht glauben, wegen meiner Kleidung. Zu dem Zeitpunkt war ich längst wieder nüchtern, das kann ich Ihnen sagen.

Schließlich kam ein Priester aus dem Irish College, ein dicker, rotgesichtiger Mann aus Kerry. Er bürgte für mich, holte mich nach ein paar Stunden unablässigen Verhandelns heraus und brachte mich zurück zu dem Kloster in der Nähe des Circo Massimo, in dem ich wohnte. In meiner Naivität glaubte ich, damit wäre alles erledigt, aber natürlich wurde ich in Unehren nach Hause geschickt – den Papst habe ich nie zu sehen bekommen, allerdings gab ich das vor, wie ich zu meiner Schande gestehen muss – und in den Palast des Erzbischofs in Dublin gerufen, um mir von John Charles persönlich die Leviten lesen zu lassen.

Das Schlimmste daran war, dass ich nicht nur auf einen Streifzug gegangen war, mich betrunken und mich vor einigen Italienern zum Affen gemacht hatte – Seine Exzellenz hatte nicht viel für Ausländer übrig –, sondern dass die italienische Polizei, die zur Hälfte aus Kommunisten bestand, mich in einer »kompromittierenden Lage« erwischt hatte und ein ausführlicher Zeitungsbericht darüber von höchster Stelle im Vatikan unterdrückt werden musste. Das alles erzählte mir Seine Exzellenz, und seine dünnen Lippen waren dabei weiß vor Wut. Er wetterte ordentlich, und ich verließ den Palast mit klingenden Ohren. Immerhin war ich nur ein junger Seminarist und hatte noch Angst vor der Obrigkeit. Seither habe ich ein bisschen was dazugelernt. Zum Beispiel habe ich Gerüchte über McQuaid persönlich gehört, sodass ich mich frage, ob er an jenem Tag Wut empfand oder ob es Neid war. Aber genug davon, ich bin nicht hier, um Skandale zu verbreiten.

Für mich war es also Sibirien.

An diesem Punkt muss ich ein Geständnis machen. Noch bevor Ginger von uns gesäubert wurde, oder vielmehr, ganz besonders bevor er von uns gesäubert wurde, erinnerte er mich an den Straßenjungen, mit dem ich damals in Trastevere erwischt worden war. Eigentlich sahen sich die beiden nicht im Mindesten ähnlich, bis auf einen schlaffen, trotzigen Zug um den Mund, den beide hatten. Trotzdem, sobald ich Ginger erblickte, fühlte ich mich an die Nacht damals in Rom erinnert, an das schmutzige Hinterzimmer in Trastevere.

Eines will ich an dieser Stelle sagen, und es ist mir egal, ob Sie mir glauben oder nicht, aber ich habe nie davon geträumt, mit ihm, mit Ginger, ins Bett zu gehen: nie. Ich hatte zu viele Erinnerungen an die Nächte, als ich klein war und mein Vater zu mir ins Zimmer kam, mit einer Tüte Fruchtlakritz in der Brusttasche seines Schlafanzugs, und ich schwören musste, niemandem etwas zu verraten – »Das ist nur eine Sache zwischen dir und mir, Tom, ist das klar? Nur zwischen dir und mir.« Er kam nicht jede Nacht, und auch wenn sich das jetzt vielleicht seltsam anhört, das war fast noch schlimmer. Denn ich lag Stunde um Stunde da, hatte Angst, einzuschlafen, lauschte, ob er auf Zehenspitzen über den Treppenabsatz schlich. Sie kennen das, wenn von außen ein Lichtkeil in ein Schlafzimmer fällt, sobald die Tür aufgeht? Dabei läuft es mir immer noch eiskalt den Rücken hinunter.

Das will ich jetzt jedenfalls nicht ausführen, ich will nur sagen, das war der Grund, weshalb ich nie zu Ginger ins Bett wollte. Ich mochte mir gar nicht vorstellen, wie er da in der Dunkelheit lag, so wie ich früher, als ich mich an der Zudecke festhielt wie am Rand eines Abgrunds, unter mir ein wütender Fluss oder ein brennender Wald. Nein, das hätte ich ihm nicht antun können.

Ich erzähle es so, wie es war, und ich hoffe, Sie glauben mir diesmal.

Wir mussten die Jungen disziplinieren, und das mussten wir selbst tun, sonst hätte es keine andere Alternative gegeben, als sie zu Harkins zu schicken, und Harkins wollte ich ganz sicher nicht in Gingers Nähe lassen. Ich habe keinen Zweifel daran, dass ein paar Brüder es genossen, die Jungen zu schlagen, mit einem Stock oder einem Lederriemen, manchmal auch mit den Fäusten. So wurden die Dinge damals geregelt – es gab handfeste Strafen für alle.

Ich erinnere mich noch an einen jungen Bruder, Morrison hieß er, glaube ich. Nach seiner Ankunft in Letterferry weigerte er sich ein ganzes Jahr lang, die Jungen zu schlagen. Er war Pazifist, so würde man das wohl ausdrücken, und lehnte körperliche Strafen kategorisch ab – Herr im Himmel, beinahe hätte ich *Kapital*strafen geschrieben! Wir hatten in dem Jahr zwei Tinkerzwillinge aufgenommen, die Maughans. Die beiden waren furchtbare Rabauken. Mikey fehlte ein Auge, anders konnte man ihn kaum von Jamesy, dem anderen, unterscheiden, so ähnlich waren sie sich. Mikey war jedenfalls der Schlimmere der beiden. Es kam der Tag, an dem er Brother Morrison derartig piesackte – der arme Mann hatte Mikey immerhin schon fast ein Jahr lang ertragen –, dass er völlig die Beherrschung verlor. Er zog ihn aus dem Schreinerunterricht hinaus auf den Gang und prügelte ihn windelweich, was den Jungen beinahe noch sein zweites Auge gekostet hätte. Die Tür der Schreinerei war gut fünf Zentimeter dick und aus massiver Eiche – die Viktorianer verstanden wirklich was vom Bauen –, aber man erzählte sich, die anderen hätten gehört, wie Morrison Mikey mit den Fäusten bearbeitete und Mikey vor Schmerzen stöhnte, und zwar so klar und deutlich, als wären die beiden noch im Raum.

Am selben Abend kam Morrison sichtlich beschämt in den sogenannten Gemeinschaftsraum geschlichen, wo sich die Brüder nach dem Abendessen auf ein wohlverdientes Glas trafen. Und was machten sie? Sie spendeten ernst und feierlich Applaus. »Gut, dass du endlich zur Vernunft gekommen bist«, sagte einer zu ihm – wahrscheinlich war es Harkins. Alle standen auf und umringten ihn, erhoben die

Gläser und klopften ihm anerkennend auf den Rücken. In gewisser Hinsicht war das wohl verständlich; wir mussten zusammenhalten und Jungen wie die Maughan-Zwillinge in Schach halten, sonst wäre die Anarchie ausgebrochen.

Ich bin froh, dass ich an diesem Abend nicht dabei war. Hätte ich dem Pazifisten ebenfalls Applaus für seinen Fehltritt gespendet? Ich hoffe nicht, aber ehrlich gesagt, ich weiß es nicht. Wir hatten damals ja alle eine Gehirnwäsche bekommen.

So, nun aber Schluss mit der Abschweifung.

Ginger musste ich jedenfalls gelegentlich versohlen, denn er war sicherlich kein Engel – wie auch, nach allem, was er in seinem kurzen Leben bisher gesehen und mitgemacht hatte?

Das Unglück, das uns eigentlich lehren sollte, uns anständig zueinander zu verhalten, macht stattdessen Unmenschen aus uns.

Ob ich an der Stelle besser aufhören sollte? Ob ich den Mut habe fortzufahren? Aber ich bin es Ginger und auch mir selbst schuldig, es so zu erzählen, wie es passiert ist. Ohne Beichte gibt es keine Vergebung. Doch wie gesagt, ich betrachte mich nicht als großen Sünder, auch wenn das natürlich der liebe Gott beurteilen muss.

Das Problem war, wenn Ginger geschlagen wurde, dann sah er so – ich weiß nicht, so verletzlich, so klein, so *zerbrechlich* aus, auch wenn er alles andere als klein und auf gar keinen Fall zerbrechlich war, dass jeder Mensch, der auch nur halbwegs barmherzig war, Mitleid mit ihm empfunden und ihn getröstet hätte. Ein Junge, dem wehgetan wurde, ist unglaublich reizend. Wie Ginger zurückschreckte, versuchte sich abzuwenden und eine Schulter hob, um sich zu schützen, wie seine schlaffen, geschwollen wirkenden Lippen zitterten, wie ihm Tränen in den Augen standen – und vor allem, wie er versuchte, so zu tun, als mache es ihm nichts aus, wenn ich ihn schlug, wie er versuchte, tapfer zu sein und mannhaft, das alles – nun, ich kann nur sagen, es war unwiderstehlich. Ich musste ihn einfach in die Arme nehmen und Hand an ihn legen, damit er sich besser fühlte. Danach ärgerte ich mich natürlich, ich war richtiggehend wütend, weil er so geguckt und mich dazu gebracht hatte, zu tun, was ich getan hatte. Also musste ich ihn wieder schlagen, damit das aufhörte. Er krümmte sich zusammen, hielt die Arme über den Kopf, um sich zu schützen, kämpfte mit aller Macht gegen die Tränen an, und so weiter. Dann fing alles wieder von vorne an, bis wir alle beide erschöpft waren und es vorbei war, bis zum nächsten Mal.

Sie verstehen hoffentlich, worauf ich hinauswill. Es war ein endloser Teufelskreis – erst ein kleiner Klaps oder eine Backpfeife, dann wich er zurück, duckte sich weg, unterdrückte die Tränen, sodass ich ihn wieder packen und an mich drücken musste – ein Kreislauf, den ich nicht durchbrechen konnte, es gelang mir einfach nicht. *Es war nicht meine Schuld!* Nein, das war es nicht.

Zum ersten Mal passierte es an einem Tag im Juni, an Fronleichnam. Ich mochte Prozessionen schon immer. Der Anblick einer Gruppe weiß gekleideter Legio-Mariae-Mädchen, die feierlich dahinschritten und Rosenblätter aus einem Körbchen verstreuten, während die Jungen in ihren kurzärmligen weißen Chorröcken und langen schwarzen Talaren langsam hinter ihnen hermarschierten, hat mich von frühester Kindheit an stets gerührt, beinahe zu Tränen, und manchmal vergoss ich sogar welche. Ich fühlte mich Gott nie näher, als wenn ich einen Kinderchor hörte, der *Tantum Ergo* oder *Sweet Heart of Jesus Fount of Love and Mercy* sang. Natürlich sollte ich so etwas nicht brauchen, um mich in meinem Glauben zu bestärken, und ich brauche es eigentlich auch nicht. Aber eine feierliche Kirchenzeremonie, die von Kindern mit all ihrer kindlichen Verlegenheit und Unschuld durchgeführt wird, das hat doch etwas sehr Ergreifendes. Mich störte es nie, wenn die Mädchen kicherten oder die Jungs sich gegenseitig schubsten und heimlich lachten. Wer kann sich denn an so etwas stoßen, außer vielleicht Harkins und seinesgleichen? In dieser harmlosen Andachtslosigkeit sah ich einen Beweis für die Tiefe des Mysteriums, das gefeiert wurde, das Mysterium Gottes, der Fleisch wurde und dieses Fleisch unter Spott und Folter und Qualen opferte, um den Tod zu besiegen, damit wir, Gottes Kinder, im Jenseits ewig leben konnten.

Leuchtet das ein? Mir schon.

In dem Jahr war schönes Wetter an Fronleichnam, die Sonne schien heiß über das Meer, die Luft über dem Moor schimmerte, und der Berg – die »Äffin« – war so klar, dass man die Schafe auf den Hängen weiden sehen konnte. Es gab einen Chor mit Mädchen aus den umliegenden Dörfern und Städten – wir mussten an dem Tag besonders gut auf die älteren Jungen aufpassen –, und unsere Burschen waren alle sauber geschrubbt und zeigten sich von ihrer besten Seite.

Die Prozession begann am Schultor und führte über ein schmales Sträßchen zum Meer hinunter und durch eine Wiese wieder hinauf zu der kleinen Steinkirche auf der

Landzunge – angeblich soll das Kirchlein aus dem 12. Jahrhundert stammen. Dort lasen der örtliche Gemeindepriester und ich die Messe, die Kommunion wurde ausgeteilt, und danach liefen wir alle zurück zur Schule. Davor war auf einem Stück Rasen ein großer Tisch auf Böcken aufgebaut, und es gab Tee und Sandwiches, Limonade, Kekse und Kuchen. Ginger und ein anderer kräftiger junger Bursche, ich weiß seinen Namen nicht mehr, trugen das Banner mit dem Bild des Heiligsten Herzens, und zwei kleine Mädchen aus der ersten Klasse des Loreto Convent drüben am See hielten die beiden Quasten, die rechts und links an den unteren Ecken hingen. Ich folgte nach, mit der schönen Last des Aspergills in der Hand – ich liebe dieses Wort, Aspergill –, und versprengte Weihwasser. Es war sehr bewegend an dem Tag, die Kinderstimmen im Wind, der von der Bucht heraufwehte, der Duft der Rosenblätter, die die Loretomädchen verstreuten, der blaue Himmel mit den kleinen weißen Wölkchen, die stetig ins Landesinnere zogen.

Es klingt hoffentlich nicht lästerlich, wenn ich behaupte, dass alles, was in der Sakristei geschah – nach der Prozession, als die Mädchen sich auf den Heimweg gemacht hatten, unsere Jungen den improvisierten Tisch auseinanderbauten und das selbstredend wenige übrig gebliebene Essen abräumten –, dass all dies meiner Meinung nach eine Fortführung des Ritus war, den wir gerade gefeiert hatten. In der Sakristei waren nur Ginger und ich. Über uns waren noch die letzten Aufräumarbeiten zu hören, und Father Blake, der Gemeindepriester, fuhr in seinem Hillman Minx davon, aber da unten im Keller war alles traumähnlich still und ruhig. Ginger hatte sich den Chorrock über den Kopf gezogen – er trug nur ein Netzhemd darunter, und wollte gerade den Talar abnehmen, als ich ihm die Hände auf die Schultern legte und ihn zu mir hochblicken ließ. Er stand nur da, das Gesicht mir zugewandt, die Augen weit aufgerissen. Mir kam es so vor, als wisse er, was ich tun würde, als wisse er, dass ich mich hinunterbeugen und ihn küssen, ihm das Hemd hochziehen, eine Hand unter seinen Talar stecken und ihn umdrehen würde, sodass er mir den Rücken zuwandte.

Wie soll ich die qualvolle Zärtlichkeit beschreiben, die ich für ihn empfand, dort im nachmittäglichen Licht in der Sakristei, inmitten der Gerüche der heiligen Gewänder, von Kerzenwachs und Hostien? Wie soll ich beschreiben, wie schön der Anblick eines Jungen ist, der sich auf zittrigen Beinen nach vorne beugt, das Gesicht in einen Ständer mit Gewändern gepresst, die Arme ausgestreckt und den schweren, bestickten Stoff umklammernd? Manchmal gab er ein kleines Wimmern von sich, und er zuckte und zitterte am ganzen Leib, während ich mich gegen ihn presste. Ich stieß immer wieder zu, fixierte seinen Nacken, die Hände um seine Brust gelegt, streichelte ihn, hielt ihn aufrecht, drückte ihn an mich, dieses warme, bleiche, bebende Geschöpf, das für diese wenigen Augenblicke mein war, allein mein – das *ich* war. Wie soll man dieses Gefühl angemessen beschreiben?

Erzählen Sie mir nicht, Sie wissen Bescheid, bevor Sie es nicht selbst gemacht haben. Und wenn Sie es gemacht haben, erzählen Sie mir nicht, dass Sie es nie wieder tun wollen. Erzählen Sie mir das nicht. Zeigen Sie nicht mit dem Finger auf mich und beschimpfen mich und warnen mich, dass Gott mich bestrafen wird. So wenige von uns wissen, wie das ist – mehr als man denkt, aber trotzdem wenige –, wir, die wir in der geheimen, verzauberten Welt leben, wo alles verboten ist und dennoch alles erlaubt.

Wie viel Zeit hatten wir zwei, Ginger und ich, in unserem privaten Paradies? Nicht einmal ein Jahr, aber ich kann mich nicht beklagen. Für mich war es das Paradies, aber für ihn? Er hat danach geweint, jedes Mal – er war ja auch erst neun –, aber ich habe mich daran gewöhnt. Und ich bin davon überzeugt, ihm geholfen zu haben. Er musste geliebt werden, ob er es wusste oder nicht. Wer von uns hätte im Alter von neun Jahren schon sagen können, was gut für ihn ist? Ginger muss es stolz gemacht haben, dass er auserwählt und zu meinem Liebling gemacht wurde, es muss ihn getröstet haben. Ich muss das glauben, und ich tue es.

Es gab genügend andere Kandidaten, aus denen ich hätte auswählen können. Zumindest auf gewissen Ebenen muss sich das mit Ginger und mir herumgesprochen haben. Als der Sommer schwand und dem Herbst wich, fiel mir auf, dass ich ohne jegliche Bemühungen meinerseits eine kleine Schar von – wie soll ich sie nennen – von Jüngern angesammelt hatte.

In jeder Institution gibt es eine inoffizielle Hierarchie. Das ist ganz natürlich – selbst die Chöre der Engel haben eine strenge Rangordnung, von dem armen, einfachen Alltagsschutzengel ganz unten bis hinauf zu den sechsflügeligen Serafim, die Brennenden, die Gott, dem Herrn, unmittelbar dienen. Letterferry war jedoch nicht das heilige Himmelsreich, und die Hackordnung wurde auf der Grundlage von Zähigkeit, Rücksichtslosigkeit und reiner Gerissenheit erstellt. Zu meiner Zeit war der Anführer der Jungs ein kleiner, blonder Lümmel namens Richie Roche, der nicht älter als dreizehn gewesen sein konnte. Er führte die Schule wie ein Mafiaboss, verteilte Gefälligkeiten und Strafen über ein Netzwerk von Handlangern, die mit Zigaretten, Marsriegeln und Schmuddelbildchen bezahlt wurden – Gott weiß, wo *die* herkamen. Der Obrigkeit war das bekannt, sogar Brother Muldoon, dem Leiter, aber es wurde nie etwas dagegen unternommen, aus dem einfachen Grund, dass das System funktionierte. Richie sorgte dort für Ordnung, und Ordnung und ein möglichst friedliches Leben war genau das, was alle wollten, nicht nur die Brüder und die Jungen, sondern auch die Lebensmittel-, Zeitschriften- und Süßwarenhändler, die die Schule belieferten und die von dem System nicht schlecht profitierten. Manchmal frage ich mich, ob Richie und Brother Muldoon nicht sogar unter einer Decke steckten – das würde mich kein bisschen überraschen. Der Herr und der ihm dienende Serafim arbeiten auf Weisen, die uns gewöhnlichen Sterblichen unbekannt sind.

Jedenfalls gab es unter der Ebene von Richie und seinen Strolchen eine Gruppe von etwa einem halben Dutzend unglücklicher armer Kreaturen, die herumschlichen wie Mäuse und ihre gesamte Energie darauf verwendeten, nicht auf sich aufmerksam zu machen, um die schlimmsten Schikanen zu vermeiden. Das waren diejenigen, von denen mir auffiel, dass sie mich ins Herz geschlossen hatten. Sie lächelten mich in den Gängen an, boten mir an, Botengänge für mich zu erledigen, und strengten sich in der Apologetik-Klasse, die ich samstagmorgens unterrichtete, mehr als alle anderen an. Ich muss es so ausdrücken, sie waren allesamt kleine Schlampen, und ich wollte natürlich nichts mit ihnen zu tun haben, außer wenn sich hin und wieder eine

Gelegenheit bot, die einfach zu gut war, um sie ungenutzt verstreichen zu lassen. Es gab einen rehäugigen kleinen Kerl, den ich manchmal im Heizungsraum in die Enge trieb und ihn mir ordentlich vornahm, an die Heißwasserrohre gedrückt. Ich wollte ihm nur beibringen, wenn man ständig um etwas bat, bekam man es früher oder später auch, aber es konnte gut und gerne sein, dass es einem dann gar nicht so gut gefiel, wie man gedacht hatte.

Aber meistens ließ ich die Mäuse in Ruhe, denn ich hatte schließlich Ginger.

Er war nicht immer so willfährig, wie ich es von ihm erwartete – immerhin, wenn *ich ihn* hatte, hatte *er* dann nicht auch *mich*? –, und manchmal musste ich Richie herbeirufen, damit er sich besserte. Ich sprach natürlich nicht direkt mit Richie, aber über gewisse Kanäle konnte man ihm Nachrichten übermitteln. Er war ein intelligenter kleiner Gauner, unser Richie, und er wusste, wie er den Rahm abschöpfen konnte. Außerdem wusste er ganz genau, wie weit er gehen durfte und wann er aufhören musste. Er und seine Bande fügten Ginger nie allzu große Schmerzen zu, und die paar Male, wenn sie ihm in meinem Auftrag eine Tracht Prügel verpassten, ließen sie ihn ziemlich glimpflich davonkommen. Aber wenn er danach zu mir zurückkehrte, war er wirklich geläutert, das kann ich Ihnen sagen. In diesen Situationen behandelte ich ihn ganz besonders zärtlich, ich massierte ihm seine blauen Flecken und ging bei unseren Sitzungen in der Sakristei ganz sanft mit ihm um.

Apropos, ich frage mich oft, warum ausgerechnet die Sakristei zu Gingers und meinem Lieblingsplatz wurde. Die Gewänder müssen etwas an sich gehabt haben, das mich anzog.

Ich musste unheimlich aufpassen, dass wir sie nicht kaputt machten oder Flecken darauf hinterließen! Stellen Sie sich nur vor, wenn ich mich eines Tages auf dem Altar umgedreht und einen großen weißen Fleck hinten auf meinem Messgewand zur Schau gestellt hätte!

Ach ja, ich muss noch etwas beichten. Beim ersten Mal, am Tag der Fronleichnamsprozession, habe ich bei Ginger eine Altarkerze benutzt. Neben mir war eine ganze Schachtel, ich habe einfach eine in die Hand genommen. Zu meiner Verteidigung kann ich nur sagen, dass es auch mein erstes Mal war, und ich wusste nicht genau, wie das geht. Wahrscheinlich hatte ich auch Angst, mir wehzutun oder mich gar zu verletzen. Aber das war nicht recht, und ich habe das mit der Kerze auch nur ein einziges Mal gemacht.

Ach, aber jetzt bin ich ganz traurig geworden, wenn ich an die schöne Zeit damals zurückdenke. Ich sollte wieder einmal nach Letterferry fahren und ihnen einen Besuch abstatten. Die Schule ist noch da, größer denn je – sie haben jetzt fast hundert Jungen, heißt es –, und man weiß nie, was einem vielleicht zufällig unterkommt. Immerhin war Ginger nicht einmalig. Das Problem ist, die Jüngeren sind nicht mehr nach meinem Geschmack – das muss daran liegen, dass ich selbst älter werde. An meinem nächsten Geburtstag werde ich sechsunddreißig – und außerdem habe ich jetzt einen neuen Freund, einen neuen Liebling, könnte man sagen.

Ich weiß nicht, ob es Gott ist oder der Teufel, der Zufälle herbeiführt, aber wer hätte jemals prophezeit, dass ich in Ballyglass landen würde? Als Ginger mich zum ersten Mal in der Stadt gesehen hat, dachte er sicher, ich hätte das selbst veranlasst, aber woher hätte ich wissen können, dass er hier sein würde? Ich weiß gar nicht, warum ich ihn überhaupt erkannt habe, denn er ist jetzt völlig anders als früher. An der Art, wie er mich anglotzte – er ist zu einem kompletten Trottel geworden, das muss ich leider sagen –, habe ich gemerkt, dass er sofort wusste, wer *ich* war, aber ich war so geistesgegenwärtig, so zu tun, als erinnerte ich mich überhaupt nicht an ihn. Das ist am besten so, für alle Seiten, da bin ich sicher. Ich würde nicht wollen, dass er den Osbornes irgendwelche Geschichten erzählt, insbesondere einem ganz Bestimmten nicht.

Wer sich einen Liebling auserkiest, liebe Brüder in Christus, schafft Gelegenheit zur Sünde.

Winter 1957

25

Im Land Rover funktionierte die Heizung nicht – Matty Moran, der sich angeblich mit Autos auskannte, hatte sie richten sollen, es aber versäumt – und Lettie klagte über die Kälte. Sie wollte ins Haus zurück, um eine Decke zu holen. Dominic saß am Steuer und verkündete, dann würde er nicht auf sie warten.

Als Strafford sich auf den Rücksitz setzte, stellte er überrascht fest, dass Lettie auf der anderen Seite einstieg. Ach, ihm wäre es lieber gewesen, sie würde vorne neben ihrem Bruder sitzen.

Es schneite nicht, aber wie Colonel Osborne vorhergesagt hatte, hatte es gefroren, und während sie die Auffahrt hinunterschlingerten, knirschte das Eis unter den Rädern.

»Wo findet denn die Feier statt, zu der Sie jetzt fahren?«, fragte Strafford.

»Bei den Jeffersons, außerhalb von Camolin«, antwortete Dominic, ohne den Kopf zu wenden. »Ich weiß gar nicht, warum wir da überhaupt hingehen, wahrscheinlich wird es schrecklich.«

»Julian Jefferson ist sein allerbester Freund«, vertraute Lettie Strafford in einem Bühnenflüstern an. »Sie sind einfach *unzertrennlich*.«

Dominic hielt den Blick geradeaus auf die Straße gerichtet und wich gelegentlich schmutzigen Eisklumpen aus, die sich gelöst hatten und in die Spurrillen gefallen waren. Im Licht der Scheinwerfer ragten Bäume vor ihnen auf wie gefrorene Derwische.

»Herrgott, Maria und Josef, mir ist soooo kalt!«, jammerte Lettie mit übertriebenem irischem Akzent. »Wir werden noch zugrunde gehen, in einer Nacht voll Schnee und Eis verirrt in der Wildnis.«

Ihre Hüfte drückte gegen Strafford, ob durch Zufall oder mit Absicht, wusste er nicht, er hoffte auf Ersteres.

»Von der Kreuzung aus kann ich laufen, und Sie können geradeaus weiterfahren«, sagte er zu Dominic. In dem grünen Schein des Armaturenbretts sah er, wie der junge Mann ihm über den Rückspiegel in die Augen blickte. Warum wirkten die Menschen immer so unheimlich, wenn sie einen vom Fahrersitz eines Autos aus so ansahen? Als würde man durch einen Briefkastenschlitz beobachtet werden.

»Aber nicht doch, mein Guter!« Lettie machte wieder ihren Vater nach. »Und wenn Sie erfrieren? Dann würden wir Sie am Straßenrand finden, wenn wir nach Hause fahren. Sie würden daliegen wie Father Tom-Tit, nur auf Weiß statt auf Schwarz, wie ein Negativ. *Hohes Gericht, ich fuhr Richtung Ballyglass, da sah ich etwas am Straßenrand, das ich zunächst für einen Schneemann hielt ...*«

»Herrgott noch mal, Lettie, jetzt halt doch mal den Mund!«, sagte Dominic.

Lettie stupste Strafford in die Rippen. »Ich glaube, Dom-

Dom ist nervös«, flüsterte sie wieder laut. »Wahrscheinlich, weil er gleich den kleinen Julie Jefferson sieht.« Sie beugte sich vor und tippte ihrem Bruder auf die Schulter. »Hast du ihm ein Geschenk besorgt, Dom-Dom? Lass mich raten. Ein Maniküreetui? Ein Fläschchen Evening in Paris? Bonmots von Oscar Wilde, in grünem Seideneinband? Na los, Brüderchen, sprich.«

Aber Dominic sagte nichts, er zog den Kopf nur noch tiefer in den Kragen seines dicken Kurzmantels hinein und fuhr weiter.

Sie kamen vor dem Sheaf of Barley an. In einem der unteren Fenster brannte eine Weihnachtskerze, ansonsten war alles dunkel. Es war Heiligabend, alle waren zu Hause, fast alle.

Lettie küsste Strafford auf die Wange und drückte ihm die Hand. Ihre Lemurenaugen glänzten im schwachen Licht des Armaturenbretts. »Sind Sie denn jetzt ganz allein?«, fragte sie. »Was ist mit diesem vollbusigen Barmädchen, wie heißt sie noch? Die Rothaarige. Vielleicht können Sie sie überzeugen, Ihnen Gesellschaft zu leisten. Aber bleiben Sie nicht zu lange wach, der Weihnachtsmann könnte ungeduldig werden und woanders hingehen.«

»Viel Spaß auf dem Fest«, sagte Strafford.

Dominic Osborne drehte sich in seinem Sitz ganz um. »Ist Ihr Kollege wieder aufgetaucht?«, fragte er.

»Nein.«

»Der hat sich wohl unerlaubt von der Truppe entfernt?«, fragte Lettie. »Ist das der Typ mit dem komischen Kopf?«

»Ja«, sagte Strafford. Er hatte die Tür geöffnet und trat hinaus in den Schnee. »Ich glaube, er ist tot.«

Er schlug die Tür hinter sich zu und kletterte die verschneite Böschung zum Pub hinauf. Lettie kurbelte das Fenster herunter und rief etwas, aber er tat so, als hörte er sie nicht.

Reck machte ihm auf. Er hatte ein Glas Whiskey in der Hand, und auf seinem großen, runden Schädel saß schief eine Krone aus rotem Seidenpapier. »*Love and joy come to you, and to your Wassail too!*«, sang er mit tiefer Basstimme. »Die Weihnachtsfrau und ich gönnen uns eine kleine Weihnachtsfeier im Nebenraum – möchten Sie sich zu uns gesellen, Inspector?«

Strafford dankte ihm und verneinte, er sei müde und wolle ins Bett.

»Ins Bett, ins Bett?«, rief Reck mit gespielter Bestürzung. »Aber es ist Heiligabend, Sir!«

»Ja, ich weiß. Ich glaube, ich bekomme eine Erkältung.« Das war eine Lüge.

Er war die Treppe zur Hälfte hinaufgestiegen, da erschien Mrs Reck unten in der Tür. Auch sie trug einen Papierhut. Sie fragte, ob er nicht doch etwas mit ihnen trinken wolle, aber er erzählte wieder die Lüge von der Erkältung, die im Anflug war. Dann lief er rasch die Treppe hinauf und verschwand im Schutz seines Zimmers.

Es lag keine Wärmflasche im Bett.

Als er den Mantel an einem Haken an der Rückseite der Tür aufhängte, knisterte etwas in einer Tasche. Es war ein Stück Papier, eine Seite, die aus einem linierten Notizbuch herausgerissen worden war. Ein paar Wörter waren darauf gekritzelt, in Großbuchstaben. Er setzte sich auf die Bettkante und hielt den Zettel unter die Nachttischlampe.

FRAGEN SIE DOMINIC NACH DEM
SHELBOURNE HOTEL

Er saß lange da und betrachtete den Zettel. Dann legte er ihn auf den Tisch unter der Lampe, zog sich aus und stieg bibbernd ins Bett. Gleich darauf setzte er sich wieder auf und las die Nachricht noch einmal. Er wusste nicht, was das bedeuten konnte, aber er hatte eine Vermutung, wer es geschrieben hatte.

Wieder legte er sich hin und knipste die Lampe aus. Er wünschte, es würde eine Taste geben, mit der man den Kopf ausschalten konnte.

Die Vorhänge waren offen, und nach und nach durchdrang das graublaue Flimmern des Sternenlichts das Zimmer. Er schloss die Augen. Er dachte, er hätte geschlafen, stellte aber später fest, dass das gar nicht stimmte, als ihn eine Hand an der Schulter berührte, sodass er aufschreckte. Er hatte nicht gehört, wie die Tür aufging. Verfangen in den Bettlaken kämpfte er sich hoch und schaltete das Licht an.

»Pst«, flüsterte Peggy. »Ich wollte dir nur dein Weihnachtsgeschenk geben.« Er würde ihr Lachen nie vergessen, ein sardonisches, schelmisches Glucksen. »Du hast wahrscheinlich kein Geschenk für mich? Nein, das dachte ich mir schon. Na gut.«

Sie trug einen grünen Pullover, eine weiße Bluse und einen schweren Tweedrock, aber sie war barfuß. Sie begann sich auszuziehen.

»Was machen Sie da?«, fragte er.

Sie war aus dem Pullover geschlüpft und knöpfte sich die

Bluse auf. Nun hielt sie inne. »Na, wonach sieht es denn aus? Willst du, dass ich aufhöre?«

»Nein, nein. Nur …«

»Nur was?«

»Na ja, es ist Heiligabend. Warum bist du nicht zu Hause, bei deiner Familie?«

»Weil ich hier bin, bei dir. Hast du etwas dagegen einzuwenden? Nein? Dann rutsch ein Stück – ich erfriere.«

Er schob sich zurück an die Wand, und sie legte sich auf die warme Stelle in der Mitte des Betts, die er frei gemacht hatte. »Verdammt«, sagte sie, »ich habe doch glatt die Wärmflasche vergessen! Deine Füße sind ja eiskalt.« Sie nahm sein Gesicht zwischen die Hände und küsste ihn. Der Geschmack ihres Lippenstifts erinnerte ihn an die Bonbons aus seiner Kindheit. »Jetzt hältst du mich für eine Schlampe«, sagte sie. »Aber ich habe das noch nie gemacht – ich meine, ich bin noch nie zu einem zahlenden Gast ins Bett.«

»Wie alt bist du, Peggy?«

»Das hab ich doch schon gesagt, ich bin einundzwanzig.«

»Das glaube ich dir nicht.«

»Na gut. Ich bin neunzehn, fast zwanzig. Aber ich bin keine, du weißt schon …«

»Du bist keine was?«

»Keine *Jungfrau* mehr – mein Gott, bist du langsam!«

»Entschuldige.«

»Schon gut.«

Er bekam einen Kloß im Hals, als das Mädchen sich an ihn drückte. Einen kurzen panischen Moment lang fürchtete er, er könne weinen und sich zum Gespött machen.

Sie lagen einander zugewandt, er auf seiner rechten Seite,

sie auf der linken. Sie kuschelte sich enger an ihn, sodass eine ihrer Brüste auf seinen Unterarm fiel. »Ich bin froh, dass du es langsam angehen lässt«, sagte sie. »Nicht so wie dieser Harbison. Der gibt aber auch wirklich nie auf. Ach ja, er hat dich übrigens vorhin gesucht. Irgendwas wegen einem Pferd.«

»Jesus.«

»Keine Sorge, er ist weg.«

»Weg? Wo ist er hin?«

»Keine Ahnung. Wahrscheinlich ist er nach Hause, falls er ein Zuhause hat. Er hat dir eine Nachricht hinterlassen, hat Mrs Reck gesagt. Aber das ist jetzt egal, wir sind ihn los.«

Strafford war kurz verwirrt. Er dachte an den Zettel, den er in seiner Tasche gefunden hatte. Der konnte aber nicht von Harbison sein. Aber was sonst? Ach, zum Teufel damit. Er würde am nächsten Morgen darüber nachdenken.

Peggy drückte sich in seine Umarmung und wand beide Beine um seine. »Autsch!«, kreischte sie. »Deine Zehennägel sind fürchterlich scharf, weißt du das? Und zum Friseur könntest du auch mal wieder gehen. Du brauchst jemanden, der sich um dich kümmert.« Sie kicherte. »Sieh mich nicht so an, ich mache dir keinen Heiratsantrag.«

Von weit über den Feldern her schlug eine Kirchenglocke.

»Mrs Reck muss einen Narren an dir gefressen haben«, sagte Peggy.

»Wie kommst du darauf?«

»Sie hat gesagt, ich soll dir frische Bettwäsche geben. Normalerweise bügle ich die Laken nur auf, die auf dem Bett sind, und wechsle sie einmal die Woche.«

Er lachte. Die Härchen auf ihren Armen waren so sanft wie ihr Atem.

»Ach, Peggy.«

Sie zitterte und seufzte ihm warm ins Ohr.

»Sag mal«, flüsterte sie, »hast du eines von diesen Dingern – du weißt schon, was ich meine.«

»Was für Dinger?«

»Mein Gott, du bist ja wirklich hoffnungslos! Na einen Überzieher – einen Pariser!«

»Oh. Ich fürchte nicht. Tut mir leid.«

Kondome waren in Irland illegal, und selbst wenn sie das nicht gewesen wären, hätte er keines gehabt. So mir nichts, dir nichts Mädchen wie Peggy bei sich zu beherbergen, kam zumindest in seinem Leben nur selten vor.

»Du musst nicht glauben, dass du das Ding in mich reinstecken kannst.« Sie drückte sein Bein fester zwischen ihre. »Keine Sorge, es führen viele Wege nach Rom.« Sie küsste ihn wieder und lachte in seinen Mund hinein.

Später schalteten sie die Lampe an und setzten sich mit übergeschlagenen Beinen nebeneinander auf das Bett, die Decken um die Schultern gelegt – »In Rom sind wir jedenfalls gut angekommen«, meinte Peggy zufrieden seufzend –, und spielten Jackstones mit Perlen von Peggys Kette, die im Zuge ihrer improvisierten Kraftanstrengungen irgendwann gerissen war. Sie musste Strafford die Spielregeln beibringen. »Mit den Einern fangen wir an«, erklärte sie. »Du wirfst alle fünf Steine hoch – stell dir vor, die Perlen wären Steine – und dann fängst du so viele wie möglich mit dem Handrücken auf. Dann wirfst du einen einzelnen Stein hoch und sammelst die anderen einzeln auf – siehst du? Wenn du alle fünf hast, hast du die Runde gewonnen, und dann geht es mit den Zweiern weiter.« Aber die unechten Perlen eigneten sich nicht, denn sie rollten ihnen ständig von der Hand. Schließlich gaben sie das Spiel auf und legten sich wieder nebeneinander auf den Rücken.

»Weißt du, dass sie in der Mongolei Jackstones spielen?«, fragte Peggy. »Oder war es Tibet? Irgendwo da jedenfalls. Das habe ich in einer Zeitschrift gelesen. Schon erstaunlich, dass Kinder das hier spielen und auch dort, so weit entfernt.« Sie summte leise eine Melodie. »Dort würde ich gern mal hinfahren«, sagte sie. »Nach Indien oder China, richtig weit weg.«

»Vielleicht machst du das ja irgendwann.«

»O ja. In der Zwischenzeit halten wir Ausschau nach fliegenden Kühen.«

Sie schwiegen eine Weile, dann drehte sich Strafford auf die Seite und betrachtete ihr Profil. Sie hatte den Ansatz eines dicken kleinen Doppelkinns.

»Danke«, sagte er.

»Wofür?«

Er beugte sich vor und küsste sie auf die Schulter, tauchte die Lippen in den milchigen Glanz.

»Dafür …«

»Na ja, ich konnte dich doch an Heiligabend nicht allein lassen.« Sie überlegte. »Dein Freund, der vermisst wird – kennst du ihn schon lange?«

»Jenkins?« Er drehte sich wieder auf den Rücken und blickte zur Decke hoch. »Nein, nicht lange. Und ich würde ihn auch nicht als meinen Freund bezeichnen. Wir arbeiten zusammen.«

Nun war sie es, die sich ihm zuwandte.

»Du bist ein einsamer Kerl«, sagte sie.

Er sah sie überrascht von der Seite an. »Einsam? Warum sagst du das?«

»Weil es so ist, das sehe ich in deinem Gesicht.« Mit einer Fingerspitze fuhr sie ihm über Nase, Mund und Kinn. »Du solltest jemanden haben. Du siehst nämlich gar nicht schlecht aus, auch wenn du ein bisschen knochig bist. Und die Zehennägel solltest du dir schneiden. Aber es gefällt mir, wie dir die Haare über die Stirn fallen, da siehst du ein bisschen aus wie ein kleiner Junge.«

Er stellte bald fest, dass sie schnarchte. Das machte ihm nichts aus. Sie lag schwer an ihm, zuckte und murmelte im Schlaf. Er schaltete die Lampe aus und blieb noch lange wach, um die blauschwarze Nacht draußen zu betrachten und den Himmel voller Sterne. Er lebte schon so lange in der Stadt, dass er vergessen hatte, wie der Nachthimmel auf dem Land aussah. Er hatte auch die Stille vergessen, die drückender als das lauteste nächtliche Brummen der Großstadt war.

Der Wetterbericht hatte gemeldet, es hätte nun endgültig aufgehört zu schneien, aber es gebe noch einige Tage Frost und Eis.

Weiße Weihnachten.

Mitten in der Nacht setzte sich Peggy plötzlich auf und brummte etwas. Strafford berührte sie an der Schulter, und sie legte sich wieder hin.

»Ich habe nicht gewusst, wo ich war«, murmelte sie verschlafen. Sie fuhr ihm wieder mit den Fingerspitzen über das Gesicht, wobei sie ihn kaum berührte, als wäre sie blind. »Du bist nett«, sagte sie. »Du bist ein netter Mann.«

Er seufzte. Das hatte ihm Marguerite auch immer gesagt, liebevoll, aber auch ein bisschen wehmütig. Nettigkeit war nicht gerade eine aufregende Eigenschaft bei einem Mann. Aber das war lange vor dem Abend gewesen, an dem sie das Weinglas nach ihm geworfen hatte. Da hatte sie mittlerweile eine Seite an ihm entdeckt, die überhaupt nicht nett war.

Peggy setzte sich wieder auf und schaltete das Licht an. Unter den Armen hatte sie kleine Babyspeckpölsterchen. Er bewunderte ihren nackten Rücken im sanften Licht der Lampe. Auch er setzte sich auf. Sie zog sich die Bluse an.

»Und jetzt«, sagte sie, »jetzt muss ich zurück in mein eigenes kaltes Bett.«

Er küsste sie auf den Nacken, sodass sie Gänsehaut bekam.

»Darf ich mitkommen?«, fragte er.

Sie blickte ihn über die Schulter an. »Auf gar keinen Fall!« Sie lachte. »Machst du Witze? Für diese eine Nacht habe ich schon genügend riskiert.« Sie war dabei, sich den Pullover anzuziehen, hielt aber inne und starrte ihn durch den Halsausschnitt an. »Herr im Himmel«, sagte sie, »stell dir vor, ich weiß deinen Namen gar nicht!«

»Meinen Namen?«

»Deinen Vornamen.«

»Oh. Nein, stimmt.«

»Ja, und? Verrätst du ihn mir jetzt oder nicht?«

Er seufzte. »Ich heiße St John.«

Sie zog sich den Pullover fertig an und schüttelte die Haare aus.

»›Sinjin‹?«, sagte sie. »Was ist denn das für ein Name?«

»Man schreibt ihn Saint John, aber gesprochen klingt er so ähnlich wie ›sind schon‹.«

»Warum?«

Er zuckte die Achseln. »Keine Ahnung. Tradition.«

»Stimmt«, sagte Peggy verschmitzt. »Die Evangelen halten es ja sehr mit der Tradition.«

Sie musste aufstehen, um sich den Rock anzuziehen, dann kletterte sie zurück ins Bett. »Noch mal schnell drücken«, sagte sie, »bevor ich in diesen Kühlschrank von meinem Zimmer gehe.«

Nach einer Weile sagte er: »Erzbischof McQuaid hat mir erklärt, der Protestantismus ist gar keine Religion.«

Sie saßen wieder in das Bettzeug gewickelt da, und Peggys Kopf ruhte an seiner Brust.

»Was denn dann?«, fragte sie.

»Eine Reaktion gegen die Religion. Laut dem Erzbischof.«

Sie lachte. »Das wäre ja wieder mal typisch für den kalten Knochen!«

»Kalten Knochen?«

»So nenne ich ihn. Er sieht immer aus, als hätte er die ganze Nacht draußen in der Kälte verbringen müssen, mit seinem grauen Gesicht und den kleinen Knopfaugen. Wie kommt es, dass du mit ihm gesprochen hast?«

»Er hat mich einbestellt – er hat ein Haus bei Gorey –, um mir zu sagen, dass die Kirche von jedem Menschen, insbesondere von mir, erwartet, seine Pflicht zu tun.«

»Seine Pflicht zu tun und nichts darüber zu sagen, was wirklich mit Father Tom passiert ist, stimmt's?«

»Wie klug du bist, Peggy.«

»Ein Mädchen muss schließlich im Auge behalten, was Seine Heiligkeit John Charles und seinesgleichen machen. Ich habe keine Lust, irgendwo als Sklavin in einer Wäscherei zu landen, mir die Hände wund zu scheuern und mich von den Nonnen anschreien zu lassen.« Sie schob ihn weg, nicht ohne Zärtlichkeit. »Ich muss jetzt los, Heiligabend hin oder her.«

Sie stand auf, zog sich den Rock zurecht und fuhr sich durch die Haare.

»Das war ein schönes Weihnachtsgeschenk«, sagte Strafford. Er lag auf der Seite, eine Hand unter der Wange. Sie beugte sich zu ihm hinunter und küsste ihn auf die Stirn.

»Denk dran, dass du das nächste Mal einen Pariser mitnimmst«, sagte sie, »wer weiß, was dir der Weihnachtsmann dann bringt.«

26

Am nächsten Morgen stand er spät auf. Mrs Reck war noch verschlafen. Sie trug einen wollenen Morgenmantel und flauschige rosa Pantoffeln, wünschte ihm frohe Weihnachten und machte ihm Frühstück. Er hatte Hunger und aß zwei weiche Eier und vier Scheiben Toast.

Er dachte an Jenkins. Um sein Zwerchfell bildete sich ein Kristall aus eiskalter Angst, den kein Toast, kein Tee und keine Weihnachtsstimmung schmelzen konnte.

Durch das Fenster war zu sehen, dass die Wolken weg waren. Wie merkwürdig der Himmel jetzt wirkte, sauber gescheuert und von einem puderigen Blau, nackt, nein, entkleidet, nachdem er tagelang in mehrere Schichten schmutzige Baumwolle gehüllt gewesen war.

Er würde Sergeant Radford anrufen müssen. Ein neuer Suchtrupp musste organisiert werden. Es würde nicht leicht werden, die Männer noch einmal herauszulocken, am ersten Weihnachtsfeiertag.

Barney, der Hund, kam aus der Küche hereingewatschelt. Als er Strafford sah, blieb er stehen. Über dem linken Ohr saß schief ein kegelförmiger Partyhut aus karminroter Pappe, der mit künstlichem Frost besprenkelt war. Ein Gummiband unter der Kehle hielt das Ganze halbwegs stabil. Hund und Mensch blickten einander an, und der Hund forderte den Menschen zum Lachen heraus.

Als Strafford fertig gefrühstückt hatte, legte Mrs Reck ein unförmiges Päckchen neben seinen Teller. Es war in Seidenpapier gehüllt und mit Zwirn zugebunden und enthielt ein Paar graue Wollhandschuhe.

»Frohe Weihnachten«, sagte sie. »Ich hoffe, sie passen Ihnen. Ich habe sie eigenhändig für Seine Majestät Mr Reck gestrickt, aber der Kerl zieht sie nicht an.«

Strafford dankte ihr und entschuldigte sich, dass er kein Gegengeschenk habe. Sie errötete.

»Ach, beinahe hätte ich es vergessen«, sagte sie. »Mr Harbison hat das hier für Sie dagelassen.« Sie suchte in der Tasche ihrer Schürze. »Hier ist es.«

Sie reichte ihm einen Bierdeckel mit Werbung für Bass Ale. Auf der Rückseite stand mit Bleistift in kindlicher Handschrift geschrieben: *Sagen Sie Osborne, ich würde 100 Guineen für das Pferd zahlen. F . Harbison.* Strafford schüttelte den Kopf.

Von Peggy war nichts zu sehen. Als er nach ihr fragte, antwortete Mrs Reck, sie sei nach Hause gefahren – »Es ist doch Weihnachten« –, und sah ihn zu seiner Bestürzung wissend an.

Er zog Hut und Mantel an und seine neuen handgestrickten Wollhandschuhe.

Die Türschlösser des Morris Minor waren zugefroren, und er musste einen Krug heißes Wasser aus der Bar holen, um sie aufzutauen. Die Hälfte davon schüttete er über die vereiste Windschutzscheibe. Er hatte diesen schier endlosen Winter satt.

Zu seiner Überraschung sprang der Motor beim ersten Versuch an.

Erst da fiel ihm wieder die andere Nachricht ein, der Zettel, der ihm gestern Abend in die Manteltasche gesteckt worden war. Er musste nicht umkehren, um ihn zu holen, denn er wusste noch, was darauf stand.

In Ballyglass House war alles still. Nur Mrs Duffy war da. Sie erklärte ihm, Colonel Osborne wäre in der Kirche, Mrs Osborne hätte sich »hingelegt«, und Lettie schliefe.

»Und Dominic?«

»Ich glaube, er geht mit dem Hund.«

»Wissen Sie, in welche Richtung er gegangen sein könnte?«

»Wahrscheinlich ist er runter zur Long Meadow. Das ist seine übliche Runde.« Strafford sah ihr an, dass sie nur allzu gerne gewusst hätte, warum er so ein plötzliches Interesse für den Sohn des Hauses entwickelt hatte. »Gehen Sie nach rechts durch das kleine Tor und folgen Sie dem Weg.«

»Danke«, sagte er. Es roch schwach nach gebratenem Truthahn. »Und frohe Weihnachten, übrigens.«

Er borgte sich die Gummistiefel und den gefütterten schwarzen Mantel von gestern und trat hinaus in den funkelnden, windstillen Morgen. Die Luft war klar und schneidend kalt, sie drang in seine Lungen wie eine Messerklinge. In der Stille hörte er ganz deutlich, wie irgendwo weit weg im Wald ein mit Schnee beladener Ast abbrach.

Hinter dem kleinen Tor führte ein gewundener Pfad an einem schneebedeckten Hang entlang. Er war stellenweise vereist, und Strafford musste vorsichtig gehen. Er machte ganz kleine Schritte und streckte wie ein Seiltänzer die Arme seitlich aus, um das Gleichgewicht zu halten. Unten am Hang wurde es einfacher. Eine Krähe hockte auf einem Zweig, sie beugte sich herab, reckte den Hals und krähte ihn wütend mit klackerndem Schnabel an. Durch den Schnee auf dem Hang führten kreuz und quer Tierspuren; Colonel Osborne hatte erzählt, die Füchse wären dieses Jahr eine wahre Plage.

Hier musste die Long Meadow sein, schneebedeckt. Er entdeckte ein Rotkehlchen auf dem Zaun, sein Talisman, sein Vertrauter.

Noch bevor er den Hund sah, hörte er sein tiefes Bellen. Dann kam er in Sicht, trottete mit gesenktem Kopf und schnüffelte in der Hecke. Strafford blieb unter einer alten, kahlen Ulme stehen und wartete. Als Dominic Osborne ihn sah, blieb auch er stehen. Er trug einen karierten Mantel und seinen Hut mit der Feder, in der Hand hielt er seinen Hirtenstab. Die beiden Männer standen zwanzig Meter voneinander entfernt da und blickten sich in der kalten, klirrenden Luft gegenseitig an. Jetzt sah auch der Hund Strafford, verharrte still und beobachtete ihn mit zitternden Nüstern. Ein paar Augenblicke bildeten die drei ein Tableau, die beiden Männer und der Hund, dann trat Dominic Osborne vor.

»Guten Morgen«, sagte er. »Was machen Sie hier draußen?«

»Ich suche Sie«, antwortete Strafford.

Der Hund schnüffelte misstrauisch und vorsichtig an Straffords Stiefeln.

»Mich? Wie das?«

»Es ist Zeit, dass wir uns einmal unterhalten.«

Osborne dachte darüber nach, dann blickte er mit zusammengekniffenen Augen zum Himmel hinauf. »Ein schöner Tag«, sagte er.

»Ja.«

»Kommen Sie mit zurück ins Haus?«

»Ich begleite Sie.«

Osborne nickte. Er hatte den Blick immer noch abgewandt. Der Hund sah von einem zum anderen und winselte ungeduldig.

»Worüber wollten Sie mit mir reden?« Osborne tippte mit der Spitze seines Hirtenstabs auf den eisigen Boden zu seinen Füßen.

»Gehen wir weiter, ja?«, sagte Strafford.

»Verraten Sie mir erst, was Sie zu sagen haben.«

Der Hund winselte wieder und setzte sich beleidigt auf die Hinterbeine. Strafford rollte die Schultern unter der Last seines geborgten Mantels; er war immer noch etwas nass von dem Schneefall am Tag zuvor.

»Ich habe kalte Füße«, sagte er. »Ich finde wirklich, wir sollten uns bewegen.«

Osborne zuckte mit den Achseln. Der Hund sprang bereitwillig auf, grinste und offenbarte eine schlappe rosa Zunge.

Sie liefen am Rand der Wiese entlang.

»Gibt es Neues von Ihrem Kollegen, wie heißt er noch?«, fragte der junge Mann.

»Jenkins? Nein, von ihm gibt es nichts Neues.«

»Sehr seltsam, dass er einfach so verschwindet. Glauben Sie, ihm ist etwas zugestoßen?«

Strafford hörte ihm nicht zu. Eine Weile ging er schweigend weiter, dann ergriff er das Wort. »Ich weiß vom Shelbourne Hotel.« Er hielt den Blick weiter auf den verschneiten Pfad vor sich gerichtet. Osborne stockte nicht, aber das Blut wich ihm aus dem Gesicht. Einen Moment lang sah er aus, als würde er gleich in Tränen ausbrechen. »Möchten Sie mir davon erzählen?«, fragte Strafford.

»Ich dachte, Sie wissen es schon?«

»Ja«, log Strafford, »aber ich würde gerne Ihre Version hören.«

Ein Kaninchen hoppelte aus einer Brombeerhecke seitlich des Pfades, erblickte das sich nähernde Trio, machte kehrt und verschwand wieder im Gebüsch. Die weiße Unterseite seiner Blume hüpfte auf und ab. Der Hund schoss los, um es zu verfolgen.

Nach ein paar Schritten blieb Osborne abrupt stehen und wandte sich dem Detective zu.

»Woher wissen Sie es denn?«, fragte er misstrauisch.

»Ich habe einen anonymen Hinweis bekommen.« Auch Strafford blieb nun stehen und drehte sich zu dem jungen Mann hin. »Er ging nicht ins Detail.«

»*Lettie*.« Osborne rammte verärgert den Hirtenstab in den Boden.

»Ich habe Ihnen doch gesagt, es war ein anonymer Hinweis. Woher sollte Ihre Schwester überhaupt vom Shelbourne wissen?«

»Weil ich es ihr gesagt habe.« Er lachte bitter. »Der Ziege werde ich so schnell nichts mehr erzählen.«

Der Hund kehrte von seiner erfolglosen Jagd zurück. Er trabte zwischen die beiden Männer und blickte verwirrt und unbehaglich von einem zum anderen.

»Erzählen Sie mir, was passiert ist«, sagte Strafford.

Sie gingen weiter, der Hund trottete voran. Von hier aus war das Haus schon zu sehen; das Sonnenlicht glitzerte auf einer Radioantenne, die neben einem der Schornsteine hochragte.

»Es war am Abend des Trinity Balls«, sagte Dominic Osborne. »Ein paar von uns hatten ausgemacht, dass wir uns vorher im Shelbourne treffen. Wir waren in der Horseshoe Bar.« Er schluckte. Bei jedem Schritt stieß er den Hirtenstab auf den Boden. Er wich Straffords Blick aus. »Zuerst habe ich ihn gar nicht bemerkt. Er saß allein an einem unbeleuchteten Ecktisch. Selbst als ich ihn wahrgenommen habe, habe ich ihn nicht erkannt, wahrscheinlich weil ich ihn zuvor noch nie in einem ganz normalen Anzug gesehen hatte, und er trug sein Kollar nicht. Er hat mich gesehen und gelächelt und einen Finger auf den Mund gelegt, um mir zu bedeuten, dass ich ihn nicht begrüßen musste, weil ich mit meinen Freunden zusammen war. Aber ich hatte schon ein paar Gläser intus, deshalb bin ich zu ihm hin. Ich weiß noch genau, was er gesagt hat: *So was, wir zwei, beide in Verkleidung!* Er meinte, dass er einen Anzug trug und ich Abendgarderobe. Er wohnte im Hotel, ich weiß nicht, warum. Er sagte, falls ich später Lust auf einen Absacker hätte, dann würde er wahrscheinlich hier in der Bar sein, und wenn nicht, könnte ich am Empfang nach ihm fragen. Er hatte recht, es war wirklich seltsam, wir beide dort, in unseren unterschiedlichen Verkleidungen. Ich kam mir so … ich weiß nicht, ich kam mir irgendwie so mondän vor, und«, er zuckte die Achseln, »keine Ahnung.«

Sie hatten den Hang unter dem kleinen Tor erreicht und blieben stehen. Osborne blickte mit gerunzelter Stirn zu

Ballyglass House hinauf und biss sich auf die Lippe. Strafford sah ihn an.

»Sie sind dann nach dem Ball also wieder ins Shelbourne«, sagte Strafford. »Was ist dann passiert?«

»Er saß da, am selben Tisch. Ich hatte den Eindruck, er war den ganzen Abend dort. Wir haben etwas getrunken. Er hat nicht gefragt, was ich will, sondern einfach zwei Brandys geholt und sie zum Tisch gebracht. Ich war wohl schon etwas betrunken. Es war sehr – sehr romantisch. Ich meine, romantisch wie in einem Roman oder einem Film: Ich trank um Mitternacht Brandy im Shelbourne, in Frack und Fliege. Er gab mir eine Zigarette. Passing Clouds – kennen Sie die Marke? Sie sind oval, ich hatte noch nie zuvor ovale Zigaretten gesehen. Ich kam mir vor – ich weiß nicht – wie David Niven oder Cary Grant, wie ein Hauptdarsteller.« Er lachte kurz auf. »Ja, ich war ein ›Hauptdarsteller‹. Wie gesagt, ich war ein bisschen betrunken. Dann hat er darauf bestanden, dass ich noch einen Brandy mit ihm trinke. Mir drehte sich schon alles.«

Sie hatten das kleine Tor erreicht. Osborne wollte es öffnen, aber Strafford legte ihm die Hand auf den Arm und sagte: »Lassen Sie uns wieder ein Stück zurückgehen. Die Sonne wärmt ein bisschen, wir werden nicht erfrieren.«

Der aschfahle junge Mann sah gleichzeitig elend und aufgeregt aus. Er spielte ständig mit dem Hirtenstab in seiner Hand und kaute auf der Unterlippe. Er schien beinahe vergessen zu haben, dass Strafford da war. Er befand sich wieder in der Horseshoe Bar, in Abendgarderobe mit Frack, trank Brandy und rauchte ovale Zigaretten, wie ein echter Mann von Welt.

Strafford hatte ein seltsames Gefühl. Das Einzige, woran er nicht gedacht hatte, war das mit dem jungen Mann und dem Priester, und doch war es so naheliegend, nachdem man es ihm erzählt hatte. Er sah es vor sich, er spielte es im Geiste durch, er konnte es hören. *Ach je, ist dir ein bisschen schwindelig? Komm mit in mein Zimmer und leg dich ein wenig hin. Hoppla! Fall bloß nicht hin – wir fliegen sonst hier raus! Nimm meinen Arm, ich halte dich. Mein Zimmer ist im ersten Stock. Da sind wir schon. Nimm doch die Fliege ab. Trink einen Schluck Wasser, das beruhigt den Kopf. Genau, leg dich hier hin. Weg mit den Schuhen, dann hast du es bequemer. Deine Stirn ist aber heiß! Mach die Augen zu und ruh dich aus. Ich muss zugeben, ich bin selbst nicht mehr ganz sicher auf den Beinen, ich glaube, ich lege mich kurz neben dich. So. Lass mich noch mal deine Stirn fühlen – du glühst ja!*

Langsam gingen sie über den gewundenen Pfad zurück. Der Hund lief neben ihnen her und blickte fragend zu ihnen hoch, wohl weil er nicht begriff, warum sie wieder umgedreht waren.

Da war wieder das Rotkehlchen, mit den kleinen, leuchtenden Knopfaugen.

»War er Dienstagnacht mit Ihnen zusammen?«, fragte Strafford beinahe wie nebenbei. »In der Nacht, in der er getötet wurde?«

»Was?« Der junge Mann blieb stehen und blinzelte ihn an. Er sah wieder aufgequollen und zittrig aus, wie ein Kind, das gleich in Tränen ausbricht. Er ließ den Kopf hängen. »Ja«, flüsterte er. »Ja, er war bei mir.«

»War er zuvor schon einmal bei Ihnen im Zimmer gewesen?«

»Ja.«

Sie gingen wieder weiter.

»Irgendwie kam mir das immer so unschuldig vor«, sagte der junge Mann. »Wie unsere Spiele als Kinder – Vater, Mutter, Kind und Doktorspiele – solche Sachen. Und es war die gleiche alberne Spannung, das gleiche Gefühl, etwas Verbotenes zu tun. Wir haben auch wirklich Spiele gespielt. Er hat sein Priestergewand angezogen, und ich war der Ministrant oder ein Kind, das die Kommunion empfängt – ich musste immer so tun, als wäre ich jung. Und die Sache selbst, also, das war nie mehr als die Hände, seine Hände, meine Hände, manchmal auch der Mund. Mehr habe ich nicht zugelassen, obwohl er es wollte. Aber er war vernünftig, er hat nie Theater deswegen gemacht. Er hat gesagt, es kann nicht falsch sein, wenn da Liebe ist, und Gott selbst sei Liebe – ich habe nie groß darauf geachtet, wenn er über solche Sachen geredet hat, über Gott und Liebe und Vergebung. Ich glaube, er wollte eher sich selbst und nicht mich davon überzeugen, dass wir eigentlich nichts Unrechtes taten. ›Ach, du bist doch bloß ein kleiner Junge‹, sagte er, ›*mein* kleiner Junge.‹ Aber ich war kein Kind, selbst wenn er sich das gewünscht hat. Ich habe gewusst, was ich tue, und es war mir egal.« Er hielt inne. »Sie können sich gar nicht vorstellen, was es für eine Erleichterung ist, das alles laut auszusprechen. Verstehen Sie das?«

Sie waren zu der kahlen Ulme gekommen, wo sie vor Kurzem beieinandergestanden hatten, und nun blieben sie wieder stehen. Der Hund rannte im Kreis um sie herum und jaulte ungeduldig.

»Sie müssen in der Nacht doch etwas gehört haben«, sagte Strafford. »Sie müssen einen Schrei gehört haben.«

»Nein, wirklich nicht. Ich habe geschlafen – er ist immer so lange geblieben, bis ich eingeschlafen bin. ›Du brauchst jemanden, der dich behütet‹, hat er immer gesagt. Außerdem liegt mein Zimmer am anderen Ende des Korridors.«

Sie schwiegen. Strafford sah dem jungen Mann fest in die Augen. »Wissen Sie, wer es getan hat, Dominic? Wissen Sie, wer ihn getötet hat?«

»Nein. Nein, das weiß ich nicht. Sie?«

Strafford runzelte die Stirn und wandte den Blick ab. »Ja, ich glaube schon.«

»Aber Sie sagen es mir nicht.«

»Nein.«

Sie wandten sich um und gingen wieder zurück zum Haus, jeder seinen eigenen Gedanken nachhängend. Als sie wieder bei dem kleinen Tor standen, sagte der junge Mann: »Darf ich Ihnen etwas sagen? Es tut mir nicht leid, dass er tot ist. Das ist schrecklich, oder? Aber nein, es tut mir nicht leid. Es ist, als wäre man süchtig nach etwas und wacht dann eines Morgens auf und stellt fest, dass die Droge oder was auch immer es war, nicht mehr da und das Verlangen danach verschwunden ist.« Er öffnete das Tor. Sie gingen hindurch und den Hang hinauf. »Bedeutet das jetzt, dass ich mit anderen Leuten reden muss – mit anderen Detectives, meine ich, mit der Polizei?«

»Wenn es eine Verhandlung gibt, ja, dann müssen Sie wohl aussagen.«

»Könnten Sie nicht einfach – könnten Sie nicht einfach nichts sagen? Mein Vater ...«

Sie waren oben am Hang angelangt und blieben stehen. Aus dem Haus war leise das Klingeln des Telefons zu hören.

»Ich versuche, Sie zu schützen, so gut ich kann«, sagte Strafford. »Ich kann aber nichts versprechen.«

Der junge Mann nickte.

»Ich gebe das Medizinstudium auf«, sagte er. »Das habe ich gerade eben beschlossen. Für dieses Leben bin ich nicht geschaffen.«

»Was wollen Sie dann machen?«

»Ich weiß es nicht. Reisen vielleicht. Ich habe ein bisschen Geld von meiner Mutter. Ich möchte Griechenland sehen, die Inseln. Vielleicht wird aus mir doch noch ein Strandräuber.« Er senkte den Blick und scharrte mit der Stiefelspitze im Schnee. »Sie finden das jetzt wahrscheinlich widerlich.«

»Was Sie mir erzählt haben? Nein. Es gehört nicht zu meinem Beruf, Gefühle zu haben.«

Osborne sah ihn bittend an. »Meinen Sie wirklich, Sie können nicht einfach – Sie wissen schon: stillhalten? Wenn Sie wissen, wer ihn ermordet hat, was bringt es dann, wenn das alles herauskommt, alles, was ich Ihnen erzählt habe?«

Mrs Duffy erschien auf der Treppe vor der Haustür. »Inspector!«, rief sie laut. »Kommen Sie schnell! Da ist jemand am Telefon, der Sie sucht!«

»Entschuldigen Sie«, sagte Strafford knapp, marschierte über den verschneiten Kies und folgte der Haushälterin in die Eingangshalle. Sie zog den schwarzen Samtvorhang zurück und reichte ihm den Hörer.

»Hallo? Hier Strafford.«

»Ihr Mann, Jenkins«, sagte Sergeant Radford. »Man hat ihn gefunden. Es tut mir leid.«

»Wo?«

»Am Raven Point.«

27

Nachdem Radford aufgelegt hatte, versuchte Strafford erfolglos, Hackett in der Pearse Street zu erreichen und dann auch zu Hause, aber dort war besetzt. Wahrscheinlich hatte er den Hörer neben die Gabel gelegt – immerhin war der erste Weihnachtsfeiertag. Daher rief er beim diensthabenden Polizisten in der Pearse Street an, um einen Motorradkurier mit der Nachricht von Jenkins' Tod zu Hackett nach Hause schicken zu lassen.

Colonel Osborne war vom Gottesdienst zurückgekehrt und bot Strafford etwas zu trinken an. Es war eine der zunehmend häufigen Gelegenheiten, anlässlich derer Strafford sich wünschte, er würde trinken. Er hätte auch gerne eine Zigarette geraucht, so wie es die Leute in Filmen machten. Sein Kopf war wie betäubt.

»Noch ein Toter!«, rief der Colonel kopfschüttelnd. »Ich sage Ihnen doch, sie sollten sich die Tinker drüben bei Murrintown vornehmen. Ach ja, habe ich Sie vorhin mit Dominic gesehen? Lettie hat sich natürlich immer noch nicht blicken lassen. Und Sie haben Hafner verpasst, er ist gerade weg. Der Mann ist ja wirklich unglaublich pflichtbewusst!

Wie viele Ärzte kennen Sie, die an Weihnachten Hausbesuche machen? Bleiben Sie doch zum Lunch, ja? Es gibt Truthahn und Schinken, mit allem Drum und Dran. Mrs Duffy kommt an Weihnachten so richtig in Fahrt.«

Strafford ließ das Auto an und war mittags im Sheaf of Barley. Auch hier roch es nach Truthahn.

»Joe hat mir erzählt, was passiert ist«, sagte Mrs. Reck. »Das tut mir wirklich leid. Und auch noch in unserem Lieferwagen!«

Ihr Mann sei zum Raven Point gefahren, sagte sie. Er habe ihr Auto genommen, und Matty Moran sei als Begleiter dabei. »Der arme Joe, er ist sehr erschüttert. Er macht sich Vorwürfe, weil er nicht gemeldet hat, dass der Lieferwagen verschwunden ist.«

»Das macht nichts«, sagte Strafford. »Ich habe ihn gestern auf der Straße gesehen.«

»Wie, den Lieferwagen?«

Er antwortete nicht. Er ging hinauf in sein Zimmer und legte sich aufs Bett. Es war kalt, und er ließ den geliehenen Mantel an; er trocknete langsam. Er durfte nicht vergessen, ihn zurückzugeben, aber im Moment war er froh darum. Und am Raven Point würde es kalt sein.

Das Bett roch nach Peggy. Er drehte sich auf die Seite und schob eine Hand unter die Wange. Ein Streifen kaltes Sonnenlicht schien durch das Fenster herein. Er war nicht für Jenkins verantwortlich gewesen, Jenkins hätte selbst auf sich aufpassen können sollen. Trotzdem.

Er hatte Radford, der am Raven Point war, gebeten, ihn hier im Sheaf abzuholen; jetzt konnte er nur warten. Er vergrub das Gesicht im Kissen und atmete Peggys Duft ein. Er spürte etwas Hartes an den Rippen, es war eine Perle. Sie spielen Jackstones in der Mongolei, dachte er. Oder war es Tibet?

Radford kam in seinem Wolseley an. Er sah nicht besser aus als am Tag zuvor. Seine Augenlider waren geschwollen, das Weiß seiner Augen war gallig gelb und blutunterlaufen. Er legte Strafford eine Hand auf den Arm. »Es tut mir leid«, sagte er. Strafford nickte und zwang sich zu einem Lächeln. Er wünschte, er würde irgendetwas empfinden, ein wenig Trauer, Schmerz, Bedauern. Aber er spürte nichts.

Radford fuhr seine Klapperkiste in halsbrecherischem Tempo über die vom Frost glitzernden Straßen, aber sie brauchten trotzdem mehr als eine Stunde bis zum Raven Point. An einer Kreuzung in irgendeinem kleinen Dorf waren sie von der Straße nach Wexford abgebogen und fuhren nun durch die morastige Landschaft. Sie war flach und gesichtslos, mit zugefrorenen Sumpflöchern und Teichen, die von trockenem Riedgras gesäumt wurden. Aus der Heide flogen Brachvögel auf, mit ihrem inbrünstigen, trostlosen Ruf. Die Sonne schien unwirklich geschrumpft, eine flache Goldmünze, die an eine Seite des Himmels genagelt war.

Von ferne sahen sie schon den Krankenwagen und das Polizeiauto. Auch zwei Guards waren dort, einer davon war der diensthabende Polizist, mit dem Strafford auf der Wache in Ballyglass aneinandergeraten war. Wie hieß er noch? Stenson, ja. Der andere war ein dicker, schwerfälliger, blonder Bursche, der an der Seite stand und nichts sagte. Reck und Matty Moran waren da gewesen, aber schon wieder weg. Recks Lieferwagen stand schief am Rand eines Sandwegs, das Vorderrad auf der Beifahrerseite war im Graben versunken. Sergeant Radford hielt den Wagen an. Einen Moment lang blieben er und Radford reglos sitzen und starrten vor sich durch die Windschutzscheibe. Die beiden Guards und der Krankenwagenfahrer drehten sich zu ihnen um.

»Dan Fenton und sein Sohn haben den Lieferwagen entdeckt«, sagte Radford. »Sie waren in der Morgendämmerung hier draußen, um Enten zu schießen.«

»Wo ist Jenkins?«

»Hinten im Wagen.«

Strafford seufzte. »Kommen Sie, ich sehe mir das besser an.«

Sie stiegen aus. Einer der Guards salutierte, derjenige, der nicht Stenson war. Der Krankenwagenfahrer saß auf dem Trittbrett seines Fahrzeugs und rauchte eine Zigarette. Er sah aus, als wäre ihm kalt – so sahen alle aus – und als wäre er genervt.

Radford öffnete die Hintertür von Recks Lieferwagen. Jenkins lag zusammengekrümmt auf der Seite hinter dem Fahrersitz, halb von einem Jutesack bedeckt. In seinen Haaren war Blut. »Er hat ihn am Schädel erwischt«, sagte Radford. »Es muss ein Hammer oder etwas Ähnliches gewesen sein. Drei Schläge, vielleicht vier.«

Strafford hatte die Hände in den Taschen seines geborgten Mantels vergraben und stand schweigend und wie teilnahmslos da. Dann fragte er: »Irgendeine Spur von Fonsey?«

»Nein«, sagte Radford. »Vielleicht ist er über den Weg hier zurückgelaufen.«

»Oder ins Meer«, sagte Stenson, dann warf er einen kurzen Blick zu Radford. Seine Stirn rötete sich, er dachte an Radfords ertrunkenen Sohn.

Radford sah ihn gar nicht an.

»Decken Sie ihn zu«, sagte Strafford. Er wandte sich an den Krankenwagenfahrer. »Wo kommen Sie her?«

»Aus Wexford«, sagte der Fahrer. Er war untersetzt und hatte buschige schwarze Augenbrauen.

»Wenn Sie ihn mitnehmen, werden Sie ihn nach Dublin bringen müssen. Geht das?«

Der Fahrer sah Radford an, dann Stenson, und schüttelte den Kopf. »Man hat mir gesagt, ich soll ihn zurück nach ...«

Radford legte Strafford eine Hand auf die Schulter. »Lassen Sie ihn nach Wexford bringen. Er soll im Krankenwagen bleiben, bis Ihre Leute ihn abholen.«

Strafford wandte sich an Stenson. »Haben Sie sich umgesehen?«

»Ich selbst und Garda Coffey hier haben eine erste Untersuchung des Wageninneren vorgenommen«, er übte schon für seinen Auftritt vor Gericht. »Dabei haben wir diverse Gegenstände gefunden, aber keiner davon stand mit dem Todesfall in Verbindung.«

»Woher wissen Sie das?«

Stenson sah langsam in Sergeant Radfords Richtung, dann wieder zu Strafford. Er wollte etwas sagen, aber Radford unterbrach ihn.

»Hier ist keine Spur von einer Waffe«, sagte er zu Strafford, »und auch nicht viel Blut. Er ist woanders getötet worden.«

Strafford nickte. Er ging an den anderen vorbei und den Weg entlang weiter. Der gefrorene Sand knirschte unter seinen Schritten. Der Weg endete nach ein paar Metern und ging in einen schmalen Kieselstrand über, auf dem lauter Seegras lag. Die Wasserlinie war von Eis gesäumt. Kurz stellte er sich hin und blickte auf das düstere, wellenlose Wasser hinaus. Hinter ihm riefen die Brachvögel. Es roch stark nach Salz und Jod. Es hätte das Ende der Welt sein können.

Er wandte sich um und ging zurück. »Fahren wir«, sagte er zu Radford.

Das alte Auto holperte den Weg entlang, und die Stoßdämpfer kreischten, als hätten sie Schmerzen. Das Eis auf den Sumpflöchern glänzte im Sonnenlicht wie Quecksilber.

»Hier wurde Ihr Sohn gefunden, nicht wahr?«, fragte Strafford.

»Ja.« Radford starrte geradeaus. »Er wurde hier angespült.«

»Kannte Fonsey ihn?«

»Wahrscheinlich haben sie sich in der Stadt gesehen, oder wenn Larry in Ballyglass House war.«

»Larry? Ich dachte, so durften Sie ihn nicht nennen?«

»Nein, aber für mich hieß er so, Gott weiß warum. Für mich ist er Larry.«

»Und der Priester, kannte Ihr Sohn ihn?«

Radford antwortete nicht gleich. Er krampfte die Hände um das Lenkrad.

»Dieser Priester«, sagte er schließlich, »der war ein Krebsgeschwür. Er hat es verdient.«

Strafford dachte eine Weile darüber nach. »Warum haben Sie ihn nicht angezeigt? Jeder schien gewusst zu haben, wie er war und was er im Schilde geführt hat.«

Radford lachte kurz auf.

»Wo hätte ich ihn denn anzeigen sollen? Vielleicht haben Sie es noch nicht gehört, aber einen Priester ›zeigt‹ man nicht ›an‹. Die Geistlichkeit ist unberührbar. Hat Ihnen das noch niemand gesagt?«

»Selbst wenn sie ein Krebsgeschwür in der Gemeinschaft sind?«

Radford seufzte.

»Ich hätte ihn allenfalls versetzen lassen können. Mehr macht die Kirche nicht, wenn einer der ihren in Schwierigkeiten gerät. Dann hätte er irgendwo anders sein Unwesen getrieben.«

Strafford verschränkte die Arme und lehnte sich zurück. »Glauben Sie, Fonsey hat ihn getötet?«

Radford blickte ihn überrascht an. »Na ja, es sieht ganz danach aus, oder? Ihr Mann Jenkins muss ihm auf der Spur gewesen sein.«

Strafford nickte langsam. Er wandte sich zur Seite und betrachtete die vorbeiziehende Landschaft durch das Fenster.

Sie kamen ans Ende des Weges, fuhren holpernd ein Gefälle hinauf und bogen in die asphaltierte Straße ein.

»Wo soll ich Sie hinbringen?«, fragte Radford.

»Wir sollten uns bei Fonsey umsehen.«

Bis Ballyglass fuhren sie schweigend. Dann wies Strafford den Weg, und sie parkten in der Nähe der Stelle, an der Jeremiah Reck vor zwei Tagen angehalten hatte, um ihn mitzunehmen. Vor zwei Tagen!, dachte er. Konnte es wirklich sein, dass so wenig Zeit vergangen war?

Sie stiegen aus dem Auto aus.

»Wir gehen hier runter«, sagte Strafford. »Es ist steil, rutschen Sie nicht aus.«

Auch jetzt war vor Fonseys Wohnwagen wieder Blut im Schnee, aber diesmal war es kein Kaninchenblut. Außerdem lag ein Beil da, mit Blut und Haaren am stumpfen Ende der Klinge.

Strafford sah sich kopfschüttelnd um. »Wer hat gesagt, sie hätten diesen Wald durchkämmt?«

Die Tür des Wohnwagens war nicht abgesperrt. Sie gingen hinein. Strafford, der Größere der beiden, musste sich ducken, als er durch die Tür trat. Hier war noch mehr Blut, viel Blut; Jenkins' Blut.

»Fonsey muss ihn überrascht haben«, sagte Strafford. »Hatte er etwas gefunden?«

»Das hier vielleicht.«

Mit einem Taschentuch nahm Radford ein Messer mit einer langen Klinge auf, die vom jahrelangen Schleifen dünn geworden war. »Das ist ein Ausbeinmesser«, sagte er. »Fleischer verwenden so etwas.« Er legte das Messer wieder auf den Resopaltisch, der mit Scharnieren an der Wand angebracht war. Dann sagte er: »Mein Gott, was ist das denn?«

Auf dem Boden unter dem Tisch stand ein kaputtes Kristallglas, aus dem etwas heraushing, das aussah wie eine Handvoll verfaultes Fleisch, an manchen Stellen gequetscht und schwarz und lila. Radford ging in die Hocke und untersuchte die klebrige Masse. »Mein Gott«, wiederholte er, noch leiser diesmal.

Sie wussten beide, was sie vor Augen hatten.

Radford holte tief Luft.

»Das hat Jenkins gefunden«, sagte er. »Das da und das Messer. Und dann ist Fonsey gekommen.« Ächzend stand er auf und betrachtete das Blut auf dem Boden, an den Wänden. »Es sieht so aus, als wäre Ihr Fall gelöst.«

»Glauben Sie?«

»Sie nicht?«

»Wohl schon. Aber falls Fonsey den Priester getötet hat, wie ist er dann ins Haus gekommen?«

»Wir fragen ihn, wenn wir ihn finden.«

»Wenn wir ihn finden«, murmelte Strafford. »Ja. Wenn wir ihn finden.«

Sie stiegen zwischen den Weißbirken wieder den vereisten Hügel hinauf. An manchen Stellen war es so glatt, dass sie sich von Baum zu Baum hangeln mussten. Als sie die Straße erreicht hatten, blieben sie einen Augenblick stehen, um Luft zu holen. Plötzlich wandte Radford sich ab, stützte die Hände auf die Knie und erbrach sich auf den Boden. Er richtete sich wieder auf und wischte sich den Mund ab. »Entschuldigung.« Er räusperte sich und atmete lang und tief ein. »Was wollen Sie jetzt machen?«

»Könnten Sie mich zum Sheaf of Barley fahren? Ich muss in Dublin anrufen.«

Er wählte Hacketts Privatnummer und kam diesmal sogar durch. Sie sprachen über Jenkins, es gab nicht viel zu sagen.

»Die Zeitungen waren hinter mir her«, sagte Hackett. »Ich habe ihnen gesagt, sie sollen sich verziehen – Ihnen würde ich raten, es genauso zu machen.«

Dann erzählte Strafford ihm, was er und Sergeant Radford im Wohnwagen gefunden hatten.

»Allmächtiger«, rief Hackett heiser. »Ich war gerade beim Weihnachtsessen!« Er hielt inne. »Das ganze Gemächt des armen Kerls, samt Eiern und allem, in einem Whiskeyglas? Das war ja ein hübsches Weihnachtsgeschenk für Sie. Was ist mit diesem Jungen, wie heißt er noch – Fonsey Walsh: Gibt es von ihm etwas Neues?«

»Ich vermute, er ist auch tot.«

»Herr im Himmel, da haben wir ja wirklich ein Blutbad am Hals. Ich komme runter – sie schicken mir gerade einen Polizeiwagen.«

»Wir treffen uns in Ballyglass House.«

»Gut. Und Strafford …«

»Ja?«

»Frohe Weihnachten.«

Am nächsten Tag wurde Fonseys angespülte Leiche am Raven Point gefunden. Er hatte Eis in den Haaren. Seine Augen waren offen, die Augenlider gefroren. Strafford dachte an die Schleiereule, die neulich abends auf der Straße aus der verschneiten Dunkelheit auf ihn zugeflogen kam, an ihr flaches weißes Gesicht, die weit ausgebreiteten Schwingen und auch an ihre Augen.

Coda

Sommer 1967

28

Zuerst erkannte er sie gar nicht, als sie durch das Foyer des Hotels ging. Wie lange war es her, seit er sie zuletzt gesehen hatte? Zehn Jahre. Sie trug ein geblümtes Sommerkleid, das ihr nicht stand, es war zu kurz und zeigte zu viel Bein. Sie hatte sich die Haare geglättet: Sie hingen von einem kreideweißen Mittelscheitel aus auf beiden Seiten ihres Gesichts herunter – wie zwei Vorhänge, dachte er –, und die Spitzen waren nach oben geföhnt, zu einer »Außenwelle«, so hieß das wohl. Ihre Sandalen, in glänzendem Stahlblau und bis zu den Waden über Kreuz geschnürt, sahen aus wie ein verkitschtes Modell aus dem alten Griechenland. Über der Schulter trug sie einen großen Leinenbeutel, und sie hatte sich eine riesige schwarze Sonnenbrille in die Haare gesteckt, wie es gerade modern war. Er erkannte sie an ihrem Gang, einer etwas anmutigeren Version des Wankens ihres Vaters.

Seine erste instinktive Reaktion war, sich hinter einer Topfpalme zu verstecken, die auf einer Seite der Drehtür am Eingang stand. Was sollte er zu ihr sagen? Was würden sie zueinander sagen? Aber es wäre doch lächerlich, wenn sie ihn dabei entdecken würde, wie er sich vor ihr versteckte. Er zögerte, und dann war es zu spät. Sie sah ihn und blieb stehen.

Er war seit einer guten halben Stunde ziellos im Hotel herumgelaufen, ohne einen Platz zu finden, wo er sich niederlassen konnte. Die Horseshoe Bar war voll mit lärmenden Politikern, und die vornehme Schwermut in der Lounge war nicht gerade einladend. Er hatte zum Abendessen einen Tisch reserviert, aber es war noch früh, und das Restaurant war menschenleer. Er mochte nicht allein dort sitzen, inmitten von Glas und Silber und gestärkten weißen Tischtüchern.

Draußen leuchtete die Abendsonne rauchig-golden, und in den Bäumen auf der anderen Straßenseite, hinter dem schwarzen Eisenzaun von St Stephen's Green, zwitscherten die Amseln. Das schöne, weiche Licht, das leidenschaftliche Trällern der Vögel, das ständige Kommen und Gehen von Gästen und der Geruch von Zigarrenrauch und Damenparfum deprimierten ihn nur. Er überlegte, das Abendessen ausfallen zu lassen und nach Hause zu gehen, aber die Aussicht auf ein leeres Haus und Ölsardinen auf Toast schreckte ihn ab. Und so schlenderte er lustlos herum, von der Lounge zur Bar, von der Bar zum Restaurant – immer noch war kein einziger Tisch besetzt! –, bis er sie erblickte und abrupt stehen blieb.

»Großer Gott!«, sagte sie, »Sie sind das!«

Warum überraschte es sie beide so sehr, dass sie sich begegneten? Viel überraschender war es, dass sich ihre Wege bisher noch nicht gekreuzt hatten. Dublin war eine kleine Stadt.

»Wie geht es Ihnen?«, fragte er. Sie hatten sich nicht die Hände geschüttelt. »Sie sehen …«

»Älter aus?«

»Das wollte ich nicht sagen. Als ich Sie zuletzt gesehen habe, waren Sie noch ein Mädchen.«

»Ja, das war ich wohl, auch wenn ich mir nicht besonders mädchenhaft vorkam. Wie viele Jahre ist es her?«

»Zehn. Zehn Jahre.«

»So lang? Mein Gott, wie die Zeit vergeht.«

Während sie sich unterhielten, nahm sie ihn rasch in Augenschein und verzog die Mundwinkel zu einem kleinen Lächeln. Er merkte ihr an, dass sie ihn immer noch ein wenig lächerlich fand; es war ihm egal.

»Sie haben sich nicht sehr verändert. Wie alt sind Sie jetzt?«

»Ach, uralt. Fünfundvierzig.«

»Und ich bin achtundzwanzig – Sie sind zu sehr Gentleman, um zu fragen, ich weiß. Ich heirate morgen.«

»Ach ja? Ich gratuliere.«

»Hm. Laden Sie mich auf ein Glas ein – haben Sie Zeit? Dann trinken wir auf mich und den glücklichen Bräutigam.«

In der Horseshoe Bar war es immer noch voll, und die Lounge war immer noch trostlos, obwohl das späte Sonnenlicht durch die drei hohen Fenster hereinschien. Daher gingen sie in die lange, schmale Bar auf der Seite des Hotels, die zur Kildare Street hinausging. Ein paar Tische waren besetzt. Sie setzten sich an die Bar. Sie zündete sich eine Zigarette an – es waren Churchman's, wie ihm auffiel – und orderte einen Gin Tonic. Für sich bestellte er einen Tomatensaft mit Eis und einem Spritzer Worcestersauce.

»Sie trinken immer noch nicht?«

»Nein«, sagte er. »Diesbezüglich bin ich immer noch unbefleckt«

»Sie wissen, wie man in New York dazu sagt?« Sie zeigte mit ihrer Zigarette auf sein Glas. »Virgin Mary. Ist das nicht clever?«

»Kennen Sie New York gut?

»Nein, ich war noch nie da.« Sie hob das Kinn und blies Rauch über seinen Kopf. »Ich habe übrigens meinen Namen geändert.«

»Ach ja? Zu?«

»Laura. Ich wollte schon immer Laura heißen.«

»Also nicht mehr Lettie.«

»Genau. Lettie war einmal.«

Sie schlug die Beine erneut übereinander und klopfte die Zigarette am Rand eines schweren Glasaschenbechers ab, den der Barkeeper vor sie hingestellt hatte. Strafford konnte sich einfach nicht an ihre nüchterne Glatthaarfrisur gewöhnen.

»Wen heiraten Sie denn?« Er trank einen Schluck seiner Virgin Mary.

»Er heißt Waldron, Jimmy Waldron. Wir kennen uns schon eine Ewigkeit. Er hat uns beide einmal in einer Toilette eingeschlossen und mir die Hand in den Schlüpfer gesteckt. Ich kann höchstens zehn oder elf gewesen sein. Jahre später habe ich ihm dann eines Abends auf einer Party das Knie in den Unterleib gerammt – worauf er sich übergeben musste und den ganzen Boden vollgespuckt hat. Das klingt doch nach einer guten Basis für eine Ehe, finden Sie nicht? Er beharrt übrigens darauf, dass er sich an keine dieser beiden Geschichten erinnern kann, und behauptet, ich hätte mir das alles ausgedacht. Männer haben so ein herrlich lückenhaftes Gedächtnis, ist Ihnen das einmal aufgefallen?« Sie stieß die Zigarette wieder in den Aschenbecher. Ihr leuchtend roter Lippenstift war auf einer Seite leicht verschmiert. »Und Sie? Immer noch alleinstehend?«

»Nein, ich bin verheiratet. Sie heißt Marguerite. Wir kennen uns schon lange, so wie Sie und Ihr Freund. Wir waren sogar jahrelang zusammen, haben uns dann getrennt und sind danach wieder zusammengekommen. Keine Kinder, bevor Sie fragen.«

»Wollte ich gar nicht. Kinder sind langweilig – ich hoffe, Jimmy erwartet nicht von mir, dass ich welche bekomme. Sonst kann er sich auf eine Enttäuschung gefasst machen.«

Er trank wieder halbherzig einen Schluck. Er mochte den Geschmack von Tomatensaft nicht, aber wenn man Eiswürfel dazugab, ging es.

»Wie geht es zu Hause?«, fragte er. »Wohnen Sie noch dort?«

»Nein, ich habe jetzt eine Wohnung hier. Ich arbeite in einer Kunstgalerie.«

»Ich wusste gar nicht, dass Sie sich für Kunst interessieren.«

»Tue ich auch nicht. Es ist nur ein Job. Deshalb heirate ich auch, damit Jimmy, der Kleinmädchengrapscher, mich von alldem wegholen kann.«

»Sie sind also sehr verliebt.«

Sie zuckte mit den Achseln. »Ach, Jimmy ist schon okay. Manchmal bringt er mich zum Lachen, besonders wenn er denkt, er ist gerade ganz ernst. Er hat ein hübsches Haus an der Waterloo Road – seine Eltern sind gestorben und haben ihm einiges vererbt, zum Glück. Arm zu sein, das wäre nichts für mich. Ach, na so was, ich habe ja schon ausgetrunken. Kann ich noch einen haben?«

Er winkte dem Barkeeper. In der Lounge spielte jemand eine schmalzige Version von *Falling in Love Again* auf dem Klavier.

»Hören Sie nur«, sagte Strafford. »Das ist doch Ihr Lied.«

»Ach ja, aus meiner Dietrich-Phase.« Der Barkeeper brachte ihr den Drink. Sie rührte ihn nachdenklich mit dem Zeigefinger um, dann steckte sie ihn sich in den Mund und lutschte daran. »Ja, Jimmy ist okay«, sagte sie. »Auch wenn er mir leidtut, weil er es den Rest seines Lebens mit *mir* aushalten muss«, sie blickte ihn mit einem verschmitzten Wimpernaufschlag an, »wenn er überhaupt so lange lebt.«

Sie zündete sich noch eine Zigarette an, es war ihre dritte.

»Und die Familie«, fragte er, »wie geht es allen?«

»Ach, eigentlich wie immer. Daddy wird ein bisschen verrückt, glaube ich, aber weiß man's? Die Weiße Maus verbringt immer noch die meiste Zeit im Bett. Der Kraut pflegt sie – ich weiß nicht, was sie ohne ihre regelmäßigen Spritzen machen würde. Der arme Kraut, wie hält er es nur die ganze Zeit mit ihr aus? Wahrscheinlich muss er selbst auch Spritzen bekommen.« Sie blickte Strafford lange nachdenklich an, den Kopf zur Seite geneigt. »Sie dachten doch damals, sie hat vielleicht meine Mutter umgebracht?«

Er lächelte. »Diese Möglichkeit ist mir durch den Kopf gegangen.«

»Das ist wahrscheinlich auch die Aufgabe eines Detectives, jeden wegen allem zu verdächtigen. Und wer weiß, vielleicht hatten Sie ja recht? Vielleicht hat Miss Maus Mama einen Schubs gegeben? Ich würde ihr das glatt zutrauen, andererseits glaube ich, sie hätte nicht den Mumm.« Strafford wollte etwas sagen, doch sie unterbrach ihn, indem sie ihm mit einem Finger rasch auf den Handrücken tippte. »Aber hören Sie«, sagte sie, »Sie werden mir niemals glauben, was Dom-Dom gemacht hat. Er ist konvertiert! Ja, er ist Katholik geworden. Und – stellen Sie sich das nur vor – er ist jetzt Priester! Wie finden Sie das?«

Strafford war überrascht, dass ihn das so gar nicht überraschte. Das Ganze hatte eine gewisse Symmetrie.

»Wo – ich weiß nicht recht, wie man das ausdrückt. Wo praktiziert er? Wo amtiert er?«

»Er ist in einer dieser grässlichen Schulen in Connemara und kümmert sich um die Seelen einer Schar von jugendlichen Delinquenten. Das war wirklich das Letzte, was ich von ihm erwartet hätte.« Sie blickte in ihr Glas und sprach betont ausdruckslos weiter. »Er und dieser Priester hatten natürlich eine Weile ein sehr enges Verhältnis.«

»Ja, genau wie Laurence Radford.« Strafford betrachtete sie. Sie war ganz ruhig geworden. Sie steckte wieder den Finger in das Glas und rührte damit langsam den Rest des Drinks um.

»Warum die wohl Zitrone reingeben? Ich habe Gin früher immer pur getrunken. Ich hatte immer ein 200-ml-Fläschchen Gordon's im Rock meiner Schuluniform.« Jetzt sah sie ihn von der Seite an. »Ich war damals wirklich ein ungezogenes Mädchen.«

»Der junge Radford«, beharrte Strafford, »sein Vater hat mir erzählt, Sie wären in ihn vernarrt gewesen.«

Sie hob das Glas und trank es mit weit zurückgelegtem Kopf aus. »Ich war in ihn verliebt«, sagte sie schlicht. »Kann man mit – wie alt war ich? Siebzehn? Achtzehn? – verliebt sein? Es hat sich angefühlt wie Liebe. Aber es war natürlich reine Zeitverschwendung. Ich wusste nicht, wie es sich verhielt. Ich wusste nichts von dem Priester und seinen Machenschaften.« Sie hielt inne. An der Zigarette zwischen ihren Fingern hingen zwei Zentimeter Asche; es schien ihr nicht aufzufallen. »Und dann hat sich mein Laurence umgebracht – nicht dass er je *meiner* gewesen wäre, außer in meinen Schulmädchenfantasien. Ich habe eine Woche lang geweint, ich armes Ding.«

»Zwei Todesfälle in einem Jahr«, sagte Strafford, »Ihr Laurence, und dann noch Fonsey Walsh.«

»Ach, Fonsey hat das Richtige getan«, sagte sie. »Der arme Caliban, im Gefängnis wäre es ihm schrecklich ergangen.« Plötzlich schob sie ihr Glas weg. »Es ist abscheulich hier drinnen – dieses ganze *Mahagoni* –, wollen wir rausgehen und einen kleinen Spaziergang im Park machen? Es ist noch früh. Sind Sie verabredet – ist Ihr Frauchen unterwegs?«

»Nein, sie – sie ist nicht hier.« In Wahrheit waren Marguerite und er getrennt, vielleicht für immer, er wusste es nicht. Nachdem es passiert war – diesmal ohne Wein an der Wand –, hatte er zu seiner Überraschung festgestellt, dass es ihm nicht viel ausmachte. »Was ist mit Ihnen? Treffen Sie Ihren Verlobten?«

»Nein, heute feiert er Junggesellenabschied, Gott helfe uns. Er ist im Kildare Street Club, um die Ecke – Gott helfe *denen*.«

Sie stieg vom Barhocker herunter und hängte sich ihre

Leinentasche über die Schulter. Dann gingen sie hinaus in die Sonne, überquerten die Straße und betraten St Stephen's Green durch das große Tor an der Ecke. Es war immer noch heiß. Liebespaare lagen auf dem Rasen, beim Teich fütterten ein kleiner Junge und seine Mutter die Enten mit Brotrinde, ein Obdachloser lag ausgestreckt auf einer Parkbank und schlief tief und fest. Der Himmel über den Bäumen hatte sich indigoblau gefärbt. Sie liefen um die Blumenbeete herum. Auf der Granitmauer des Brunnens saßen Menschen, andere lagen wie betäubt in Liegestühlen. Ein hemdsärmeliger Mann mit Hosenträgern trug ein an allen vier Ecken verknotetes Taschentuch auf dem Kopf, um seinen Schädel vor der Sonne zu schützen.

»Sind Sie immer noch bei der Polizei?«, fragte Lettie – Strafford konnte sie sich nicht als Laura vorstellen.

»Ja – gerade noch.« Sie sah ihn fragend an. »Ich habe die Geschichte an eine englische Zeitung weitergegeben.«

»Ich weiß. Der *Sunday Express* war das, nicht wahr? Daddy war sehr enttäuscht von Ihnen.« Sie imitierte die Stimme ihres Vaters: »*Verdammich, da dachte ich, ich kann dem Kerl trauen, und was macht er?*«

Strafford lächelte. »Der Erzbischof war auch enttäuscht. Er wollte mich auf die Aran Islands oder an einen ähnlich angenehmen Ort versetzen lassen.«

»Was ist passiert?«

»Mein Chef hat es verschleppt, und so bin ich immer noch da und gehe meine übliche Route.« Mit vier steifen Fingern schob er sich eine Strähne aus der Stirn.

»Ich stand ziemlich auf Sie«, sagte Lettie. »Mir war natürlich klar, dass ich keine Chance hatte – sie waren zu sehr damit beschäftigt, der Weißen Maus hinterherzuschmachten.«

Ein bleiches kleines Mädchen ging vorbei, es ließ einen Reifen vor sich herrollen. Ein kleinerer Junge lief weinend hinter ihr her.

»Waren Sie da, als man Fonsey gefunden hat?«, fragte Lettie.

»Nein.«

»Warum hat er den Detective getötet? Wie hieß er noch?«

»Jenkins.«

»Stimmt.« Sie waren stehen geblieben, und Lettie betrachtete das Spiel des Wassers im Brunnen. »Warum hat Fonsey ihn umgebracht?«

»Sie wissen, warum«, sagte Strafford.

»Ach ja?« Sie sah ihn immer noch nicht an. »Sehen Sie nur, die ganzen kleinen Regenbogen hier im Sprühnebel.« Jetzt blickte sie ihn an. »Woher sollte ich das denn wissen?«

»Weil Sie alles wissen, was es zu wissen gibt, über die Zeit damals, über alles, was passiert ist. Nicht?«

Sie hielt seinem Blick einen Moment lang stand, drehte sich dann abrupt weg und ging weiter. Er sah ihr kurz nach und folgte ihr. Vor ihnen war der Musikpavillon. Nach wenigen Schritten hatte er sie eingeholt. Sie hatte sich den Leinenbeutel von der Schulter genommen und ließ ihn jetzt an der Seite baumeln.

»Alle haben gesagt, er hat bekommen, was er verdient hat«, sagte sie.

»Der Priester?«

»Natürlich der verdammte Priester!«, versetzte sie. »Wen soll ich denn sonst gemeint haben? Fonsey?« Sie schüttelte den Kopf. »Daddy, der arme Dummkopf, war der Einzige, der von ihm geblendet wurde, mit seinem Gerede über Pferde und die Jagd und so weiter.« Sie schwang die Tasche immer schneller. »Ihnen ist klar, dass es der Priester war, der Laurence Radford in den Selbstmord getrieben hat? Wussten Sie das?«

»Ich habe es vermutet.«

»Ach, Sie haben es vermutet«, sagte sie bitter. »Gewusst haben Sie ja nicht besonders viel – alles nur Vermutungen, und die meisten davon falsch.«

»Ja, Sie haben recht, ich habe das meiste falsch verstanden. Im Rückblick betrachte ich mich als Zuschauer in einem Theater, der ein Stück ansieht und die Handlung nicht versteht.«

Sie blieb unvermittelt stehen und wandte sich ihm zu. »Was würden Sie machen, wenn Sie herausfänden, wer ihn wirklich umgebracht hat? Fonsey war es nicht, das wissen Sie, oder? Fonsey hat ihn so schrecklich zugerichtet und eine Kerze neben seinem Kopf angezündet, Gott weiß warum, aber er hat ihn nicht getötet.«

Sie starrte ihn regungslos an, ohne zu blinzeln.

»Wer dann, Lettie? Sagen Sie es mir?«

»Sie haben meine Frage nicht beantwortet. Was würden Sie machen, wenn Sie die Wahrheit kennen würden?«

»Sie glauben, dass ich die Wahrheit nicht kenne?« Sie sagte nichts, sondern fixierte ihn immer noch mit starrem Blick, ohne mit der Wimper zu zucken. Er seufzte und wandte den Kopf ab, sah über die Baumspitzen hinweg. Ein Vollmond, durchsichtig wie Seidenpapier, hing wie eine Wetterfahne seitlich an der Spitze eines fernen Kirchturms. »Ich

weiß nicht, was ich machen würde«, sagte er. »Wahrscheinlich nichts.« Er blickte sie wieder an. »Wie ist Fonsey ins
Haus gekommen? Das habe ich mich die ganze Zeit über
gefragt. Hatte er einen Schlüssel, oder hat ihn jemand eingelassen? Was meinen Sie, Lettie?«

»Ich habe Ihnen doch gesagt, ich heiße jetzt Laura«,
meinte sie kalt.

»Na gut, *Laura*: Ist jemand nach unten gegangen und hat
ihn ins Haus gelassen, ist mit ihm die Treppe hochgeschli-
chen und hat gewartet, bis Father Tom aus − bis er herauskam, wo auch immer er war?«

Sie drehte sich weg und ging weiter. »Was ändert das
schon?«, sagte sie über die Schulter. Wieder folgte er ihr, und
wieder holte er sie ein.

»Sie wussten von Dominic«, sagte er. »Sie wussten von
ihm und Father Tom.«

»Können Sie nicht einfach aufhören, ihn so zu nennen −
Father Tom! Herrgott! Sie wissen, dass er diesen Namen
selbst für sich erfunden hat? ›Nennt mich einfach Tom!‹, hat
er immer gesagt, mit seiner dröhnenden Stimme, und er hat
gegrinst und den Leuten auf die Schulter geklopft. Ich bin
froh, dass er tot ist. Ich bin froh, dass ich …« Sie sprach nicht
weiter.

»Dass Sie was? Worüber sind Sie froh, Lettie? Entschuldigung, Laura.« Er legte ihr eine Hand auf die Schulter. »Erzählen Sie«, sagte er sanft, beinahe im Flüsterton. »Erzählen Sie. Ich weiß, Sie haben recht, ich weiß, dass Fonsey ihn
nicht umgebracht hat. Vielleicht wollte er es und hat den
Mut verloren − er hat nicht gerne getötet, nicht kaltblütig.
Erzählen Sie es mir.«

Sie blickte auf seine Hand hinunter. »Ach, wollen Sie mich jetzt festnehmen?« Sie hob den Blick und lächelte ihm ins Gesicht. »Was soll ich Ihnen denn erzählen, was Sie nicht schon wissen?«

»Sie könnten mir erzählen, wie ein Mensch nachts schlafen kann, ein Mensch, der zum Beispiel Fonsey das Messer abgenommen hat, hinter Father Tom hergelaufen ist, ihm das Messer in den Hals gestoßen hat, zugesehen hat, wie er die Treppe hinunter und in die Bibliothek taumelt, dort auf den Boden fällt und verblutet. Könnten *Sie* schlafen, Lettie – Laura –, wenn Sie auf diese Weise einen Menschen getötet hätten, ganz egal wie sehr er den Tod verdient hat?«

Sie riss die Augen weit auf und lehnte sich ein wenig von ihm zurück. Sie lächelte immer noch.

»Woher soll ich das wissen?«, fragte sie leichthin mit einem kleinen Lachen. »Sie erinnern sich doch, damals habe ich immer geschlafen wie ein Stein. Das tue ich heute noch.«

Sie hängte sich die Tasche wieder über die Schulter, wandte sich um und ging weg, in Richtung Hotel. Er sah ihr nach, bis sie die kleine buckelige Brücke über dem Ententeich überquert hatte und im Schatten unter den Bäumen auf der anderen Seite verschwunden war.

Ende